KB099357

마오ㅍ

돈 드릴로 Don DeLillo 장편소설 | 유정완 옮김

창비

양키 스타디움에서 007

제1부 031

제2부 163

베이루트에서 337

옮긴이의 말 360

양키 스타디움에서

여기 그들이 온다, 미국의 햇빛 속으로 행진해들어온다. 그들은 둘씩 짝을 짓고 있다. 영원을 맹세한 남녀 커플. 그렇게 둘씩 짝을 지어 그들은 외야 좌익수 쪽 펜스 위쪽의 통로에서 걸어나오고 있다. 음악이 잔디를 가로질러 그들을 불러들인다. 여남은 명이 보이는가 싶더니, 어느새 수백명이 되고, 이내 셀 수도 없을 만큼 많아진다. 드넓은 외야를 가로지르고 있는 그들은 서로 바싹바싹 붙어 걷는 탓에 일종의 변신과 같은 효과를 불러일으킨다. 손을 잡은 커플들의 행렬이 끊이지 않는 하나의 파도가 된다. 파도는 점점 커지며 아무것도 없이 확 트인 그 공간을 남색과 흰색으로 뒤덮는다.

특별석에서 내려다보고 있는 캐런의 아버지는 자기도 모르게 바로 이거로군 하고 생각한다. 그들은 이제 한몸, 갈라놓을 수 없는 하나의 덩어리다. 그리고 이것이 그의 마음을 뒤흔들어놓는다. 그는 쌍안경의 촛점을 한 젊은 여자에게 맞춘다. 그러다 촛점을 다른 여자에게로 옮기고, 또다른 여자에게로 옮겨간다. 저렇게 많은 줄이 저렇게 빼곡히 늘어서다니. 그는 이와 비슷한 것을 본 적도 없고 이런 모습을 보게 되리라고 상상해본 적도 없다. 그가 놀라운 광경 따위를 보겠다고 이곳에 온 건 아니지만, 이것은 그에게 점차 놀랍게 다가오기 시작한다. 그들은 이제 수천이 되어 구획 푯말 쪽으로 다가온다. 눈물을 부추기는 점잖은 옛 음악이 조롱처럼 울리기 시작한다. 그의 아내 모린이 옆에 앉아 있다. 오늘 그녀는 대담하고 밝은 옷차림이다. 그녀는 가슴속의 낙담을 억누르기 위해 캔디 색깔의 옷을 입고 있다. 로지는 그걸 충분히 이해한다. 그들은 아무런 낌새도 알아차리지 못했다. 급히 비행기를 타야 했고, 호텔을 잡았고, 지하철을 탔고, 금속 탐지기를 통과했다. 그리고 그들은 지금 여기 앉아 있다. 이해하려고 애를 쓰면서. 로지가 평범한 일상의 갑작스러운 돌변에 어쩔 줄 몰라하기만 할 사람은 아니다. 그에겐 대학졸업장도 있고, 사업체도 하나 있으며 세무변호사도 있고, 심장전문 주치의도 있고, 뮤추얼펀드도 있다. 완벽한 생명보험과 최고급 의료보험도 있다. 하지만 보험이 과연 무슨 일에든 대비책이 되어주는가? 지금 저 아래에서는 그가 야구장에서 보게 되리라고는 생각지도 못한 낯선 상황이 벌어지고 있다. 그들은 길이길이 기려야 할 결혼식을 하고 있다. 그것을 반복하고 또 반복하고 있다. 뭔가 새로운 것이 이 세상 속으로 들어올 때까지 반복하고 있다.

맨 앞줄에 서 있는 저 젊은 여자를 보라. 왼쪽 끝에서부터 스무번째 커플쯤 되는 저 젊은 여자를 보라. 그는 접안렌즈

조절기를 돌려 최대 배율로 초점을 맞춘다. 신부 면사포 사이로 그녀의 모습을 볼 수 있기를 바라며.

아직도 통로에서 걸어나오는 신랑신부들이 있다. 그들은 군중 속으로 포개져들어온다. 물론 '군중'이 여기에 썩 알맞은 말은 아니다. 그는 그들을 무어라 불러야 할지 알 수가 없다. 그들은 모두 똑같은 미소를 짓고 있으리라. 매일 아침 치약을 짜며 내미는 얼굴로. 신랑들은 모두 똑같은 남색 양복을 입고 있고, 신부들은 레이스 장식의 비단 드레스를 입고 있다. 모린은 관람석에 앉아 있는 사람들을 둘러본다. 신랑신부의 부모들은 확연히 티가 난다. 오로지 호기심 때문에 몰려든 사람들도 여기저기 눈에 띈다. 어디에나 있게 마련인 할일 없는 사람들이나 배회자들도 있고, 어딘가 신비에 싸인 것처럼 보이는 사람들도 있다. 세상과 동떨어진 듯 보이는 그들의 어두운 눈은 은밀히 주위를 두리번거리고 있다. 그들은 가진 옷은 모두 다 껴입고 있는 것 같다. 너덜너덜 찢겨나간 옷들을 겹겹이 덧입은 그들이 그녀에겐 다큐멘터리 채널에 나오는 싸헬 지방의 목동들보다 더 낯선 도시 유목민처럼 보인다. 입장료를 받지 않은 탓인지 남자애들이 무리지어 저 멀리 어슬렁거리고 있다. 그들이 터뜨린 폭죽이 뭔가 끓어오르는 것 같은 요란한 소리를 낸다. 그들은 원통형 폭죽과 폭뢰를 터뜨려 콘크리트 통로 사이로 굉음을 울리기도 한다. 그 소리에 자기 보호본능이 순간적으로 깨어난 사람들은 몸을 부르르 떤다. 모린은 다른 부모들과 친척들을 유심히 살펴본다. 최고급 원피스에 하얀 꼬르싸주로 한껏 치장한 채 여자들 가운데 몇몇은 그늘진 얼굴에 멍한 눈을 하고 있다. 그녀는 로지에게 사람들이 앞뒤를 둘러보느라 여념이 없다고 말한다. 그 상황을 어떻게 받아들여야 할지 아무도 모른다. 그들은 모두 실마리라도 찾고자 주위를 살핀다. 로지는 쌍안경에 집중하고 있다. 6,500쌍의 사람들에 파묻힌 그들의 딸아이가 저 아래 어딘가에서 이틀 전에 만난 남자와 지금 막 결혼을 하려 한다. 그 남자는 일본인인가 한국인이라고 했다. 로지는 그의 말을 똑똑히 알아들을 수가 없었다. 게다가 그는 영어라고는 고작 여덟 단어 정도만 할 줄 안다. 그와 캐런은 통역사를 사이에 두고 대화를 했다. 통역사는 '안녕하세요' '오늘은 화요일이지요' '제 여권 여기 있어요' 따위의 말을 그들에게 가르쳤다. 텅 빈 방에서 15분을 같이 보낸 뒤 그들은 인생을 함께 보내기 위해 단단히 맺어졌다.

로지는 대중들 사이를, 그 군중, 행렬, 구성원, 무리, 숭배자들 사이사이를 망원렌즈로 훑는다. 딸아이를 찾을 수만 있다면 마음이 조금은 더 가벼우련만.

"있잖아요, 이게 마치 뭐 같은지 알아요?" 모린이 말한다.

"집중 좀 하자고."

"이건 마치 친척들을 불러다놓고 최대한 어리둥절하게 만들려고 계획한 것 같아요."

"그런 푸념은 호텔에 가서도 할 수 있어."

"그냥 해보는 말이에요."

"당신은 그러니까 집에 있는 게 낫겠다고 했잖아, 안 그래?"

"어떻게 오지 않을 수가 있어요? 무슨 핑계를 둘러대라고요?"

"미국 사람처럼 보이지 않는 얼굴들이 아주 많군. 그들이 선교팀을 짜서 보내는 거지. 그들은 우리가 개발이 더딘 나라로 격하되었다고 생각하나봐. 그들이 여기 와서 우리에게 길과 빛을 보여주려는 거지."

"날렵한 투자도 하고요. 여하튼, 이제 결혼식에 좀 집중할까요?"

"그래, 우리 아이를 찾아야 하니까."

"우리가 여기 앉아 있잖아요. 그애가 우리를 찾아내는 게 빠를지 몰라요."

"정말 이해가 안되는 일이야. 13,000명이나 모이다니."

"그애를 찾아내면 어쩌려고요?"

"도대체 이런 걸 생각해낸 놈은 누구지? 찾아내서 어쩌다니 그건 도대체 무슨 말이오?"

"그애를 찾으면 어쩔 거냐고요? 작별의 인사로 손이라도 흔들게요?"

"그냥 그애가 여기 있다는 사실을 확인해야 할 뿐이야." 로지가 말한다. "그걸 내 눈으로 확인하고 싶을 뿐이라고, 알겠어?"

"그게 바로 그 말인 거죠. 이 순간까지도 작별을 고하지 않았다는 건 틀림없이 바로 지금이 작별을 위한 순간이라는 거잖아요."

"이봐, 모린, 그만 입 좀 다물고 있어."

중앙 단상에 자리한 합주대에서 흘러나온 멘델스존 행진곡이 스타디움에 반향을 울리고, 연주된 선율들은 계단 구석구석에서 이리저리 메아리친다. 깃발과 휘장이 도처에 늘어져 있다. 축복받은 신랑신부들은 스타디움의 한가운데를 향해 서 있다. 그곳에는 그들의 진정한 아버지 문선명 총재가 눈앞에 실제로 서 있다. 은색과 진홍색으로 꾸민 연단 위로 우뚝 솟은, 난간이 설치된 설교단에서 그가 그들을 내려다본다. 그는 새하얀 비단 성복과 정돈된 붓꽃 장식의 높다란 관을 쓰고 있다. 그들은 그에 대해 무엇이든 알고 있다. 그는 그들의 존재를 결정하는 물질의 연쇄처럼 그들 속에 살아 있다. 이 풍채좋은 사나이는 산중턱에서 예수를 보았다. 그는 9년이나 기도만 하며 지냈는데, 너무나 오래도록 깊이 울어서 그의 눈물이 물바다를 이루고 바닥에 스며들어 아래층까지 적셨고 마침내 집의 토대까지 뚫고 땅속으로 흘러들었다. 젊은 신랑신부들은 그가 말로 다 표현하지 않고 묻어두어야 하는 것들이 있음을 안다. 그 말들이 세상에 미칠 충격은 아무도 감당할 수 없다. 그는 평범해 보이지만 메시아적인 신비이며, 그의 피부는 비바람을 겪은 구릿빛이다. 공산주의자들이 그를 강제노동수용소로 보냈을 때 다른 죄수들은 그가 누구인지 알아보았다. 그가 오기도 전에 이미 꿈속에서 그를 보았기 때문이다. 그는 자신에게 배급된 음식의 절반을 나누어주었지만 결코 쇠약해지지 않았다. 광산에서 하루 열일곱 시간을 일하면서도 그는 기도하고, 몸을 청결히하고, 셔츠를 갖춰입을 시간이 있었다. 축복받은 신랑신부들은 그 앞에서 스스로 너무 왜소하다고 느끼기 때문에 아기 음식을 먹고 아기 이름을 사용한다. 미군 비상식량 깡통으로 지은 집에서 살던 이 사람이 그들을 인류 역사의 최후로 인도하기 위해 지금 여기 미국의 빛 속에 와 있다.

신랑신부들이 반지와 서약을 교환하자 특별석에 있던 사람들이 사진을 찍는다. 통로에 선 사람들도 있고 난간으로 몰려들기도 한다. 모든 가족들이 열렬히 앞다투어 모여든다. 어떤 반응을 보여주거나 그 순간을 기억에 새기기 위해서다. 이 행사를 중립화하여 이 행사의 기이함과 힘을 감추기 위해서이기도 하다. 총재는 한국어로 예배를 진행한다. 신랑신부들이 줄지어 연단 앞을 지나가면 그는 그들의 머리에 성수를 뿌린다. 신부들이 면사포를 걷어올리는 것을 보고 로지는 급히 촛점을 맞춘다. 동시에 그는 이 행사에서 점점 멀어져가는 느낌, 영혼의 슬픔을 느낀다. 그럼에도 그는 바라보며 생각한다. 낡은 신이 세상을 등지면 채 펼쳐보지도 못한 그 모든 믿음들은 어떻게 되는가? 그는 아리따운 얼굴, 둥근 얼굴, 갸름한 얼굴, 엉성한 얼굴, 까무잡잡한 얼굴, 수수한 얼굴들을 바라본다. 그는 생각한다. 그들은 안이한 신앙의 원칙 위에 세워진 하나의 민족이다. 경솔한 믿음을 먹고사는 하나의 단위. 그들은 반쪽짜리 언어를 말한다. 짜맞춰진 용어들과 공허한 반복들. 모든 것들, 알 수 있는 모든 것들, 모든 진리, 이 모든 것들이 간단한 몇가지 공식으로 압축되어 복제되고 암기되고 전달된다. 그리고 여기 살아 있는 사람들이 연기하는 기계적 일상의 드라마가 있다. 이것이 그를 두려움에 가위눌리게 한다. 실체와 친밀감의 상실, 사랑과 섹스가 증폭되는 방식, 숫자들과 획일화된 군중. 이것이 그를 진실로 두렵게 만든다. 조각된 대상으로 바뀌어버린 사람들의 무리. 13,000개의 부품으로 이루어진 장난감 같이 그저 재잘거리기만 하는 무해하면서도 위협적인 어떤 것. 망원렌즈를 계속 조절하면서 딸아이를 찾아야 한다는 다소 필사적인 느낌이 들기 시작한다. 그리고 그 아이가 어떤 아이였는지 생각해보게 된다. 그 아이는 건강하고, 똑똑하고, 스물한살이고, 진중한 편이고, 자아가 뚜렷하고, 넉넉한 마음을 가졌고, 어딘가 미묘한 그늘도 있다. 이런 두드러진 특성들의 그물망, 그것들은 그들이 그녀로부터 결코 앗아갈 수 없을 것이다. 그렇다, 그녀에게서 결코 앗아갈 수 없게 해달라고 그는 소망하고 기도한다. 기도하는 동안 저들의 집단기도가 가진 힘은 얼마나 큰 것일까 궁금해한다. 낡은 신이 사라지고 나면 그들은 파리떼와 병 주둥이에다 기도를 할 것이다. 소름끼치는 것은 그를 따르는 이유가 그가 그들이 필요로 하는 것을 주기 때문이라는 사실이다. 그는 그들의 열망에 응답하고 그들에게서 자유의지와 독립적 사고라는 짐을 덜어준다. 그들이 얼마나 행복해하고 있는지 보라.

거대한 스타디움 주위로는 황량한 임대주택촌이 환영처럼 수마일에 걸쳐 펼쳐져 있다. 텅 빈 건물들의 벽에 기댄 뾰족한 등받이의자에는 사내들이 앉아 있고, 공터에서는 소파들이 뜨거운 태양열을 받고 있다. 햇볕에 눈살을 찌푸리며 성가를 부르는 이 수천의 사람들은 느끼고 있다. 미래가 서둘러 와서 그들을 향해 무너지고 있다는 느낌. 심판의 날에 맞닥뜨릴 저주받은 풍경과 인간의 발버둥을 보여주는 징표들이 도처에서 그들을 둘러싸고 있다는 느낌. 그리고 여기 줄지어 선 그들의 무리 한가운데 길고 부드러운 머리카락에 눈에 띄는 외모의 캐런 제니가 반짝이는 재스민 다발을 들고 곧 닥칠 피의 폭풍을 생각하며 서 있다. 그녀는 대열을 따라 총재 앞으로 점점 다가가며 그를 바라본다. 그녀 개인의 시각기관과 분리될 수 없지만, 그럼에도 더 멀리 볼 수 있고 더 깊이 감지할 수 있는 일체화된 군중의 눈으로. 그녀는 온전한 축복을 받았음을 느낀다. 그들 모두는 같은 느낌이다. 50개국에서 모인 여기 이 젊은이들은 모두 자아로부터 해방되었다고 느낀다. 모든 재난과 육체적 고통을 털어버린 그들은 지금 자신들의 옷 속에 서 있는 스스로가 누구인지 잊어가고 있다. 쓰라린 잇몸, 땀에 젖은 목덜미, 배뇨 욕구, 뱃속에서 들리는 태곳적의 꾸르륵 소리, 순간적인 한기와 경련, 발가락 사이의 무좀으로 인한 칙칙함, 인간의 응보로 억눌린 어깨뼈 근처의 심한 경련, 이 모든 긴 일과표, 이제 이 모든 것을 그들은 벗어버렸다. 집단의 성혈로 강인해진 그들이 거기 서서 성가를 부르고 있다.

캐런은 김조박에게로 눈길을 돌린다. 부드러운 눈빛에 새로 산 멋진 양복을 걸치고 각진 구두를 신은 영원의 남편.

그녀는 그녀의 몸을 낳아준 부모가 스탠드 어딘가에 앉

아 있다는 사실을 안다. 그들이 지금쯤 무슨 말을 나누고 있을지, 어떤 몸짓과 표정을 지을지 알고 있다. 아빠는 케케묵은 대학시절의 논리를 끌어다가 이 모든 것을 이해해보겠다고 애쓰고 있을 것이다. 엄마는 오로지 고통받기 위해 지상에 던져진 듯한 고뇌에 찬 눈빛을 하고 있을 것이다. 그들, 수천의 부모들이 우리의 응집력에 기가 질린 채 우리를 둘러싸고 있다. 그들을 진정으로 두렵게 만드는 것이 이것이다. 우리가 진심으로 믿는 것. 그들은 우리에게 믿음을 가지라고 가르치지만 정작 우리가 진정한 믿음을 보이면 그들은 정신과의사와 경찰을 부른다. 우리는 신이 누구인지 안다. 우리가 신이 누구인지 알고 있다는 것 때문에 우리는 세상 사람들 눈에 미치광이가 되는 것이다.

캐런의 마음은 온전한 말씀의 덩어리를 향해 빨려들어가며 때로는 느리게 흘러간다. 총재님의 몇몇 고위 보좌진들이 전하는 말씀들은 우스꽝스럽고 부정확한 형태의 초보적인 영어로 되어 있다.

그들은 일주일에 한번 신을 만난다. 이해하려고 들지 마라. 함께 희생해야 한다. 우리 손으로 지상에 신의 집을 짓는다.

캐런은 김에게 말한다. "여기가 양키즈 팀이 경기하는 곳이에요."

그가 고개를 끄덕이며 미소를 짓는다. 아무런 감정도 실리지 않은 미소다. 그녀에게 무엇보다 강렬한 인상을 주는 것은 그의 머리카락이다. 반짝반짝 빛나고, 결이 고우며 잉크처럼 검은 그의 머리카락은 일요일판 만화에 나올 듯한 모습이다. 그의 머리카락은 그가 정말로 그녀 옆에 있음을 실감하게 만든다.

"야구 말이에요." 그녀는 수백 가지 행복한 추상적 개념들, 군중의 고함과 다이아몬드 모양의 균형 속에서, 그리고 먼지를 내뿜는 슬라이딩의 섬세한 동작들 속에서 훨훨 살아나는 여러 이야기들을 압축하는 그 단어를 꺼낸다. 미국 사람이라면 이 단어가 남기는 여운을 잘 알 것이다. 마음을 나누는 느낌, 말로는 다 표현할 수 없는 오래된 이야기들의 느낌. 하지만 지금 그녀는 이 단어로 단지 민주적 함성, 햇볕 따가운 오후에 펼쳐지는 경기와 땀의 역사, 형식의 개방성에 대해 암시하려 할 뿐이다. 이 개방성으로 인해 야구는 이 나라가 누구에게나 내미는 환영의 손이 된다는 사실.

또 한가지 단어는 '컬트'이다. 사람들은 우리를 두고 이 단어를 너무나 열렬히 사용한다. 우리를 기괴한 눈빛의 꼬마들로 정의하기 위해 사람들에게 잘못된 용어를 알려준 것이다. 우리의 자발적인 노동과 노력도 그들은 매우 혐오한다. 그들은 우리를 낚아채서 초원의 땅으로 되돌려보내고 싶어한다. 우리가 길 위에서 살고, 바닥에서 잠을 자고, 승합차에 몰려앉아 밤새 달리고, 기금을 모으거나, 총재님께 봉사하는 것. 우리의 진정한 아버지가 외국인이며 백인이 아니라는 것. 이런 일들을 그들은 마음속으로 얼마나 경멸하고 있는지 그들은 우리를 가둘 방도 준비해두고 있다. 그들은 우리 이름을 되뇐다. 하지만 우리는 하나의 일생만큼 떨어져 살고 있다. 주먹으로 바닥을 치며 여러 시간 기도하며 운다.

조각난 세상. 그것은 충격 중의 충격이다. 하지만 계획은 있다. 빨리빨리. 만인에게 재촉의 시간을 가져다주자.

그녀는 이제 오로지 총재님이 나오는 꿈만 꾼다. 그들 모두가 그분에 관한 꿈을 꾼다. 그들은 그분의 환영을 본다. 그분의 육신은 실제로 수천 마일 떨어져 있어도 그는 그들과 같은 방 안에 함께 있다. 그들은 그분에 관해 이야기하고 눈물을 흘린다. 눈물이 그들의 얼굴을 타고 흘러내려 바닥이 물바다가 되고 아래층 방의 천장으로 스며든다. 그분은 그들의 단백질 구조의 일부이다. 그분은 평범한 시공간에서 그들을 건져올리고는 그들에게 일상과 노동과 기도와 순응에 바쳐진 삶의 축복을 보여준다.

로지가 쌍안경을 모린에게 건넨다. 그녀는 고개를 절레절레 흔든다. 그건 태풍이 휩쓸고 간 곳에서 사랑하는 이의 시신을 찾는 것과 같은 일이다.

수천개의 풍선이 떠올라 관중석 위층 가장자리를 넘어 날아간다. 캐런이 면사포를 들어올리고 설교단 앞을 통과한다. 설교단은 삼면이 방탄막으로 둘러져 있다. 그녀는 눈앞의 총재님이 불러일으키는 돌풍, 카리스마를 가진 영혼의 태양 같은 힘을 느낀다. 그분을 그토록 가까이서 대면한 적은 없다. 그분이 병에 담긴 이슬 같은 성수를 그녀의 얼굴에 뿌린다. 그녀는 총재님의 말씀 한마디 한마디를 따라하고 있는 김의 입술을 바라본다. 그녀는 관중석 가까이 있었기 때문에 사진을 찍겠다고 난간으로 몰려드는 사람들을 볼 수 있었다. 뉴욕의 어느 스타디움 한가운데 자신이 서 있고 수천의 사람들이 자신의 사진을 찍을 거라는 생각을 그녀가 해본 적이 있던가? 사진 찍고 있는 사람들의 수는 신랑신부들만큼이나 많을 것이다. 우리들 한명 한명에 그들도 한명씩. 찰칵찰칵. 이런 생각을 하면 신랑신부들은 조금 어지러워진다. 그들은 공간이란 옮겨지게 마련이라고 느낀다. 그들은 여기에 있지만 동시에 그곳에도, 사진앨범과 슬라이드 영사기들 속에도 이미 존재한다. 사진액자를 지극히 축소된 몸으로 채우며. 극소 자아야말로 바로 지금 그들이 추구하고 있는 것이다.

그들은 외야의 잔디 쪽으로 돌아가서 다시 대오를 이룬다. 양쪽 더그아웃 근처에는 징과 북 소리에 맞춰 춤을 추는 민속공연단이 있다. 캐런이 수천의 무리 속으로 들어가 섞인다. 그녀는 무리의 숨결이 이루는 장단을 느낀다. 그들은 이제 세계 가족이 되었다. 여기서 이루어진 각각의 결혼은 그 구원의 통로다. 총재님이 계시 속에서 배경과 성격만 보고는 짝을 지웠다. 그것은 예정되어 있던 하늘의 명령이며 한사람 한사람은 완벽한 배우자를 만나기 위해 여기 모여 있다. 그들은 단둘이 한방에 들어가 서로 만지고 사랑하도록 허락받기 전에 40일간 격리된다. 아니, 그보다 더 길어질 수도 있다. 만약 총재님이 그럴 필요가 있다고 생각한다면 여러 해가 지나야 하는 경우도 있다. 그들은 찬물로 샤워를 한다. 이 같은 엄격함이 강인함을 끌어낸다. 그들의 자제력은 나이와 개인적 암호들, 다시 말해 개별적인 욕망의 체계를 관통한다. 남편과 아내가 된 자는 서로 다른 나라에 사는 것에 동의한다. 선교사업을 하며 공통육신의 호흡을 확장시킨다. 사탄은 냉수 샤워를 싫어한다.

군중의 눈이 1달러짜리 지폐에 그려진 피라미드의 눈처럼 밝게 그들 위에 걸려 있다.

폭죽 하나가 터지고, 또 하나의 M-80 폭죽이 출구 쪽 통로에서 터지며 강력하고 단호한 충격음을 내자 사람들의 머리가 몸통 속으로 움츠러든다. 모린은 전투에라도 맞닥뜨린 충격을 받은 듯 보인다. 관중석 위층에 비어 있는 좌석들 사이사이를 뚫고 가는 아이들 무리가 있다. 그들 중 일부는 기껏해야 열두어살 안팎으로밖에 보이지 않지만 거리의 흉악범들처럼 거만하게 으스대며 움직이고 있다. 그녀는 그들을 바라보지 않기로 작심한다.

"내 말 잘 들어둬." 로지가 말한다. "내가 이 조직을 철저히 조사해볼 거야. 도서관을 뒤지고, 전화를 돌리고, 부모들을 접촉해서 하나하나 조사해볼 생각이야. 사람들이 무슨 일이 있을 때건 전화해볼 수 있는 지원단체들이 있다는 건 당신도 들어서 알지."

"우린 지원이 필요해요. 당신 말이 맞아요. 하지만 당신은 이미 몇광년 정도나 늦어버렸어요."

"호텔에 돌아가는 즉시 비행기 시간을 바꾸고 체크아웃한 뒤 서둘러 움직여야겠어."

"어쨌거나 오늘밤 숙박비는 물어야 할 거예요. 표부터 구하는 게 더 나을 거예요."

"이 문제에 조금이라도 빨리 착수해야 해."

"급하기도 하네요, 당신. 이거 참 웃어야 할지."

"손에 넣을 수 있는 건 모두 읽을 거야. 대강 훑어보기만 했던 건 저애가 이토록 엄청난 뭔가에 연관돼 있는 줄 몰랐기 때문이었어. 전화상담 써비스들 정보를 좀 모아서 우리가 이야기할 수 있는 사람이 있는지 알아봐야겠어."

"당신 지금 마치 그런 사람들 같아요, 알아요? 희귀병에 걸려서는 의학서적에서 찾을 수 있는 건 조목조목 다 배우고, 세계 3대 대륙의 이름난 의사들에게 전화질을 해대고, 똑같이 무시무시한 병에 걸린 사람들을 밤낮으로 찾아다니는 그런 사람들 말이에요."

"그럴듯한 비유야, 모린."

"그들은 최고책임자를 만나러 휴스턴으로 날아가지요. 최고책임자는 언제나 휴스턴에 있더라."

"배울 수 있는 걸 모두 배운다는 게 뭐가 잘못이야?"

"그걸 즐길 필요까진 없지요."

"이건 즐기느냐 아니냐의 문제가 아니야. 캐런에 대해 우리가 져야 할 책임의 문제야."

"그런데 걔는 지금 어디 있는 거죠?"

"난 꼭 그렇게 하고 말 거야."

"당신 캐런을 열심히 찾고 있었잖아요. 그런데, 이미 질린 거예요?"

한줄기 바람이 불자 신부들의 면사포가 살랑거리며 위로

들렸다. 신랑신부들이 놀라 소리를 지르고, 갑자기 경쾌한 움직임이 일면서 쾌활한 분위기가 되었다. 그들은 스스로가 대체로 어린아이라는 사실을 기억한다. 열광의 기분에 전염되는 것에서 완전히 벗어나지는 않았단 말이다. 어쨌든 그들은 과거를 공유하고 있다. 캐런은 승합차나 붐비는 방 안에서 잠을 자고 기도시간에 맞추기 위해 새벽 다섯시에 일어나서는 꽃 파는 팀과 함께 거리로 나섰던 그 많은 밤들에 대해 생각한다. 준이라는 이름의 여자가 있었는데 그녀는 스스로 점점 작아져서 어린아이 때로 되돌아갔다고 느꼈다. 그들은 그녀를 주넷이라고 불렀다. 그녀는 손이 너무 작아서 미국 모텔 화장실의 소형비누를 쥘 수조차 없었다. 이것이 다른 팀원들에게 터무니없어 보이지는 않았다. 그녀는 단지 그곳에서 실제로 존재하는 것, 지상의 페인트 껍질과 글루타민산 아래서 서서히 움직이는 영원의 모습을 보고 있었을 뿐이다.

그 모든 잃어버린 풍경들. 다운타운에서의 밤들, 석탄재 블록으로 만들어진 지하창고에서의 라이브 누드쇼. 대도시 변두리의 작은 구역들에 있는 그 모든 인적없는 거리들. 승용차 진입로의 허리 높이 나무와 신선한 타르 연기, 마지막 갈라지는 길 뒤의 바위틈에서 아늑하게 몸을 내미는 아담한 크기의 방울뱀들. 캐런은 하루 400달러 할당량을 채우기 위해 주로 길거리에서 아직 꽃잎이 벌어지지 않은 장미와 패랭이를 파는 일을 했다. 몽유병 환자처럼 이집 저집을 마구 들어갔다 튀어나오는 식이었다. 천둥치는 빗속으로 보이는 말쑥한 집들. 새벽 다섯시에 사람들은 사막 한가운데 놓인 카지노테이블 위에 늘어져 있었다. 프로그레시브 슬롯 잭폿. 웰컴 팁스터. 캐런은 일주일을 물만 마시며 굶었다. 그러곤 빅맥 무더기 위에 쓰러졌다. 회전문을 통해 호텔 로비와 백화점에 들어가서 경비가 워키토키와 삐삐와 전투용 권총을 들고 재빨리 다가올 때까지.

그들은 두 손을 이마에 겹쳐 대고 엎드려 기도했다. 아직 태어나기 전의 태아처럼 몸을 웅크린 채.

승합차 안에서는 모든 것이 중요했으며 모든 말이 의미가 있었다. 때로는 열여섯 명의 소녀들이 빼곡히 타고서 너는 나의 태양을 떠들썩하게 부르며 수입 목표에 대해 읊조렸다. 사탄은 타락한 세상을 지배한다.

그녀는 어린 패랭이꽃을 일곱 개씩 묶어서 쌓았다. 7은 완전한 수의 상징이다. 그녀는 총재님처럼 문법에 어긋나는 영어로 생각을 했을 뿐 아니라 워크숍이나 교육시간에 들은 목소리들을 흉내내며 크게 소리칠 때도 있었다. 그것은 같은 승합차에 탄 자매들에게 강연을 하거나 판매를 하라거나 현금을 거머쥐라고 독려할 때였다. 자매들은 그녀의 섬뜩한 흉내에 영감을 받아야 할지 그녀를 불경죄로 보고해야 할지 알 수 없었다.

주넷은 쉽사리 경이감에 빠져드는 사람이었다. 그녀에게는 모든 것이 대단했다. 너무 크고 너무 생생했다. 자매들은 그녀와 함께 기도하고 울었다. 꽃바구니에서 물이 출렁거렸다. 그들은 21일 동안 판매경진대회를 열었다. 하루 세 시간만 잤다. 한 자매가 도망쳤을 때 그들은 그녀가 두고 간 옷에 신성한 소금을 뿌렸다. 그들은 기도문을 외웠다. 우리가 가장 위대하나이다, 의심의 여지가 없나이다, 신성한 아버지시여, 우리가 모두 팔겠나이다.

그해 겨울 도심의 어느 술집에 자정이 넘어 고요가 찾아왔다. 하느님 당신의 외로운 부르심. 카네이션 한송이 사세요, 아저씨. 캐런은 하층민들 사이를, 밤의 무리 같은 그들 사이를 걸을 수 있다는 사실이 기뻤다. 그녀는 반쯤 황홀경에 빠져 홀로 순교자처럼 헐벗어 보이는 가게들 앞을 지났다. 대기는 넋을 잃어 요란스러웠다. 한무리의 단골 술주정뱅이들이 한두 송이씩 꽃을 샀다. 길고 평평한 손가락에 진주 같은 손톱을 한 남자들은 갑작스런 상황에 술이 깼다. 모자를 쓴 사내들은 멈칫거리며 비에 젖은 처녀를 바라보았다. 저들은 또 무슨 짓거리를 하려고 길에 나오는가? 땀 한 줄기가 윗입술까지 흘러내린 늙은 주정뱅이가 그녀에게 우스꽝스러운 말을 했다. 그녀는 부랑아들의 치근거림을 꽤 자주 겪었다. 이렇게 너무 치근거리지 마세요, 아저씨. 그러고는 또 지긋지긋한 술집을 찾아 거리를 훑었다.

팀 리더가 말했다. 서둘러야 해, 얘들아. 빨리빨리.

승합차 안에서는 진리가 힘을 발휘했다. 그들이 하는 모든 말과 행동이 저 바깥에서 벌어지는 비탄의 노래로부터 그들을 분리해주었다. 차창 밖으로 그들은 타락한 세상의 얼굴들을 보았다. 그 모습이 진정한 아버지에 대한 그들의 애착을 더욱 완전하게 했다. 그들은 때로 밤새워 기도했다. 그들 모두가 덴버의 어느 알 수 없는 곳 모텔방에 모여앉아 기도문을 외우고 소리지르고 기도자세에서 뛰어오르며 아 제발, 아 예 하며 사랑스럽게 읊조리는 기도를 총재님께 올렸다.

캐런은 그들에게 말했다. 너희들은 잠을 얼마나 잘 거야, 다섯 시간 아니면 네 시간?

네 시간.

그녀가 말했다. 너희들은 잠을 얼마나 잘 거야, 네 시간 아니면 세 시간?

세 시간.

그녀가 말했다. 너희들은 잠을 얼마나 잘 거야, 세 시간? 아니면 한숨도 안 잘 거야?

한숨도 안 자.

승합차 안에서는 모든 규칙이 두 배로 중요했다. 모든 자매들은 옷을 입고 기도하고 머리 빗고 양치질하는 방식들을 매일 점검받게 되어 있었다. 평생 방황과 죄책감의 공포를 느끼며 살아야 할 위험 없이 승합차를 떠나는 길은 그들에게 오직 한가지뿐이었다. 손목을 긋는 관행을 따르는 것. 그게 아니면 고층건물의 창문 밖으로 걸어나가는 것. 총재님을 실망시키는 것보단 회색 허공 속으로 들어가는 것이 나을 테니까.

팀 리더가 말했다. 각자의 오늘에 대해 미리 생각하라. 그러고는 매진하라, 매진하라, 매진하라.

오트밀과 물. 빵과 젤리. 저어라, 저어라, 배를 저어서 가자. 캐런은 그들에게 말했다. 잠을 줄여라, 그것이 속죄하는 길이다. 체중을 줄여라, 그것이 속죄하는 길이다. 머리카락이 빠지고, 손가락에서 손톱이 빠지고, 손을 모두 잃어버리고, 팔을 모두 잃어버리면, 그러면 죄악이 다가오지 못할 거다.

그녀가 판매한 장미를 먹어버린 인디애나의 그 사내.

하루치 목표를 채우기 위해 해질녘 쇼핑몰을 뛰어다니기. 자동세탁소와 버스터미널 급습하기. 아주머니, 이 돈은 마약쎈터를 위해 쓰입니다라고 말하며 경찰견 사업처럼 문전 두드리기. 일리노이 주 스코키에서 자신의 부모에게 납치된 주넷. 반값에라도 팔기 위해 부러진 꽃을 스카치테이프로 동여매기. 대평원의 미친 듯한 날씨. 눈꺼풀이 무겁게 내려앉아 식사시간에 잠들기, 화장실에 앉아서 졸기, 몰래 졸기, 쪽잠 자기, 그저 고개만 끄덕이기, 잠깐 침대에 드러눕기, 어디서건 쓰러져 자기, 지쳐서 잠들기, 세상을 잊고 죽은 듯 잠자기, 팽이처럼 잠자기, 통나무처럼 잠자기, 필사적인 눈붙이기, 눈붙일 시간 찾기, 어디서건 잠자기, 고양이잠, 선잠, 잠귀신과의 1분. 기도시간은 그들이 끝까지 매진할 수 있게, 불쌍한 피가 뛰게 해주었다. 신앙이 얕은 자매들이 수많은 의심을 갖게 만드는 그 모든 부정적 매체들을 조심하기. 요상한 주문 외우기. 기상기록이 시작된 이래 그 지역에서 가장 추운 겨울. 수입 목표에 대해 읊조리기.

팀 리더가 말했다, 서둘러, 서둘러, 서둘러. 얘들아, 빨리 빨리.

로지는 운동용 겉옷을 입고 앉아 있다. 주머니에는 여행자수표와 신용카드와 지하철 지도가 들어 있다. 그는 정밀 렌즈를 들여다본다. 들여다보고 또 들여다본다. 그가 보고 있는 것은 반복과 좌절뿐이다. 그들이 다시 기도문을 읊는다. 이번엔 한 단어만 거듭 반복하고 있다. 그것이 영어인지 다른 언어인지, 아니면 하늘에서 내려온 축구경기장의 고함소리인지 구별할 수가 없다. 캐런은 어디에도 보이지 않는다. 그는 쌍안경을 내려놓는다. 사람들은 아직도 사진을 찍고 있다. 그는 13,000명의 몸이 한덩어리가, 하나가 되어 허공으로 솟지 않을까, 경기장 지붕 높이로 서서히 떠오르지 않을까 얼핏 기대해본다. 부케를 움켜쥔 눈부신 신부들과 태양 같은 치아를 드러낸 신랑들이 사진을 찍히고 찍히다 못해 등에 후광을 달고 그렇게 솟구치지 않을까 은근히 기대하고 있다. 연막 폭죽이 형광 데이글로의 뿌연 안개를 남기며 외야석에서 터져나온다.

총재가 기도를 인도한다. 만세, 만년의 승리여. 증폭된 그의 목소리에 맞춰 축복받은 신랑신부들이 일제히 입술을 움직인다. 그들의 얼굴에는 고통에 가까운 황홀한 숭배의 인식이 뚜렷이 나타난다. 그는 수많은 죄악의 수수께끼를 풀어주실 재림의 주이다. 그의 목소리는 사랑과 기쁨, 그들의 아름다운 임무, 기적과 순종적인 자아들을 넘어서도록 그들을 인도한다. 이 기도, 이 기도의 행위에는 하나되게 하는 그 무엇, 그들을 황홀하게 하는 힘이 있다. 그들의 목소리는 점점 더 커진다. 그들은 그 소리를 타고 솟아오르고 또 가라앉는다. 기도는 세상의 경계가 된다. 그들은 높이 솟아오른 경기장의 부분부분과 그림자들 속에 순백으로 얼어붙은 총재의 모습을 본다. 그가 팔을 들면 기도소리는 더 커지고 젊은 부부들은 팔을 치켜든다. 그는 종교와 역사 너머로 그들을 인도한다. 여기 수천명이 모두 팔을 치켜든 채 울고 있다. 그들은 열망의 힘에 사로잡혀 있다. 그들은 금세 안다. 느낀다. 그들 모두가 함께 시간 속에 깊이 뿌리박은, 지상의 피를 통해 흐르는 그 열망을 느낀다. 이것은 의식이 타락한 후로 사람들이 소망해온 것이다. 그들의 기도가 종말의 시간을 앞당긴다. 기도는 종말의 시간이다. 그들은 인간 목소리의 힘을 느낀다. 그들을 더욱 깊이 하나가 되게 하는, 반복되는 단 한 단어의 힘을. 그들은 세상을 뒤흔들 휴거를 위해, 예언과 경이의 진리를 위해 기도한다. 그들은 새 생명을 위해, 영원한 평화를 위해, 고독한 영적 고통의 종말을 위해 기도한다. 연주대의 누군가 거대한 북을 친다. 그들은 하나의 언어, 하나의 단어를 위해 기도한다. 이름이 모두 사라질 그때를 위해 기도한다.

캐런은 이상하게도 꿈결에 젖어든다. 김이라는 남편에게 적응하자면 시간이 좀 걸릴 것이다. 썬슈트를 입던 꼬마시절부터 김이라는 이름을 가진 계집애들을 알아왔다. 알고 보면 상당히 많았다. 킴벌리도 있었고 그냥 킴이라 불리는 아이들도 있었다. 햇빛을 받아 반짝이는 그의 머릿결을 보라. 내 남편이라니, 좀 이상하게 들린다. 그들은 발가벗고 함께 기도하고, 총재님 가르침을 한마디 한마디 암송할 것이다.

수천의 신랑신부들이 일어서서 기도한다. 그들 주위에는 사람들이 에스컬레이터를 타고 올라가며 에스컬레이터를 타고 내려오는 얼굴들을 몰래 훔쳐보는 세상이 있다. 사람들은 흰 컵에 따른 뜨거운 물속에 티백을 드리운다. 자동차들이 조용히 고속도로를 달린다. 자동차들이 뿜어내는 색색의 불빛들. 사람들은 책상 앞에 앉아 사무실 벽을 바라본다. 그들은 셔츠에 대고 냄새를 맡고 세탁물 바구니에 던져넣는다. 사람들은 번호가 매겨진 좌석에 몸을 묶고 시간대를 가로질러 높은 구름층과 깊은 밤 속을 비행한다. 그들은 뭔가 해야 할 일을 잊고 있다는 사실을 안다.

미래는 군중들의 것이다.

제1부

1

그는 흘러나오는 배경음악을 들으며 서점의 서가들 사이를 걸었다. 성공을 확신하는 매력적인 표지의 책들이 정렬되어 있었다. 그는 유쾌한 흥분을 느끼며 신간 한권을 집어 들었다. 매끄러운 책등에 손을 대고 페이지를 넘기는 그의 엄지손가락 너머로 활자의 행렬들이 초조하게 움직이는 것이 보였다. 그는 열정에 사로잡힐 때에도 예리함을 잃지 않는 젊은이였다. 그는 단순히 읽어보고 싶은 책도 있고 무조건 사야 하는 책도 있다는 사실을 알았다. 특이한 방식으로 손짓하는 뛰어나고 대담한 책들, 주위의 공기를 물들이는 열기를 가진 책들. 그는 남쪽 서가를 뒤지며 저자들의 사진들을 잊지 않고 확인했다. 그는 테이블 위에 쌓인 책들과 계산대 근처에 무더기로 놓여 있는 책들을 점검했다. 그는 예쁜 부채 모양으로 바닥에서 1.5미터 높이까지 쌓여 있는 책들을 보았다. 받침대 위에 서 있는 책들도 있고 멋없이 편안하게 무더기로 진열된 책들도 있었다. 서점들은 더러 그를 약간 불쾌하게 했다. 그는 반짝이는 베스트셀러들을 바라보았다. 사람들이 불행한 현혹에 매료된 듯 서점 안을 돌아다녔다. 계단진열대와 투명합성수지로 된 벽 서가에도 책들이 있었고, 피라미드처럼 쌓인 책이나 주제별로 전시된 책들도 있었다. 그는 페이퍼백이 있는 아래층으로 갔다. 대중용 염가판들을 바라보며 손끝으로 볼록하게 튀어나온 표지의 글자들 위를 육감적으로 더듬었다. 번들거리는 표지들에는 금박 장식이 되어 있었다. 책은 실험실 아기들이 요람에 누운 듯 아홉 권씩 마주 보게 포장돼 있었다. 그는 그 책들이 나를 사주세요 소리치는 것을 들을 수 있었다. 도서주간과 도서박람회를 알리는 포스터들이 있었다. 바닥에 흩어진 책들을 건너뛰며 사람들이 운반용 상자들 주위를 돌아서 움직였다. 그는 모던클래식 섹션으로 가서 빌 그레이의 얄팍한 최신판 서점판매용 소설 두 권을 찾아냈다. 엄숙한 암갈색과 선홍색으로 장식한 쎄트의 책. 그는 빌의 책이 진열된 서가를 즐겨 돌아보곤 했다.

서점에서 나오는 길에 그는 찢어진 외투 차림의 사내 하나가 비틀거리며 들어서는 것을 보았다. 그는 아주 긴 머리에 지저분했으며, 턱수염엔 침이 서리처럼 엉겨 있었고, 오랜 멍 자국이 앞이마를 가로지르며 희미해지고 있었다. 사람들이 움직이다 말고 얼어붙은 채 무엇에라도 감염될까 저어하듯 그로부터 조심스레 떨어졌다. 그 사내는 누군가 말을 걸 만한 상대를 찾아 두리번거리고 있었다. 그곳은 널찍하고 환한 장소였는데 움직임을 멈춘 채 눈길을 돌린 사람들밖에 없었다. 도로는 차량들 소리로 시끄러웠다. 그 사내의 바짓가랑이 하나는 낡은 고무장화 속으로 뭉쳐들어가 있었다. 다른 바짓가랑이는 질질 끌리며 바닥에 자국을 냈다. 위층에서 내려온 경비가 다가오자 이 사내는 뭔가 설명하려는 듯 두툼한 손을 치켜들었다.

"난 내 책에 싸인을 하려고 여기 온 것이오." 그가 말했다.

그 말이 서점을 가로지르며 천천히 의미를 드러내는 동안 모두들 가만히 서 있었다.

"펜이나 하나 가져오시오. 내 책에 어서 싸인하게."

경비가 그 사내에게 다가갔다. 사내가 재빨리 뒤로 물러서는 모습을 눈여겨보지도 않았다.

"손 조심하시오. 내 몸에 손댈 권리가 당신한테는 없소. 그래, 그거요, 나한테 손가락 하나도 대지 마시오."

사람들은 다시 움직여도 괜찮다는 사실을 알았다. 이것도 그저 뉴욕에서 흔히 맞닥뜨릴 만한 일들 가운데 하나일 뿐. 경비가 회전문을 밀고 그 사내를 따라나가고 스콧도 그 뒤를 따라나갔다. 그는 좀 늦긴 했지만 불과 몇블록 떨어진 곳에서 열리고 있는 워홀 전시회를 보고 싶었다. 미술관 로비는 붐볐다. 그는 아래층으로 갔다. 사람들이 흥분한 발걸음으로 그림들 주위를 거닐고 있었다. 그는 전기의자 캔버스들을 지나쳤다. 자동차 사고와 유명 영화배우들의 이미지가 반복되는 뉴스들을 지나갔다. 그는 열성적으로 몰려드는 사람들에게 익숙해졌다. 사람들이 명성과 죽음이라는 레이저총에 맞아 그림들 앞에 꼼짝없이 사로잡혀 있는 것은 정말이지 당연한 일처럼 보였다. 스콧은 관람하러 온 사람들에게 미칠 효과에 대해 그토록 무관심한 작품은 본 적이 없었다. 벽들은 놀랄 만큼 무덤덤한 시선으로 하늘을 올려다보고 있었다. 그는 군중이라는 제목의 씰크스크린 앞에 섰다. 이미지가 불규칙하고 진한 선들이 캔버스를 장식하고 있어서 그것은 그에게 마치 군중 그 자체, 사람들의 엉긴 무리 그 자체가 어떤 스쳐가는 방송 속의 대참사에 의해 찢겨지고 있는 것 같았다. 그는 움직이다가 마침내 마오 쩌뚱 주석의 이미지들로 가득 찬 방에 섰다. 복사한 마오 쩌뚱, 씰크스크린 마오 쩌뚱, 벽지 마오 쩌뚱, 합성수지 마오 쩌뚱. 일련의 씰크스크린들이 널찍한 벽지 쎄리그래프 표면에 얹혀 있었다. 이곳엔 팬지꽃 같은 심홍색의 마오 쩌뚱 얼굴이 사진 원판에서 거의 자유롭게 떠 있는 것 같았다. 역사를 아랑곳하지 않는 작품이 스콧의 마음을 끌었다. 그에게는 이 작품이 해방감을 주었다. 이 그림들을 보기 전에 그가 마오 쩌뚱의 심오한 의미를 인식한 적이 있었던가? 근처의 냉혹한 어둠속에 지하철이 우르릉거리며 지나갔다. 그는 그곳에 서서 한동안 더 관람하면서 사람들이 쉬지 않고 들락거리는데에도 불구하고 야릇한 고요를 느꼈다. 밀려드는 사람들의 몸이 그 나름의 조용한 울림을 냈다.

바깥으로 나오자 누비 외투를 입은 어떤 여자가 그를 뒤따라왔다. 그가 보기에 자그마하고 머리를 짧게 자른 그녀는 동물 한마리를 외투 속에 품고 있는 것 같았다. 그가 걸음을 재촉하자 그녀도 따라붙으며 말했다. "당신은 다른 도시에서 온 것 같으니 제가 이야기를 좀 해도 되겠군요."

그는 몸을 돌려 그녀를 쳐다보려다가 이내 그러지 않겠다고 생각했다.

그가 앞만 보며 걸음을 더욱 재촉했지만 그녀는 여전히 옆에 바싹 붙어 걸으며 말을 붙였다. “허공에서 갑자기 당신 얼굴을 본 순간 이 사람은 믿을 만하겠구나 하고 생각했어요.”

그는 깜빡이는 신호등을 가리키며 자신이 시간에 쫓기고 있음을 그녀가 눈치챘으면 했다. 이제 미안하지만 그만했으면 좋겠다고, 그녀가 나쁘게 받아들이지는 않았으면 좋겠다고 생각했다. 하지만 그녀는 그의 뒤에 바짝 붙어서 길을 건너 보도 연석까지 함께 걸었다. 바로 그 순간 그녀가 그에게 동물을 건네주려 했다. 그는 그게 무슨 동물인지 고개를 돌려보지도 않았다. 뭔가 검고 병든 느낌이었다. 그는 이제 거의 뛰다시피 했지만 그녀는 계속 따라붙으며 말했다. “가져가세요, 아저씨, 가져가요.” 그녀의 말은 들어주더라도, 그는 대답을 하거나 자기 몸에 손을 대게 하거나 그녀가 손을 댔던 그 무엇을 자신에게 건네게 하지는 않을 작정이었다. 그는 경비가 잡으려고 손을 뻗자 몸을 사리며 뒷걸음치던 서점의 그 초라한 사내를 생각했다. 어느 쪽도 손이 닿는 것을 원치 않았다.

“시 외곽으로 가져가면 그게 살아날 수도 있지 않겠소.” 그렇게만 말했다.

제자리를 벗어난 게 너무 많은 세상에선 제자리를 벗어난 게 아무것도 없는 법이다. 그는 차를 몰아 도심 어느 호텔의 8층 로비로 갔다. 브로드웨이 밀집지역의 천장이 없는 호화로운 중앙홀이었다. 서양 담쟁이가 계단 통로에 걸려 있고 격자장식과 나무정원이 있고 엘리베이터가 노출된 건물 내부를 통과했다. 한때 내부 고속도로가 있는 도시들이 꾸었던 그 꿈. 그는 바에서 가까운 테이블에 앉아 있는 그녀를 보았다. 의자 옆에는 1박용 여행가방과 휴대용 가방이 바닥에 놓여 있었다. 그녀는 사십대 후반쯤 되어 보였다. 숱 많고 거친 희끄무레한 금발이 바닷바람에 표백된 듯한 얼굴에서 솟아나 있었다. 그녀의 담청색 눈은 깜짝 놀랄 만큼 맑아서 바라보지 않고는 못 배길 것 같은 느낌이 들었다.

"브리타 닐슨 씨죠?"

"어떻게 알아보셨어요?"

"그렇게 보입니다. 뭔가 전문적이고, 세련되고, 온 세상 안 가본 곳이 없어 보이고, 약간은 초연한 모습이. 카메라 케이스는 말할 것도 없고요. 제가 스콧 마르티노입니다."

"변경으로 저를 안내할 분이시군요."

"실은 시내로 오는 동안 여러 번 길을 잃었습니다. 주말인데도 교통정체 때문에 이리저리 떠밀리다 어렵사리 제대로 길을 찾고 또 주차할 곳도 찾았지요. 그런데 심란한 순간들이 기다리고 있더군요. 정신나간 방해꾼들, 살아 있는 그림자 같은 부류들, 그들이 저한테 말까지 걸더군요. 지난 몇 해 동안 뉴욕에 오지 못했어요. 그래서 잠시 여기 앉아 이야길 좀 나눈 뒤에 밖으로 나가고 싶은데요. 당신은 여기 사세요?"

"흥분 좀 가라앉히세요. 저는 저 아래 다운타운에 삽니다. 하지만 도심 어딘가에서 만나는 것이 더 편할 거라고 생각했어요. 이런 기회를 갖게 되어서 기뻐요. 한데 당신은 구체적으로 뭐라고 밝히지도 않은 채 여러 가지 조건들만 이야기하시더군요. 제가 그분과 얼마나 오랫동안 함께 있어야 하는지, 그런 문제 말이에요. 그러니까 제가 얼마나 오래 있다 와야 하는지 말이죠. 왜냐하면 제 일정이 정말로 상당히 빡빡한데다, 아시겠지만 여러 날을 지낼 만큼의 속옷은 챙겨오지 않았어요."

"잠깐만요, 지금 우리가 움직이고 있나요?"

"회전식 바니까요."

"이런, 내가 대체 어딜 찾아온 거죠?"

"이상하지 않아요? 뉴욕이 내려앉다니."

그는 곡선형 창유리 속으로 브로드웨이가 떠오르는 것을 보고 마치 시간과 공간의 벽돌들이 빠져나와서 표류하는 듯한 느낌을 받았다. 제자리를 벗어난 도심의 호텔. 미타, 미도리, 기린, 마그노, 산토리 같은 간판들, 인공 대중언어나 시차를 건너온 에스페란토 언어의 단어들. 풍화를 견디도록 그물과 천으로 둘둘 말아둔 길 건너의 공사중인 고층건물. 오렌지색 보호막 틈새로 언뜻언뜻 지나가는 사람 형상들. 그는 이제 그들을 뚜렷이 볼 수 있다, 저 건물이 폐허처럼 보이도록 들보 위에서 놀고 있는 서너 명의 아이들.

"이 말씀도 드려야겠군요. 전 이런 식의 작전이 이해가 안돼요. 차라리 저 스스로 거기 가는 게 더 좋아요."

"어디 말씀이죠? 어디가 어딘지 알지도 못할 텐데요."

"당신이 알려주실 수 있잖아요, 그렇지 않아요?" 그녀가 말했다.

"빌은 우리가 이렇게 하길 고집해요."

"어쩌면 약간 신파조로 말인가요?"

"빌이 고집한다니까요. 게다가 우리 거처는 찾아가기가 아주 힘들단 말입니다."

"알았어요. 하지만 그분 자신의 마음의 평화를 위해서라도 중간지점을 택하지 그러셨어요? 그러면 노출될 염려도 없잖아요. 그가 사는 곳은 비밀로 남을 테니까."

"당신이 알아낼 만한 것은 많지 않을 겁니다. 게다가 빌은 당신이 어쨌거나 아무것도 누설하지 않을 거라는 점을 알고 있습니다."

"그걸 그가 어떻게 알지요?"

"『애퍼처』에 실린 당신에 관한 글을 봤습니다. 그걸 보고 당신이 적임자라고 생각한 거죠. 뿐만 아니라 그분은 당신을 다른 곳에서는 만날 수가 없습니다. 왜냐하면 현재 작업 중인 책에서 벗어날 때를 제외하곤 다른 어디에도 가지 않으니까요."

"나는 그분 책을 정말 좋아해요. 내겐 정말 의미가 컸어요. 그런데 얼마 동안이나 그가 사진을 찍지 않았다고 했죠? 필경 몇십년은 되겠지요. 그런데도 나더러 진정하라고요?"

"진정하시는 게 좋을 겁니다." 스콧이 말했다.

위층 바 구역에는 속이 내비치는 등나무 세공 타워 속에서 시계가 돌아가고 있었다. 그는 테이블에 앉아 등나무와 시계 몸체 사이로 엘리베이터들을 볼 수 있었다. 그는 편하게 앉아 오후 내내 엘리베이터들이 오르내리는 걸 볼 수도 있겠다고 생각했다. 조그만 점등들로 둘러쳐진 투명한 원통들. 모든 게 움직이고 있었다. 모든 게 천천히 돌아가고 있었다. 어디선가 음악이 흘러나왔다. 그는 능숙하게 내려가는 엘리베이터 속의 사람들을 바라보았다. 저 높이 통로에서 아래를 바라다보는 사람들이 간간이 눈에 띈다, 그들의 머리와 상체가. 그는 도로에서 그 여자가 건네주려고 애쓰던 것이 신생아일 수도 있을까 생각해보았다. 어디에선가 흘러나오는, 똑같은 소절이 끝없이 반복되는 음악.

"요즘은 작가들 사진만 찍으시나요?"

"작가들만 찍죠. 난 사실 작가라고 불리는 병에 걸렸어요. 내가 찍고 싶은 게 무엇인지 알아내는 데 아주 오랜 시간이 걸렸지요. 이 나라에 온 지 15년 됐습니다. 정확히 말하면 이 도시에 온 지 말이에요. 첫날은 거리를 돌아다니며 도시의 얼굴들, 도시인들의 눈, 칼로 베인 사람들, 창녀들, 응급실 등을 마구 찍었지요. 이 짓을 여러 해 동안 했어요. 사진기를 목에 걸고 가슴에 매단 채 광각렌즈를 사용해서 여러 번에 걸쳐 셔터를 눌러댔죠. 그래야만 쓸데없는 관심을 끌지 않으니까요, 감사하게도. 나는 노숙자들을 말 그대로 무덤까지 따라갔어요. 또 그저 얼굴들을 보기 위해 야간법정도 찾아가곤 했습니다. 내 말은 뉴욕, 그렇죠, 이게 내 공식 국교(國教)죠. 하지만 몇년간 이렇게 하다가 나는 그게 약간 이상하다고 생각하기 시작했죠, 타당하지 않은 건 아니지만요. 무엇을 찍건, 아무리 공포, 현실, 비참함, 영락한 육신들, 피 묻은 얼굴들을 찍어대도 결국은 모든 게 너무나 지랄같이 예쁜 거예요, 아시겠어요? 그래서 나는 나 스스로를 위해 필경 아주 간단하지만 그럼에도 복잡한 어떤 것들을 해결해야만 했어요. 나이가 들어봐야 하는 것 아닌가요? 그래야만 마침내 우리가 무엇을 원하는지 알게 되잖아요."

그녀는 느슨하게 쥔 주먹에서 한번에 하나씩 볶은 땅콩을 톡톡 꺼내 먹으며 페퍼 보뜨까를 마시고 있었다.

"그런데 여기 참 아늑하지 않아요?" 그가 말했다. "전 저 엘리베이터들에 매료됐습니다. 새로운 종류의 중독인지도 모르겠어요."

"그렇게 말하지 마세요." 이렇게 말하는 그녀의 억양과 진부해져버린 이 유행어, 그리고 그 말을 하는 그녀의 격식, 첫 두 단어를 함께 씹어서 말하지 않는 어투가 그를 아주 행복하게 했다.

"작가들만 찍는다."

"작가들만 찍지요." 그녀가 말했다.

"당신은 기록을 남기시죠, 스틸사진으로 된 일종의 쎈서스처럼."

"나는 계속 그저 작가들의 사진을 찍을 겁니다. 내가 접할 수 있는 모든 소설가, 시인, 극작가들. 말하자면 그들을 찾아헤매는 거죠. 나는 여행하고 사진 찍기를 결코 멈추지 않아요. 이게 요즘 내가 하는 일이지요. 작가들을 찍는 것 말이에요."

"모든 얼굴 말이군요."

"세상 저 바깥에 존재하고 또 내가 찾아갈 수 있는 사람이라면 남녀를 가리지 않고 모두 찍지요. 유명하지 않은 사람이면 그만큼 더 좋아요. 만약 선택을 하라면 나는 잘 알려지지 않은 작가들을 찾아나서는 걸 더 좋아합니다. 나는 항상 정보를 모아요. 내가 무슨 일을 하는지 이해하거나 적어도 내 기분을 좋게 해주려고 건성으로 나를 이해한다고 말하는 편집자나 다른 작가들로부터 작가들 이름과 책을 소개받고 있어요. 전지구적인 기록인 셈이죠. 내겐 이게 일종의 지식과 기억의 형식입니다. 내 나름의 목격담을 제공하는 거지요. 체계적으로, 나라별로 찍으려고 애를 쓰지만 항상 문제는 있어요. 어떤 작가들은 찾아내는 것 자체가 문제예요. 게다가 많은 작가들이 감옥에 있고요. 이 경우는 언제나 문제죠. 때로는 가택연금 상태에 있는 작가들을 찍도록 허가를 받기도 합니다. 사람들이 나를 알아보기 시작했는데, 이 점이 때로는 도움이 되기도 하지요."

"당국자들 말이지요."

"그렇죠, 작가들도 그렇고. 그들은 내가 그저 기록만 하고 있다는 걸 알고 나를 만나고 싶어하죠. 종의 개체수 세기라고 어떤 작가는 표현하더군요. 나는 가능하면 기교나 개인적 스타일은 최대한 제거해요. 나는 은밀하게 특정 효과를 위해 특정한 일들을 하고 있다는 사실을 알지요. 그러나 우리는 이걸 무시하죠, 당신과 나 말이에요. 난 이 작업을 4

년 동안 했어요. 일의 속성상 당연히 끝이 없지요."

"문제는 빌의 사진이 어떻게 될 건가 하는 겁니다."

"그건 전적으로 당신들에게 달렸지요. 나는 출판사나 언론이 이용할 수 있는 사진들을 찍을 뿐이에요. 물론 작가가 동의하는 경우에만. 그런 식으로 내가 이 일을 해나가고 있는 겁니다. 몇가지 지원금도 보태서 말이죠. 내가 전적으로 의존하는 여행지원금이 하나 있어요. 잡지사들은 빌 그레이의 포토에쎄이를 싣기 위해서라면 뭐든 할 겁니다. 하지만 나는 오랫동안 모습을 드러내지 않던 그가 바로 여기 있노라고 알려주는 그런 사진은 찍지 않을 거예요. 그런 사진보다는 간단한 습작이 더 낫죠. 나는 주제넘게 눈에 띄는 사진은 찍고 싶지 않아요. 말하자면 조심스러운 사진들을 찍고 싶은 거죠. 진행중인 작업 같은 것 말이죠. 항구적이거나 완결되지 않은 것. 그런 사진들을 찍어두면 당신들 쪽에서 내 연락번호를 보고 내 사진들을 어떻게 쓰고 싶은지 알려주는 거죠."

"그게 바로 우리가 듣고자 했던 대답입니다."

"좋아요. 그렇게 세상은 흘러가는 거죠."

"한데 당신이 모은 작가들 사진은 결국 모두 어떻게 되지요?"

"결국엔 나도 모르죠. 일종의 전시시설 같은 걸 이야기하는 사람들도 있습니다. 개념예술 말입니다. 수천장의 여권용 사진 크기의 사진들. 하지만 나로선 꼭 그래야 할지 모르겠어요. 나는 이게 기본적인 참고자료용 작업이라고 생각해요. 그저 쌓아두기 위한 것 말이죠. 하지만 사람들은 아직도 이미지를 좋아하잖아요, 안 그래요? 작가의 얼굴은 작품의 표면이죠. 그건 내부의 신비에 대한 하나의 실마리지요. 혹은 얼굴에 신비가 깃들여 있기도 할까요? 가끔 나는 얼굴들에 관해 생각해봅니다. 우리 모두는 사람들의 얼굴을 읽어내려고 애쓰죠. 어떤 얼굴들은 책들보다 더 나아요. 사진들을 우주 캡슐에 넣거나 하면 굉장하겠지요. 사진들을 우주로 보내는 거죠. 우리는 지구에서 온 작가들이다."

엘리베이터들이 오르락내리락하고 시계가 돌아가고, 바가 천천히 회전하자 다시 한번 간판들이 보이고, 교통 신호등이 바뀌고 노란 택시들이 왔다갔다했다. 마그노, 미놀타, 기린, 소니, 산토리. 빌은 뭐라고 말할까? 도시는 시간을 재기 위한 장치이다.

"저 위에 애들이 있어요. 보이세요? 20층쯤에요. 저게 믿어지세요?"

"저기가 길거리보다 더 안전해요. 걔들끼리 내버려두세요." 그녀가 말했다.

"길거리라. 이제 밖으로 나갈 준비가 된 것 같군요."

"그럼 가시지요."

그들은 자동차가 있는 곳으로 갔고, 스콧이 허드슨 강을 따라 북쪽으로 차를 몰았다. 비컨에서 다리를 건너 땅거미 속으로 지선도로를 달리다가 잠시 고속도로로 옮겨탄 뒤 다시 2차선 아스팔트 길들로 접어들어 밤 속으로 몇시간을 더 달렸다. 풍경은 전조등에 비치는 것들, 커브와 경사로, 그리고 그들을 표시하는 도로표지판들로 축소되었다. 흙길과 자갈길과 오래된 벌목길이 있었고, 가파른 길이 있었고, 자동차를 향해 총알처럼 튀어오르는 작은 자갈들이 있었고, 달빛에 비친 소나무 테이블들이 있었다. 소형자동차의 힘겹고 단조로운 소음 속에 약간 유폐에 처해진 이방인 같은 두 사람, 오랜 침묵 끝에 갑자기 말을 하고, 긴 사색과 기억의 연쇄와 깨어 있는 꿈과 온갖 살아 있는 상념들과 두 눈 바로 뒤를 바삐 오가는 서사들 속에 그들의 단어는 깨끗하게 들리고 텅 빈 밤 속에서 모양을 갖췄다.

"마치 어떤 테러리스트 우두머리를 만나러 산속의 비밀 은신처로 인도되는 것 같은 느낌이 드는군요."

"빌에게도 그렇게 말해보세요. 그가 좋아할 겁니다." 스콧이 말했다.

2

방은 어두웠고 그는 창가에 서 있었다. 언덕마루에 전조등이 나타나서 벌판을 굽이쳐 지나고 나무둥걸과 휘어진 줄기들과 바위 부스러기들을 가로질러 시야에 들어오기를 기다렸다. 그건 간절하거나 절박한 기다림이 아니었다. 그저 무슨 일인가 일어날 것 같다는 느낌, 여기서 조금만 더 기다리면 바퀴 자국을 따라 돌아오는 자동차를, 전조등 뒤에 위치한 불안정한 그림자가 언덕을 내려와 집을 향해 다가오는 모습을 볼 수 있으리라는 그런 느낌이었다. 그는 열까지 세어도 전조등이 보이지 않으면 책상으로 가서 전등을 켜고 일을 좀 하기로, 예컨대 낮에 써놓은 것을 훑어보기로 마음먹었다. 작은 방울, 얼룩진 물질의 분비, 피가 섞인 재채기, 일상의 창백한 분비물, 종이에 달라붙은 인체 조직의 부스러기들. 열까지 세고도 전조등이 보이지 않자 그는 어둠속에 서서 다시, 이번에는 조금 더 천천히 열까지 세기 시작했다. 다시 열을 세고도 그 자동차, 진흙을 뒤집어쓴 그 소형자동차가 언덕마루에 보이지 않으면 이번에는 정말 책상으로 가서 전등을 켜고 앉아 일을 하리라 스스로 다짐하면서, 수를 세어서 어떤 일이 일어나게 할 수 있다고 믿는 건 결국 어린애들뿐일 테니까, 그러고도 그는 열을 더 세고, 또 열을 더 세었다. 그런 뒤에도 그는 그대로 서서 마침내 전조등이 나타날 때까지 바라보기만 했다. 흙탕물이 튄 흰색 자동차가 언덕 능선 밖으로 고개를 내밀고 전조등이 잠시 잡목 덤불을 쓰다듬었다. 그런데 애들은 이런 일에 참 이상한 태도를 취하지, 눈을 흘기며 똥을 싸대는 녀석들, 울 때는 두 주먹을 불끈 쥐는 녀석들.

자동차가 현관 불빛 속으로 들어왔다. 차체 양쪽 아래엔 진흙 자국들이 있고 앞유리 가장자리에는 와이퍼 자국이 남겨놓은 원호 바깥으로 먼지가 켜켜이 쌓여 있었다. 그들이 차에서 내려 현관 계단을 걸어올 때 그는 작업실 문으로 다가가 그들이 매트에 신발을 털고 아래층으로 들어오는 소리를 들었다. 뒤섞인 목소리들, 집으로 들어서는 사람의 부산한 소리, 외투를 흔들며 새로운 공간으로 들어설 때 내는 이런저런 소음들, 위험이나 거짓처럼 보이는 것들, 온몸으로 내는 편안함과 깊은 안도의 한숨소리.

그는 문을 닫고 어두운 방 안에 서서 책상머리를 손으로 더듬어 담배를 찾았다.

차가운 밤 낯선 곳으로의 긴 여행 끝에 실내로 들어오니 그녀는 기뻤다. 구야슈 수프와 흑빵. 부엌이라는 곳이 밤늦도록 긴 대화를 나눌 수 있는 장소라는 사실을 깨달으며 느끼는 기쁨. 장작용 난로와 오래 묵은 와인. 브리타는 비행기를 타면서 낯선 사람들과 야릇한 대화를 수도 없이 나누었다. 강렬하고도 얕은 존재의 속삭임. 실은 모두가 거짓. 그녀는 자동차 안에서는 진지한 대화를 할 수가 없었다. 자동차는 연속적인 여행, 그녀의 주의력을 파편들로 쪼개버리는 영사기 톱니바퀴의 움직임과도 같았다. 자동차가 무덤덤하고 평평한 풍경을 만들어낼 때마저도 그녀는 끊어진 흰 차선표시와 차창에 비친 그림과 상자 속의 클리넥스 휴지가 만들어내는 덜컹거리는 현실로부터 눈을 떼고 진지한 대화 속으로 빠져들기가 힘들었다. 그녀는 부엌에서 말을 했다. 그녀는 사람들이 음식을 요리하거나 음료수용 얼음을 꺼낼 때면 항상 뒤따라가서 얼굴이건 등이건 상관없이 바라보며 말을 걸어 그들이 결국 무슨 일을 하는지도 잊게 만들었다.

스콧은 테이블 맞은편에 앉았다. 야윈 몸에 더부룩한 머리의 그는 창백한 눈썹이 해변 같은 빛을 띤 단색조의 모습이었다. 그녀는 숨찬 도시에서 숨가쁜 목소리와 경험의 파편들을 가진 손님이 와서 함께하니 그가 행복해 보인다고 생각했다. 그는 마치 그녀가 신기하고도 은밀한 것들에 대해 속삭이기라도 하듯 그녀 쪽으로 몸을 숙였다. 하지만 그녀가 한 일이라곤 단어들을 쏟아내고, 먹고 말하고, 인간의 거품소리를 냈을 뿐이었다. 그래도 그는 그녀를 주시하고, 응시하며, 타산적이지 않은 관심을 가지고 그녀를 살펴보았다. 만약 이목을 제대로 끌지도 못하는 브리타 또래의 여자가, 또는 청바지와 운동복 차림의 풍파를 좀 겪은 그 또래의 어떤 스칸디나비아계 여자가 저녁요리 접시에 이렇게 담배를 비벼끄기라도 했더라면, 그는 대체 어떤 공통 화제를 끄집어내야 할지 몰라 당혹스러웠을 것이다. 그는 이제 겨우 삼십대 초반이라 어리숙할 수밖에 없었다.

"사실을 말씀드릴게요. 나는 여기가 어딘지 전혀 모르겠어요. 눈곱만한 실마리도 없어요. 내가 이곳을 다시 떠날 때도 밤일 테니 이정표도 볼 수 없겠군요."

"이정표는 원래 없습니다." 그가 말했다. "하지만 어두워진 뒤 떠나는 것은 맞아요, 그렇죠."

"이제 내가 여기까지 왔으니 그에 관한 이야기 말고는 길게 할 이야기도 없겠군요. 내 어깨에 짐이 지워져 있다는 느낌이 들고 가끔씩 그걸 고려해야 한다는 생각밖에 들지 않는군요. 필경 많은 사람들이 빌을 찾으려고 애썼겠지요."

"당신만큼 가까이 온 사람은 없었습니다. 언론매체가 원격렌즈를 갖춘 끈질긴 팀을 꾸려서 샅샅이 찾고 있다는 이야기는 들었습니다. 그를 갓 찾아나서거나, 진척된 상황을 알려주려 하거나, 그가 어디 있는지 안다고 생각하거나, 소문을 들었다는 사람들, 그를 그저 만나서 그의 책이 그들에게 얼마나 의미있었는지 이야기하고 또 통상적인 질문도 하고 싶어하는 사람들, 그의 얼굴만이라도 보고 싶어하는 사람들도 있지요. 사실은 지극히 평범한 사람들의 편지를 그의 출판사가 전달해주지요."

"그분은 어디 계신 거죠?"

"위층에 숨어 계시지요. 하지만 걱정하지 마세요. 내일이면 그의 사진을 찍게 될 테니까요."

"내겐 중요한 촬영입니다."

"어쩌면 그게 빌의 중압감을 덜어줄지도 모르겠군요. 사진이라도 좀 낸다면 말이에요. 빌은 요즘 사람들이 자꾸 접근하고 있다고, 점점 더 가까이 다가오고 있다고 생각하니까요."

"그 모든 지극히 평범한 사람들 말씀이지요."

"어떤 사람이 그에게 잘린 손가락을 우편으로 보내온 적도 있습니다. 하지만 그건 1960년대였지요."

스콧이 빌의 서류 일부가 보관되어 있는 부엌 옆방을 보여주었다. 일곱 개의 철제 캐비닛이 벽에 기대서 있었다. 그가 여러 개의 서랍을 열어 내용물들을 열거해 보여주었다. 수백 가지의 출판 관련 서한, 계약서, 인세서류, 공책, 독자들이 보낸 낡은 편지 등이 삼실로 묶인 누렇게 바랜 봉투들에 들어 있었다. 그는 무미건조하게 말을 이어나갔다. 낡은 육필원고, 인쇄소의 타자원고, 주 교정본 등이 있었다. 빌의 소설에 대한 서평이 있고 옛 동료와 지인들과의 인터뷰가 있었다. 빌의 작품에 대한 글과 빌의 실종, 은신, 은거에 관한 글들, 그가 이름을 바꾸었다는 주장과 자살 소문에 관한 글들, 그가 글쓰기에 복귀했다는 내용의 글들, 현재 그가 쓰고 있는 작품과 그의 죽음에 관한 글들, 그가 돌아왔다는 글 등을 게재한 잡지와 학술지들이 있었다. 스콧이 그중 몇편을 일부 발췌해서 읽어주었다. 그런 뒤에 그들은 와인잔을 들고 거실로 나갔다. 그곳에는 빌의 작품에 대한 단행본 연구들과 그런 연구에 대한 연구서들로 가득 찬 서가가 있었다. 스콧은 빌만 집중적으로 다룬 여러 권의 계간지 특집호를 보여주었다. 그들은 또다른 작은 방으로 갔다. 여기엔 빌의 두 작품이 있었다. 모든 국내판과 해외판, 모든 양장본과 대중판이 있었다. 브리타는 서가를 따라가며 표지 디자인을 살펴보고 이해할 수 없는 언어로 된 문장을 보며 조용히 움직였다. 무슨 말이든 꺼내야 한다는 생각은 없었다. 두 사람은 지하실로 갔다. 그곳엔 진행중인 빌의 작품이 검고 딱딱한 바인더들 속에 보관돼 있었다. 각각의 바인더는 상당히 쉽게 검색할 수 있게 코드번호와 날짜가 표시되어 벽에 기댄 독립 서가들에 모두 꽂혀 있었다. 초고와 교정본, 메모, 원고 조각들, 재교정본, 폐기한 원고, 수정본, 잠정 수정본, 최종 수정본 등을 나타내는 두꺼운 바인더가 200여 개는 되었다. 벽 위쪽에 난 쪽창들은 짙은 색깔로 그늘져 있고 방 양쪽 끝에 하나씩 대형제습기가 놓여 있었다. 그녀는 스콧이 이 방을 벙커라고 부르길 기다렸다. 그는 결국 그러지 않았다. 게다가 그의 언급에서는 빈정거리는 투의 억양이 전혀 느껴지지 않았다. 반대로 자신의 책무에 대한 자부심, 이 영웅적인 보존사업, 이렇게 깔끔하게 수집된 퇴출당한 예술의 증거에 자신이 관여하고 있다는 만족감을 그녀는 너무나 쉽게 느낄 수 있었다. 이것은 신성한 장소이자 책의 내면, 타자기로 친 원고가 긴 행렬로 묻혀 있는 음산한 산 속의 지하실이었다.

부엌에서 2층 홀로 통하는 뒤쪽 계단이 있었고 두 사람은 브리타의 외투와 가방과 장비 상자를 받아들고 그 계단을 올라갔다. 그녀는 벽 속에 만들어진 식료품 저장용 선반들을 언뜻 보고, 또 두꺼운 상자에 연도별, 월별로 철해놓은 빌의 독자 편지도 보았다. 그녀는 스콧을 따라 문 안으로 들어서 홀을 가로질렀다. 여기가 브리타의 방이었다.

아래층 침실에서 캐런이 텔레비전을 보고 있었다. 스콧이 들어와서 옷을 벗기 시작했다.

"힘든 하루였겠군요." 그녀가 말했다.

"정말 힘들었지."

"그렇게 오래 운전했으니, 정말 힘들었겠죠."

그가 파자마를 입고 침대 위로 가자 그녀가 손을 뻗어 전등을 껐다. 그러고는 리모컨을 잡고 소리가 완전히 사라질 때까지 톡, 톡, 톡 텔레비전 볼륨을 낮췄다. 스콧이 머리를 베개에 파묻고 이내 반쯤 잠이 들었다. 그녀는 오늘의 세계 뉴스를 보고 있었다. 어떤 날이건 그녀가 보고 싶은 것은 주로 이미지였으므로 볼륨을 죽이고 보는 건 개의치 않았다. 영상에만 집중해서 보는 동안 뉴스를 꾸며낼 수 있다는 사실이 흥미로웠다.

처음에 그녀는 사내들과 소년들, 무리지은 남성성, 함께 짓눌린 육신들의 덩어리를 본다. 그다음엔 군중, 화면을 가득 채운 수천의 군중. 그건 슬로우모션처럼 보이지만 그녀는 그렇지 않다는 사실을 안다. 그건 실시간으로 포개져 쌓이는 육신들, 대양의 물결처럼 밀려드는 육신들이었고 몇개의 팔들이 군중 위로 뻗어 있다. 그들은 육신들을 묘한 각도로 보여주었다. 그들은 주변 언저리 어디쯤에 떨어져서 무심히 바라보고 있는 사내들을 보여주었다. 그녀는 펜스 쪽으로 몰려 앞쪽으로 무리지어 밀려드는 엄청나게 빽빽한 사람들의 무리를 본다. 그들은 철제 펜스와 그 펜스에 짓눌려 팔을 허둥대는 육신들을 보여준다. 그들은 느리게 움직이는 참혹한 긴장과 출렁임을 보여준다. 저걸 무어라 부를까, 버둥거림? 카메라가 펜스 바깥 바로 앞에서 육중한 규모의 강철 철조망을 통해 정면을 보여주고 있다. 그녀는 저 뒤쪽에서 육신들의 무리를 실제로 기어오르는 사내들, 사람들의 머리와 어깨 위로 기어오르는 두 사내를 본다. 그녀는 군중이 펜스를 향해 밀려들고 펜스에서 서로 짓눌려 참혹하게 뒤틀리는 것을 본다. 저건 치켜들리고 뒤틀린 팔들의 몸부림, 고통으로 일그러진 얼굴들의 몸서리이다. 그들은 조용히 바라보는 사내들을 보여준다. 짧은 바지와 운동용 상의를 입은 사내들, 축구선수들이 착용하는 긴 양말을 신고 잔디구장에 서 있는 축구선수들을 보여준다. 화면을 가득 채운 육신들이 있고 펜스에서 똑같이 뒤틀린 자세로 짓눌리고 압박되어 거의 움직이지 못하는 사람들이 있다. 그녀는 빨간 꼭지가 달린 하얀 모자를 쓴 남자아이를 보는데 그 아이의 얼굴은 날씨가 참 좋다 또는 난 지금 학교에서 집으로 가는 길이다라는 표정을 짓고 있다. 그의 주위에는 온통 사람들이 죽어가고 있다. 저들은 버둥대며 뒤틀린 채 입을 벌리고 부풀어진 혀를 내밀고 있다. 다른 나라에서는 축구를 풋

볼이라고 부른다지. 그녀는 펜스를 바로 가까이서 바라보고 그들은 그 영상을 마지막으로 보여주는데 그건 마치 성화 같아서 그 장면은 꼭 여행자들이 찾는 성당의 프레스코 벽화처럼 차분하고 균형잡혀 있으며 고통스러워하는 사람들로 가득 차 있다. 그녀는 한 여인과 여자아이의 얼굴을 보고 그들 뒤로 한 사내의 큰 손을 본다. 그 여인의 땀에 찌든 땋은 머리, 펜스의 철망에 대고 뒤틀려 있는 그녀의 두 팔, 누군가의 팔꿈치 아래 짓눌리고 뒤틀어진 그 여자아이, 빨간 꼭지가 달린 흰 모자를 쓰고 가운데 서 있는 그 남자아이, 짓눌려서야 사태를 파악하고 감겨진 그 아이의 두 눈, 그 아이는 자신이 갇혔음을 알고 얼굴에는 자포자기가 비친다. 그녀는 의도되지 않은 목조르기에 빠져든 사람들, 팔을 치켜든 채 얼굴을 그녀 쪽으로 들이밀며 손을 뻗어 펜스에 기대려고 애쓰지만 허공만 휘젓는 손들을 본다. 한 사내의 큰 손, 등을 펜스에 맞댄 데님 셔츠를 입은 긴머리 소년, 자신의 뒤틀린 팔 뒤에 묻혀 있는 땋은 머리 여인의 얼굴, 반짝이는 핑크빛 손톱, 눈을 감고 혀를 내민 채 죽어가는 또는 이미 죽은 아이 같기도 하고 어른 같기도 한 여자. 사람들의 얼굴에서 그녀는 삶의 희망없음을 본다. 그들은 멍한 눈길의 사내들을 보여준다. 그들은 펜스를 멀리서 보여주고 그 뒤에 질식한 채 가끔씩 손가락만 움직이는 쌓여가는 육신들을 보여준다. 저건 오래된 어두운 성당의 프레스코 벽화 같다. 당대의 대가만이 그려낼 수 있는, 죽음을 향해 질주하는 혼잡하고 뒤틀린 장면.

3

브리타는 석영 라이트를 꺼내 이동식 스탠드 꼭대기에 조였다. 그녀는 초조한 마음으로 가볍게 나사를 돌려나갔다. 빌은 벽 쪽에 서서 기다렸다. 그는 작업용 바지와 낡은 스웨터를 입고 있었다. 핼쑥한 얼굴에 건장한 체격의 사내. 성긴 빗으로 뒤로 가지런히 빗어넘긴 회갈색 머리카락 끄트머리는 희미한 노란빛을 띠고 있었다. 그녀는 꺼림칙한 기운을 느꼈다. 오랜 세월 그녀의 마음속에 말들로만 살아 있던 한 남자의 모습을 실제로 마주한 순간의 낯섦. 방 안을 가득 채운 육신의 힘. 그녀는 그를 똑바로 쳐다보기가 힘들었다. 그녀는 부산한 준비과정 속에 자신의 시선을 숨기며 그를 힐끗 보았다. 그는 어떤 해묵은 상태, 산술적 나이보다 더 오래된 몸짓과 표정에 익숙해져 있을지 모른다는 생각이 들었다. 그는 그녀가 장비를 만지는 것을 관찰하면서 그녀 너머로 또 하나의 순간을 들여다보았다. 이미 그녀는 그가 그 방에서 사라져간다는 것을 느낄 수 있었다.

"제가 라이트를 이쪽 벽에다 반사시키면 선생님은 저쪽

에 서시고 저는 카메라를 가지고 여기 설 거예요. 그게 전부예요."

"불길하게 들리는군요."

책상에는 타자기가 있었고 사방의 벽과 창문 한쪽 아래에는 대형 밑그림용 종이들이 테이프로 붙여져 있었다. 이것들은 명백히 종합 구상으로 보이는 차트들, 작업중인 작품에 대한 구상들이었다. 그 종이들은 갈겨쓴 단어들과 상자 모양과 단어들을 연결하는 선들, 상자 안의 작은 글씨들로 차 있었다. 동그라미들 속의 숫자들, 가위표로 지워진 이름들, 약식으로 표시된 그림들, 여남은 개의 비밀스러운 다른 표시들이 있었다. 방열기 덮개 위에는 쌓여 있는 공책들이 보였다. 책상 위에는 종잇조각들이 널려 있고 재떨이에는 구겨진 꽁초들이 언덕을 이루고 있었다.

"작가들에게는 뭔가가 있지요. 왠지는 모르겠지만 전 작품만이 아니라 작가도 알아야 한다고 생각합니다. 그래서 저는 보통 작가 자신과 직접 담소를 나누기 위해, 책이든 가족이든, 아니면 무엇에 관해서건 대화를 나눌 수 있는 사전 산책을 계획해두는 편이에요. 하지만 선생님은 그런 걸 원치 않으시리라는 점을 이해합니다. 그러니 빨리 하겠습니다."

"대화를 할 수도 있소."

"카메라에 관심이 있으신가요? 이건 85밀리미터 렌즈입니다."

"나도 사진을 찍었던 적이 있소이다. 왜 그만뒀는지는 모르겠소. 어느날 그저 영원히 끝나버렸지."

"다른 무언가가 영원히 끝나고 있다고 말하는 편이 더 옳은 것 같은데요."

"작가가 은둔에서 벗어난다는 말씀인가요."

"선생님 사진이 어딘가에 실린 지 30년이 지났다는데, 사실인가요?"

"스콧이 알 겁니다."

"그래서 두 분이 때가 왔다고 결심하신 거군요."

"글쎄요, 사실은 사람들이 이 일을 가지고 그토록 법석을 떤다는 사실을 알고는 넌더리가 난 거요. 어떤 작가가 얼굴을 보이지 않으면, 사람들이 흔히 이야기하듯이 그 작가가 모습을 잘 드러내지 않는 신에 대한 하나의 국부적 증상처럼 돼버리니까 말이오."

"하지만 그게 사람들의 호기심을 자극하지 않습니까."

"그건 또 지독한 오만으로 간주되기도 하지요."

"하지만 우리 모두는 먼 것에 끌리지 않나요. 도달하기 힘든 곳은 필경 아름답다고 생각합니다. 아름답고 또 어쩌면 약간 신성하기도 하고요. 게다가 접근할 수 없게 된 사람은 나머지 사람들이 선망하는 은총과 완결성을 가졌지요."

"이미지의 세계는 타락했나니, 여기 자신의 얼굴을 감추는 사내가 있구려."

"그렇군요." 그녀가 말했다.

"사람들은 그런 인물에 대해 호기심을 갖기도 하지만, 그런 사람에 대해 분개하고 그를 조롱하고 그의 이름을 더럽

히길 원하고, 사진사가 숲속에 숨어 있다 뛰쳐나오면 충격과 두려움으로 얼굴이 일그러지는 걸 보길 원하기도 하지요. 모스크에는 이미지가 없습니다. 우리 쪽 세상에서 우리는 이미지로 잠을 자고 이미지를 먹고 이미지에 기도하고 이미지를 입기도 하지요. 얼굴을 드러내 보이지 않으려는 작가는 신성의 언덕을 침범하고 있어요. 그는 신만 부릴 수 있는 묘수를 부리는 셈이니까요."

"어쩌면 그냥 수줍어서 그럴 수도 있지요, 빌 그레이 선생님."

그녀는 뷰파인더를 통해 그가 미소짓는 것을 보았다. 카메라 속의 그는 더 명료해 보였다. 그는 강렬한 시선을 가지고 있었다. 간결한 조화, 그리고 그의 얼굴은 미남형 윤곽에다 균형이 잡혀 있었고 앞이마 가로와 두 눈 언저리가 뚜렷했다. 그녀가 작업할 때면 그녀 자신의 시각에너지, 다시 말해 카메라가 그녀 속에서 찾아낸 순수의지, 깊이 바라보고자 하는 그 의지에 의해 인간계의 혼란상이 너무나 자주 재구성되었다.

"한말씀 드려도 될까요?"

"그러시오."

"작가들의 작품에 대해 작가에게 직접 이야기하는 게 저는 두렵습니다. 멍청한 이야기를 하기 십상이니까요. 턱을 내리지 마세요. 좋아요, 그게 더 좋군요, 그게 좋아요. 제가 아직 배우지 못한 비밀의 언어가 있지요. 저는 작가들과 많은 시간을 보냈습니다. 저는 작가들을 좋아하거든요. 하지만 선생님 같은 분이 가진 이런 재능, 제게는 완전한 기쁨인 재능이 저를 이방인처럼 만들어버려요. 사적인 언어, 말하자면 선생님께는 중요한 의미를 가질 그런 언어로는 대화를 할 줄 모르는 이방인이라는 느낌이 들게 하는 겁니다."

"내가 아는 유일한 사적 언어는 자기과장입니다. 나는 이 방에서 제2의 자아를 키워왔다고 생각해요. 작가를 유지시키는 건 오만한 바보스러움입니다. 나는 글쓰기의 고통, 고독의 고통, 실패, 분노, 혼란, 절망, 공포, 굴욕을 과장하지요. 내 삶의 경계가 좁아지면 좁아질수록 나는 나 자신을 더 과장합니다. 고통이 진짜라면 내가 왜 그걸 부풀리겠소? 아마 이게 내게 허용된 유일한 기쁨일 거요."

"턱을 올리세요."

"내 턱을 올리라."

"솔직히 말씀드리면 이런 말씀을 들으리라고 예상하지 못했습니다."

"그동안 아껴두었지요."

"저는 선생님이 몇분간 여기 서 계시다가 초조해져서 걸어나가버리실 거라고 생각했습니다."

"내 결점 한가지는 낯선 사람들, 이를테면 지나가는 여자들에게 마누라나 자식, 절친한 친구에게는 결코 털어놓지 않을 이야기들을 하는 것입니다."

"스콧에게는 솔직하게 털어놓을 이야기들이겠지요."

"스콧에게는 이야기하지요. 하지만 그것은 점점 불필요한 일이 되어가고 있어요. 그 친구는 다 아니까. 그 친구는 번쩍이는 메스를 든 외과의사처럼 내 뇌간을 꿰뚫고 있어요."

그녀는 필름 한통을 다 찍고 새 필름을 가지러 상자 쪽으로 갔다. 빌은 담뱃갑을 흔들어 담배 한개비를 꺼내며 책상 옆에 서 있었다. 그의 신발에는 진흙 딱지와 마른 잡초가 달라붙어 있었다. 그는 자기 사진이 잘 나오게 하려는 것 같지 않았다. 앞으로 한두 시간 동안 자신이 어떻게 보이고 싶다거나 어떤 사람이 되고 싶다는 생각이 없는 것 같았다. 그는 그런 생각조차 하고 있지 않음이 분명했다. 그녀는 그와 함께 이 방 안에 있으니 기분이 좋았다. 이 집이 그의 집은 아닐지라도 이 방만은 그의 방이었다. 그녀는 벽에 붙여놓은 작품 구상 차트 옆에 서달라고 그에게 요청했다. 그리고 그가 거절하지 않자 그녀는 램프를 옮기고 초점을 맞추어 사진을 찍기 시작했다. 그는 담배를 피우며 말했다. 그는 다른 작가들처럼 자신도 고통받고 있다고 생각했다. 작가들은 모두 실수를 저지르고 쓸쓸해하며 고통받고 있다고 생각하지만, 어느 누구도 글쓰기 외의 다른 일은 원치 않았다. 모든 작가는 자기보다 더 나쁜 상황에 처한 작가가 최소한 한명은 어딘가에 반드시 있을 것이라고 믿었다. 그들 중 한사람이 브랜디와 작은 보랏빛 알약을 너무 많이 섞거나 연발 권총 총구를 귀 바로 밑에 갖다대면 다른 사람들은 슬퍼하면서도 그 심정을 인정할 것이라고 믿었다.

"내가 과장하지 않는 것이 무엇인지 말씀드리겠소. 회의하는 것. 매일 매순간. 그건 내가 침대에서도 느끼는 것이지요. 믿음의 상실. 그게 바로 이 모든 것의 중심에 있지요."

촬영이 순조롭게 되어갈 때면 흔히 그렇듯이 공간이 축소되어갔다. 시간과 빛도 기계적인 선택의 문제로 좁아들었다. 빌이 작품 구상 차트 위에 쓰인 특이한 메모 앞에 서자 그녀는 자신이 원하거나 필요로 할 만한 것들은 모두 얻었다고 생각했다. 여기 나이들고 특징이 뚜렷하며 우수에 찬 얼굴의 외로운 문인이 있었고, 벽에는 일찌감치 쓰인 알파벳이 있었고, 비뚤어진 여러 개의 상자 모습이나 펠트펜으로 쓰인 흘림체 글씨, 그리고 어린아이가 온 주먹으로 연필을 쥐고 그려놓은 화살표처럼 방향을 표시하기 위한 여러 무리의 선들로 이루어진 그의 사라진 책의 구상이 있었다. 그리고 그는 말을 할 때 몸을 젖히거나 갑자기 움직이며 활기에 찼다. 그의 손은 둔하고 울퉁불퉁했다. 그에게는 일종의 완고함, 그가 초월해야 할 모든 제약을 알고 있다는 느낌, 그것들이 언제나 갈수록 어려워진다는 느낌이 있었다. 그녀는 그를 맥락 속에 위치시켜서 목소리와 육체가 책들과 조화되게 하려고 애썼다. 방에 들어설 때 처음 그녀가 한 생각은 잠깐, 아니지, 이 사람이 그 작가일 리가 없지 하는 생각이었다. 그녀는 몸이 야위고 긴장하는 모습에다 아미쉬 교인들의 헛간에 걸린 액막이 부적 같은 눈을 한 사람을 예상했다. 하지만 빌은 차차 이해되기 시작했고 그의 책에 어울려 보였다.

"담배 한개비만 훔쳐야겠습니다." 그녀가 말했다. "25년 동안 담배를 끊었고 그동안 아주 많은 것을 저는 이루었습니다. 그랬겠죠? 그런데 이제 담뱃갑의 저 반짝임이 제 눈길을 끄는군요."

"뉴욕 이야기나 좀 해주시오." 그가 말했다. "나는 그곳에 더이상 가지 않습니다. 내가 살았던 도시들을 생각하면 거대한 입체파 그림만 떠오릅니다."

"제게는 어떤 느낌이 드는지 말씀드릴게요."

"그 날카로움과 밀도, 오래된 갈색조의 건물들, 도시들이 로마의 벽처럼 마음속에서 낡아 얼룩져가는 모습."

"제가 사는 곳엔, 그렇죠, 거기엔 혼란스러운 지붕들, 뒤죽박죽, 4층, 5층, 6층, 7층, 게다가 물탱크, 빨랫줄, 안테나, 종탑, 비둘기집, 굴뚝 연통, 섬 남쪽에 있는 모든 인간적인 것들, 예컨대 조그맣게 웅크린 정원들, 동상들, 페인트 칠해진 표지판들이 있죠. 저는 그 도시와 함께 잠을 깨고, 그 도시를 사랑하고, 또 그 도시에 의존해서 살고 있습니다. 하지만 고층건물을 짓기 위해 그들은 그 모든 것들을 쓰러뜨리고 다른 곳으로 옮기지요."

"종국에는 그런 고층건물들이 인간적이고 고유하고 또 특이하게 보이겠지요. 그 건물들에게도 시간을 줘보세요."

"전 벽에 머리를 들이받을 겁니다. 언제 멈춰야 할지 제게 말씀해주세요."

"왜 화를 냈는지 궁금해질 거요."

"이미 세계무역쎈터가 있잖아요."

"근데 그건 이미 해를 끼치지도 않고 영원할 것입니다. 사람들에게 잊혀진 것 같지 않습니까. 게다가 얼마나 더 나

빴을지 한번 생각해보세요."

"뭐라고요?" 그녀가 말했다.

"건물이 두 개가 아니라 하나였더라면 말이오."

"두 건물이 상호작용을 한다는 말씀이군요. 빛의 작용이 있으니까요."

"건물이 하나만 있었다면 훨씬 더 나쁘지 않았겠소?"

"아닙니다, 제 가장 큰 불만은 그게 크다는 것만이 아니에요. 너무 커서 치명적이긴 하죠. 하지만 두 개가 있으니 의미가 있긴 한 것 같군요. 대화하듯이 말입니다. 그 둘이서 무슨 말을 하고 있는지야 알 수 없지만요."

"그 두 건물은 '좋은 하루 보내세요'라고 말하는 겁니다."

"언제 한번 그쪽 거리를 걸어보세요." 그녀가 말했다. "집 없는 사람들이 병들고 죽어가는데도, 고층건물은 하루하루 커져가고 끝없는 임대공간을 가진 화려한 건물들만 늘어나죠. 모든 공간은 안에만 있죠. 제가 과장하고 있나요?"

"과장하는 사람은 납니다."

"좀 이상하긴 하지만 선생님을 오래전부터 알고 지낸 것 같습니다."

"이상하지, 그렇지 않소? 당신은 카메라를 들고 이리저리 움직이고 나는 여기 딱딱하게 흙덩이처럼 서 있는데도 우리가 용케 진지한 대화를 할 수 있다니 말이오."

"사실 저는 대개 말을 하지 않습니다. 긴장을 좀 풀어주기 위해서는 질문만 던지고 작가로 하여금 이야기를 하게 하죠."

"바보처럼 주절거리게 하는 거겠지."

"그런 식으로 말씀하셔도 좋아요. 저는 일을 하고 있기 때문에 대체로 건성으로 듣기만 하죠. 초연하게 일을 하며 잠깐잠깐 듣기만 하는 겁니다."

"그런데 당신은 언제나 여행을 하지요. 우리 같은 사람들을 찾아서."

"턱이 내려왔어요." 그녀가 말했다.

"대륙과 대양을 횡단하며 평범한 얼굴들을 찍고 수천의 얼굴, 수만의 얼굴들을 기록으로 남기면서 말이오."

"미친 짓이지요. 제 삶을 사람들의 몸짓에 바치니까요. 맞아요, 저는 여행을 합니다. 그건 무슨 의미냐 하면, 제가 테러에 대해 생각하지 않는 순간이 하루도 없다는 말이에요. 그들이 우리를 지배하는 셈이지요. 탑승구역에 있을 때도 저는 유리가 날아올까봐 절대로 창문 가까이엔 앉지 않습니다. 저는 스웨덴 여권을 가지고 다닙니다. 그러니 테러리스트들이 수상을 죽였다고 사람들이 믿지만 않는다면 문제는 없지요. 그런데 그게 썩 좋지 않을 수도 있겠죠. 저는 제 수첩에 작가들 주소와 이름 대신 암호를 사용합니다. 왜냐하면 어떤 작가의 이름을 써가지고 다닌다는 게 위험할 수도 있으니까, 예컨대 반체제 작가, 유대계 작가, 신성모독 작가처럼 말입니다. 저는 읽을거리에 대해서도 조심합니다. 종교적인 내용은 읽지 않죠. 표지에 종교적인 상징이 들어 있는 책이나 총이나 섹시한 여자가 그려져 있는 책도 읽지 않아요. 그게 제 일면입니다. 다른 면을 말씀드리면, 저는 언젠가 서서히 진행되는 치명적인 병에 걸려 죽으리라는 것을 알고 있습니다. 그러니 저와 함께 비행기를 타시더라도 그곳에서는 아무 일도 일어나지 않을 거예요."

그녀가 필름 한통을 다시 끼워넣었다. 자신이 찾아온 목적은 이미 달성했다는 확신이 섰다. 하지만 원하는 사진을 이미 다 찍었다고 생각하다가 나중에 알고 보니 밀착 인화지에서 그것들보다 더 좋은 작품들을 발견하는 경우가 수백번도 더 있었다. 그녀는 이만하면 됐다는 느낌이 든 후에도 일을 더 하기를 좋아했다. 계속 일을 하며 확실하다고 여겼던 것도 넘어서 은밀한 축복의 순간을 접하는 것이 중요했다.

"작가들에게 자신들이 꼭두각시로 그려지면 기분이 어떤지 물어봅니까?"

"무슨 말씀이세요?"

"당신이 내게 말을 시켰소, 브리타."

"무엇이든 활기를 띤 것이 좋거든요."

"내가 무슨 이야길 하는지는 신경쓰지 않는다는 말이군."

"스와힐리어라도 좋고요."

"소설가들과 테러리스트들을 묶어주는 야릇한 끈이 있다오. 서구에선 우리가 쓴 책이 뭔가를 형성하는 힘과 영향력을 상실함에 따라 소설가들은 유명한 화형식용 허수아비가 돼버렸어요. 당신이 만나는 작가들에게 이 점에 대해 어떻게 생각하는지 물어봅니까? 수년 전 나는 소설가가 문화의 내적 삶을 바꿀 수 있다고 생각했습니다. 이젠 폭탄 제조자들과 총잡이들이 그 영토를 빼앗아가버렸지요. 그들이 인간의 의식을 공략하고 있는 겁니다. 우리 모두가 포섭돼버리기 전에 작가들이 하던 바로 그 일을 말이오."

"계속하시지요. 전 선생님의 그런 분노가 마음에 듭니다."

"하지만 당신도 이 모든 걸 알고 있소. 그러니 작가들 사진을 찍으며 수백만 마일을 여행하는 거란 말이오. 우리가 테러에 밀려나고, 테러 뉴스에 밀려나고, 녹음기와 카메라에 밀려나고, 라디오와 라디오에 장착된 폭탄에 밀려나는 것을 말입니다. 재난 뉴스가 사람들이 필요로 하는 유일한 서사가 되었지요. 뉴스가 암울하면 암울할수록 서사는 더 웅대해지고. 뉴스는 마지막 중독, 그 뭐랄까, 그다음에 오는 건 알 수가 없소. 하지만 당신은 현명해서 우리가 사라지기 전에 당신 카메라에 우리를 포착하고 있는 거요."

"그들이 죽이려고 하는 건 바로 접니다. 선생님 같은 분들은 이론을 만들면서 방 안에 앉아 있고요."

"우리를 박물관에 가둬두고 관람료나 물리려고 하지요."

"작가들은 언제나 글을 쓰고 있을 겁니다. 어떻게 그런 말씀을 하세요? 작가들은 장기적인 영향력을 가졌습니다. 이들 총잡이들에 대해 똑같은 이야기를 할 수는 없지요. 담배 한개비만 더 훔쳐야겠습니다. 제게 선생님은 아무것도 아니에요, 그건 확실해요. 선생님은, 저는 잘 모르겠지만, 마치 영혼의 피로감을 연기하는 삼류배우 같은 표정을 하고 계세요."

"내가 삼류배우라."

"저나 카메라에 대해 그렇다는 게 아니에요. 인간 말이지요, 스스로를 그쪽으로 만들어가고 싶어하는 어떤 생각이 아니라."

"난 오늘은 하나의 생각일 뿐이오."

"전 결코 그렇게 보지 않습니다."

"나는 죽음이라는 생각을 표현하고 있는 거요. 자세히 보시오." 그가 말했다.

그녀는 이게 우습다고 생각해야 할지 아닐지 알 수가 없었다.

그가 말했다. "오늘 이 일이 내겐 마치 나 자신의 경야(經夜)에 와 있다는 느낌을 줍니다. 사진 찍히기 위해 앉아 있는 것은 음울한 일이지요. 초상화란 그 사람이 죽을 때까지는 어떤 의미도 갖지 않으니 말입니다. 이게 가장 중요한 점입니다. 우리가 사진을 찍는 건 수십년 뒤에 오게 될 사람들을 위한 감상적 과거를 만들기 위해서요. 우리가 지금 만들고 있는 건 그들의 과거, 그들의 역삽니다. 그러니 문제가 되는 건 내가 지금 어떻게 보이는가가 아니지요. 복장과 얼굴이 변하고 사진이 변했을 25년 뒤에 내가 어떻게 보일까 하는 게 중요하지요. 내가 죽음 속으로 더 깊이 사라지면 사라질수록 내 사진이 더 강력해지는 겁니다. 이게 바로 사진 찍기가 그토록 의식과도 같은 이유가 아닌가요? 경야와 같은 거란 말이지요. 그리고 나는 사진 편집을 위해 만들어진 배우이고."

"입을 다물어주세요."

"사람들이 이렇게 말하곤 했다는 사실을 기억하세요, 오늘은 그대 남은 삶의 첫째날이다. 이 사진들이 나의 죽음을 알리는 부고라는 생각이 어젯밤 갑자기 들더군요."

"입을 다물어주세요. 좋아요, 좋아, 네, 그렇게."

그녀는 필름 한통을 다 찍고 새로 필름을 끼운 뒤, 손을 뻗어 담배를 한모금 더 빨고는 다시 내려놓았다. 그런 뒤 그에게 다가가서 한손을 그의 얼굴에 대고 왼쪽으로 약간 기울게 했다.

"이제 가만히 계세요. 움직이지 마세요. 좋아요."

"보시오, 뭐건 당신이 원하는 대로, 곧바로 하지요."

"빌 그레이 선생에게 손을 대다니."

"당신은 방금 우리가 얼마나 친밀한 행위를 했는지 아시오?"

"장담하건대, 제 회고록에 반드시 그렇게 쓰지요, 보장하겠습니다. 그런데 선생님은 그렇게 뻣뻣하진 않으시군요."

"우리는 이 신비스러운 교환행위를 하며 단둘이 한방에 있소. 내가 당신에게 주는 게 무엇이오? 또 당신이 내게 투여하거나 내게서 빼앗아가는 게 무엇이고? 당신은 나를 어떻게 바꾸어놓고 있는 거요? 살갗 바로 밑에 전류가 흐르는 것 같은 변화를 나는 느낄 수가 있소. 사진을 찍으면서 나를 만들어나가는 거요? 내가 나 자신을 흉내내고 있소? 여자가 남자 사진을 찍기 시작한 것은 대체 언제부터요?"

"집에 돌아가면 찾아보겠습니다."

"우리는 서로 아주 잘 지내게 될 거요."

"이제 우리가 주제를 바꿨군요."

“난 한나절 일을 못했지만 후회는 없소.”

“선생님은 한나절 일만 잃어버린 게 아닙니다. 잊지 마세요, 선생님 사진이 세상에 모습을 드러내는 순간 사람들은 선생님이 그 사진과 똑같은 모습일 거라고 여기겠지요. 어딘가에서 사람들을 만나게 되면 그들은 선생님이 선생님의 사진과 달라 보일 수도 있다는 사실을 용납하지 않을 겁니다.”

“내가 누군가의 소재가 됐군요. 브리타 당신의 소재 말이오. 삶이란 게 있고 소비행위란 게 있잖소. 우리 주위의 모든 것들은 우리의 삶을 인쇄나 필름으로 된 최후의 어떤 실체로 전환하려는 경향이 있어요. 두 연인이 택시 뒷좌석에서 언쟁을 하게 되면 그 현상에는 한가지 질문이 암시되어 있어요. 누가 책을 쓸 것이며 누가 그 연인들 연기를 할 것인가? 모든 것이 스스로의 과장된 개정판을 추구하니 말이오. 아니면 이렇게 설명해봅시다. 소비되기 전까진 어떤 일도 일어나지 않소. 또는 이렇게 말해봅시다. 자연이 아우라에 밀려났소. 한 사내가 면도하다 베이면 누군가가 그 베인 상처의 전기를 쓰기 위해 출판계약을 하겠지. 모든 삶의 모든 요소가 광채로 전환되니까. 여기 내가 당신 렌즈 속에 있군요. 이미 나는 스스로 다르게 인식합니다. 두 번 또는 한 번 거리를 두고서 말이오.”

“그리고 선생님 자신을 다르게 보실 수도 있지요. 사진이 얼마나 우리를 깊이있게 만들어주는지 참 신기해요. 숨겨져 있다고 생각했던 것을 보게 되니까요. 아니면 어머니나 아버지 또는 아이들의 어떤 측면들을 말입니다. 정말 그래요. 스냅사진을 들여다보면 흐릿한 그림자 속에 우리 얼굴이 있지만 그건 사실 우리를 되돌아보고 있는 우리 아버지죠."

"당신은 내 육신을 제대로 다루고 있소."

"화학물질들과 종이, 그게 전부인걸요."

"내 뺨을 문지르고. 내 손과 입술을 닦아내고. 하지만 내가 정말 죽었을 때 사람들은 내가 당신 사진 속에 살아 있다고 생각할 거요."

"작년에 칠레에 갔는데 피노체트 장군의 캐리커처를 잡지에 실은 뒤 감옥에 갇힌 편집자를 하나 만났습니다. 피노체트 장군의 이미지를 암살했다는 혐의였죠."

"정말 그럴듯하게 들리는군."

"흥미가 없어지시나요? 간혹 저도 모르게 사진촬영이 저 자신의 순간이 되어버리더라고요. 어느 순간 제가 소유욕이 너무나 강해지는 겁니다. 작업을 시작하고 끝낼 때 저는 부드럽고 사근사근합니다. 하지만 핵심에는, 사진 프레임 속에서는 그 일이 제 것이 된다는 것이지요."

"당신보다 오히려 내가 더 이 사진들을 가져야 할 것 같소. 내가 만들어놓은 돌 비석을 깨뜨리기 위해서 말이오. 나는 어디 나가는 게 두려워요. 가까운 사거리의 별볼일없는 동네 식당에 가는 것조차 말이오. 이동전화와 줌렌즈를 갖춘 추적자들이 접근해오고 있다는 확신 때문이지. 나 같은 삶을 택하고 나면 지속적인 종교적 실천 상태 속에서 사는 게 어떤 건지 이해하게 됩니다. 중도적인 방식이란 없어요.

우리의 모든 움직임은 종교적 움직임이기 때문이지요. 우리가 하는 일 가운데 작업에 집중되어 있지 않은 것들은 모두 은닉, 은둔, 회피의 방식들에 맞추어져 있어요. 내가 가끔 간단한 여행을 할 때, 예컨대 의사를 찾아갈 때면 스콧이 이동 경로를 탐색해두지요. 사람들이 이 집을 찾아올 때도 절차가 있습니다. 수리공이나 배달부 말입니다. 이건 강력한 내적 논리를 가진 비합리적 삶의 방식입니다. 종교가 삶을 앗아가버리듯이. 전염병이 삶을 접수해버리듯이. 나의 의식적인 선택과 완전히 별도로 작용하는 어떤 힘이 있다는 말입니다. 게다가 그건 못마땅해하는 분노의 힘이라오. 어쩌면 다른 사람들이 느끼는 것들을 나는 느끼고 싶지 않은지도 모르겠소. 나는 나 자신만의 고통의 우주론을 가지고 있어요. 그것과 함께 있도록 나를 혼자 내버려두시오. 나를 뚫어지게 바라보지도 말고, 내 책에 서명해달라고 하지도 말고, 길거리에서 나를 가리키지도 말고, 허리띠에 녹음기를 고정한 채 슬며시 접근하지도 말고. 대부분의 사람들은 내 사진을 찍지 않아요. 이 비참한 은둔을 위해 나는 엄청난 댓가를 치렀소. 마침내 그것마저 이제 신물이 났고."

그녀에게서 눈을 뗀 채 그는 조용히 말했다. 그는 이런 것들을 마침내 스스로 듣고 나서야 처음 인식한 것 같은 인상을 주었다. 그게 얼마나 이상하게 들리던지. 그는 이런 일이 어떻게 일어났는지, 번지르르함과 왜곡의 구조를 경계하며 자신의 작품을 보호하려던 너무나 수줍고 또 스스로를 낭만적으로 바라보려던 풋내기 젊은이 하나가 어떻게 해서 그 모든 세월이 흐른 뒤에는 스스로의 거대한 침묵 속에 갇혀 있다는 생각을 하게 됐는지 이해할 수 없었다.

“혹시 따분해지신 건가요?”

“아니요.”

“그런 집중적인 노력이 사람을 얼마나 지치게 만드는지 저는 잊어버렸습니다. 작업을 할 때 저는 양심이 없어져요. 피사체가 저처럼 생각이 단순해지길 기대하니까요.”

“이게 내 일은 아니지요.”

“어쨌건 우린 함께 사진을 찍고 있는 겁니다.”

“일이라는 건 하다보면 늘 기분이 나빠지지.”

“기분이 좋아야 할 이유는 누구에게도 없죠.”

“바로 그거요. 어릴 때 나는 나 스스로에게 야구경기를 중계하곤 했어요. 방 안에 앉아 경기를 상상하며 플레이 하나하나를 큰 소리로 해설했지요. 나는 선수들이자 아나운서이자 군중이자 청취자이자 라디오였던 셈이오. 그 시절 이후 그만큼 좋은 느낌을 가졌던 순간은 단 한 번도 없었소.”

그는 담배 피우는 사람답게 목이 쉰 날카로운 소리로 웃음을 터뜨렸다.

“나는 선수들의 이름과 그들의 포지션과 타순을 모두 기억합니다. 나는 머릿속으로 항상 타순을 짜요. 그리고 나는 그때 이후 순수를 지향하는 그런 식의 글을 쓰려고 노력해왔어요. 순수한 가상의 경기. 발명의 완벽한 투명성 속에 초조하게 앉아 있어보세요. 당신과 선수들 사이, 당신 방과 야구장 사이엔 어떤 구분도 없을 테니까. 모든 게 흠이 없고 투명하지. 게다가 그건 완전히 자발적입니다. 의심도 두려움도 없는 자아상실의 경기지요."

"잘 모르겠습니다, 그레이 선생님."

"잘 모르긴 나도 마찬가지지요."

"제겐 정신병 이야기처럼 들리는데요."

그가 다시 웃었다. 그녀는 필름 한통이 다 떨어질 때까지 그가 웃는 모습을 찍었다. 그러고는 다시 필름을 채우고 그를 석영 라이트에서 떨어지게 한 후 창문으로 들어온 빛을 이용해서 다시 사진을 찍기 시작했다.

"그런데 말입니다, 제가 선생님께 찰스 에버슨의 메씨지를 가지고 왔는데요."

빌이 갑자기 바지를 홱 치켜올렸다. 그는 담배를 찾으려고 몸을 뒤적이며 그녀의 뒤쪽을 보고 있는 것 같았다.

"그를 어딘가 출판기념 정찬모임에서 만났어요. 제 작업이 어떻게 되어가는지 물어보더군요. 저는 제가 선생님을 꼭 만나게 될 거라고 말해줬습니다."

"그런 말을 하지 말아야 할 이유야 없으니까."

"괜한 말을 한 것이 아니기를 바랍니다."

"언젠가는 사진들이 알려지게 될 테니까."

"사실 제가 가지고 온 메씨지라곤 찰스가 선생님과 이야기를 하고 싶어한다는 것뿐이에요. 뭐에 관한 이야기인지는 말하지 않았어요. 제가 선생님께 편지를 쓰라고 이야기했어요. 그는 선생님이 편지를 읽지 않는다고 하시더군요."

"스콧이 내 편지를 읽으니까."

"그가 선생님께 드릴 말씀은 다른 사람이 듣거나 읽어서는 안된다고 하더군요. 너무나 미묘한 문제라서. 자신이 선생님의 편집자였고 아주 좋은 친구라고 하던데요. 그런데도 선생님께 직접 연락할 수 없어서 고민스럽다고 했습니다."

빌은 이제 성냥을 찾으려고 책상 위의 종이를 치웠다.

"그런데 옛 친구 찰리는 어떻게 지내고 있소?"

"여느 때와 같았어요. 싹싹하고 멋있고 쾌활하고."

"언제나 새로운 작가가 나타나니 그렇지 않겠소. 구석진 사무실에 앉아 있으면 언제나 새로운 책이 새로운 흥분을 몰고 들어오고 실패한 책에 대해선 아무 걱정도 할 필요가 없을 테니까. 편집자들은 살고, 우리는 죽는 거요. 완벽하게 균형을 이룬 상태로."

"그와 비슷한 말씀을 하실 거라고 하더군요."

"그리고 당신은 내게 그 친구 이야기를 하려고 뜸을 들인 거고. 내 앞에서 갑작스레 그런 이야길 꺼내고 싶진 않았을 테니까."

"사진을 먼저 찍고 싶었을 뿐이에요. 저 바깥소식에 어떤 반응을 보이실지 몰랐어요."

그가 성냥을 켜더니 불붙은 성냥을 들고 있다는 것을 이내 잊어버렸다.

"그들이 무엇을 가장 원하는지 당신은 아시오? 검은 테두리의 작가 부고를 싣는 거요. 그러면 그들 스스로가 존엄한 전통의 일부가 된다는 느낌을 갖게 되니까."

"그는 그저 선생님이 전화 한통 해주시길 바라던데요. 상당히 중요한 문제라고 했습니다."

그는 입가의 담배가 성냥불에 닿을 때까지 고개를 돌렸다.

"그들이 더 많은 책을 출판하면 할수록 우리는 더욱 약해지는 겁니다. 출판산업을 지탱하는 은밀한 힘은 작가들을 불온하지 않게 만들려는 강박증이오."

"약간 광적이신 것 같군요. 어떤 느낌인지 저도 압니다. 정말이에요. 하지만 가상의 순수 경기보다 더 불온하지 않은 게 대체 뭐죠? 선생님은 방 안에서 야구경기를 하길 원하시잖아요. 어쩌면 그건 그저 하나의 은유, 하나의 순수겠지만 그게 바로 선생님의 책을 유명하게 만드는 게 아닌가요? 선생님은 작가로서 회복하려고 애쓰시는 바로 그것을 패배한 경기라고 부르시는 겁니다. 어쩌면 그건 패배가 아닐 수도 있지요. 선생님이 지향하신다는 글쓰기, 그게 바로 사람들이 선생님 작품 속에서 발견하는 것 아닙니까?"

"난 오직 내가 보는 것만 알 뿐이오. 아니면 내가 보지 못하는 걸 알거나."

"그게 무슨 뜻이지요?"

그가 책상 위의 재떨이에 성냥을 던졌다.

"모든 문장은 그 문장 끝에서 기다리고 있는 하나의 진실을 담고 있고, 작가란 그 끝에 이르렀을 때 마침내 그 의미를 어떻게 알 수 있는지 배우는 거요. 한편으로 이 진실은 그 문장의 진폭, 즉 그 문장의 장단과 균형이지만, 더 깊은 의미에서 그것은 작가가 언어와 결합될 때 나타나는 그 작가의 전체요. 나는 언제나 문장 속에서 나 자신을 보아왔어요. 문장을 만들면서 나는 한단어 한단어씩 나 자신을 인식하기 시작하지요. 내 책의 언어가 나를 하나의 인간으로 형성시켰단 말입니다. 하나의 문장이 갓 만들어지면 거기엔 하나의 도덕적 힘이 있어요. 그 문장이 작가의 삶의 의지를 말해주니까. 음절과 리듬을 통해 하나의 문장을 만들어가는 과정에 내가 더 깊이 빠져들수록 나는 나 자신에 대해 더 많은 것을 배우게 됩니다. 나는 이 책의 문장들을 오래도록 힘들여 써왔지만 그럼에도 충분하진 못해요, 왜냐하면 난 이제 나 자신을 더이상 언어 속에서 보지 못하게 되었으니까. 마음 속에 흘러가는 그림이 사라져버렸어요. 나를 지속시키고 또 나로 하여금 세상을 신뢰하게 해주었던 존재의 코드 말이오. 이 책과 지금까지의 세월이 나를 고갈시켜버렸단 말이오. 이제 글을 쓴다는 것이 무슨 의미인지도 잊어버렸어요. 나 자신의 가장 중요한 규칙도 잊어버렸고. 간략하게 말하자, 빌. 난 용기도 지구력도 부족했어요. 소진된 거지요. 애를 쓰는 것도 신물이 났고. 좋으면 좋은 만큼만 하고 말았지요. 이건 남의 책이니까. 모든 게 억지로 하는 잘못된 것이었지요. 나 스스로를 지속시키고 믿도록 기만해왔어요. 어떻게 이런 일이 일어났는지 이해할 수 있겠소? 나는 죽은 책위에 앉아 있는 겁니다."

"스콧은 선생님이 이런 생각을 하신다는 걸 알고 있나요?"

"스콧이라. 스콧은 나보다 훨씬 더 잘 알고 있지. 스콧은 내가 출판하는 걸 원치 않아요."

"하지만 이건 완전히 정신나간 짓이에요."

"아니, 그렇지 않소. 뭔가 해야 할 말은 있으니까."

"언제 끝내실 건가요?"

"끝낸다고? 난 끝냈소. 그 책은 2년 전에 끝났어요. 하지만 나는 페이지마다 고쳐쓰고 또 하나하나 수정합니다. 지금 나는 살아남기 위해, 내 심장이 계속 뛰게 하기 위해 글을 쓰고 있는 거예요."

"누군가에게 한번 보여주시지요."

"스콧은 명석하고 아주 정직해요."

"그건 한 사람의 견해에 불과하잖아요."

"철저하게 장점만 보며 내린 판단은 어떤 경우건 그의 판단과 유사할 겁니다. 게다가 그런 판결이 진실임을 알게 되면 얼마나 속이 쓰린지. 그러니 그걸 피하려 하고 비틀려 하고 또 흠집을 내려고 하지. 그래도 단어는 빠져나갈 수가 있지. 더구나 일단 그렇게 되면."

"탈고하시고, 출판하고 나서, 어떻게 되건 받아들이시면 되잖아요."

"출판은 할 거요."

"선생님, 그건 간단해요."

"남은 건 내가 마음을 정하고 어떻게 일을 진행시키느냐의 문제겠지."

"그리고 페이지마다 다시 붙들고 있는 작업을 중단하시고요. 책은 끝난 겁니다. 저는 만사가 간단하다는 맹신을 설파하고 싶진 않아요. 하지만 책은 끝난 거잖아요, 그러니 그만하세요."

그의 단호한 시선이 사라지고 마치 어린시절로부터 되살아난 듯한 유순하고 밝은 눈동자에 두려움이 어려 그를 압도하는 것을 그녀는 보았다. 그의 두려운 시선은 최후의 기도처럼 순수했다. 그녀는 그걸 더 자세히 찍으려 했다. 그의 얼굴은 진이 빠져 활기가 없고 무미건조한 흑백으로 바뀌었다. 갈라진 입술, 너울거리는 눈썹, 턱에 새겨진 세월의 주름, 오래 지속된 당혹감과 후회. 그녀는 더 가까이에서 다시 촛점을 맞추고 사진을 찍고 또 찍었다. 그는 그대로 서서 빛나고 부드러운 눈으로 렌즈를 바라보았다.

4

점심시간에 스콧은 자신이 방황하던 시절의 이야기 하나를 그녀에게 해주었다. 자신이 10년 전 아테네에서 병이 들고 돈도 없어 여행객들에게 양키 달러를 구걸하려고 애쓰던 시절의 이야기였다. 그 돈으로 100여 시간의 공포 속에 전쟁터와 산길을 지나 쉬지 않고 달려서 히말라야까지 자신을 데려다줄 각성제 버스를 하나 잡아타고 싶었지만 그 어디도 갈 수가 없었다는 이야기. 그는 중앙광장으로 걸어가서 지금은 기억에도 없는 유럽식 이름의 멋져 보이는 오래된 호텔 입구 계단에 사람들이 모여 있는 것을 보았다.

"그랑데 브레따뉴 호텔이지요."

그렇지. 방송사 촬영팀이 보였고 정부 관료처럼 보이는 사내들 몇이 보였고 5,60명의 그저 지나가는 사람들이 보였지. 그쪽으로 갔더니 맨 위쪽 계단에 카키색 야전상의와 체크무늬 두건을 쓴 사내, 텁수룩한 턱수염의 땅딸막한 사내가 보였는데, 그게 바로 야세르 아라파트였고 그는 인도 쪽 사람들에게 손을 흔들고 있었다. 호텔 투숙객 하나가 문을 열고 나오자 아라파트는 미소를 지으며 고개를 끄덕였고 군중들도 미소로 응답했다. 그러자 아라파트가 한 관료에게 무슨 말인가를 건넸고 그 사내가 웃음을 터뜨리자 인도에 있던 모든 사람들이 또 미소를 지었다. 스콧은 그 사람이 만면에 미소를 짓고 있음을 알았다. 그의 미소는 얼굴 전면에 퍼져 있었고 그가 주위 사람들을 둘러보자 사람들도 미소로 응답했다. 그들은 모두 함께 있으니 기분이 한결 좋았음이 분명했다. 관료들에게 말을 건네며 다시 미소를 지은 아라파트는 카메라를 위해 과장된 몸짓을 해 보인 뒤 입구를 가리키며 그쪽으로 걸어갔다. 그러자 모두 박수를 쳤다. 누군가 아라파트의 손을 잡고 악수를 했고 또다시 박수가 터졌다. 그는 낯선 사람의 악수도 허용했다. 스콧도 미소를 지으며 박수를 쳤고 계단 위의 사람들이 박수치는 것을 보았다. 아라파트가 안으로 들어가자 인도에 있는 사람들은 미소를 지으며 마지막으로 한번 더 박수를 쳤다. 그들은 그가 행복해지기를 기원했다.

"히말라야 산맥으로 갔나요?"

"미니애폴리스로 갔지요. 1년 동안 다시 학교를 다녔지만 또다시 자퇴하고 한차례 더 마약과 상실의 수렁으로 빠져들었지요. 그땐 아주 특별할 게 전혀 없었어요, 심지어 나 자신에게마저. 두꺼운 카펫이 깔린 구두가게에서 한동안 점원 생활을 했어요. 누군가가 제게 빌의 첫 소설을 읽으라고 주기에 저는 우아, 이게 뭐야, 그랬지요. 그 책은 어떤 면에선 저 자신에 관한 책이었어요. 너무 놀라지 않기 위해 저는 그 책을 천천히 읽어야만 했어요. 저 자신을 보았죠. 그건 제 책이었어요. 제가 생각하고 느끼는 방식에 대한 어떤 것. 그는 이리저리 모든 걸 다 포착했어요. 모든 것들이 거의 어디에건 들어맞고 또 어떤 것도 완전히 망각되지 않게 말이지요."

"맞아요, 내장된 기억들을 가진 문장들이죠."

"빌의 책을 읽을 때면 저는 사막 언저리의 주택가 사진을 생각합니다. 거기엔 흔한 위협이 있죠. 자가용 진입로 끝에서 있는 꼬마와 쓰러진 세발자전거와 황량한 산 위의 폭우를 머금은 먹구름을 찍은 위대한 위노그랜드의 사진 같은 것 말이죠."

"그 사진 참 아름답지요."

"마저 드세요. 다락방을 보여드릴게요."

"당신은 그레이 선생이 출판하는 것을 왜 원치 않나요?"

"그건 선생님 마음이지요. 선생님은 자신이 원하는 일을 하십니다. 하지만 책이 미진하다는 걸 당신에게 직접 말씀해주실 겁니다. 비참하리만치 부족하다고요. 빌은 23년 동안 이 책을 쓰다가 말다가 해왔어요. 중단했다가 다시 돌아오곤 하면서. 다시 썼다가는 또 옆으로 제쳐두고. 뭔가 새로운 것을 시작했다가 다시 이 책으로 돌아오곤 하죠. 여행을 갔다가 돌아와서 다시 작업하고, 떠났다가 돌아오고, 3년을 매일같이 작업하다가도 제쳐두고, 집어들어서 냄새도 맡고 무게를 가늠해보고, 다시 쓰다가 제쳐두고는 뭔가 새로운 것을 다시 시작하고, 떠났다가 돌아오고."

"총력을 기울이시는군요."

"그래요, 이 작업이 선생님을 소진시키죠. 선생님은 완전히 소진됐어요. 빌은 언제나 한단어 한단어 심혈을 기울여왔으니까요. 책상에서 다섯 걸음을 걷다가 등을 내리치는 망치처럼 회의가 엄습하는 것을 느끼기도 합니다. 그러면 다시 책상으로 돌아가서 확실히 자신을 안심시켜줄 문단을 찾지요. 그걸 읽고는 안심이 되죠. 한 시간 뒤에 자동차 안에 앉아서도 그는 다시 그걸 느낍니다. 그 페이지가 잘못됐어, 그 장도 잘못됐어, 그러고는 의심을 떨치지 못하다가 책상으로 돌아가서 확실히 자신을 안심시켜줄 문단을 다시 찾는 겁니다. 그걸 읽고는 안심이 되고. 선생님이 평생 동안 이 일을 하다보니 이젠 확실한 문단이 남아 있지도 않게 돼버렸어요."

"얼마나 오랫동안 선생님과 함께 계셨나요?"

"8년이요. 최근 몇년은 선생님께 아주 힘든 시간이었지요. 예전 같은 폭음은 아니지만 다시 술도 입에 대기 시작했어요. 선생님은 과학계에 알려지지 않은 질병 때문에 약을 먹고 있어요. 오전 다섯시 이후에는 거의 잠을 자지 못해요. 깨어서 멍하니 바라보죠. 해가 뜨면 엉거주춤 책상으로 돌아가고 말이죠."

"제가 보기에 선생님에게 필요한 건 확실히 출판입니다. 지금까지 이룬 성과를 사람들에게 보여줘야 하는 거예요. 그러지 않고 무슨 문제를 풀 수가 있겠어요?"

"빌은 인기 절정에 있습니다. 왜인지 말씀드리지요. 그가 아주 오랫동안 출판을 하지 않았기 때문입니다. 책이 처음 나오고 나서 사람들이 그걸 잊어버리거나 알지도 못하게 되면 그 책들이 좀 별난 인상을 주는 겁니다. 저는 서평을 죽 봐왔어요. 마치 골동품처럼, 이 조그맣고 신기하게 생긴 것이 뭐지. 선생님을 유명하게 만든 건 그후의 세월입니다. 빌은 아무 일도 하지 않음으로써 명성을 얻었지요. 세상이 걸려든 겁니다. 또 인쇄하고 또 인쇄하지요. 우리는 상당한 고정 수입이 있는데 대부분은 그분의 두 전처들과 자식들에게 돌아갑니다. 새 책을 내면 우린 황제같이 수백만 달러를 벌 수도 있어요. 하지만 그러면 신화로서의 빌, 하나의 힘으로서의 빌은 끝장이지요. 현장으로부터의 거리가 멀어질수록 빌은 더욱 위대해지는 거고요."

"그러면 무엇 때문에 사진은 찍으려고 하지요?"

"저는 원치 않아요. 그분이 원하는 거지."

"그렇군요."

"저는 거듭 말했습니다. 미친 짓이라고. 이 불쌍한 양반에게 장황하게 이야기했어요. 미친 짓이라고. 자기파괴적인."

"당신 태도에선 그걸 못 느꼈는데요."

"왜냐하면 저는 제 일만 하니까요. 결정은 선생님이 내리시고 저는 그걸 수행만 하지요. 만약 선생님이 출판을 결심하면 저는 그분을 도와 밤낮으로 교정쇄와 페이지 조판을 위해 일할 겁니다. 선생님도 그건 아시지요. 하지만 빌에게 글쓰기보다 더 나쁜 것 딱 한 가지가 바로 책을 출판하는 겁니다. 책이 나왔을 때. 사람들이 그걸 사서 읽을 때 말이지요. 선생님은 완전히, 그리고 무서우리만치 노출돼버린 느낌을 가질 테니까요. 사람들이 책을 집으로 가지고 가서 페이지를 넘기니까요. 또 그들이 실제로 단어들을 읽게 되고."

다락방에는 정리된 자료가 들어 있는 서류 캐비닛들이 있었다. 스콧이 주제 제목들을 읊조리더니 그녀에게 여남은 개의 색깔로 표지가 구분되어 있는 폴더를 보여주었다. 빌의 책상과 타자기가 그곳에 있었다. 낱장 원고들이 가득 든 종이상자들이 있었다. 대형복사기가 있었고 참고용 도서와 맞춤법 책자와 정기간행물 더미가 진열된 서가들이 있었다. 스콧이 브리타에게 표시가 안된 연한 회색 원고 상자를 건네고는 똑같이 생긴 상자 여섯 개가 놓여 있는 책상을 가리키며 말했다. 이게 최종본, 타자기로 쳐서 수정하고 교정한 빌의 새 소설이라고.

하지만 빌은 여전히 작업하고 있다. 수정을 하면서. 계단을 내려가며 그들은 빌이 타자기 두드리는 소리를 들었다.

그는 책상에 앉아 커피와 샌드위치를 먹었다. 그러고는 자판을 두드렸다. 자기 몸 깊은 곳에서 물이 흐르는 것 같은 오래된 신음소리를 들으면서. 오늘의 첫 단어들이 얼마나 육체적 경보를 울리던지, 흐느낌과 초조함, 톡톡거리는 작업에 대한 살아 있는 체계들의 저항. 담배의 호소, 그렇지 않은가? 그는 두 사람이 계단을 내려오는 소리를 듣고는 그들이 삐걱거리는 소리를 내지 않으려고 어깨를 움츠린 채 발을 조심스레 내려딛는 모습을 생각했다. 마치 방문을 잠그고 틀어박힌 집 안의 얼간이를 방해하지 말자는 듯이. 그는 그녀가 지금 바로 떠나려 하는지 알 수 없었다. 그녀를 다시 보는 게 어색할 거라고 생각했다. 할말이 없을 것이다, 그렇지 않은가? 두 사람이 너무 가까워져서 그녀가 방을 나갈 때쯤엔 두 사람 모두 미안함과 당혹감을 느꼈다. 그녀에게 무슨 말을 했는지 명확히 기억나진 않지만 그는 그게 모두 엉터리로 쏟아낸 염치없는 말들이었으며, 그게 대체로 진실이었기에 오히려 더욱 엉터리였다는 사실을 알고 있었다. 저 여자는 대체 누구지? 그녀의 얼굴에는 뭔가 강렬한 것이 있었다. 삶을 선택한 자의 엄격함, 자신의 길을 가기 위해 무슨 댓가를 지불해야 하는지 아는 듯한 엄격함, 노골적인 힘, 안정감, 드러나 있지만 경계를 늦추지 않는 힘. 그는 당장 책상에서 일어나 뉴욕으로 가 공원이나 강이나 아니면 그 둘 모두가 내려다보이는 언덕 위의 아파트에서 그녀와 영원히 살 수도 있다. 자판 너머로의 응시. 책 하나를 쓰기 시작할 때면 시간이 그를 향해 질주해온 적이 있었지, 시간이 무너져서 그를 압박하다가 책을 다 쓰고 나면 가벼워진 적이 있었지. 하지만 지금은 가벼워지지가 않았다. 하기야 이번에는 책을 끝낸 것도 아니지. 크고 밝은 아파트에서 살며 회색 이불이 있는 침대에서 향수 냄새가 나는 잡지를 읽을 수도 있겠지. 이론물리학자의 위대한 이야기와 휘는 시공간, 인간의 경험에서 유리된 시간, 순수한 자연의 곡선 등이 있는 반면, 소설가의 고뇌에 시달리는 시간, 긴밀하고 억눌리고 퀴퀴하고 슬픈 시간도 있는 법이다. 그는 오늘 이가 약해진 것을 느꼈다. 침실로 기어들어가 분홍색과 노란색의 종합 불화비타민을 좀 섞어 먹어야겠다, 그러기 전에 잠시만 이 페이지에 집중하자, 한글자씩 한글자씩 치면서. 그는 창에 비가 몰아칠 때 딱딱한 침대에서 소리내며 그녀와 섹스를 하고 싶었다. 주여, 제발 제가 일을 할 수 있게 내버려두소서. 모든 책은 눈을 부릅뜬 하나의 경주이다, 현실을 직시하자. 끝내야만 해. 아직은 죽을 수 없어. 한 문장이 될 만큼 자판을 두드린 뒤 그는 내려가서 그녀에게 작별인사를 할까도 생각했지만 그러면 둘 다 당황하게 될 뿐이었다. 저 여자는 여기 와서 얻고 싶은 것을 얻었다, 그렇지 않은가? 나는 이제 뷰익 자동차에 떨어진 새똥만큼이나 시시한 한장의 사진일 뿐이다. 그는 두 글자를 거꾸로 친 것을 발견했는데, 이건 그의 뇌 속에 뭔가가 자라고 있다는 여러 가지 신호의 하나이며 그가 최근 부쩍 많이 저지르는 일이다. 빌은 종이를 빼낸 뒤 수정액으로 실수를 지우고 마를 때까지 기다려야 했다. 기계에 대한 이 반복된 실수로 인해 그는 스스로를 얼마나 처벌했던가. 이 영원한 손가락의 실수, 타자의 실수가 얼마나 그에게 좌절을 안겨주었던가. 의미없는 실수가 그의 눈에 광기를 불러오면 그는 흰색 수정액이 마르는 것을 뚫어져라 바라보며 그것이 종이 속으로 스며들 때까지 일을 재개하지 않았다. 그게 바로 처벌이자 동시에 도피였다. 그녀가 자기 얼굴에 손을 댔을 때 그 동작에 얼마나 큰 충격을 받고 놀랐던가. 단순한 접촉의 그 전체성. 다른 사람들처럼 살고 싶다. 공원 근처의 이딸리아 대중식당에 가서 삼색 파스타나 먹으며. 언제나 수정액으로 지워내고 다시 쳐넣고. 그는 문장을 바라보았다. 여섯 개의 서글픈 단어들. 그러고는 마음속에 가끔씩 모습을 갖추기 시작하는 책 전체를 보았다. 집을 휘젓고 질질 끌고 다니며 입으로는 뇌수를 질질 흘리는, 곱사등에다 뇌수종까지 걸린 거세된 인간 형상의 책. 이 책이 자신의 혐오스러운 적대자란 사실을 인식하기까지는 여러 해가 걸렸다. 출입이 금지된 이 방에 둘이 함께 갇혀 있고, 그 책은 자신을 질식시키고 있었다. 그는 잉크 리본을 교체하는 엄청나게 복잡한 일을 생각했다. 그 많은 장점과 단점들, 타아와 자아들. 그는 책이 다가오는 것을 느끼며 종이 위에다 보기좋게 재채기를 하고는 피가 섞인 엷고 묽은 물질을 바라봤다. 그것을 콧물이라고 불러서 위엄을 갖추게 해주고 싶지가 않았다. 그녀는 나의 분노가 마음에 든다고 했지. 입체파 도시의 한가운데에 산다면, 일요일판 신문들이 도처에 널려 있고 접시에는 반짝이는 베이글이 놓여 있는 곳. 나는 소설들 사이에 산다. 그러니 나는 죽어도 개의치 않는다, 그는 이렇게 말하곤 했다. 두번째 마누라와의 문제. 하지만 신경쓰지 말자. 박물관과 화랑들 근처에 산다면, 영화관 입구에 줄을 서고, 와인병 코르크 마개를 열고, 방을 다시 꾸미고, 회색 이불 속에서 잠을 자고, 그녀를 사랑하고, 외식하고, 그래 오늘밤엔 외식을 하자. 개를 산책시키고, 단어를 말하고, 도어맨이 휘슬을 불어 택시를 세우고, 비는 창문을 두드리고.

브리타는 짐을 다 꾸린 채 언제고 떠날 준비가 되었다. 아래층에 가서 커피 한잔을 따랐다. 탁자에 앉아 부엌을 둘러보았다. 어떤 젊은 여자가 걸어오더니 낮은 목소리로 안녕하세요 인사를 했다. 그녀는 탁자에 기대어 한손으로 균형을 잡으며 왼쪽 발을 엉거주춤하게 바닥에서 떼었다. 그녀는 연갈색의 긴 생머리를 하고 있었고, 약간 튀어나온 입은 완고한 인상을 주었다.

"사진을 몇장이나 찍으셨어요?"

"한참동안 대화도 하고 일도 하고, 이야깃거리가 떨어지면 다시 몇통을 더 찍고, 그러고 또 더 찍고 그랬지요."

"오늘도 평범한 하루가 될까요, 아니면 또 하루 지겨운 잉여의 날이 시작될까요?"

"이름이 뭐죠?"

"캐런이에요."

"여기 사시고?"

"스콧도, 저도요."

"캐런, 솔직히 이야기할게요. 나는 사진에 관심이 없어요. 작가들에 관심이 있지."

"그러면 집에 앉아 책을 읽으시지 그래요?"

그녀는 조리대 위의 머핀 상자에 손을 뻗더니 그걸 브리타의 커피잔 가까이에 내려놓았다. 그러고는 의자에 아무렇게나 앉아 눈에 띄는 숟가락을 가지고 장난을 했다. 청바지 위에 흐느적거리는 블라우스를 입은 그녀는 십대의 몸매, 굴곡과 곡선과 얼룩을 지니고 있었으며 가구와 하나가 된 듯 느슨한 비결정의 모습을 하고 있었다.

브리타가 말했다. "난 집에서도 읽고 호텔에서도 읽고 20분쯤 걸리는 치과 치료를 받으러 갈 때도 책을 가져가요. 그래서 대기실에서도 책을 읽지요."

"사진사가 되리라는 걸 언제나 알고 계셨나요?"

"난 비행기에서도 읽고 자동세탁소에서도 읽어요. 몇살이죠?"

"스물네살이요."

"여기서 일을 돕고 있군요."

"스콧이 대부분 다 해요. 지출이나 현금 이동을 관리하고, 세금 처리하고, 공과금 처리하고, 빌 선생님의 편지 답장도 모두 스콧이 하지요. 정신병자들 것은 빼고요. 우린 정신병자들 편지는 용기를 주지 않기 위해 오만하게 거절하죠. 스콧이 저보다 일을 좀더 하기는 하지만, 요리와 장보기는 같이 해요. 그가 모든 파일 정리, 서류 정돈은 다 해요. 저는 작은 청소부 아줌마처럼 청소를 하지만 전혀 개의치 않아요. 살이 찌고 뒤뚱거리며 걷는다고 스스로 생각하니까요. 타자는 반반씩 쳐요. 스콧이 최종 완성본을 치면 우리는 함께 교정을 보지요. 그때가 우리에겐 틀림없이 가장 좋은 시간이지요."

"그런데 아가씨도 이렇게 사진 찍는 게 실수라고 생각하나요?"

"우리는 그레이 선생님을 사랑해요, 그게 전부죠."

"그리고 내가 이 모든 필름을 가지고 떠나는 게 싫겠지."

"그저 뭔가 잘못되었다는 느낌뿐이에요. 우린 여기서 조심스레 균형잡힌 생활을 하고 있으니까요. 선생님이 사는 방식에 대해 아주 많은 계획과 생각들이 있는데 이제 갑자기 금이 간 거죠. 뭐랄까, 균열 같은 것 말이에요."

자동차가 서고, 문이 열리고 다시 닫혔다. 캐런이 집게손가락으로 순가락 볼 끝을 계속 두드려 손잡이가 오르락내리락하게 했다.

"전문직 여성의 결혼에 대해 어떻게 생각하세요?" 그녀가 말했다.

"난 이혼한 지 오래됐어요. 그 사람은 벨기에에 살지. 서로 대화도 전혀 없고."

"이혼으로 아직도 상처가 아물지 않은 애들이 있나요? 모두가 서로에게 신경을 곤두세워서 오랜 시간이 지난 지금도 눈 속 깊이 분노가 숨어 있는 그런 애들 말이에요."

"미안하지만, 없어요."

"저는 직업을 가진 사람들을 별로 많이 알지 못해요. 참 중요한 것 같아요. 직업을 갖는다는 것 말이에요. 냉동실에 항상 보드카를 한병 준비해두고 계시나요?"

"그래요, 두고 있어요."

"사람들이 아줌마 작품을 좋아한다고 이야기하나요? 뉴욕의 파티장에 와서 '꼭 말씀드리고 싶었습니다'라고 말하는 사람들 말이에요. 아니면 '당신은 저를 몰라보시겠지만 저는 꼭 말씀드리고 싶었습니다' 또는 '정말 이 말씀을 드리고 싶었습니다, 방해해도 용서하시기 바랍니다'. 그러면 당신은 그들을 바라보며 수줍은 듯 미소를 짓겠지요."

스콧이 식료품을 가지고 들어왔다. 그는 커피를 한잔 따르고는 상실의 세계에서 빠져나온 자신의 여정에 관해 이야기했다. 어떻게 출판사 담당자를 통해 그레이 선생에게 편지를 쓰기 시작했는지를. 그는 아홉 내지 열 통의 야심차고 자아탐구적인 편지를 썼었다. 그 편지들은 불운한 소년이 자신에게 감동을 준 작가에게 하고 싶은 말들로 가득 차 있었다. 그는 자신이 그토록 심오한 느낌을 드러내고, 또 부주의한 문체지만 기쁜 마음으로, 몇몇 우주적 단어들은 대문자로, 다른 것들은 제2, 제3의 의미를 드러낼 수 있는 괴상한 방식으로 표현할 수 있으리라고는 생각하지 못했다. 그 편지들은 뭔가를 표현했다. 아마도 그가 혼자가 아니라는 느낌, 세상은 언어의 여행객들이 똑같은 것들을 알 수 있는 곳이라는 느낌. 예의를 갖춰 답장을 쓸 시간은 없지만 어쨌건 편지를 보내줘서 고맙다는 내용을 급하게 손으로 쓴 두 줄짜리 답장을 그가 어떻게 받게 되었는지. 스콧은 이것을 얼마나 큰 격려로 받아들이며 열정적이고도 전면적인 편지를 다섯 통 더 쓰게 되었는지. 그리고 그 마지막 편지에는 만나서 이야기를 해야 하므로 빌을 찾아나서겠으며, 이 책들을 쓴 분을 찾기 위해 여행을 떠나려는 열정을 더이상 억제할 수 없다는 내용을 적었다. 빌은 답장을 하지 않았다. 그런데도 스콧은 이것을 격려로 받아들였다. 왜냐하면 빌이 답장을 써서 잊어버리시오, 접근하지 마시오, 멀찍이 떨어져 있을 테니 염려 말라며 다가올 생각 따위는 행여 하지도 마시오, 하고 말하지는 않았으니까. 스콧은 빌의 단신을 전해준, 뉴욕시 소인이 찍힌 봉투를 간직하고 있었다. 하지만 그는 사라진 작가들에 관한 잡지 기사를 읽은 적이 있어서 빌이 편지를 출판사에 보내 다시 우송하게 함으로써 자신의 위치를 감춘다는 사실도 알았다.

"그래서 무전여행을 했군요."

그랬다. 그는 웅장한 주간 고속도로 가에서 엄지를 치켜들어 차를 얻어타기 시작했지만, 이 모험은 너무나 불확실해서 질주하는 디젤트럭들이 일으키는 바람 속에 서 있는 그의 몸이 날아갈 지경이었다. 그는 썬글라스를 끼고 시간을 초월한 동방 고전을 지닌 채 운전자들에게 자신은 유명한 작가를 찾아가는 중이라고 말했다. 그중 일부는 자신들이 만나고 싶은 유명인사들에 관한 이야기를 했는데, 오늘까지 살아 있는 유명인사가 얼마나 적은지 참으로 신기했다. 모든 유명인사들은 죽었거나 소진해버렸다. 그가 얻어탄 픽업트럭 하나는 포트웨인 바로 서쪽에서 불이 나버렸는데, 그래도 상관없고 괜찮아 보였다. 모든 것이 그에겐 너무나 명백해서 오지의 주들로 들어가지 않을 이유가 없었기 때문이다. 그는 의기양양해져서 하루하루의 저속한 소동들을 헤치고 감각의 울부짖음에 맞춰 나아갔다. 톨레도 근처에서는 운전자가 가슴 통증이 있다고 해서 스콧이 차를 몰아 병원까지 데려다주었다. 가는 도중 그는 말을 많이 하고 싶어져서 그 사내에게 한주 전에 본 어떤 영화 줄거리를 이야기해주었다. 그 차는 잘 달려서 스콧은 코너를 부드럽게 돌아 운전하면서 존재감을 느끼기 시작했다. 이렇게 이야기를 나눌 수 있어서 기쁩니다, 병원 관계자들이 그 사내를 백열등 속으로 밀며 달려갈 때 그는 이동병상을 따라서 달리며 말했다. 3일 뒤에 그는 빌 그레이의 책을 출판하는 출판사 우편관리실에 직장을 잡았다.

그가 친구들은 또 어떻게 사귀었던가. 빌이 반송시키라고 보내오는 편지들은 어떻게 마닐라지 1호 봉투에 담겨 우편실 책임자 앞으로 발송돼왔던가. 친절하고 졸고 있는 듯한 전직 아일랜드 해방군 출신의 조 도헤니라는 사내에게 편지가 도착하면 그 사내는 봉투를 열어 통상적인 방식으로 그 편지들을 처리했다. 스콧은 기독교청년회관에 기거하면서 기다렸다. 그는 도로변 창문을 따라 설치된 좁은 카운터에 서서 끼니를 때우며 지나가는 얼굴들과 병색들, 몽환적 상태나 광적 상태로 지나가는 사람들, 시내를 가로지르는 인종과 형상과 영락한 사람들의 물결을 관찰했는데 이 딱딱한 거리에서는 건강하고 옷을 잘 차려입은 사람들마저 병들어 보였다. 왜냐하면 그들은 각자 스스로의 삶 속으로 더욱 깊이 미끄러져들어갔으니까. 왜냐하면 그들은 미래가 그들을 데리고 가지 않을 것이라는 사실을 알았으니까. 왜냐하면 그들은 필수적인 좁은 구조, 은밀한 운명을 스스로에게 주기를 거부했으니까. 몇주가 지난 후 그는 빌의 빽빽한 필체로 조 도헤니 앞으로 보내진 마닐라지 봉투 하나를 발견했다. 발신지 주소는 당연히 없었지만, 스콧은 우체국 소인을 확인하고 도서관으로 가서는 낑낑대며 대형지도를 테이블로 옮긴 뒤 문제의 그 소도시(그는 그 소도시 이름을 브리타에겐 말할 수 없었다)가 이 중세적인 도시 외곽 300킬로미터쯤 떨어진 곳에 있다는 사실을 알아냈다. 빌이 뉴욕에서 불과 몇시간 이내의 거리에 있다는 사실을 알아낸 데 대해 그가 딱히 안도감을 느낀 건 아니었다. 그는 차드나 보르네오나 히말라야 산맥일지라 해도 쉽게 찾아갈 수 있었으며 어쩌면 그런 곳이 더 큰 존재감을 느끼게 해줄 수도 있었으니까. 그는 침낭과 몇가지 생필품을 챙긴 뒤 버스 전용로를 택해서 지선도로에서 차를 얻어 탔다. 그는 소도시를 둘러보고 시장과 우체국을 살펴보며 다섯 번의 주말을 허비했지만 그의 관찰은 헛되었다. 그래도 그는 개의치 않았다. 그에겐 이제 인생이 있고, 바로 그게 중요한 사실이었다. 그는 빌의 실질적 그물망 속에 있었고, 똑같은 공기를 들이마시고 있었으며, 빌이 보는 것들을 그도 보고 있었다. 그는 빌을 아는지 그가 어디 사는지 사람들에게 물어보지 않았다. 그는 떠돌이 배낭여행자였기에 사람들 눈에 띄지 않으리라 작심했다. 다섯번째 주말 이후 그는 직장마저 그만두고 근처의 야영지에 살다가 철물점 앞에서 차에서 내리는, 빌임에 틀림없어 보이는 사람을 발견했다. 그가 영영 뉴욕을 떠난 지 단 여드레 만에.

"어떻게 그가 빌이라고 확신할 수 있었나요?"

"그래야 했으니까요. 추호의 의심도 없었으니까요. 사진사가 어떻게 그런 질문을 할 수 있지요? 그의 작품, 그의 삶이 그의 얼굴에 나타나 있지 않나요? 그 조그만 시골지역에 그런 책을 썼을 법한 사람이 따로 또 있었겠어요? 없다마다요, 틀림없이 그분이었어요. 땅딸막하고 머리를 손가락으로 빗어넘기고. 제 쪽으로 걸어오고 있었지요. 길을 따라 걸어내려오고 있는 거예요. 발자국 하나하나가 더욱 친숙해졌죠. 빌이 틀림없었고, 그 빌이 바로 내 쪽으로 오고 있다니 저는 현기증이 나는 것 같았지요. 제 몸 중요한 부분들의 기능이 마비되더군요."

그가 빌에게 다가서서 자신이 누구인지, 자신이 바로 끈질기게 편지를 보낸 바로 그 사람이라는 걸 어떻게 말했던가. 말을 천천히 명확하게 온전한 문장으로 하려고 애쓰며, 입이 타들어가는 걸 느끼며, 단어들이 혀에서 공허하게 튕겨져나오는 걸 들으며. 심장이 뛰는 소리를 들으며, 그가 이전에 극도의 더위 속에 산악지역을 오를 때 딱 한 번밖에 듣지 못했던 가슴에서 나오는 바로 그 쿵쾅거리는 소리를, 피가 대동맥으로 달려나가며 심장에 부딪히는 바로 그 소리를. 빌이 사냥꾼처럼 실눈을 할 때, 혹시 조수가 있으면 도움이 될 거라는 생각을 작가선생님이 해보신 적이 있는지 스콧은 어찌 그리 용케 말할 수 있었던가. 누군가 우편물을 처리할 사람(그는 경험이 있었으니까), 타자를 치고 서류를 정리할 침착한 사람, 아무도 하는 사람이 없다면 식사준비라도 해줄 그런 사람, 작가선생님의 고통을 덜어주려 애쓸 만한 사람(이 대목에서 그는 음산한 기쁨의 흔적을 보였다)이 필요하지 않은지. 그다음 스콧은 본능에 따라 바로 말을 그치고 빌이 그 제안을 받아들이기를 기다리며 진지하고 믿을 만한 모습을 하고 서 있었다. 빌의 얼굴이 서서히 바뀌는 걸 관찰하면서. 그의 턱 근육이 느슨해지며 두 눈이 차분해졌다. 위대한 인물의 얼굴은 그의 작품의 아름다움을 보여준다.

5

침실에서 캐런은 스콧이 시내에서 가져온 선물을 바라보고 있었다. 그건 '마오II'라는 제목의 연필 데쌩 그림 복제품이었다. 그녀는 그것을 침대 위에 펴놓고 가까이에 있는 물건들을 집어 모서리들을 눌렀다. 그림을 관찰하며 그녀는 이 그림 어디가 그리 흥미로운지 또는 스콧이 어째서 자기가 이 그림을 좋아할 거라고 생각했는지 알고 싶었다. 마오쩌뚱의 얼굴. 그렇다, 그녀는 그 이름은 좋아했다. 연필로 몇줄의 선을 그었을 뿐인데도 어떻게 그가 거기 있는지, 어떻게 약간의 음영과 휘갈겨진 목선과 눈썹이 생겼는지 신기했다. 이 그림은 유명작가의 그림이었다. 그녀는 그 이름을 결코 기억할 수 없었지만 그는 유명한 작가였다. 그는 죽었다. 그는 흰머리를 휘날리며 흰 마스크 같은 얼굴을 하고 있었다. 아니면 그는 그저 죽은 것으로 간주되고 있을 뿐이었다. 스콧이 말했지. 그는 죽은 것 같지가 않다. 한번도 진짜같이 보인 적이 없었으니까. 앤디. 그것이 그의 이름이었다.

스콧이 커피잔을 씻고 있었다.

빌이 들어오며 말했다. “뭐 하고 있나?”

스콧은 씽크대 안을 바라보며 컵 안쪽을 스펀지로 문지르고 있었다.

“제재소까지 걸어올라가도 되겠는데. 그러고도 남을 좋은 날씨야.”

“일을 하셔야지요.” 스콧이 말했다.

“일은 했어.”

“아직은 이릅니다. 가서 일을 좀더 하세요.”

“오늘은 꽤 오래 일했어.”

“헛소리하지 마세요. 사진 찍었잖아요.”

“하지만 그 시간도 보충했어. 이봐, 저 여자들을 데리고 제재소까지 올라가보자고.”

“위층으로 올라가세요.”

“올라갈 기분이 아니야.”

“또 시작하지 마세요. 저는 그럴 기분이 아니니까요.”

“여자들을 데리고 가보자니까.” 빌이 말했다.

“아직 일러요. 오전을 사진 찍느라고 망쳤잖아요. 올라가서 선생님 일이나 하세요.”

스콧은 스펀지를 온수 아래에 대고 세제를 헹궈냈다.

“해가 세 시간이나 남았다니까. 거기까지 갔다올 시간이 충분하잖아.”

“저는 선생님을 위해서 말씀드리는 겁니다. 이 책을 영원히 쓰겠다는 건 선생님의 생각이었어요. 저는 제가 해야 할 말을 하고 있는 것뿐이에요."

"자넨 자네 일이 뭔지 알고 있나?"

"아무렴 알지요, 알고말고요."

"아무렴 그렇겠지." 빌이 말했다.

"일은 채 10분도 하지 않으신 것 같은데요."

"아무렴 그렇겠지."

"그러니 올라가 앉아서 일을 하시라잖아요."

"우린 이 좋은 햇빛을 탕진하고 있다네."

"그건 사실 아주 간단하죠."

"간단하지가 않아. 세상의 간단하지 않은 모든 것들이 하나의 작은 꾸러미로 묶여 있는 거야."

스콧은 설거지를 끝냈지만 그대로 머물러서 씽크대 안을 바라보고 있었다.

"그건 간단한 문제예요. 정말 간단하다니까요. 그저 올라가셔서 앉아서 일이나 하세요."

"저 여자들이 참 좋아할 텐데."

"저는 지금 제가 무슨 말을 해야 하는지 우리 둘 다 이미 아는 사실을 말하고 있을 뿐이에요."

"내가 올라가서 그냥 우두커니 앉아 있을 수도 있잖은가. 내가 일을 할 거라는 걸 자네가 어떻게 아는가?"

"알 수야 없죠, 선생님."

"난 25달러짜리 우표 두루마리에서 엿 같은 국기가 똑같이 그려진 우표들을 한장씩 떼어내며 그저 앉아만 있을 수도 있다네."

"선생님이 그 방 안에 계시는 한 문제없어요. 전 선생님이 그 방에 앉아 있기를 원한다고요."

"자네가 누군지는 내가 말해주지." 빌이 말했다.

스콧은 손을 뻗어 타월을 쥐고 손을 닦았지만 고개는 돌리지 않았다. 그는 타월을 플라스틱 고리에 걸고는 기다렸다.

브리타는 문이 열린 빌의 작업실 밖 복도에 서서 방 안을 들여다보고 있었다. 방 안에 아무도 없는 게 분명했지만 잠시 후 그녀는 다가가서 문에 조용히 노크를 했다. 그녀는 꼼짝 않고 기다렸다. 그러고는 한발짝 들어서며 마치 카메라가 포착하지 못한 것들을 모두 세세히 기억해야만 한다고 느끼는 듯 방 안의 평범한 것들을 면밀히 살펴보았다. 이것저것 놓인 위치, 참고서적의 제목들, 잼 병에 담긴 연필의 개수까지. 역사를 위한 응시, 책상 위에 놓인 것들과 스냅사진들 속의 사람들, 이 사람을 이해하는 데 참으로 소중할 것 같은 잡다한 것들에 대한 강박적 기록.

그러나 그녀가 원하는 건 담배 한개비가 전부였다. 그녀는 담뱃갑을 발견하고는 재빨리 방을 가로질러 한개비를 꺼냈다. 계단에서 발소리가 들려왔다. 그녀가 성냥을 찾아 불을 붙였을 때 빌이 복도에 나타났고 그녀는 담배를 내보이며 고맙다고 말했다.

"당신이 가버렸다고 생각했소." 그가 말했다.

"여기 규정을 모르시나요? 어두워질 때까지 기다려야죠. 그다음엔 지선도로나 길도 아닌 길을 따라가야지요. 제가 어딘지 알아볼 수 있는 도로표지판을 피하기 위해 말이에요."

"스콧이 그걸 오랫동안 연구했지."

"그 친구가 택한 길은 시간이 두 배는 더 걸리더군요."

"당신은 미로 같은 길을 좋아할 것 같은데."

"좀더 노력해보지요. 하지만 지금 당장은 제가 선생님의 일에 방해가 되니까 조금 이른 저녁식사 시간에 다시 만나기로 하지요, 만약 식사를 하실 거라면 말이에요."

빌은 창가의 벤치에서 종이를 치우더니 이내 그 벤치에 앉으려 했다는 사실을 잊은 듯 종이뭉치를 가슴께에 들고 서 있었다.

"내가 말을 많이 했지요, 그렇지요?"

"대부분 선생님의 작품에 관한 이야기였어요."

"동정심을 얻고자 애를 썼구려. 그런데 지금도 이야길 하고 싶지만 전혀 할 수가 없군. 나는 이제 식사자리에서 소금을 달라는 말을 웅얼거리는 것 외에는 통상적인 방식으로 대화하는 걸 잊어버렸다오."

"선생님께 소금을 드리지 말아야겠군요."

"나는 지금 예순세살인데 그게 가슴아프구려."

"저는 결코 예순살까지는 살지 못할 거예요. 저는 뭔가가 다가오고 있고 그게 완결됐다는 걸 알아요. 천천히, 소모적으로, 무서운 것이 몸속 깊은 곳에서부터. 여러 해 동안 저는 그걸 알고 있었어요."

"공포는 스스로의 자아를 가지고 있지, 안 그렇소?"

"제가 좀 심한 편인가요?" 그녀가 말했다.

"어쩌면 약간은 과장이겠지."

"하고 싶어도 할 수가 없다던 말이 뭔가요?"

"나는 당신에게 언제 다시 한번 더 오라고 말하고 싶소. 아니면 당신 사는 곳이 어딘지 내게 말해주든가. 또는 남아서 이야길 하거나."

"이야기 나누는 건 문제가 없습니다. 하지만 이 집에서는 그게 그렇게 쉽지가 않네요. 어떤 주제를 약간 위험하게 만드는 일종의 강렬함이 이 집에는 있는 것 같아서요. 게다가 우리 사이에 지금은 카메라도 없고요. 이게 모든 걸 다르게 바꿔놓는 거예요, 그렇지 않아요? 스콧이 여섯시 반이라고 하더군요."

"그랬다면 그렇겠지요."

"그 사람이 어떻게 선생님을 찾아냈는지 제게 이야기해주더군요."

"처음 30초간 난 그 친구 머리를 짓뭉개버릴 뻔했소. 그 친구 빨리도 따라잡더군. 여러 가지 수완과 기술을 혼자 터득했지. 우린 항상 이야기하고 논쟁을 해요. 그 친구가 내게 안목을 주기도 하고."

"캐런은요."

"스콧은 내가 그 아이를 발굴해냈다고 말하지. 하지만 그 아이를 갑자기 낚아채온 건 바로 스콧이오. 가끔 그 아인 나를 두렵게 해요. 그 아이는 불과 다섯 마디 말로 나를 두렵게도 기쁘게도 할 수 있어요. 사람들을 잘 알아요. 우리를 꿰

뚫어본다는 말이오. 텔레비전을 보면 사람들이 다음에 무슨 말을 할지도 알아요. 무슨 말을 할지 정확히 알 뿐 아니라 그들의 목소리도 흉내내지요."

"그애는 스콧이 오고 나서 얼마나 뒤에 왔나요?"

"아마 5년쯤 후일 거요. 그애는 놀랄 만큼 똑같이 사람들의 목소리 흉내를 내지요. 그게 바로 우리 캐린입니다."

브리타는 욕조에 거의 납작 드러눕다시피 한 채 창문 아래서 누군가 장작 패는 소리를 들었다. 수증기가 피어올랐다. 처음엔 도끼로 쪼개는 소리, 그다음엔 쪼개진 통나무가 부드럽게 넘어지는 소리. 그녀는 자신에게 조그맣고 희미한 불행이 스며드는 것을 느꼈지만 그게 무슨 의미인지 확실히 알 수 없었다. 일을 하면서 보낸 최근의 생활에서 특별하다고 할 만한 날이 있다면 그게 바로 오늘이었다. 그녀가 커리어를 쌓겠다고 생각한 건 아니었다. 그녀에겐 커리어랄 게 없었다. 그저 여기서 중국까지 의자에 틀어박힌 작가들뿐이었다. 수입도 적었고 간간이 그녀의 작업에 대한 대중의 언급을 들을 뿐이었다. 대부분의 작가들 사진은 딱히 어디 실릴 곳도 없었고, 어떤 것들은 이름없는 잡지와 주소록에나 실렸다. 그녀는 알려지지 않았거나 번역되지 않았거나 잘 나타나지 않거나 정치적 혐의가 있거나 쫓기거나 침묵을 강요당한 작가들의 사진을 강박적으로 찍기 위해 돌아다니는 유일한 사람이었다. 그러니 빌 같은 작가가 자신을 위해 포즈를 취해주기로 자청한 건 하나의 입증이자 밝은 의미의 비준이었다. 그런데 왜 이렇게 이상하게 늘어진 기분이 들지? 그녀는 더운물을 더 틀었다. 그녀는 저 아래서 숨을 몰아쉬며 구령에 맞춰 힘을 쓰고 있는 저 사람이 바로 그라는 사실을 알았다. 처음엔 쪼개는 소리, 그다음엔 넘어지는 소리. 거리를 유지해야겠다. 그에겐 불안한 구석이 있다. 목욕물의 온도가 이젠 완벽하다 싶었다. 물속에 몸을 담그고 있기 힘들 만큼 뜨거웠다. 그녀는 얼굴에서 땀이 솟아나는 것을 느끼며 좀더 깊이 몸을 담갔다. 이래서 사진 찍는 일을 두고 그토록 의식 같다고 하는 것이 아니겠는가? 수증기가 욕실을 가득 채웠다. 열기가 너무 후끈하고 몸속까지 느껴져서 신경이 마비되고 심장이 멎을 것 같았다. 그녀는 빌이 강한 사람이라는 걸 알았다. 그의 두 손과 몸통, 부두노동자 같은 단단한 몸을 보고 알았다. 그녀는 손을 뻗어 타월로 얼굴을 닦고는 잠시 뒤에 욕조에서 나와 창가로 가서는 타월로 얼굴 높이의 유리에 서린 수증기를 닦았다. 이미 그의 사진을 찍었다면 그녀가 어떻게 거리를 유지할 수 있겠는가? 이건 공동작업, 조그만 고통이었다. 빌이 집 옆 늘어진 처마 아래 묶어둔 장작더미 쪽으로 쪼개진 장작을 던지고 있었다. 내 죽음을 알리는 부고라고. 창가에 서서 아래를 바라다보며 그녀는 수증기를 여러 번 닦아내야 했다.

빌이 안경을 밀어올렸다.

"이곳이 오늘밤은 집 같은 느낌이 드는군요. 뭔가 온전함이 있어요, 그렇지 않아요? 확장되고 완전해진 느낌. 우리 모두가 왜 그런지 알지요. 이곳엔 손님이 와 있고 손님은 문명을 의미하니까."

그가 술을 마시며 기침을 했다.

그가 말했다. "'손님'과 '주인'이 서로 얽혀 있는 단어라는 사실이 참 흥미롭지요. 어원들도 묘하고. 수렴되고 섞이고 서로 주고받으니까. 마치 인간의 어울림이 단어들에 의해 표시되는 것처럼 말이오. 손님은 바깥에서 아이디어들을 가지고 오고."

스콧은 브리타를 마주 보고 앉아 빌에게 해야 할 말도 브리타에게 했다. "저분은 일을 하러 오신 겁니다."

"지독히도 이상한 일이군. 지옥처럼 황당해. 그럼에도 난 저분을 동경하는 것 같으니 말이야."

"저분은 사람들이 주목하지 않는 일을 하시니까 선생님이 동경하시는 거죠. 일종의 사명이나 헌신을 보여주는 일말입니다. 바로 제가 선생님이 하셔야 한다고 재촉해온 그 일과 똑같은 일이지요. 이 책을 사람들에게 보이지 마시라. 계속 쓰시라. 그걸 하나의 사상, 하나의 원칙을 정의하기 위해 사용하시라."

"무슨 원칙 말이죠?" 브리타가 말했다.

"공표되지 않은 예술작품만이 남아 있는 유일한 웅변이라는 원칙 말입니다."

"이 젊은 친구 상당히 괜찮지요." 빌이 말했다.

캐런이 부엌에서 빵과 도마를 가지고 왔다.

스콧이 브리타를 바라보았다.

"예술은 언제나 떠내려가죠, 하나의 허풍의 일부로. 하지만 선생님이 이 책을 움켜쥐고 있으면. 이 책을 타자 원고로 간직한 채 열과 빛을 받게 한다면. 그게 바로 선생님이 널리 주목받을 권리를 새롭게 유지하는 방식이지요. 책과 작가는 이제 분리할 수가 없게 되니까요."

"죄송하지만 그건 아무짝에도 쓸모가 없잖아요." 브리타가 말했다.

"선생님은 제 말이 맞다는 걸 아십니다. 선생님을 초조하게 만드는 건 제가 선생님과 언쟁을 할 때가 아니라 선생님 말씀에 동의할 땝니다. 제가 선생님의 조그만 소망들이 수면으로 올라와 춤추게 할 때 말이죠."

빌은 아이리시 위스키 한병을 항상 자기 의자 바로 오른쪽 뒷다리에 기대어두는데, 손을 내리뻗어 병을 들어올리고는 자신의 와인잔을 다시 채웠다.

그가 말했다. "우리 주제를 하나 두고 저녁식사를 하는 게 어떻겠소. 오늘 저녁 우리는 넷이오. 4는 최초의 사각형이지. 정사각형 말이오. 하지만 우리는 또 원환도 되겠지, 완성된 원 말이오. 3 더하기 1이니까. 게다가 지금은 마침 4월 중순, 4라는 숫자를 가진 달 아니겠소."

"우리가 다섯이 될 뻔했어요." 스콧이 말했다. "어제 어떤 여자가 제게 아기를 주려고 하더라고요. 그 여자가 자기 코트에서 아기를 꺼내더군요. 태어난 지 채 몇시간밖에 안 된 그 작은 것을."

그는 브리타를 뚫어지게 바라보았다.

"왜 아기를 받아오지 않았는데요?" 캐런이 말했다.

"아기들 출입이 금지된 호텔로 브리타를 만나러 가는 중이었으니까. 그곳엔 문마다 아기 탐지기가 있거든. 그 사람들은 아기들을 길 밖으로 내쫓는다고."

"우리가 직접 키우지는 않더라도 그 아기가 있을 만한 곳을 찾아볼 수도 있었을 텐데. 아기를 받아왔어야지요. 어떻게 아기를 받아오지 않을 수가 있어요?"

"사람들은 언제나 아기들을 버리잖아. 이미 오래된 이야기지. 나는 나 자신이 버려졌을 거라는 생각을 하기도 해. 그러면 많은 것이 설명되니까." 스콧이 말했다.

"우리 어머니는 하느님의 보상에 대해 말씀하시곤 했어요." 브리타가 말했다. "어머니 심장에 이상이 생기기 시작하니까 류머티즘은 없어지는 것 같더군요. 그게 우리 어머니가 전능하신 응보에 대해 가진 생각이었지요. 길거리에 버려지거나 쓰레기통에 버려지거나 창밖으로 내던져진 아기들을 위한 하느님의 보상은 뭘까 궁금하네요."

캐런은 스콧에게 그날 아침 산책길에 본 어떤 도로표지판 이야기를 하고 있었다.

"이런 일이 생길 때마다 누군가가 내게 빚을 지고 있다는 생각이 들기 때문이지요." 브리타가 말했다. "하지만 신이 없다면 누가 그 누군가일까요?"

스콧이 말했다. "캐런은 신을 믿어요. 빌도 믿는다고 말은 하지만, 우리는 그 말을 믿지 못해요."

"우리의 주제는 4잖아." 빌이 말했다. "여러 가지 고대어로 신의 이름은 네 글자로 되어 있지."

브리타가 자기와 스콧의 잔에 와인을 더 따랐다.

"저는 믿지 않는 게 싫어요. 그러면 불안해서요. 저는 다른 사람들이 믿음을 가질 때 안심이 돼요."

"캐런은 하느님이 여기 이 땅에 계시다고 생각하지요. 길을 걷거나 말하는 것처럼 말입니다."

"저는 다른 사람들이 믿음을 가졌으면 좋겠어요. 많은 사람들이 도처에서 믿음을 가지고 있어요. 저는 이게 엄청나게 중요하다는 걸 알아요. 제가 캐나다에 갔을 때는 수백명의 사람들이 어떤 성자를 이동식 무대차량에 싣고 거리 이곳저곳으로 뛰어다니는 걸 봤어요. 완전히 뛰어다니더라고요. 멕시코시티에서는 성모 마리아의 날에 무릎을 꿇은 채 먼 거리를 기어가는 사람들도 봤어요. 그들이 대성당 계단에 핏자국을 남기고는 성당 안의 군중과 합류하니까 발디딜 틈이 없을 만큼 사람이 많아져서 숨쉴 공기마저 바닥이 난 것 같더라고요. 언제나 피가 있더군요. 테헤란의 성혈의 날처럼. 이런 사람들이 저를 위해 믿어주는 게 필요하겠지요. 저는 믿음이 있는 사람들에게 집착해요. 그것도 많이, 그리고 모든 곳에서. 그들이 없다면 지구가 식어버릴 거예요."

빌이 접시를 들여다보며 말했다.

"내가 양고기를 얼마나 좋아하는지 말했던가?"

"그러면 드세요." 스콧이 말했다.

"선생님은 드시질 않으세요." 캐런이 말했다.

"나는 바라보기만 해야 하는 줄 알았지. 실제로 먹으라는 말인가. 사전의 정의에 나와 있는 것처럼."

식당은 작았고, 의자들은 직사각형 식탁과 어울리지 않았고, 낡은 벽돌난로 구석에선 불이 타고 있었다.

"제가 잘라드릴까요?" 캐런이 말했다.

스콧은 아직도 브리타를 바라보고 있었다.

"믿음이 있는 사람을 원하신다면 캐런이 적격입니다. 무조건적인 믿음이죠. 메시아가 여기 지상에 계신다니까."

"메시아가 여기 지상에 계셔서 제가 저기 저 하늘 위를 날아다니고 있나보군요." 브리타가 말했다. "마일리지를 쌓으면서 말이에요."

빌이 말했다. "해가 뜰 때 그린란드 상공을 날아본 적 있으시오? 네 계절에, 동서남북 네 방향이 모두 한곳에 모여 있지."

그는 바닥에서 위스키를 집어들었다.

브리타가 말했다. "저는 만리장성 위를 걷고 있는 어떤 남녀에 관한 이야기를 들은 적이 있습니다. 둘이 반대쪽에서 서로를 향해 걷고 있다더군요. 그 사람들을 생각할 때면 언제나 저는 위에서 내려다보는 것 같아요. 만리장성이 풍광 속으로 굽이치고 조그만 두 인간 형상이 먼 지방에서 서로를 향해 한발짝 한발짝 나아가는 모습 말이에요. 저는 이게 지구에 대한 존경의 이야기, 우리가 이 지구에 어떻게 새로운 방식으로 속해 있는지를 이해하려는 노력에 관한 이야기라고 생각해요. 게다가 제가 얼마나 자연스럽게 그런 고공에서의 풍경을 생각해내는지 신기하고요."

"너덜너덜한 신발을 신은 도보여행객들 말씀이군요." 캐런이 말했다.

"푸른 눈이 덮인 대지에다 그들이 신고 있는 너덜너덜한 신발 같은 것 말이에요."

"중국을 생각하면 제게 무엇이 떠오르는지 아세요?"

"사람들이겠죠." 캐런이 말했다.

"군중들이에요." 스콧이 말했다. "넓은 거리를 터벅터벅 걸으며 수레를 밀거나 자전거를 타는 사람들, 원거리 렌즈 속으로 보이는 끝없이 이어지는 군중들, 그래서 실제보다 더 가까이 서로 엉켜서 완전히 콩나물시루같이 보이는 사람들, 그걸 생각하면 저는 그들이 어떻게 미래와 한덩어리가 될까, 목표를 이루지 못한 자나 비공격적인 사람 또는 정처없이 걷는 자나 이름없는 자들을 위해 미래가 대체 어떤 자리를 마련해줄까 하는 생각이 들어요. 망원렌즈 속으로 보이는 완전히 침묵하는 겹겹의 군중들, 페달을 밟거나 터벅터벅 걸으며 얼굴도 없는, 그럼에도 꽤 잘 살아남는 군중들."

캐런이 식탁 위로 손을 뻗어 빌을 위해 양고기를 잘게 잘랐다.

"제가 스콧에게 이야기하고 있었는데." 캐런이 말했다. "제가 무슨 이야길 하고 있었죠?"

"그 사람들은 아기에 관한 안전규정을 가지고 있다는 이야기 말이군." 스콧이 말했다. "아기는 들어갈 수 없는 전국 호텔 체인점들 말이야."

"저는 뉴욕 주의 오렌지색 공식 도로표지판 이야기를 하고 있었어요."

브리타가 담배를 찾으려고 식탁 위를 둘러보며 뒤늦게 웃음을 터뜨렸다.

"나는 엉터리 권투선수의 신을 믿는다오." 빌이 말했다. "이가 쑤시는 식당 여종업원의 신이라든가."

브리타가 웃어서 스콧도 웃음을 터뜨렸다.

스콧이 빵을 잘랐다.

스콧이 말했다. "책은 끝났지만 타이핑 원고로만 남아 있을 겁니다. 그러면 브리타가 찍은 사진들이 유명한 곳에 실리지요. 아주 정확한 순간에. 책이 필요없게 되는 거지요. 작가가 있으니까."

"머리가 아프군요." 브리타가 말했다. "와인 좀 더 따라주세요."

그녀는 담배를 찾아 방을 둘러보며 웃음을 터뜨렸다.

스콧도 웃음을 터뜨렸다.

빌이 마치 자기 음식이 이상하게 변했다는 듯 음식을 바라보았다.

"아니, 어쩌면 유명한 곳이 아닐 수도 있겠죠." 스콧이 말했다. "중서부의 작은 저널일 수도 있고."

"아니, 아니, 아니에요." 캐런이 말했다. "빌이 텔레비전에 나오는 걸 생각해보세요. 소파에 앉아서 대화를 하고 계시다고요."

"사진을 찍었으니 유익하게 이용하자고. 책이 작가의 이미지 속으로 사라지도록."

"아니, 잠깐만요. 선생님이 의자에 앉아 있는 진행자를 향해 아주 가까이로 몸을 당기며 의자에 앉아 계세요, 턱에 주먹을 갖다대고 있는 안경 쓴 진행자를 마주 보고 말이에요."

"그 아기를 정말 봤어요?" 브리타가 말했다.

스콧이 웃음을 터뜨렸고 그러자 브리타도 웃음을 터뜨렸다.

빌이 말했다. "우리의 주제는 4란 말이야. 흙, 공기, 불, 그리고 물."

"성혈의 날이 뭐예요?" 캐런이 말했다. "짐작이 가지 않는 건 아니지만 말이에요."

스콧은 브리타에게서 눈을 떼지 않았다.

"선생님은 종말론적 힘을 갖는 뉴스의 등장으로 인해 작가들이 소멸되고 있다는 생각을 가지고 있어요."

"그 비슷한 이야기를 내게도 했어요."

"소설은 우리의 의미 추구를 만족시켰지요. 빌의 말을 빌리자면 말입니다. 과거에 소설은 위대한 세속적 초월이었지요. 언어, 인물, 그리고 가끔씩은 새로운 진리를 보여주는 라틴어 미사 같은 것. 하지만 우리의 절망이 우리를 좀더 거대하고 더욱 어두운 뭔가에 이끌리도록 만들었지요. 그래서 우리가 파국의 분위기를 제공하는 뉴스로 끊임없이 눈을 돌리는 겁니다. 뉴스는 우리가 다른 곳에서는 느낄 수 없는 정서적 경험을 발견할 수 있는 곳이죠. 우린 소설이 필요없게 되었어요, 빌의 말에 따르자면. 우리에게 파국이 반드시 필요한 것도 아니지요. 단지 보도와 예측과 경고만 있으면 되니까."

캐런이 빌이 고기 조각에 포크를 갖다대는 것을 바라보았다.

그가 말했다. "네가 말했던 도로표지판이 뭔지 알겠다. 농아를 위한 것 말이지."

"그런데 그게 가정집에서 만든 게 아니에요. 그건 공식 오렌지색과 검은색으로 되어 있는데 자동차나 트럭이 달려들어도 그 소리를 듣지 못하는 여자아이 한명을 위해서 주에서 세워놓은 거예요. 그걸 봤을 때 저는 농아를 생각했어요. 저는 한명의 아이를 위해 도로표지판을 세워주는 주라면 그렇게 지독하고 비인간적이진 않을 거란 생각이 들었어요."

"맞아, 괜찮은 표지판이지. 자기만을 위해 도로표지판이 있는 아이를 생각하면 멋있어. 하지만 내가 조금 전에 들은 완전히 우스꽝스러운 스콧의 주장 말이야. 책이 사라진다. 원칙을 정의한다. 내가 들은 대로 이야기하고 있나? 이 모든 단어를?"

그는 술병을 들어 무릎에 놓인 술잔에 따르며 말을 이어갔다.

"책을 쥐고 있으라. 책을 숨겨라. 작가를 책으로 만들어라. 나는 전혀 이해를 못하겠어."

"책이 다 끝났다는 걸 선생님께서 알고 계시고, 우리 모두 책이 끝났다는 사실을 알고 있는데 왜 아직도 쓰고 계신 거죠? 우리 모두 선생님이 아직도 쓰고 계시다는 걸 안다고요."

"책이란 결코 끝나는 게 아닙니다."

"연극은 결코 끝나지 않지만 책은 끝나지요."

"책이 언제 끝나는지 제가 말씀드리지요. 엄청나게 큰 소리를 내며 작가가 쓰러질 때지요."

캐런이 말했다. "그 도로표지판을 볼 때마다 저는 기분이 유쾌해져요."

"한 작가가 책을 출판한 수만큼 그 작가는 그만큼의 책을 계속 쓰고 있을 뿐 아니라 타자기 속의 작품도 계속 쓰고 있는 겁니다. 과거에 쓴 책들이 삶을 괴롭히는 셈이죠."

브리타가 와인을 더 따랐다.

"운전은 제가 하죠, 감사합니다." 스콧이 말했다.

빌이 술을 들이켰다.

빌이 술을 들이켜며 기침을 했다.

브리타는 그가 담배를 꺼내기를 기다렸다.

"책이 보이게 해서는 안됩니다." 스콧이 말했다. "보여주면 모든 게 끝장이에요. 그 책은 엄청난 실수가 되는 겁니다. 우리는 그 책의 비만과 육중함, 그리고 분별과 속도와 에너지의 결핍을 설명해줄 단어들을 만들어내야 된다고요."

"이 친구는 자기가 내 영혼을 소유하고 있다고 생각한다오."

"선생님도 알고 계세요. 그렇게 되면 거대한 파멸이에요. 너무나 심각한 실패여서 이전의 위대한 작품에 대해서도 의심을 하게 만들겠죠. 사람들은 이전의 위대한 작품에서 약점과 엉터리 표시를 찾으려고 애쓰고 그걸 전혀 새로운 시각에서 바라볼 겁니다."

"책은 나올 거야. 내가 그렇게 할 거야. 그 누가 생각하는 것보다 빨리."

스콧은 브리타를 바라보고 있었다.

"선생님은 제가 옳다는 걸 아세요. 우리가 같은 생각을 하고 있다는 걸 싫어하실 뿐이죠. 선생님 말씀이 제 입에서 나오는 것 말입니다. 아주 괴로워하시죠. 하지만 저는 그저 선생님의 정당한 위치를 안전하게 해드리려는 것뿐입니다."

빌은 뭔가 내리칠 것, 그가 식탁에서 내리쳐서 박살낼 만한 적당한 물건을 찾고 있었다.

"저는 이 집에 애완동물이 하나 필요하다고 생각해요." 캐런이 말했다.

스콧이 식탁 가장자리의 빵 부스러기를 손으로 쓸어모았다.

"저는 단지 선생님이 가슴 깊이 원하시는 걸 말하고 있을 뿐입니다."

캐런이 브리타를 쳐다봤다.

그들이 서로 자리를 바꿨다. 캐런은 자기 의자를 옮겨 빌 가까이에 앉았다.

"자, 그러면 고양이가 좋을까요, 개가 좋을까요?" 그녀가 다른 사람의 목소리로 말했다.

빌이 버터 접시를 가져와 손등으로 식탁 건너편으로 밀쳤다.

뚜껑이 스콧의 얼굴에 맞았다.

이게 빌을 더욱 화나게 해서 빌은 일어서려는 자세로 식탁을 세게 내려치기 시작했다.

"다들 그렇게 하길 원치 않으시는 것 같군요." 캐런이 말했다.

그녀가 빌을 의자에 주저앉혔다.

스콧이 왼손으로 얼굴을 만졌다. 다른 손은 아직도 빵 부스러기를 쥐고 있었다.

"애완동물은 치유효과가 있는 걸로 유명하지요." 그가 말했다.

"아무도 다친 사람은 없어, 그러니 개소리 집어치워."

"나이들고 외롭고 옹고집에다 소리를 질러대는 사람들에게 말입니다."

"넷이니까 넷, 4 이야기를 하자고. 우리 주제는 4라니까."

무엇이건 화를 더 부추길 만한 물건을 빌이 보지 못하게 하려고 캐런이 두 손으로 그의 눈을 가렸다.

브리타가 말했다. "누군가 이런 일은 드문 일이라고 말해줬으면 좋겠네요."

하나의 몸짓, 하나의 시선, 거의 어떤 것이라도 빌을 통제할 수 없는 상태로 몰아갈 수 있었다.

스콧은 냅킨으로 두 손과 얼굴을 닦고는 브리타의 의자 뒤에 서서 그녀가 일어서자 팔을 잡고 방 밖으로 데리고 나갔다.

캐런이 빌의 눈에서 손을 떼었다.

"서로 사랑하는 사람들, 그건 말로 표현할 수 없을 만큼 오래된 이야기예요, 선생님, 우리가 수천번도 더 알고 있듯이 말이에요."

그들은 식탁에 한동안 더 앉아 있었다.

그뒤 빌은 위층으로 올라가 문을 닫고 어둠속 창가에 서 있었다.

스콧은 브리타가 떠나기 전에 마지막으로 한가지만 더 보고 가길 원했다. 그들은 뒷문으로 나가 몇야드를 걸어서 본채 귀퉁이에 덧대어 지어진 나지막한 창고로 갔다. 그녀가 허리를 굽히며 그의 뒤를 따라들어가자 그가 전등 스위치를 켰고, 그들은 문 안쪽에 서서 스콧이 손수 만든 서가와 칸막이들을 바라보았다. 상자나 꼬리표가 붙은 서류철에 담긴 최종 원고의 복사본, 초기 원고의 먹지 복사본, 메모와 원고 조각들의 먹지 복사본, 빌의 친구나 지인들로부터의 편지, 더 많은 최종 교정본들, 더 많은 독자 편지, 그리고 원고와 서류가 가득 찬 종이상자들이 잔뜩 있었다.

창고는 단열 및 방수 처리가 되어 있었다. 브리타는 허리를 굽힌 채 말없이 서서 단어들로 가득 찬 두꺼운 바인더들을 바라보며 이 집의 다른 곳에 쌓여 있는 종이 위의 모든 단어들을 생각했다. 그녀는 이곳을 벗어나고 싶었다. 이 살인적인 작업과 그 이면의 불길한 삶들로부터 벗어나 어두운 길을 따라 내달리고 싶었다.

그들은 돌아서 집 앞쪽으로 왔고, 스콧이 그녀의 물건들을 가지러 들어간 사이 그녀는 현관 계단 근처에서 기다렸다. 그녀는 고통스러운 현장에서 분리되어 있는 방관자의 느낌, 안전과 안도의 느낌을 예상했지만, 그게 그렇게 되지가 않았다. 그녀는 뭔지 모를 죄책감, 뭔가에 얽혀들었다는 느낌이 들어 빌에게 작별인사를 할 엄두가 나지 않았다.

스콧이 나오자 두 사람은 자동차 쪽으로 함께 걸어갔다.

"왼쪽 어깨너머로 뒤를 돌아보면 선생님이 창가에서 바라보고 계시는 게 보일 겁니다."

그녀는 별다른 생각 없이 돌아보았지만 창은 어두웠다. 그녀는 재빨리 앞으로 고개를 돌렸다. 밤공기는 칙칙하고 날카로운 어떤 힘을 가지고 있었다. 자동차를 타고 바퀴 자국이 딱딱해진 진흙길을 벗어나 자갈이 깔린 길로 들어섰을 때 그녀는 다시 뒤를 돌아보았다. 창문 한가운데에 흐릿하지만 꼼짝도 하지 않는 사람의 씰루엣이 보이는 것 같았다. 그녀는 집이 더 멀리 미끄러져서 나무숲과 변해버린 풍경 속으로, 그리고 광활한 밤의 힘 속으로 사라져갈 때까지 계속 뒤를 바라보았다.

6

스콧은 부드러운 서리를 닦아내기 위해 와이퍼를 규칙적으로 움직이는 한편 어둠속을 들여다보며 그날의 세번째 이야기를 했다.

그들은 운전을 변덕스럽게 하는 사람들에 대해 이야기한다. 그는 인구가 아마 210명쯤 되는 캔자스 북동부의 화이트클라우드라는 작은 읍내 중심가를 변덕스럽게 걸어내려오고 있는 캐런을 발견하고 그녀를 자동차 안으로 끌어넣었다. 밉살스러우리만치 낮은 하늘 아래 판자 창이 있는 붉은 벽돌건물 밖에서 그녀는 멈추어섰다. 그는 자동차를 빈틈에 전면주차한 뒤 그녀가 끈적끈적한 꾸러미 속에서 캔디 하나를 엄지손톱으로 꺼내려고 애쓰는 모습을 바라보았다. 농장용 차량 한대가 다가오더니 머리에 손수건을 묶고 가슴을 드러낸 어떤 꼬마 옆을 지나갔다. 도로는 넓었지만 연석에서 솟아난 잡초와 까페와 자동차, 자전거수리점 위로 비스듬하게 걸린 차양들로 인해 연한 갈색조의 회색을 띠었다. 캐런은 그곳에 서서 캔디를 꺼내긴 했지만 개별 포장지를 떼어낼 수가 없었다. 잡화점 앞에는 신비스러운 단어가 적힌 간판이 삐죽 나와 있었다.

스콧은 이 모습이 낯익은 느낌이 드는 이유가 뭘까 잠시 생각했다. 그는 의사 남편과 뻬루에서 공수돼온 아기와 함께 이 근처에 살고 있는 누나를 만나러 왔다가 다시 동부로 차를 몰고 가고 있었다. 그는 빌에게서 두 주 동안 벗어날 수 있게 된 것이 기뻤다. 빌이 그 무렵 위스키를 다시 입에 대고 한밤중이 될 때까지 끊임없이 중얼거렸기 때문이다.

그는 자동차 밖으로 나가서 흙받이에 기댄 채 캐런이 손 안에서 녹아버린 캔디를 가지고 애쓰는 모습을 바라보았다. 이론적으로 볼 때나 이름으로 볼 때나 그것은 딱딱한 캔디였지만 포장지에서 떨어지려 하지 않았고, 그녀가 종이를 밖으로 떼어내면 오히려 물갈퀴처럼 긴 조각들이 달라붙었다.

그게 폭염 때문인 것 같아, 아니면 외제 물품의 도전에 맞설 수 없는 이류 생산방식 때문인 것 같아?

그녀는 그에게 눈길도 주지 않았다.

그들이 캔디를 어떻게 만들어야 하는지 알고 있을 거라고 생각해?

그는 공허한 기다림의 시간 속에서 그저 뭔가 할일을 찾다가 윗주머니에서 선글라스를 꺼낸 뒤 그것을 닦기 위해 셔츠 앞자락을 바지 밖으로 꺼내 한주먹 움켜쥐었다.

그녀가 말했다. 아저씨는 저를 재교육시키려고 여기 오신 거예요?

그때 그는 이곳이 낯익은 이유가 뭔지 알아챘다. 그건 마치 빌 그레이의 머리에서 나온 그 무엇 같았고 그는 이전에 필경 그걸 보았음이 틀림없었다. 대기 중이나 폭풍우치는 하늘이나 불길한 힘을 향해 하나의 문장을 열어주는 그저 어떤 소외의 단어로 인해 형언하기 힘든 위협적 분위기를 띤 황폐한 도로 위에 서 있는 우스꽝스러운 어떤 여자아이.

만약 그래서 오신 거라면 정말 빨리 잊어버리시는 게 좋을 거예요, 그녀가 말했다. 왜냐하면 사람들이 이미 그런 시도를 여러 번 했지만 한번도 성공하지 못했으니까요.

이내 그들은 미주리 북쪽 끝 지역을 달리고 있었고 서로 친해져서 똑같은 자동차를 타고 이제 남부의 주를 달리고 있었다. 비록 그녀 스스로는 그 말을 쓰지 않았고 또 자기 앞에서는 그 누구라도 그 말을 결코 하지 못하게 했지만, 스콧은 그녀가 통일교도 시절의 기억을 드문드문 어떻게 이야기했는지 브리타에게 말했다.

승합차 안에서는 모든 옷이 똑같아서 한곳에 쌓아두고 함께 세탁한 뒤에 원래 누구 옷인지, 또 바로 직전에 누가 입었는지 상관없이 각자에게 여러 차례 다시 나누어주었다. 그것이 공통의 육신이 갖는 진리였다. 그럼에도 다른 누군가의 양말이나 다른 사람의 속옷을 입는다는 건 분명 이상한 느낌을 준다. 움찔하게 만들고 차가운 소름이 돋게 한다. 안으로 약간 움츠린 채 걷고 싶은 느낌을 주기 때문에 입고 있는 옷에 손도 대지 못한다.

당시 그녀는 길거리에서 땅콩을 팔고 있었는데, 그전에는 꽃을 팔던 터여서 영락했다는 느낌을 갖지 않을 수 없었다.

죄스럽고 위험한 생각. 그녀가 속한 땅콩 판매팀은 의욕을 상실한 자매들로 이루어져 있었다. 그들은 그들이 함께하는 기도가 지구상의 모든 개인들의 삶에 영향을 미친다는 입장을 확고히 갖지 못한 채 대지 위를 떠돌았다.

그녀는 또 영국에 파견된 선교팀에 소속된 남편, 그녀가 알지 못하는 그녀의 남편 김을 생각했다. 별거는 각자 세 명의 새로운 구성원을 통일교회로 데려올 경우에 한해 6개월 후면 끝나게 되어 있었다.

그녀는 마음속 깊이 총재님을 믿었으며, 아직도 스스로를 광대한 진실을 믿을 준비가 되어 있는 구도자로 여겼다. 하지만 그녀는 단순한 것들, 예컨대 부모의 생일, 발밑의 깔개, 그리고 지퍼 달린 침낭에서 자지 않아도 되는 밤들을 그리워했다. 그녀는 자신이 엄격하고 단조로운 형태의 통일교회 신앙에는 맞지 않는다는 생각을 하기 시작했다. 하루가 끝나면 두통이 그녀를 급습했다. 그들은 하나의 반짝임, 전기화학적 광채, 미지의 장소에서 온 빛, 머리가 맑아져서 자신이 누구인지 아는 괴상한 번뜩임 속에 돌아왔다.

스콧은 그녀를 모텔로 데려가서 밤이 깊을 때까지 그녀가 하는 이야기를 들어주었다. 그녀는 화장실 문을 열어둔 채 소변을 봤고, 그는 그게 얼마나 멋진가 하고 생각했다. 하지만 아직 쎅스는 안돼. 그녀는 10분씩 발작적으로 말을 했다. 그녀는 잠을 잘 수가 없거나 잠자는 것을 두려워했다. 그는 거듭해서 복도의 자판기로 가서 그녀에게 줄 음료수를 사가지고 오면서 그녀가 가고 없겠지, 열린 창문으로 커튼만 휘날리겠지 생각했다. 물론 커튼이 너무 무거워서 휘날릴 수도 없었고 창문도 어쨌건 열리지는 않았지만.

그리고 밤을 가로지르는 두 육체의 움직임. 왜냐하면 의심이 들고 두렵고 마음이 흔들리기 시작한 어느 구름 드리운 날 저녁에 그녀가 승합차를 빠져나오자 세 명의 사내가 놀이터 담벼락에서 떨어지며 자신에게 다가왔으니까. 두 명의 낯선 남자와 민소매 셔츠를 입은 자신의 사촌 릭, 말하자면 앵무새같이 초록 물을 들인 꼭대기의 흩날리는 머릿결만 남겨두고 완전히 빡빡 깎은 그 풋볼선수. 다른 남자들은 양복을 입고 있었으며 모종의 따분한 직업적 전문성을 보여주었다. 이름없는 시골의 한 담벼락에서 이쪽으로 다가오는 사람들에게 딱히 뭐라고 말하기는 사실 쉽지가 않은데다 허리춤이 불룩한 사촌은 알 수 없는 표정을 짓고 있었다.

그들은 자동차 안으로 그녀를 밀어넣어 어떤 모텔방으로 데려갔고, 그곳엔 이상하게도 양말만 신은 그녀의 아버지가 밋밋한 의자에 앉아서 기다리고 있었다. 감정에 호소하는 많은 말들이 있었고 값싼 주간지에나 나올 만한 사랑과 엄마와 가정에 대한 설득이 있었다. 그녀는 애매한 태도로 듣고 있었고 모두들 약간은 감동도 받고 따분해하기도 했다. 그러더니 아버지가 낮은 울음을 터뜨리며 그녀에게 키스를 하고는 신발을 신고 릭과 함께 자리를 떴다. 릭은 열살 때 그녀의 팬티 속으로 손을 집어넣었는데, 그 기억이 손가락에 대고 킁킁거리며 냄새를 맡을 때처럼 둘 사이를 아른거렸다. 그런데 스콧이 여기 자신의 모텔에서 이 어린 여자의 일생을 가로지르는 속옷 이야기를 신기한 표정으로 듣고 있는 것이다.

브리타는 목받침대에 뒷머리를 기대고 눈을 감은 채 자신에게서 멀어지면서 점점 더 커져가는 스콧의 목소리를 듣고 있었다.

그 두 남자는 여드레 동안 하루 열여덟 시간씩 그녀를 재교육시켰다. 그들은 선례들을 인용했다. 그들은 주요 구절들을 반복해서 말했다. 그들은 테이프를 틀고 벽에다 영화를 쏘아서 보여주었다. 블라인드는 항상 내려져 있었고 문은 잠겨 있었다. 어디에도 벽시계나 손목시계는 없었다. 그녀가 잠들거나 잠을 청할 때면 그들은 떠나고 그 지역의 어떤 교회 여신도가 와서 머리에 헤드폰을 낀 채 의자에 앉아 곱사등이 고래의 노래를 들었다.

잠결과도 같은 이런 고요의 순간에 그녀는 부모를 사랑하면서도 유괴의 드라마에 몸을 떨었다.

너는 세뇌되었어.

너는 프로그램되었다고.

너는 겁에 질린 고정된 시선을 하고 있는 거야.

때때로 그녀는 연관된 모든 사람들을 미워하고 또 방 안에 갇혀 기계처럼 되뇌는 헛소리를 강제로 들어주어야 한다는 게 잔혹할 수밖에 없는 부모자식 관계의 연장이라고 생각했다. 그들의 말에 따르면 물론 통일교회가 그녀에게 지금까지 항상 해온 게 바로 그런 것이었다.

그녀의 엄마가 전화를 걸면 둘은 평범하고 실질적인 잡

담을 나누었다. 잘 먹어야 한다거나 옷가지를 보내겠다는 말들이었다.

두통이 더 자주 찾아왔고 급기야 악몽도 꾸게 되었다. 그녀는 자신이 통과의례를 겪고 있다고 생각하기 시작했다. 그녀는 자신의 육신 속에 살고 있는 것이 정확히 누구인지 이해할 수 없었다. 그녀의 이름은 소리의 조각들로 분해되어 그녀에게 완전히 이상하게 들렸다. 그녀는 자매들과 인솔자들에게 돌아가고 싶었다. 통일교회 바깥의 모든 것들은 사탄이 만든 것이다. 통일교회에서는 무엇을 가르치는가? 다시 어린아이가 되어라. 이론들을 알고 있다면 모두 버려라. 지식을 가지고 있다면 어린아이의 열린 가슴을 위해 버려라.

프로그램되었어.

세뇌되었어.

주입당했어.

그녀가 별 생각 없이 그저 조용히 슬금슬금 문을 걸어나가 도망치려고 하자 그들은 그녀를 벽에다 내동댕이쳤다. 그들의 손이 그녀 위로 덮쳤고 그녀는 그저 한국산 아크릴 섬유 찢어지는 소리를 듣고 즐기기 위해 그들이 자기 옷을 찢어버릴지도 모른다는 생각이 들었다. 그렇게 어두운 방안에서 스콧이 더 가까이 다가와 친절한 관심, 남성의 또다른 면인 부드러운 보상을 보여주었지만 아직은 우호적인 섹스는 안돼, 아저씨.

그들은 한동안 말없이 차를 타고 갔다.

브리타가 말했다. "나는 그런 식으로 남편을 만난다는 게 이해가 안돼요. 결혼한 것 같지도 않은 그런 사람을 만나다니."

"그게 집단결혼이지요. 다른 사람 수천명과 함께 공동결혼식에서 결혼하는 겁니다. 그레이 선생님은 그걸 천년왕국의 히스테리라고 부르지요. 백만 가지 사랑과 애무와 구혼의 순간들을 하나의 가속화된 집단으로 압축하면 삶이 더욱 열망적이고 초현실적이고 이미지적이고, 스스로의 변신에 더욱 가까워질 수 있다고 말하는 겁니다. 아니면 왜 그러겠어요? 인간이 가진 결혼이라는 믿음, 영속의 수단을 택해서 그걸 파국이나 미래의 총체적 내파로 바꾸는 겁니다. 빌의 말에 따르면요. 하지만 저는 빌 선생님이 완전히 틀렸다고 생각해요."

그들은 차를 타고 아이오와와 일리노이를 지났고, 스콧은 자신이 애초 빌을 찾아서 떠날 때의 여행길과 빌의 소설 속 등장인물 하나와 함께 돌아가는 이 여행길의 풍경이 이중으로 겹쳐지는 것을 보았다. 그들은 고속도로 위로 빈 안장만 실은 말 한마리가 전속력으로 내닫는 것을 보았다. 캐런이 혈압계 벨트가 팔을 조일 때의 팽팽한 느낌을 좋아했기 때문에 이동진료소에서 혈압을 쟀다.

너는 겁에 질린 고정된 시선을 하고 있어.

하지만 만약 재교육이 집으로 돌아가는 것, 조용한 방과 침대와 세 끼 식사를 의미한다면, 그렇다면 부모님이 그녀를 사랑하시고 또 그녀 자신도 승합차에서 또 한번 겨울을 보내고 싶지는 않으니까 어쩌면 한동안은 그들이 그녀의 마음을 움직이도록 내버려둘 수도 있었다.

그들은 주넷을 데리고 왔다. 주넷은 예전에는 자매였지만 부모에 의해 격리되어 재교육을 받고 통일교회에도 등을 돌리고 이제는 다른 신도들을 순화시키는 데 이용되고 있었다. 그녀는 경험이 주는 엄청난 상처를 안고 있었다. 캐런은 그녀가 방 안으로 뛰어들어오는 것을 보면서 말로는 공감을 표시하는 척했지만 실은 더 우월감을 느끼고 또 초연했다. 그들은 어쨌건 그렇게 행동하며, 각본에 쓰인 대로 자매처럼 친밀한 역할들을 하며 세 번을 껴안고 울었다. 바깥에서 기다리고 있는 사내들의 그림자가 커튼 뒤에 뒤엉켜 있었다. 주넷이 총재님의 가르침을 헐뜯었다. 그녀는 죽은 자들의 의미있는 목소리로 통일교회를 벗어난 사람들의 편지를 읽었다. 캐런은 그녀의 잇새로 노란 찌꺼기가 끼어 있는 것을 보고 치료가 필요하다는 사실을 알아챘다. 그 흔한 치석 문제, 치석과 플라크 문제였다. 그녀는 조심스레 자신만의 생각에 골똘하며 침이 마르게 말하는 주넷을 바라보았다.

아마 너는 사람들이 심각한 갈등이라고 부르는 느낌을 알 거야, 있고 싶기도 하지만 떠나고 싶기도 한 느낌 같은 것 말이야. 게다가 그들이 어떤 사람을 데려오면 넌 뭔가 뾰족한 걸로 그의 목을 찌르고 싶어진다는 것도 말이야.

그들이 오하이오 주 중간쯤의 한 모텔에 머물게 되었을 때 분위기가 어색해졌다. 그들은 지쳤고 말이 없었다. 스콧은 그녀가 도대체 왜 여기 있는지, 왜 이상한 도움을 주는 이 낯선 사람과 여행을 하고 있는지, 이 사람이 도대체 누구인지 의아해한다는 걸 알았다. 파티장의 빈말처럼 말뿐인 호의를 베풀며 그들이 자신의 마음을 움직이려 애쓰던 그 갈색 상자와도 같은 이 방 안에 왜 자신이 이 사내와 함께 앉아 있는지 의아해한다는 것을 알았다. 똑같은 방들이 전국을 가로질러 반복적으로 나타나고 이 사내는 가는 곳마다 나를 머물게 할 것이다.

그래서 그는 그녀에게 빌 선생님 이야기를, 그가 아는 모든 것들, 그 사람에 대해, 그가 하는 일에 대해, 그 음울함에 대해, 또 자신이 얼마나 깊이 관여하고 있는지 등에 대해 말해주었다. 그녀는 아무 말도 하지 않았지만 주의깊게 들으려고 애썼다. 또다른 세계, 언어와 고독과 습한 사초풀 목초지가 있는 곳을 기억하려고 애썼다.

그들은 메뉴판에 갈피끈이 달려 있고 중앙홀로 들어서는 통로가 갖춰진 제대로 된 식당으로 식사를 하러 나갔다. 그녀가 처음으로 그를 바라보았다. 다시 말해 시간을 거슬러 그의 얼굴에 새겨진 지난 하루 반나절의 우연한 사건을 음미했다. 그들은 다시 방으로 돌아갔다. 온정적인 구원의 섹스, 자기를 지우는 섹스를 하기에는 아직 이른 시간이었다. 그는 자신이 뭔가 잘못을 범하고 있지는 않나 하는 생각을 했다. 그녀가 말을 하고 잠이 들었다가 다시 그를 깨워서 더 많은 말을 했다.

그들은 캐런에게 말했다. 컬트 이후의 문제는 네가 인류의 운명과 연결된 끈을 놓는다는 것이다.

그들은 말했다. 네 부모가 너의 정서적 구원을 위해 기다리며 기도하고 또 일련의 수표를 쓰는 동안 너는 힘든 적응기를 경험하는 선량한 사람일 뿐이라는 것을 우리는 안다.

그들은 통일교회가 그녀를 일벌레로 만들어버렸다고 억지로 동의하게 만들었다. 그녀는 되뇌었다. 나를 일벌레로 만들었다. 나를 일벌레로 만들었다. 그날밤 그녀는 따가운 불빛 속에 침대를 벗어나 머리에 헤드폰을 쓴 그 여자에게 뭔가 말을 하려고 시도했지만 할 수 없었을 뿐 아니라 한참 후엔 화장실 바닥에 엎어져 여러 가지 국적의 음식들을 토해내고 있었다.

그들은 그녀에게 말했다. 그래, 너는 많은 종파와 운동집단의 방황하는 자들과 창백한 자들과 상처입은 자들이 인간적인 상담을 받기 위해 대기하는 재교육센터로 가게 될 것이다.

릭이 옷가지와 용돈과 특별 음식이 가득 찬 특이한 주름잡힌 밀짚상자를 가지고 왔고 그들은 차를 타고 공항으로 갔다. 캐런은 자동차 문 쪽 홈에 꽂혀 있는 암에 관한 그림책을 발견하고 페이지를 넘겼다. 그들이 차에서 내렸을 때 그녀는 경찰관 한명을 발견하고 살금살금 걸어가서 자신이 납치당했다고 말하기로 마음먹었다. 그녀는 납치범들을 가리켰다. 그들은 뭐랄까, 침착하고 확신에 차 있지만 실은 당혹스러워하는 것 같은 그런 표정을 짓고 있었는데, 어떤 단어가 잘 어울릴까? 그들은 당황한 것 같았다. 또 죄책감을 느끼는 것 같기도 했는데, 실제로 그들은 죄책감을 느끼고 있었다. 초록

빛 머리를 일자로 물들인 사촌을 포함해서. 그래서 주변은 공항에서 흔히 보듯 부산한데 터미널 밖 길가에서는 여러 목소리가 한꺼번에 논쟁을 벌이기 시작한다. 사내들 중 한명이 경찰관에게 주법이 인정하는 미성년자 보호권에 대해 설명하려고 했는데 그들은 보호권을 가지고 있었다. 그때 캐런이 달아나버렸다. 터미널을 가로지르고 몇개의 계단을 내려가며 그녀는 가볍고 재빠르게 젊음을 느끼며 손을 내저으며 군중을 가로질러 마침내 아래층 문을 빠져나와 택시를 잡아타고 조용히 말했다. 다운타운으로 가주세요.

그녀는 그게 어느 도시의 다운타운 구역인지는 몰랐지만 어쨌건 그곳에 도착했을 때 50달러를 내던지고 나서 나머지 돈으로 그레이하운드 표를 샀다. 하운드를 타고 가기 위해, 그리고 세 시간 후에는 화이트 클라우드, 하늘 속 도시에 도착했고 그곳에서는 스쿳이 거의 텅 빈 거리를 지그재그로 걷고 있었다.

브리타가 말했다. "나는 이브 아널드가 찍은 캔자스의 화이트 클라우드 사진을 하나 가지고 있어요. 그 사진 속엔 시내 중심가가 보이죠, 필경 그럴 거예요, 그리고 당신이 다가갔을 때 캐런이 서 있었다는 벽돌건물 비슷한 그런 구조물이 보이고, 또 트랙터나 콤바인 아니면 바퀴가 높은 어떤 농기계 같은 것이 뚜렷이 보이죠."

"하지만 우리는 그곳에 있지 않아요, 캐런과 저는 말이죠."

"그리고 그곳엔 인디언 말인지 뭔지 모르지만 당신이 말한 그 우스꽝스러운 단어가 쓰인 작은 간판 하나가 달린 가게가 있어요. 그리고 어떤 면에서 그 사진은 넓은 하늘과 넓은 도로를 포함한 모든 게 너무나 고독하고 웅변적이면서 동시에 너무나도 평범해서 간판에 적혀 있는 그 이상한 단어 속으로 사진이 흘러들어가는 것 같아요."

"이제 기억이 나는군요. 하—허시—카. 빌 그레이 같은 기법이지요. 그곳은 빌 그레이의 장소예요. 정말 그래요."

마침내 그들은 바로 그 길들을 달리고 있었다. 물론 오던 길과 반대쪽으로, 그리고 그녀는 빌 그레이에 관해 질문을 했다. 그녀가 자신 바깥의 일에 관해 열 단어 이상 말을 한 것은 이번이 처음이라는 사실을 스콧은 알게 되었다. 그는 그녀가 머무는 것을 빌이 허용할지 알 수 없었다. 결국 그 이야기는 그렇게 많이 언급되지 않았다. 그들은 걸어들어가서 빌에게 다녀온 여행에 관해 이야기했고 빌은 캐런에게 끌리는 것 같았다. 그의 두 눈에는 어떤 초연한 즐거움이 내비쳤다. 그들이 얼마나 현명한지 어리석은지 우리가 알기도 전에 반드시 어떤 일들이 벌어지게 될 것임을 아는 듯한 눈빛이었다.

빌의 소설들을 읽고 나서 캐런은 낡은 소파에서 스콧의 침대로 건너갔고 그에게는 그녀가 언제나 그곳에 있었던 것 같은 느낌이 들었다.

빌은 재떨이를 가슴에 얹고 담배를 문 채 침대에 누웠다. 이렇게 할 때면 언제나 그는 1인 주거용 갈색 벽돌건물에서 불붙은 매트리스 연기 속에 천천히 죽어가는 늙은 주정뱅이들을 생각했다.

핫팬츠와 헐렁한 티셔츠를 입은 캐런이 들어왔다.

"기분이 좀 좋아지셨나요, 빌 그레이 선생님?"

그녀가 침대로 기어올라가 빌의 몸 가운데쯤에 걸터앉아 상체를 세운 채 두 손을 자신의 허벅지에 갖다댔다.

복도에서 불빛이 접혀들어왔다.

"담배는 치우시고 스콧의 마리화나를 좀 피우시는 게 어때요? 아직도 불편하시면 잠을 청하시는 데 도움이 될 텐데요."

"아직은 잠들 준비가 안된 것 같아."

"저는 이상하고 까다로운 이유 때문인지 약을 한 적은 없어요."

"내게는 그게 심장발작을 일으키는 꿈을 꾸게 하지."

"스콧은 밤늦게까지 원고나 파일 정리할 때 흥분을 진정시키기 위해 주로 이용하던데요."

"지금은 그게 흥분을 높이는 쪽으로 기능하게 되지, 진정시키는 게 아니라." 그녀가 몸을 아래위로 조금씩 움직이자 그가 신음소리를 냈고, 그러자 그녀는 다시 웅크리고 앉았다.

"스콧 말로는 선생님이 생화학 리듬을 바꿔주는 여러 가지 약물을 드신다고 하던데요."

"법으로 규제되는 약들이지. 의사가 처방전을 쓰는 거고. 모두 철저히 법률에 따른 거지."

“이불 밑에서 뭔가 꿈틀거리는 걸 제가 분명히 느끼겠는데요.”

“내가 첫 마누라에 관한 이야기를 한 적이 있던가?”

“아닌 것 같은데요? 무슨 말씀이신데요?”

“그 사람은 내가 쎅스만 밝힌다고 말하곤 했지. 내가 줄곧 틀어박혀서 내 작업에 대해서, 그리고 나중에는 모든 것에 대해 입을 봉하고 지내니까 쎅스밖에 남는 게 없다고 말이야. 그 이야기마저도 나중엔 하지 않게 되었지.”

“그냥 하기만 하셨군요.”

“그 사람은 작가를 좋아하지 않았어. 나도 그걸 깨달았지. 멍청하게도 너무 늦게 말이야.”

“선생님이 멍청하시다면 그분은 뭐예요? 작가하고 결혼했잖아요.”

“그 사람은 우리가 서로에게 적응할 거라고 기대했지. 여자들은 적응기제에 대한 믿음이 있어. 여자는 무엇을 원하는지 알아. 미래의 안정을 위해 모험을 하는 거지.”

“전 미래에 대해서는 절대로 생각하지 않아요.”

“넌 미래에서 온 사람이야.” 그가 조용히 말했다.

캐런이 그의 담배를 받아서 끄고는 재떨이를 바닥에 놓으며 침대 발치께로 밀었다.

“심장마비 꿈이란 게 뭐예요?”

“패닉이지. 급격한 심장박동 말이야. 그러다 깨면 그 심장박동이 꿈이었는지 현실이었는지 알 수가 없게 되지. 꿈이 현실이 아닌 것만도 아니야.”

"모든 건 현실이에요."

그녀가 털어버리듯 자연스레 티셔츠를 벗으며 두 팔을 머리 위로 치켜들자 빌은 고개를 돌리다시피 했다. 캐런이 이렇게 젖가슴과 머리카락을 흔들 때마다 빌은 뭔가를 온전하게 바라볼 때의 충격, 그 힘 때문에 넋이 나간 듯한 느낌을 받았다. 그는 시간을 앞질러 캐런의 가슴과 머리카락에 정적과 항구성을 부여하며 그 모습을 무의식적으로 포착된 형상과 우아함의 기억으로 바꾸었다. 그녀는 그 그림 같은 순간이 얼마나 깊은 영향을 미치는지 알 턱이 없었다. 그녀의 두 팔꿈치가 가위처럼 벌어지면서 주름진 셔츠에서 빠져나와 기지개를 켜는 듯한 자세를 취하자 그는 넋을 잃고 말았다.

"이게 잘못된 질문이라는 건 아는데."

"뭐 말이죠?"

"네가 여기 올라온다는 사실을 스콧이 알고 있나?"

둘이 함께 빌의 잠옷 저고리를 한번에 한쪽 팔씩 벗겼다. 그러다 그의 기침이 발작하는 바람에 멈추었다.

"이 집에서 스콧이 모르는 게 있나요?"

"나도 그렇게 생각은 한다만."

"생쥐들마저도 그의 친구죠. 스콧은 음력으로 정확히 어느날 어느 쪽 창문에 달빛이 가장 잘 드는지도 알잖아요."

캐런이 자세를 바꾸어 침대시트를 내리고 자신의 바지끈을 풀었다.

"그 친구는 상관 않겠지." 빌이 말했다.

"선택의 여지가 없잖아요. 어쨌건 아직 우리를 쏘진 않았잖아요."

"쏘진 않았지."

"앞으로도 우릴 쏘진 않을 거예요."

"그래, 그러진 않겠지, 그렇지?"

"그리고 어쨌건, 어쨌건, 어쨌건. 스콧이 선생님을 위해 절 이리로 데려온 것 아니에요?"

빌은 이런 생각에서 유쾌한 점은 그다지 발견할 수 없었다. 그는 캐런이 그저 혓바닥 위로 굴러들어오는 단어들을 지껄일 뿐이라고 믿고 싶었다. 그녀가 말하는 건 대부분 그런 식이었으니까. 하지만 어쩌면 그 말이 사실이고 그럴 수도 있다는 생각이 들었다. 빌은 흥미롭게도 줄곧 자신이 스콧의 계획에 따라서 스콧을 배신하고 있다는 상상을 했다.

그의 물건이 캐런의 손 안에서 춤을 추었다.

"이제 시작할 때가 된 것 같아요."

"그래, 맞아." 빌이 말했다.

그녀는 방 반대쪽의 장롱으로 가서 중간 서랍에서 작은 꾸러미를 꺼냈다. 그녀는 콘돔을 꺼내들고 침대로 돌아와 빌의 허벅지에 걸터앉아 빌에게 끼웠다.

"누굴 보호하려는 거지, 너야, 나야?"

"그저 요즘 하는 방식대로 하는 것일 뿐이에요."

마치 인형에게 옷을 입히는 엄숙한 아이처럼 꼼꼼하게 손가락을 놀리며 캐런이 전문가처럼 결연하게 콘돔 끼우는 일에 몰두하고 있는 것을 그는 쳐다보았다.

스콧은 천장이 높은 작업실을 둘러보며 서 있었다. 기둥을 덧대어 길게 만들어놓은 방이었다. 희미한 채광창 아래 넓은 플라스틱 널빤지가 걸려 있었다. 브리타가 이리저리 돌아다니며 전등을 켰다. 작은 부엌 하나와 식당, 그리고 반쯤 가려진 구석의 파일 상자와 선반들. 스콧은 브리타 뒤를 따라가면서 전등 두 개를 껐다. 소파 하나와 한쪽에 모여 있는 의자 몇 개. 그리고 문에 검은 커튼이 쳐진 암실과 인화실. 남쪽 창밖으로 쌍둥이 무역센터 건물이 밤을 가로질러 강렬하게 응축된 채 가까이 서 있었다. 이게 바로 '불쑥 모습을 드러낸다'는 단어와 길게 드리워진 그 단어의 모든 힘이었다.

"여행객들을 위해 커피를 타드리지."

"이제야 마침내 뉴욕의 안팎을 봤다는 느낌이 드는군요. 여기 이 공간 속에 서서 창문을 내다보면서 말입니다."

"바깥에 비가 오면 안에도 비가 오지요."

"브리타, 불편한 점이 있더라도."

"이런 공간은 대체로 작아요. 하지만 이젠 이것도 유지하기가 힘들어요. 그런데도 수백층짜리 건물들을 마주 보고 있어야 하다니."

"한쪽 건물엔 안테나가 있네요."

"수컷이란 말이지요."

"차 맛이 좋군요, 고맙습니다."

그녀는 부엌 찬장과 서랍에서 이것저것 한번에 하나씩 물건을 꺼냈다. 마치 한달이나 달포 동안 집을 떠나 있다가

온 사람처럼 이 집이 이제 자신을 감싸주는 듯한 느낌이 들었다. 이 컵과 스푼들이 그녀가 온전하다는 느낌을 주었다. 마치 이것들이 항로나 이동의 물리학으로부터 그녀를 구출해준 듯이. 너무나 기진맥진해서 아직도 뼛속에서 윙윙대는 소리가 들리는 듯했다. 채 이틀도 안되게 집을 떠나 있었다는 사실을 자꾸 상기해야 할 정도였다. 스콧이 방 저쪽의 테이블에 서서 흐트러진 잡지들을 들여다보며 자기도 모를 말들을 내뱉고 있었다.

엘리베이터가 건물을 오르내리는 소리가 들렸다. 낡은 녹색 철문이 어둠속에 부딪히며 덜거덕거렸다.

둘은 차를 마셨다.

"이 도시를 특이하게 만드는 것은 어느 누구도 한곳에 10분 동안 있으리라고 기대할 수 없다는 사실이지요. 모두가 항상 움직이니까. 일곱 명의 이름없는 남자가 모든 것을 소유한 채 우리를 판 위에서 움직이게 해요. 그 소유주들이 공간이 필요하기 때문에 사람들이 길거리로 내몰리는 거고. 그러면 또 누군가가 그들이 숨쉬는 공기마저 소유하기 때문에 그들은 다시 길거리에서 내쫓기게 되고. 사람들이 하늘의 공기를 사고파는 동안 인도 위의 상자에는 육신들이 쌓이죠. 그러면 그들은 그 상자들을 쓸어가버리고요."

"좀 과장하시는군요."

"난 살아 있기 위해 과장을 하는 겁니다. 이게 바로 뉴욕의 핵심이에요. 나는 이 도시를 마음 바쳐 사랑하고 신뢰하지만 분노를 멈추는 순간 내가 영원히 끝장난다는 사실을 알고 있어요."

스콧이 말했다. "저는 혼자 밥을 먹곤 했습니다. 함께 밥 먹을 사람 하나 없다는 게 창피했어요. 그런데 혼자 먹는 것만이 아니라 그것도 서서 먹었단 말이지요. 이게 바로 우리 시대를 괴롭히는 한가지 비밀입니다. 우리가 서서도 기꺼이 밥을 먹으려 한다는 사실 말이에요. 제가 서서 밥을 먹은 건, 그러면 더 익명적이어서 제가 이 도시에 살면서 느끼는 것과 잘 맞아서였지요. 수백, 수천의 사람들이 혼자 밥을 먹죠. 그들은 혼자 먹고, 혼자 걷고, 게다가 유혹의 심연에 빠진 성자들처럼 길거리에서 심오하고 고뇌에 찬 독백들로 혼잣말을 하고 있지요."

"잠이 쏟아지는군요." 브리타가 말했다.

"지금 바로 자동차로 돌아가고 싶지는 않은데요."

"스콧, 당신이 운전자예요."

"5미터도 더 운전하지 못할 것 같습니다."

그가 일어서서 전등 하나를 더 껐다.

동쪽으로 달려가는 싸이렌 소리가 들렸다.

그러다 그가 그녀 곁 소파에 앉았다. 그녀 쪽으로 몸을 기울여 손등으로 그녀의 볼을 쓰다듬었다. 그녀는 생쥐 한마리가 창유리 표면을 달려서 사라지는 것을 보았다. 그녀는 싸이렌 소리가 생쥐들을 날뛰게 한다고 생각했다.

그녀가 말했다. "서서 먹는 식당 중에는 정면으로 거울을 바라보고 서야 하는 곳들이 있어요. 마치 소비자 감옥처럼 손님의 반응을 완전 통제하는 거지요. 실제로 거울이 불과 몇인치밖에 떨어져 있지 않아서 거울에 부딪히지 않고는 음식을 입에 넣기도 힘들게 돼 있어요."

"거울이란 안전과 보호를 위한 겁니다. 우리는 숨기 위해서 거울을 사용하지요. 우리는 거울 앞에 완전히 혼자 서 있기도 하지만 한무리의 일부가 되기도 하니까요. 우리의 작은 얼굴 위로 불쑥 들이미는 수많은 머리들의 물컹한 젤리 덩어리 말입니다. 빌은 어째서 사람들이 서로 섞여서 뭔가 더 큰 것 속으로 사라져야 하는지를 이해하지 못합니다. 집단결혼의 핵심은 우리가 모든 복잡한 힘들을 통제하려고 개인들끼리 애를 쓸 것이 아니라 하나의 공동체로 살아남아야 한다는 사실을 보여주는 겁니다. 인종간의 집단결혼. 흑인의 피부에 의한 백인 피부의 변화 말이지요. 모든 혁명적 사상에는 위험과 반전이 따르지요. 저도 통일교 체제의 단점은 모두 알고 있지만 이론상으로 그것은 담대하고도 환상적입니다. 미래를 생각하면 얼마나 우울해지는지 보세요. 온갖 나쁜 뉴스뿐이잖아요. 우리가 더 많은 것을 요구하고 원하고 남보다 앞서고, 모든 걸 거머쥔다고 해서 살아남을 수 있는 건 아니잖아요."

"미래 말씀이시군."

"당신이 절 그곳에 데려갈 수는 없지요."

"잠을 좀 자야겠어요, 머릿속 소음을 없애자면. 당신들 세 사람을 오랫동안 알고 지낸 것 같은데다 실은 지랄같이 질리기도 하네요."

그들은 스토브 위의 희미하게 떠 있는 불빛에서 멀리 떨어져 앉아 있었다.

"우리는 서로의 차이에 집착하기에는 이미 우주 속으로 너무 멀리 날아왔어요. 속담에 나오는 만리장성 위의 사람들, 중국을 가로질러 서로를 향해 걸어가고 있는 두 남녀처럼 말입니다. 이건 지구를 새롭게 바라보자는 이야기가 아니에요. 사람들을 새롭게 바라보자는 이야기지요. 우리가 그들을 우주에서, 성차나 특징이 문제되지 않는 곳에서, 이름이 문제되지 않는 곳에서 바라보자는 겁니다. 우리는 마치 우주에서 보거나 위성카메라로 보듯이, 언제나 똑같이 우리 스스로를 바라보는 방법을 배웠지요. 아니면 아예 달에서 보거나. 우리는 모두 통일교의 문〔月〕씨예요, 아니면 그렇게 되도록 배워야 하고요."

그녀는 다시 엘리베이터 문이 닫히는 소리를 들었다. 그녀의 눈이 감겼다. 그러나 잠이 든 것은 오히려 스콧이었다. 그걸 알아챈 브리타는 소파에서 빠져나와 담요를 가져다 그를 덮어주었다. 그러고는 부엌을 지나 작업실 다른 쪽 끝으로 가서 사다리를 올라가 침대에 들었다.

운동화를 벗고 옷을 입은 채 침대에 엎드린 그녀는 갑자기 정신이 맑아졌다. 고양이 한마리가 구석에서 나타나 그녀를 바라보았다. 길거리에서 고함치는 소리가 들렸다. 이제 모든 것을 불러내는 심야의 목소리들, 잠자는 사내들 위로 오줌을 갈기는 아이들, 쓰레기봉지 속의 여자, 쓰레기봉지를 입고 쓰레기봉지 속에서 잠을 자는 여자, 온갖 쓰레기봉지를 담은 커다란 비닐봉지를 어디건 끌고 다니는 그 여

자. 브리타는 그 여자가 말하는 소리를 들었다. 강바람에 실려오는 그 여자의 목소리, 밤의 정적이 내는 저 쉰 목소리.

곧 그녀의 마음속에 도로가 다시 나타났다. 시간을 따라 내려가는 뒤엉킨 길. 좁은 구석에 가만히 누워서 운동의 힘을 느낀다는 것이 신기했다. 엔진 뚜껑 위로 갈매기처럼 날아드는 공기. 피부에 전해져오는 감각의 기억. 고양이 한마리가 그녀의 손을 넘어갔다. 반달 같은 근육과 털의 움츠림. 연이어 터지는 자동차 경적, 그녀의 삶 속으로 입력된 공포의 데이터. 모든 것은 입력된다. 모든 것은 약호화된다. 거기에 모든 것이 있고 숨은 의미가 있다. 어떤 위기를 나는 신뢰하는가? 그녀는 평범한 날들을 견디게 해줄 자신만의 숨은 의미가 필요하다고 느꼈다. 손을 뻗어 고양이를 움켜잡아 가슴 위에 얹었다. 그녀는 자신의 몸이 방어자세를 취하게 되었다는 사실을 느끼며 잃어버린 확신을 그리워했다. 그녀의 몸은 세상 돌아가는 방식에서 벗어난, 저기 바깥에 있는 힘에 맞서는 피난처가 되기를 원했다. 사랑하는 것과 만지는 것, 그런 둥근 순간들이 이제 뭔가에 대한 동경과 교차되었다. 모든 섹스는 섹스가 벌어지는 그 순간에마저 일종의 그리움이다. 그것은 시간의 압박에 맞서서 벌어지니까. 그 행위의 표면은 공적인 것, 공포와 파괴가 뒤엉킨 것이니까. 그녀는 자신의 몸이 착잡한 감정과 회한에 손상되지 않은 과거의 비밀로 남기를 원했다. 그녀는 의사들에게 자세하게 이야기하는 것에 대해 미신을 가지고 있었다. 그들이 그녀의 몸을 넘겨받아 모든 손상된 부분에 이름을 부여하고 모든 섬뜩한 말들을 할 거라고 생각했다. 그녀는 눈을 감은 채 한참동안 잠을 청하며 누워 있었다. 그러다 고양이의 털을 쓰다듬고는 거기서 자신의 어린시절을 느꼈다. 그것은 잃어버린 옛집과 들판과 여름날로부터 하나의 완전한 촉감, 모든 온전한 것을 건져와서 그녀 손의 강물로 가져다주었다.

그녀는 퀼트 이불 속으로 들어가 몸을 돌려 벽을 바라보고 누운 채 정말 잠을 자야겠다고 생각했다. 그러고는 천천히 자기분석이 일어나는 무기력한 절반의 삶, 빛과 어둠 사이를 달리는 유성영화 속으로 빠져들어갔다. 하지만 결국 자기가 아직도 깨어 있다는 사실을 인정해야 하는 순간이 왔다. 그녀는 퀼트 이불을 걷어젖히고 그 위에 누웠다. 그런 다음 사다리를 내려와 창가로 다가가서 도로의 환기구를 통해 뿜어져 올라오는 수증기를 바라보았다. 전화벨이 울렸다. 마치 대지의 예술인 양 이 수증기 기둥들은 온 도시 전체의 텅 빈 거리 위로 하얗게 소리없이 솟아올랐다. 자동응답기 스위치가 작동하는 소리를 듣고 전화를 건 사람이 말하기를 기다렸다. 남자의 목소리, 무척이나 귀에 익은 목소리, 고양된 목소리, 천장 높은 작업실을 가득 메우는. 그러나 그녀는 그 남자가 누군지 처음엔 알아채지 못했다. 그가 하는 말의 문맥을 제대로 파악할 수 없었다. 그 남자가 아주 오래전에 알던 사람이라는 생각이 들었다. 오래전에 아주 잘 알던 사람, 너무나 신비롭게도 아주 가까이에서 그녀를 감싸는 듯한 그 목소리.

“인사도 하지 않고 떠나셨더군. 하지만 내가 전화를 건 이유는 그게 아니오. 전혀 잠이 오지 않아서 누군가에게 말을 하고 싶긴 하지만 딱히 그것 때문에 전화를 건 것도 아니오. 내가 여기 앉아서 기계에 대고 이렇게 말하는 것이 얼마나 이상한 느낌을 주는지 당신은 알겠소? 사람이 없는 방에 혼자 켜져 있는 텔레비전이 된 것 같은 느낌입니다. 텅 빈 방에다 대고 방송을 하는 셈이라오. 브리타, 이건 새로운 종류의 고독이오, 그 속으로 당신이 나를 끌고 들어가고 있어요. 당신 이름을 부르니까 참 좋군. 몇시간, 며칠 동안 내 목소리가 당신에게 들리지 않을 걸 안다는 고독. 당신이 항상 메씨지를 확인할 거라는 상상을 해봅니다. 당신이 먼 곳에서 당신 자동응답기에 접근한다고 말이오. 이 구절에는 엄청난 폭력이 들어 있군. ‘자동응답기에 접근한다.’ 내 생각이 옳다면 당신은 비밀약호가 필요하겠지. 브뤼쎌에서 비밀약호를 입력하면 마드리드에 있는 건물이 폭파되듯이 말이오. 이게 바로 원거리 접근장치 업체들이 충족시켜주려는 우리의 어두운 소망이겠지. 난 내 등나무의자에 앉아서 창밖을 바라보고 있소. 새들이 깨어 있고 나 또한 깨어 있소. 또 한번의 훈제된 느린 새벽에 내 목이 그을려서 쓰라리지만 난 훨씬 더한 것도 겪은 적이 있소. 어젯밤 당신이 떠난 뒤 나는 술을 한모금도 마시지 않았소. 지금 내가 느리게 말을 하는 건 듣는 사람이 없다는 느낌 때문이오. 듣는 사람이 잠자코 서서 침묵하는 것마저, 여남은 가지 다른 모습의 침묵들, 빽빽하고 기다리는 듯하고 지루해하고 화난 듯한 침묵들마저 없으니 말이오. 부재중인 친구에게 장광설을 늘어놓다니 좀 어색하구려. 우리가 친구 사이이길 바랍니다. 하지만 그래서 전화를 건 것도 아니오. 나는 줄곧 내 책이 통로를 헤매고 다니는 것을 보는 듯하오. 그건 그렇게 무기력하게 기어다니고 있소. 닳아빠진 생식기를 가진 헐벗은 혹부리 짐승을 당신이 상상할 수만 있다면 좋겠소. 아니 그보다 더 심하지, 왜냐하면 그건 대가리 위쪽이 불룩하고 괴물 같은 혀가 입 한쪽으로 삐져나와 있고 또 정말로 끔찍스러운 다리를 가지고 있으니까. 그놈이 내게 달라붙어 더듬으며 옥죄려 하고 있소. 크레틴병 환자같이 기형이오. 물에 불어터져 침을 흘리며 오줌을 지리고 있지. 난 지금 당신을 올바로 이해시키려고 천천히 말을 하는 거요. 어쨌거나 내 책이니까, 그걸 제대로 이해시키는 게 내 책임일 테니까. 내 목소리의 고독이 테이프에 저장되고 있소. 당신이 이걸 듣게 될 때쯤에는 내가 무슨 말을 했는지 나도 기억하지 못할 거요. 그땐 낡은 메씨지가 되어 많은 새로운 메씨지들 아래 묻혀버리겠지. 자동응답기는 모든 걸 하나의 메씨지로 만들어버려서 담론의 범위를 축소시키고 집에 부재중인 자의 시를 파괴해버리지. 집이란 실패해버린 아이디어지. 사람들은 더이상 집에 있거나 집에 있지 않거나 하지 않소. 그들은 집어들거나 집어들지 않거나 할 뿐이지. 사실은 나는 어색하지 않소. 이런 방식으로 당신에게 말하는 것이 쉬울 테니까. 하지만 그래서 전화를 건 것도 아니오. 난 당신에게 일출을 묘사해주기 위해 전화를 건 것이오. 언덕을 가로질러 희미하게 달리듯이 퍼져가는 빛. 약간의 구름이 덮고 있소. 그래서 그 빛이 대지를 포옹하는 듯하오, 고요한 빛, 부드럽고, 조용하고, 희미하고, 하늘에서 오는 빛이 아니라 대지의 빛. 당신이 이런 것들을 알고 싶어하리라 생각했소. 다른 사람들이 말해주고자 하는 다른 어떤 것들보다 이런 것들에 대해 더 알고 싶어하는 여자가 바로 당신일 거라고 생각했소. 구름언덕이 길게 암회색을 띠고 있소, 날씨는 대체로 맑고. 이젠 이것에 대해서도 정말 더 할말이 없소. 창문이 열려 있으니 공기가 시원하오. 내가 완전히 취한 것도 아니니 공기도 나를 책망하진 않소. 공기가 좋소. 정확히 공기 그 자체이지. 나는 내 낡은 등나무의자에 앉아 두 발은 벤치에 얹은 채 등은 타자기에 기대고 있소. 새들도 예쁘군. 가까운 나무나 먼 들판에서 새소리가 들리는군. 들판에 무리지어 앉아 있는 까마귀들. 공기가 따끔하고 차갑고, 이른 봄날 새벽에 한 사내가 자동응답기에 대고 말을 할 때 당연히 나야 할 바로 그런 냄새를 띠고 있소. 이 여자가 이런 이야기를 듣고 싶어하려니 생각했소. 공기가 내게 달라붙으려 하고 있소. 부드러운 피부에 촉촉한, 주름진 그 따개비 살 같은 것이 내게 달라붙으려 하고 있소."

자동응답기가 멈추었다.

브리타는 스콧이 바로 뒤에 와 있음을 깨달았다. 그는 그녀 쪽으로 격렬하면서도 몽롱하게 몸을 기대어왔다. 손으로 더듬으면서, 두 손과 엄지손가락으로, 두 엄지손가락이 그녀의 청바지 벨트 고리 속으로 들어왔다. 그녀는 머리를 뒤로 젖혀 그의 어깨에 기대었다. 집중하면서, 그러자 그가 밀착해왔다. 그녀는 하품을 하면서 웃었다. 그가 두 손을 그녀의 스웨터 속으로 넣었다. 그녀의 벨트를 풀었다. 몸을 그녀 쪽으로 숙였다. 그녀의 하복부 쪽으로 손을 움직였다. 경계하는 태도, 손을 움직일 때마다 나타나는 그녀 몸의 소스라치는 듯한 경련. 그가 그녀의 스웨터를 어깨 위까지 올리고 자기 얼굴 한쪽을 그녀의 등에 비볐다. 그녀는 집중했다. 마치 벽 속의 소리에 귀를 기울이는 듯했다. 그녀는 모든 것을 느낄 수 있었다. 사색하듯 기다리는 그녀의 숨결은 평온하고 조심스러웠다. 그녀가 그의 두 손 아래에서 천천히 움직였다. 자기 등을 문지르는 그의 까칠까칠한 흥분을 느꼈다.

그가 아무 말도 하지 않으리라는 걸 그녀는 알았다. 사다리로 올라가지 않으리라는 것도, 그 깜찍한 꼬마 사다리마저도 알았다. 그녀는 침묵을 받아들였다. 신음소리와 함께 그녀의 몸을 타고 오르는 야위고 창백하고 섬세한 이 젊은이.

7

빌이 도로 한가운데서 자동차 문을 열었다. 그는 숨막힐 듯 혼잡한 노란 금속성 경적 속으로 걸어들어갔다. 스콧이 그를 향해 기다리라고 소리쳤다. 기다리세요, 조심하라고요. 그는 옴짝달싹하지 않는 택시들 사이를 헤집고 걸었다. 기사들이 마치 낮 시간에 텔레비전을 시청하는 죄수들처럼 침울하고 구부정하게 앉아 있었다. 스콧이 만날 장소와 시간을 큰 소리로 외쳤다. 빌은 머리 뒤로 손을 흔들어 대답하며 자동차들이 움직이는 차선 가장자리에서 인도 쪽으로 건너갈 틈이 벌어질 때까지 기다렸다.

달려오는 사물들, 뒤엉킨 풍경들, 도로의 혼잡한 발걸음들, 시끌벅적한 가게 앞, 인도에 늘어선 보석류, 반사된 진한 광채, 차창 너머로 내민 사람들의 머리, 택시 창문에 녹아 있는 고층건물들, 축 늘어져 떨고 있는 육신들, 이 모든 것들이 빌에게는 말할 수 없이 흥미로웠다. 그것들은 그저 덩어리진 채 그에게 달려들었다. 마치 잘랄라바드에서의 첫날처럼 달려들고 있었다. 이게 무엇인지 생각할 수 있게 해주는 것은 아무것도 없었다. 어쨌거나 오늘은 몇해 만에 처음으로 그가 뉴욕에 온 날이었다. 그가 다시 가보고 싶은 거리나 건물은 없었다. 그리움이나 달콤한 추억을 불러일으킬 만한 옛 기억도 없었다.

그는 주소를 찾아가 두 명의 경비원이 앉아 있는 로비의 타원형 데스크로 다가갔다. 그들 앞에 전화기와 텔레비전 모니터와 컴퓨터 화면이 언덕을 이루고 있었다. 그는 이름을 대고 여자 경비가 회전식 스크린에 나타난 방문자 리스트를 확인하는 동안 기다렸다. 그 여자가 몇가지 질문을 하더니 전화기를 집어들었고 잠시 후에 제복을 입은 어떤 남자가 위층으로 빌을 안내했다. 데스크의 여자 경비가 남자에게 접착성 종이로 만들어진 방문자 명찰을 건네자 그가 그것을 빌의 옷깃에 붙여주었다.

엘리베이터 앞에 또 한차례 검문소가 있었지만 그들은 지체없이 그곳을 지나 급행 엘리베이터를 타고 꼭대기층으로 올라갔다. 문이 열리자 밝은 색 넥타이를 맨 찰스 에버슨이 기다리고 있었다. 그는 빌의 팔을 꼬집으며 얼굴을 자세히 바라보았다. 두 사람 모두 말이 없었다. 찰스가 경비에게 고개를 끄덕이고 안내실 반대쪽 문으로 빌을 안내했다. 책 커버가 진열된 긴 복도를 지나 그들은 화분으로 장식되고 표면이 반짝이는 큼직하고 빛이 잘 드는 사무실로 들어갔다.

"부시밀스 위스키는 어디 있나?" 빌이 말했다. "씽글몰트 한잔만 하면 좋겠는데."

"나 요즘 술 마시지 않는다네."

"그래도 찾아오는 작가들을 위해 캐비닛에 뭔가 준비는 해둘 것 아닌가."

"밸리고완이란 게 있지만 그건 생수야."

빌이 그를 뚫어져라 보았다. 그러고는 앉아서 꽉 끼는 새 신발의 끈을 풀었다.

"빌, 믿어지지가 않는군."

"나도 알아. 너무 긴 세월이 너무 빨리 너무 낯설게 지나가버렸지."

"자네 작가다워 보이는군. 전에는 전혀 그렇지 않더니. 이렇게 오래 걸렸군. 그 재킷은 낯익은데?"

"아마 자네 재킷일 걸세."

"어떻게 된 거지? 그날밤 루이즈 위건드가 술에 취해 내 재킷을 모욕했지."

"자네는 그걸 벗어던졌고."

"당장 집어던졌지."

"그때 내가 재킷이 하나 필요하다고 말했지, 정말로 필요했고, 그 여잔지 누군지가 이걸 가지라고 내게 말했지."

"난 그런 말 하지 않았네. 나는 그 재킷이 좋았으니까."

"괜찮은 구식 트위드지."

"잘 안 맞는데."

"아마 네 번쯤 입었을 거야."

"그 여자가 자네에게 내 재킷을 준 셈이로군."

"루이즈는 그런 면에서 정말 멋지지."

"그 여자 죽었던데."

"그 이야긴 꺼내지 말게, 찰리."

"헬렌 소식은 들었나?"

"죽었다는 이야긴가? 아무 소식도 듣지 못했네."

"난 언제나 헬렌이 좋았다네."

"자넨 그 여자와 결혼했어야 해." 빌이 말했다. "그랬다면 내 짐을 크게 덜어줬을 텐데."

"그 여자가 짐이 아니었어. 자네가 짐이었지."

"어쨌거나." 빌이 말했다.

찰리는 얼굴이 넓고 홍조를 띠어 건강해 보였다. 요트클럽 바 뒤쪽의 거울을 가득 채우는 바닷바람 색깔이었다. 짧게 자른 옅은 색깔의 가는 머리. 맞춰 입은 양복. 대학시절의 낭만을 연상시키는 요란스러운 전통식 넥타이는 사람들로 하여금 그를 아직도 찰리 E.로 기억하게 해주었다. 게다가 이 세계는 레이저기술을 이용한 전지구적 전쟁이 아니라 여전히 출판업계로 인식되었다.

"지나온 해들이 내겐 너무나 생생하다네. 세월이 가면서 오히려 더해지지. 새로운 것들이 항상 다시 살아온다네. 난 1955년에 있었던 대화의 편린들을 기억하곤 한다네."

"내가 살고 살고 또 살아서 지겹게도 팔십대 중반이 된다면 내가 얼마나 더 많은 걸 보탤 수 있을지 모르겠네. 그 시절의 즐거운 기억과 열띤 대화와 우리가 먹고 마시고 떠들던 그 모든 끝없이 이어지던 저녁식사와 술판과 논쟁들에다가 말일세. 우리 새벽 세시가 돼서야 술집에서 나오곤 하지 않았나. 그러고도 서로 할말이 더 남아서, 이제 막 시작만 했을 뿐인 논쟁거리들이 남아 있어서, 길모퉁이에 서서 이야기를 계속하곤 하지 않았나. 글쓰기, 그림 그리기, 여자들, 재즈, 정치문제, 역사, 야구, 태양 아래의 모든 것들에 대해서 말이야. 난 집에 들어가고 싶은 적이 없었다네, 빌. 이야깃거리가 내 머릿속을 맴돌아서 말이야."

"엘리너 바우만."

"그래, 맞아, 굉장한 여자였지."

"그 여자애는 우리 둘을 합친 것보다 더 똑똑했지."

"좀 또라이이기도 했지, 불행하게도."

"걔 숨결에선 신비로운 냄새가 났지." 빌이 말했다.

"굉장히 멋진 편지도 썼지. 걔가 내게 멋진 편지를 수백통 썼잖아."

"그건 냄새가 어땠는데?"

"오랫동안 편지를 보냈지. 그 여자 편지를 여러 해 동안 받았다니까."

찰리는 책상 앞에 나란히 앉아 두 다리를 편 채 두 손을 목 뒤로 올렸다.

"자네 소식을 듣고는 반가웠네." 그가 말했다. "브리타 닐슨이 돌아왔을 때 이야기를 나눴는데, 내 말을 전달했다는 것 말고는 도무지 입을 열지 않는 거야. 내게 전화하는 데 좀 오래 걸렸군."

"작업중이었네."

"작업은 잘돼가고?"

"그 이야긴 그만두세."

"한달이나 걸렸잖아. 나는 자네가 왜 스스로를 고립시켰는지 언제나 이해한다고 생각했네."

"그게 오늘 이 자리에서 하려는 이야기인가?"

"자네는 작가의 사회적 위치에 대해 독특한 생각을 가지고 있지 않나. 작가란 사회의 가장 먼 변방에서 불온한 일들을 한다고 말이야. 중앙아메리카에서는 작가들이 총을 들고 다니지. 그래야 하니까. 자네도 항상 그래야 한다고 생각하잖아. 국가는 작가들을 모두 죽이고 싶어하게 마련이라고. 모든 정부, 권력을 쥐었거나 쥐려는 모든 집단은 어디서건 작가들에게서 위협을 느끼기 때문에 그들을 박해한다고 말이야."

"난 불온한 짓은 한 적이 없네."

"없지. 하지만 어쨌건 그런 생각을 가지고 살아오지 않았나."

"그러니 내 삶이 하나의 모조품이라는 말인가?"

"꼭 그렇진 않지. 자네 사는 방식에 잘못된 건 없어. 자넨 실제로 괴롭힘을 당하는 사람이니까."

"알겠네."

"그 점이 바로 지금 우리가 하려는 이야기일세. 베이루트에 인질로 잡혀 있는 젊은이가 하나 있어. 스위스 사람인데, 유엔 직원으로 팔레스타인 정착지의 의료복지에 대해 조사하던 중이었지. 그런데 그 친구, 시인이야. 아마 프랑스어판 문예지에 열댓 편의 짧은 시를 발표했을 거야. 우린 그를 인질로 잡고 있는 집단에 대해선 아는 게 거의 없어. 그 인질이 바로 그 집단이 존재한다는 유일한 증거일 뿐이지."

"자네는 어떻게 개입돼 있는데?"

"난 표현의 자유에 관한 고결한 어떤 위원회의 위원장이지. 주로 학자들과 출판업자들로 구성되어 이제 막 출범했는데, 이번 일이 전체 사업의 가장 중요한 부분이야. 그 집단은 그 청년이 그저 그곳에 있었다는 이유로, 납치하기 쉬웠다는 이유로 납치를 한 건데, 그 친구가 자신이 시인이라고 말했다나봐. 그러니 그자들이 당장 뭘 했겠나. 바로 우리에게 접촉을 한 거지. 그들이 어떤 친구를 아테네에 심어뒀는데 그 친구가 우리 런던 사무실에 전화를 걸어 베이루트의 텅 빈 방에 작가 하나가 쇠사슬에 묶여 있다는 말을 한 거야. 자네가 그 친구를 구하고 싶다면 우리랑 같이 일할 수 있을 거야."

"점심이나 사게, 찰리, 내가 여기까지 왔지 않나."

"잠깐, 들어봐. 내가 아테네에 있는 그 친구한테 연락이 될 때마다 이야기를 했다고. 여러 주에 걸쳐 간헐적으로. 어떤 경우에는 그 친구 전화가 울리면 바닷소리가 들리기도 하고, 그 친구가 거기 있을 때도 있고 또 없을 때도 있어. 우리는 마침내 한가지 계획에 합의했어. 기자회견을 하려고 하네. 조촐하고 엄격히 통제된 상태에서 말이야. 런던에서 모레. 포로가 된 작가 이야기를 하는 거지. 그 친구를 납치해간 집단에 대해서도 이야기하고. 그다음에 내가 바로 그 순간 베이루트에서 생중계로 그 인질이 석방되고 있다고 발표하는 거지."

"상당히 수상쩍은 냄새가 나는데."

"나도 알아. 양쪽이 다 덕을 보자는 식이니까 말이야. 하지만 더 들어보게."

"자네의 새 집단도 언론을 타고, 그쪽 새 조직도 언론을 타고, 그 젊은 친구는 지하방에서 솟아나오고, 기자들은 기삿거리가 생기고, 그러니 나쁠 게 없군."

"그렇지. 그리고 이번 일을 일단 성공하면 우리는 모든 사람의 생각을 깨우치는 거야. 우리에게 가능성을 엿보여줄 공개행사를 통하지 않고서 어떻게 우리가 사람들의 뿌리 깊은 태도와 완고한 입장들을 바꿀 수 있겠나. 더구나 이게 그 불쌍한 친구를 그곳에서 빼내올 수 있는 유일한 길이야. 그것만으로도 충분하지 않은가, 딱 그 자체만으로도? 우린 그 시인을 구하기 위해 무슨 일이건 해야 할 의무가 있고, 그 친구를 붙들고 있는 놈들에 대해 뭐건 알아낸다면 금상첨화 아니겠나."

"도대체 그 계획 어느 구석에 내가 끼어 있단 말이야?"

"그날 저녁에 내가 브리타를 우연히 만나지 않았더라면 자넨 절대로 낄 곳이 없지. 하지만 그 여자가 자네 사진을 찍을 거라는 말을 듣자 내 머릿속에 여러 개의 종소리가 댕댕 울렸지. 그 오랜 세월이 지난 뒤에 자네가 사진 찍힐 생각을 다 했다면, 거기서 한발짝만 더 나가면 되지 않겠나? 우리가 뭐 하는 조직인지, 그리고 작가들이 현실에 대해 입장을 취하는 것이 얼마나 중요한지 보여줄 수 있도록 뭔가를 좀 해주시게. 솔직히 말하면 난 행복한 분위기를 만들어낼 수 있기를 기대하네. 자네가 런던에 나타나서 그 시인의 작품 중 대여섯 편만 읽어주기를 바란단 말일세. 그게 전부야."

"스위스 작가를 구한다고. 스위스는 소외되었다고 느끼지 않을까?"

"난 어떤 작가건 동원할 수 있어. 하지만 내가 원하는 사람은 빌 그레이야. 이봐, 오늘 자네가 여기 올 거라는 이야길 누구에게도 하지 않았어. 내 비서에게도 말이야. 내가 말을 했다면 저 문 바깥에 콩가 북춤을 추듯 긴 줄이 멀리까지 서 있었을 테니까 말이야. 자네 이름에는 열광이 붙어다니니까, 우리가 이 사건에 인상을 남겨서 사람들로 하여금 연설이 잊힌 뒤에도 오랫동안 이 사건에 대해 말하고 생각하게 하는 데 크게 도움이 될 거란 말일세. 사라진 작가 하나가 다른 사라진 작가의 작품을 읽기를 원한다는 식이지. 저명한 소설가가 이름없는 시인의 고통에 대해 언급해주길 바란다고. 영어로 글을 쓰는 작가가 프랑스어로 시를 읽고, 나이든 작가가 밤을 가로질러 자신의 젊은 문학동인에게 말을 건네기를 원한단 말일세. 자네에겐 이 일이 얼마나 아름답고 조화로운지 보이지도 않나?"

빌은 아무 말도 하지 않았다.

"이건 영혼만이 할 수 있는 일이야, 빌. 자네가 꼭 해야만 할 일이라고 생각하네. 자네 방에서 어서 나오게, 선입견에서 벗어나란 말이야. 내 이런 약속을 하지. 자네가 현장에 나타날 거라는 사전공지는 하지 않겠네. 사후 인터뷰도 절대로 하지 않고. 스틸카메라만 오게 하겠네. 회견장엔 기껏 해야 5,60명으로 제한할 걸세. 파급효과를 바라기 때문이지. 말이 꼬리를 물고, 사후 이야기가 등장하고, 호기심이 증폭되겠지. 난 우리 일에 미래가 있길 바란다네. 자네 프랑스어는 아직 쓸 만한가?"

빌은 담배를 찾기 시작했다. 침묵이 흘렀다. 면밀한 검토의 시간. 빌 옷깃의 반짝이는 명찰엔 '방문자만 접근 가능'이라고 쓰여 있었다.

찰리가 나지막이 말했다. "우리 새벽 세시에 길모퉁이에서 논쟁하곤 하지 않았나."

"그건 사실이야, 찰리."

"자네가 내 꼭지를 돌게 한 적도 많지. 자네의 그 모든 악명높은 생각들 때문이었지. 나는 너무나 사리에 얽매이고 속이 좁다는 느낌이 들었지. 자네가 거의 언제나 틀렸지만 나는 어떤 식으로든 진정으로 논쟁을 이겨볼 기회조차 없었지."

"곧 여길 벗어나야 할 것 같네."

"자넨 기억도 나지 않는단 말인가? 옛일들이 엄청난 힘으로 홍수처럼 밀려오는데도. 이봐, 빌, 난 자넬 보니 행복하단 말이야."

"나도 모든 게 기억나네. 거의 언제나."

"째러 소식은 좀 듣나?"

"지금 내 옛 마누라들을 시간순으로 하나씩 돌이켜보자는 말인가?"

"소식이 있느냐니까?"

"잘 있어. 그 사람은 계속 관계를 유지하고 싶어하더라고. 우리가 가끔씩 이야기를 나누는 게 그 사람에겐 큰 의미가 있나봐."

"나야 물론 그 사람 잘 모르지. 자네들은 사실상 일종의 격리상태에서 살았으니까."

"그 사람이 어렸지, 그뿐이야."

"너무 어렸지. 자네 같은 작가의 희망없는 마누라짓을 할 준비가 안돼 있었지."

"모두 한결같이 나 같았지."

"나라고 준비가 돼 있었던 건 아니야. 내가 무슨 죄를 지었는지 도무지 알 수가 없더라고."

"자넨 내 편집자가 된 죄가 있지. 작가란 불평 덩어리니까."

"하기야, 그건 분명 사실이지."

"자네가 그 주변에 있었다는 게 죄지. 자네가 무슨 말을 하고 무슨 행동을 하건 나는 그걸 냉혹하게 이용할 줄 알았으니까."

"참 오랫동안 작가들이 하는 말과 명석한 투덜거림을 들으며 난 그래도 행복했다네. 가장 성공적인 작가가 가장 위대한 불평꾼이지. 이게 내게 가장 흥미로운 점이야. 최고작가가 되게 할 수 있는 자질이 그 작가의 기괴하고 터무니없는 불평도 설명을 해주는 게 아닌가 하는 생각도 든다네. 글쓰기란 쓰라림과 분노에서 나오는 것인가 아니면 반대로 글쓰기가 쓰라림과 분노를 만들어내는 것인가?"

"둘 다일 수도 있지." 빌이 말했다.

"모두가 외롭다고 불평들을 하지. 고독이 사람을 죽인다고. 밤에는 잠을 못 이룬다고. 낮엔 걱정과 고통으로 팽팽해져 있다고. 한탄에, 한탄. 소설가들이 인터뷰나 한다고. 인터뷰하는 사람들이 소설을 쓴다고. 돈은 풍족할 날이 없고. 갈채는 양에 차지 않고. 이봐, 빌, 그밖에 또 뭐가 있지?"

"날마다 그런 비참한 친구들을 대해야 하니 자네도 힘들겠구먼."

"아니야, 쉬워. 난 그 친구들을 큰 식당에 데리고 가지. 드세요, 드세요, 드세요, 그러는 거야. 마셔요, 마셔요, 마셔요, 그런다고. 자기들 책이 체인 서점에서 잘 팔리고 있다고 이야기해주지. 독자들이 서점으로 몰려든다고 말해준다네. 졸라, 졸라, 졸라. 그러고는 구운 아귀와 싸부아 양배추를 권하지. 2판 판권 경매자들이 경매장에서 악을 쓰고 소리를 지른다고 말해주는 거야. 미니씨리즈 판권도 있고, 오디오테이프 판권도 있고, 백악관도 서재에 두기 위해 한 부를 원한다고 말일세. 홍보전문가들이 북투어를 계획하고 있다고. 이딸리아 사람들이 그 책을 매우 좋아한다고. 독일 사람들은 새로운 차원의 황홀경을 맞고 있다고. 이런, 이런, 이런."

"그럼 자네 자신은?"

"나도 새로운 스타일에 적응하고 있네."

"이 출판사에 얼마나 근무했지?"

"2년."

“이 회사 사장이 누군데?”

“알고 싶지 않을 텐데.”

“돌아가는 이야기를 한마디로 해주게.”

“모든 게 리무진 이야기지.”

빌이 신발끈을 묶으려고 허리를 숙였다.

“알겠네. 내가 알 만한 사람 중에 또 누가 죽었나?”

“꼭 알아야겠나?”

“하기야 알 필요 없지.”

“우리가 다음 차례겠지.”

“내가 다음이야, 이 사람아.”

“새 책을 기다리고 있네, 빌.”

“아직 작업중이야.”

“그 낡고 먼지나고 사랑스럽고 꾀죄죄한 집이야 자네가 어떻게 하건간에.”

“마지막 부분을 손보고 있네.”

“부스러기가 된 계약서 찌꺼기야 뭐가 되더라도 언제고 피해갈 길은 있게 마련이지.”

“다듬고 있다니까. 내가 그러고 있다고.”

“책을 가져오란 말이야, 이 사람아.”

그들은 의자에 앉아 몸을 흔들었다. 찰리가 얼굴을 찌푸리며 오른쪽 무릎을 폈다. 그들은 동시에 일어서서 기지개를 켜며 어깨근육을 움직였다. 빌이 동쪽 창문으로 내다보자 드리워진 교각과 선상 기중기와 퀸스 지역 공장 연기가 하늘에 벽화를 그리고 있었다.

"자넨 은둔자도 산중 작가도 아니야, 향토주의 괴짜도 아니고. 자넨 쫓기는 사람이야. 자넨 정치소설을 쓰지도 역사에 경도된 책을 쓰지도 않지만 등짝에 아우성 소리는 아직 느끼고 있지. 이게 갈등이야, 빌."

"이 신발 속아서 산 것 같아."

"오늘 저녁에 런던 건에 대해 전화를 주게. 내 번호 여기 있네. 아니면 아무리 늦더라도 정오까지 바로 여기로 오든지. 밤 비행기를 타야 하니까. 자네도 밤 비행기를 타봐야 할 걸세. 기억해두게, 살인자들 손에 애송이 작가 하나가 잡혀 있다는 사실을."

경비가 안내실에서 기다리고 있었다. 빌은 그 사내에게 남자화장실이 어딘지 물었다. 빌이 주머니를 뒤지며 휴대용 알약 케이스를 찾는 동안 경비는 열쇠를 든 채 손 말리는 기계 옆에 서 있었다. 빌은 미리 쪼개진 세 종류의 암페타민 알약 조각을 통에서 꺼냈다. 하나는 푸른색, 하나는 흰색 또 하나는 핑크색이었다. 그는 세 조각을 모두 혀에 얹었다가 밸브 위에 손을 대고 있지 않으면 수돗물이 나오지 않는다는 사실을 알아채고는 경비에게 찬물을 틀어달라고 부탁하기 위해 다시 약 조각들을 입에서 끄집어냈다. 경비는 기꺼이 이 일을 해주었다. 빌은 다시 약 조각들을 혀에 올려놓고 수도 주둥이 아래에 두 손을 컵 모양으로 받쳐 모아 물을 입으로 가져다 마시고, 삼킬 때는 머리를 뒤로 젖혔다. 모든 일이 계획대로 잘되었는지 묻기라도 하듯 경비가 그를 물끄러미 바라보았다. 빌이 고개를 끄덕였고 그들은 밖으로 나와 엘리베이터로 가 로비까지 함께 타고 내려왔다.

빌은 타원형 데스크에서 약 15미터 떨어진 곳, 건물 입주자들의 이름이 열거된 명판 바로 앞쪽 입구 통로 근처에서 멈춰섰다. 바깥쪽 코앞에 기다리고 있는 스콧이 보였다. 스콧은 인도까지 연결되어 건물 안으로 들인 입구 통로와 직각을 이루는 가게의 유리벽 저쪽 끝에 서 있었다. 그는 필경 책일 것 같은 자그마한 꾸러미를 들고 가게 유리벽을 등지고 서 있었다. 빌은 유리문에서 비켜선 채 담배를 피웠다. 그는 팔짱을 끼고 머리를 약간 왼쪽으로 젖히고 있었다. 그의 시선은 자신의 오른손에 매달려 있는 담배 끝에서 멈춘 것 같았다. 빌이 다시 바깥을 내다보자 스콧이 입구 통로 가까이에 와 있었지만 가게 진열창 안을 들여다보려고 고개는 돌리고 있었다. 빌은 로비 정면을 가로질러 나와 두 개의 회전문을 지났다. 빌은 마지막 문을 나가면서 옷깃에서 방문자 명찰을 떼고 인도 쪽으로 빠져서 걸어갔다. 그곳에서 그는 정오의 군중 물결에 합류했다.

제 2 부

8

음식물을 가져온 소년이 인질의 두건을 벗겼다. 이 소년 또한 두건을, 눈 언저리를 아무렇게나 찢어놓은 거친 천조각 하나를 쓰고 있었다.

시간이란 게 이상해져버려서 애초의 것이 언제나 거기 그대로 있다. 그것은 그의 체열과 망상 속으로 스며들었고 그의 존재에까지 스며들었다. 피를 뱉어낼 때면 그는 핑크빛 덩어리가 하수구 속으로 달팽이처럼 미끄러져 떨어지며 떨리는 시간을 함께 끌고 들어가는 것을 보았다.

왜 이 소년이 신분을 감추어야만 하는지 알 수 없어서 인질은 불안했다.

그들은 문 한짝이 떨어져나간 자동차로 그를 이곳에 데리고 왔다. 그는 나이든 어떤 남자가 셔츠가 벗겨진 채 군용 철망 덩어리에 몸이 엉켜 있는 것을 하수처리장 목초지 근처 어딘가에서 보았다.

마음을 가다듬고 자세한 것들에 주의를 기울여라. 머릿속을 맴도는 행동지침 테이프가 말했었지. 그 목소리는 네가 납치범들보다 더 현명하다라고 속삭였었지.

인질은 소년이 자기의 두건을 벗기고 음식물을 얼굴에다 뭉개기 위해 가까이 다가오고 있음을 알아채고 소년의 두건 눈구멍을 뚫어져라 바라보았다.

시간이 공기와 음식에 스며들었다. 다리 위로 기어오르는 검은 개미 한마리가 시간의 크기로, 그 오래되고 완만하고 모든 것을 알고 있는 속도로 다가왔다.

필경 밤에 길을 잃었을 불쌍한 그 노인은 이리저리 철망을 헤집고 있었고 노쇠한 채 셔츠도 없이 걸려서 아직은 살아 있었다.

그는 불꽃을 뿜으며 발사된 로켓 수를 셀 수 있을 때까지 기다렸다. 로켓 소리를 듣자 그는 눈구멍이 없는 두건을 쓰고 있었음에도 불꽃을 볼 수 있었다.

그에겐 새로운 경험이었고 그는 이것을 제대로 하려고 애썼다. 음식물을 씹는 내내 그는 벽과 벽 사이의 거리를 가늠했다. 벽의 길이를 재고, 벽의 벽돌 수를 세고, 벽돌 사이의 모르타르를 가늠하고, 모르타르의 가는 틈 사이를 재고. 이걸 시험으로 간주하자. 놈들에게 내가 얼마나 앞서 있는지 보여주리라.

그는 문이 떨어져나간 문틀 사이로 포탄 자국을 가로지르는 빨랫줄을 보았다.

소년은 두건을 벗기고 그에게 손으로 음식을 먹였다. 언제나 너무 급하게, 먼저 넣은 한 주먹을 채 씹어삼키기도 전에 또 음식을 쑤셔넣었다.

그는 자신이 감금되어 있다는 사실을 인정했다. 그는 자신의 손을 수도 파이프에 묶기 위해 그들이 사용한 플라스틱 끈이 존재한다는 사실을 받아들였다. 두건도 인정했다. 그의 머리는 두건으로 덮여 있었다.

인질은 온갖 계획들을 가지고 있었다. 시간이 있고 도구가 있다면 아랍어를 배워서 납치범들에게 깊은 인상을 주고 그들의 말로 인사를 건네고 간단한 대화를 할 수 있었을 것이다. 그들이 학습할 수 있는 도구만 준다면.

소년은 가끔씩 그를 고문했다. 때려눕힌 뒤 일어서라고 명령했다. 다시 때려눕힌 뒤 일어서라고 명령했다. 소년은 맨손으로 그의 입에서 이를 뽑으려 하기까지 했다. 고통은 소년이 그 방을 떠난 지 한참 후에도 이어졌다. 이것이 시간의 구조였다, 시간은 고통과 얼마나 분리될 수 없는 것인가.

깊은 인상을 남겨주어야 할 당국자들도 있었다. 그가 석방되면 그들은 은밀한 곳으로 그를 데리고 가서 행동지침 테이프를 통해 들었던 그 목소리로 다시 질문을 할 것이고, 그가 자신의 자세한 기억과 이모저모에 대한 분석을 들려주며 그들을 감동시키면 그들은 금세 그 건물의 위치를 확인하고 그를 납치하고 있던 조직의 정체를 알아낼 것이다.

전투 소리를 통해 그는 저녁이 되었음을 알았다. 처음 몇 주 동안 그것은 해질녘에 시작했다. 처음에는 자동소총의 드르륵 소리가 나고 자동차 경적이 울렸다. 전쟁 때문에 교통 혼잡이 일어난다는 생각을 하니 흥미로웠다. 어떤 면에서는 모든 것이 정상이었다. 그 모든 평범하고 욕설 섞인 불평들.

소년은 인질에게 등을 대고 누우라고 명령하고 다리를 위로 들게 한 뒤 단단한 막대기로 발바닥을 때렸다. 그 고통 때문에 잠을 이룰 수가 없었고 그 연장되고 깊어진 시간이 고통에 의식을 부여했다, 특이하게 파고드는 현존의 속성.

그는 셔츠도 없이 철망에 걸린 그 사내를 생각했다. 그의 기억은 납치 순간 이후로 이어지지 않았다. 작고 희미한 철컥거림과 여름의 폭염, 어딘가에 있던 어느 집에서의 압축된 순간들을 제외하면 시간은 바로 거기서 시작했다.

하지만 당국자들이 있다고 한들, 그 당국자들이 무엇을 알겠는가, 그가 세고 잴 수 있는 벽돌이 있다 하더라도 당국자들이 벽돌의 길이와 넓이만 가지고 무엇을 알아낼 것이라고 진정으로 기대하겠는가. 벽돌마저 존재하지 않거나 의미 있는 소리들은 벽 속으로 거의 사라져갈 뿐이었다.

어떤 연결도 서사도 없고 다음날로 이어지는 어떤 날도 없었다. 스티로폼 매트리스 가장자리에 그릇과 숟가락이 놓여 있는 것이 보였지만 소년은 계속 그에게 손으로 음식을 먹였다. 어떤 때는 식사시간 후에 소년이 두건을 다시 씌우는 일을 잊어버리기도 했다. 이것이 포로를 불안하게 만들었다.

모르타르가 다음이었다. 심하게 우그러진 포탄 속의 먼지 소리, 서로 부딪치는 수백만개의 먼지 조각들.

필사적으로, 그것도 불완전하게만 여자 생각을 할 수가 있었다. 한번만, 0.5초만, 여자 하나를 보내준다면, 그가 두 눈으로 볼 수 있게.

그가 주목해서 들을 만한 유일한 소리는 위층에서 나는 비디오 플레이어 소리였다. 그들은 거리의 전쟁을 비디오로 보고 있었다. 그들은 닳아빠진 군복을 입은 자신들의 모습, 거리를 메운 살아 있는 군대의 모습을 보고 싶어했다. 저기 우리가 있다, 아래 동네의 민병대를 향해 불안하게 총을 쏘고 있는 군대.

개미와 새끼 거미들이 시간의 범위와 불만을 인질에게 옮겨왔다. 손등에 뭔가가 기어오르는 것을 느끼면 그는 거기다 대고 말하고 싶었다. 자신의 상황을 설명해주고 싶었다. 벌레에게 자신이 누구인지 말해주고 싶었다. 왜냐하면 이게 지금 혼란을 야기하는 문제이니까. 자신의 존재에 대해 혼란스러워하는 그들로부터 격리된 채, 그를 봐주고 그에게 육신을 되돌려줄 사람이 없어서 야위고 창백해진 채.

소년은 식사 후에 두건 씌우는 일을 잊어버리다가, 마침내 식사를 챙겨주는 일마저 잊어버렸다. 이 소년이야말로 우연성의 담지자였다. 생각을 가다듬을 수 있는 최후의 것, 이제 식사시간과 구타 시간마저 무너질 위험에 처했다.

그들이 스타킹을 신은 여자를 하나 보내주고 그 여자가 '스타킹'이라는 단어를 속삭여줄 수만 있다면. 그러면 그가 한주를 더 살아 버티는 데 도움이 될 텐데.

그러나 그를 기다리는 것은 다연발 발사기를 미끄러져나가는 대형 그래드 로켓의 소리불꽃, 녹색선 양쪽에서 벌어지는 대전투의 희미한 황혼 속에 한번에 스무 개, 서른 개,

아니 마흔 개의 로켓이 날아가는 소리.

그는 종이와 뭔가 쓸 수 있는 필기도구를 원했다. 어떻게든 생각을 움켜쥐고 그것을 세상에 고정하기 위해서.

그는 운동도 거부하고 그가 재고 셀 수 있는 벽돌이나 상상의 벽돌마저 거부했다. 그날 아침 일찍 전쟁이 잠잠해지자 그는 아버지에게 큰 소리로 이야기했다. 아버지에게 자신이 있는 곳이 어딘지, 자신이 어떤 자세를 취하고 있는지, 어떻게 수도관에 묶여 있는지, 지금 어디가 아픈지, 마음 상태는 어떤지, 그럼에도 서양인의 행동지침 테이프에서 그들이 말해준 것처럼 자신이 구조되리라는 희망을 확실히 가지고 있다고 이야기했다.

그는 여자들을 상상해보기로 했다. 망사 옷에 채찍을 든 여자들, 그러나 스쳐가는 이미지들만 상상해보다가 중도에서 그쳤다.

발사된 로켓 소리에는 두건에 싸인 뇌의 불꽃, 대뇌피질에 섬광을 불러일으키는 그 무엇이 있었다. 기독교도와 이슬람교도를 의미하는 어떤 것, 하늘이 불타오르는 듯한 그 무엇, 도시 전체가 밤새 빛과 불꽃의 광시곡을 노래하며 하나가 되었다는 의미가 있었다. 그것은 새벽이 오면 사람들이 숨막히는 방공호에서 내복만 입은 채 뛰어나와 돌조각을 쓸어내고 빵을 사러 갈 거라는 의미를 가진 듯했다.

그가 누구인지 알려줄 사람은 아무도 없었다. 하루하루는 서로 이어지지 않았다. 인질은 가장 단순한 사실들마저 사라지는 것을 느꼈다. 그는 소년과 자신을 동일시하기 시작했다. 자신의 목소리가 모두 사라지면 그는 자신이 그 소년 속 어딘가에 있게 되리라 생각했다.

옛날이야기를 반복해보기로 했다. 한밤에 대양을 가로질러 날아가는 제트 여객기 안에서 그림자 같은 여자와 섹스하기. 이 이야기에선 시간이 꼭 밤이어야 하고 장소가 꼭 바다 위여야만 한다. 아니면 예상치 못한 곳에서 꼭 끼는 옷을 입고 검은 채찍에 몸이 묶인 여자들을 만난다거나, 그가 풀어주기를 기다리며 묶여 있는 여자들 이야기. 하지만 그는 그렇게 할 수 없을 것 같았다. 여자들은 채찍에 휘감겨서 생각의 한가운데에 꼭 묶여 있었다.

아무도 심문하러 오지 않았다.

문이 떨어져나간 문틀 사이로 내다보자 자갈 위에서 놀고 있는 아이들이 보였고 그의 목 옆에는 총이 놓여 있었다. 그는 스스로에게 나는 문이 하나 떨어져나간 차를 타고 달리는 중이라고 계속 말을 걸었다.

옛날이야기들은 언젠가 시도된 적이 있는 진실이었다. 그림자 같은 여자와 비오는 날 텅 빈 건물 속 계단에서 섹스하기. 진부할수록, 흔할수록, 예상하기 쉬울수록, 케케묵을수록, 더 멍청할수록, 그런 이야기는 더 좋았다. 그가 독창성을 위해서 시간을 벌 수 있는 처지는 아니었다. 그는 그 소년이 가졌을 법한 소년기의 환상적 이야기를 원했다. 그를 중년으로 이끌어주고 마지막 파멸로 몰고 갈 이미지들을 빨아들이고 싶었다. 너무나 믿을 만하고 진실이었던 그 슬프고 작은 그림책 이야기들.

음식은 대개 배달된 것이었다. 아랍 문자가 쓰여 있고 일렬로 서 있는 빨간 병아리 세 마리의 상표가 새겨진 봉지에 담겨 있었다.

아니, 그는 이 소년을 미워하지 않았다. 갈라진 손등에다 손가락 끝을 물어뜯은 이 소년이 자신의 고독한 공포의 저자는 아니니까. 그럼에도 그는 이 소년을 분명 미워했다. 그렇지 않은가? 아니지, 그를 미워했던가, 혹은 미워하지 않았던가?

하지만 머지않아 그는 아버지와의 이런 대화가 일종의 연습이고 자기성숙이란 사실을 알고 대화를 그만두었다. 그 마지막 목소리가 자기로부터 도망치도록 내버려두고, 그래 괜찮아라고 말하면서 중얼거리기 시작했다.

그는 군용 철망에 걸려 있는 셔츠 없는 사나이에 대해 생각했다. 그 사내가 화려한 전쟁의 새벽에 네온빛으로 변하는 것을 보았다.

최초에 무엇이 있었던가?

최초엔 내쉬는 숨결 속에 자기 이름을 간직한 사람들이 많은 도시에 있었지. 그는 그들이 저기 바깥에 있다는 사실을 알았다. 비밀정보망, 비밀외교 루트, 전문가들, 군 소속 인물들. 그는 세계 테러체제라는 새로운 문화 속으로 던져진 것이었고, 그들은 그에게 제2의 자아, 하나의 영생, 장 끌로드 쥘리앵의 정신을 주었다. 그는 컴퓨터 정보처리 장치 속의 디지털 모자이크였으며 마이크로필름에 새겨진 유령처럼 생긴 활자의 획들이었다. 그들은 그것들을 조합하여 그의 데이터를 불가사리 모양의 위성에 저장하고 그의 이미지를 달에다 반사시켰다. 그는 자신이 자신의 죽음을 지나면 우주의 변방으로 흘러갔다가 다시 돌아오는 것을 보았다. 하지만 그들이 이제 자신의 육신은 망각해버렸다는 사실을 알았다. 그는 이제 파동 속으로 사라져 컴퓨터 회로를 위한 또 하나의 약호, 너무 의미가 없어서 해결할 필요도 없는 미미한 범죄의 기억이 되어버렸다.

지금 누가 그를 알아보겠는가?

소년을 제외하고는 그를 알아보는 사람이 없었다. 처음엔 그의 정부가 그를 버렸고 다음에는 그를 고용한 조직, 그 다음엔 그의 가족이 그를 버렸다. 이제는 그를 납치하여 지하방에 감금한 사람들마저 그가 여기에 있다는 사실을 망각해버렸다. 누구의 방치가 그를 가장 크게 괴롭히는지 말하기도 어려웠다.

빌은 하버드 광장에서 1.5킬로미터쯤 떨어진 세탁소 위층의 작은 아파트에 앉아 있었다. 파자마에다 스웨터를 걸치고 테리 천으로 된 외투를 그 위에 입고 있었다.

그의 딸 리즈가 저녁식사를 준비하면서 잡지와 연극대본들이 쌓여 있는 쪽문 너머로 그에게 말을 걸었다.

"돈을 한푼도 절약할 수가 없으니 이 집에서 이사나갈 생각은 꿈에도 못해요. 최소한 제가 좋아하는 일이라도 하고 있으니 운이 좋다고 생각할 지경이 된 거지요."

"사소한 불행은 신경쓰지 마라."

"하지만 큰 것들은 조심해야지요."

"지난번에도 내가 여기 왔었지."

"맞아요."

"너 그때보단 훨씬 좋아 보인다."

"지난번엔 엉망이었지요. 오늘은 그나마 아빠 외투와 파자마를 찾았잖아요. 항상 뭘 흘리고 다니시잖아요, 아빠는."

"널 닮아서 그렇지."

맨발인 채 그는 신문을 읽었다.

"누구라도 아빠가 올 거라고 알려주었으면 좋았을 텐데. 제가 아빨 마중하러 공항에 나갈 수도 있었잖아요."

"급하게 왔지. 네가 일하고 있을 거라고 생각했다."

"월요일은 쉬어요."

"일은 잘하고 있으리라 믿는다."

"그 사람들에게나 그렇게 말해주세요. 저도 곧 서른이 되는데 아직도 '임시직'이라는 딱지를 떼려고 애쓰고 있어요."

"나 때문에 좀 불편하겠구나. 내일이면 여기를 뜰게."

"원하신다면 소파는 언제나 아빠 몫이에요. 좀더 계세요. 그러시길 바라요."

"날 알지 않니."

"우리 다같이 현충일에 애틀랜타에 가요. 신화 속의 아빠가 힘들게 오셨다고 말해줄 수 있게요."

"그 사람들 주말을 오히려 망칠 거다."

"모두 어떻게 지내는지 궁금하지 않으세요?"

"난 전혀 관심없다."

"고맙기도 하셔라."

"난 그들 두 사람과 완전한 무관심에 대해 원거리 합의를 했단다. 초감각적으로. 우린 완전한 무언의 소통을 하고 있지."

그는 신문 한 섹션을 내려놓고 다른 섹션을 읽기 시작했다.

"그 사람들은 아빠가 어떻게 지내는지 궁금해해요."

"내가 어떻게 지내느냐고? 난 언제나 똑같지. 궁금해할 게 뭐가 있겠니."

"아빠는 아직도 유명인사예요. 물론 엄마에겐 그렇지 않지만요. 엄마는 그런 이야길 듣기 싫어해요."

"나도 마찬가지다, 리즈."

"하지만 그 이야기가 오르내려요. 우리는 마치 침 묻은 누더기 하나를 함께 물어뜯고 끌어당기는 조그만 갈색 강아지들 같아요."

"내가 술을 잘 절제하고 있다고 전해라."

"아빠 외톨이 기질은요?"

"그게 뭐?" 그가 말했다.

"아빠의 분노 말이에요. 골몰해 있을 때 우리가 접근할 수 없는 그 분위기 말이에요. 잠수 타는 버릇은 어때요?"

"얘야, 내가 정말 그토록 까다롭다고 생각하면서 왜 굳이 내게 신경을 쓰니?"

"모르겠어요. 어쩌면 제가 겁쟁이인지도 모르죠. 우리 사이에 나쁜 감정이 더 심해져서 제가 후회하면서 나이들 것 같다는 생각을 견딜 수가 없어요. 어쩌면 제 미래에 애들이 들어 있지 않기 때문인지도 모르겠어요. 제가 어떻게 하면 아빠를 닮지 않을지 역사의 교훈이 가르쳐준 대로만 제 삶을 살아갈 필요는 없잖아요. 아빠가 쉴라와 제프에게 그랬던 것처럼 제겐 제가 망가뜨릴 그 누구도 없어요."

그녀는 거실 쪽으로 머리를 들이밀며 익살맞은 미소를 지었다.

"우리는 아빠의 행동이 글을 쓰는 것과 연관이 있다고는 절대로 생각하지 않아요. 우리는 신화 속의 아빠가 무슨 일이 생기건 변명으로 글쓰기를 삼았다고 생각해요. 그게 우리가 사태를 바라보는 방식이에요, 아빠. 우리는 글쓰기가 결코 짐이었다고 생각하지 않는단 말이죠. 아빠가 당연한 사실인 양 꾸며대는 그 슬픔이라는 것도 적절한 일을 하지 못할 때마다 갖다대는 편리한 핑계, 편리한 변명일 뿐이라고 생각해요."

"그런데 무대감독은 무슨 일을 하니?"

그녀는 더 큰 미소를 지었다. 그녀는 그가 자신을 사랑한다는 걸 증명하는 말이라도 한 듯 그를 쳐다보았다.

"죽는 장면이라면 어디에서 쓰러져야 하는지 배우들에게 알려주는 거죠."

게일이 침대에서 일어나 장롱에서 재킷을 꺼냈다.

빌이 말했다. "내가 처자를 여기서 쫓아내고 있소? 나가지 말고 심판이나 보지 그러시오. 「구약」의 모래폭풍이 내 머리 위에 지금 쏟아지는 중이오."

"저녁에 최면요법사를 만나야 해요. 그 사람이 제 살을 빼줄 마지막 희망이에요."

"저는 재보고 음식이나 줄이라고 그러죠." 리즈가 말했다.

"리즈는 마치 그게 상식인 양 말해요. 제가 엄격한 다이어트를 견딜 수 있는 건 최대 여드레까지인가 봐요. 그러면 무슨 일이건 생기게 되고 저는 비난과 죄책감을 벗어나게 되니까요."

"우리 아빠에게 한번 이야기해보렴. 작가들은 절제를 알잖아."

"나도 알아. 그게 부럽기도 하고. 하지만 난 그렇게는 절대 할 수가 없어. 매일같이 앉아 있는 것 말이야."

"개미떼도 절제를 알지. 작가에게 어떤 절제력이 있는지는 묻지 마라."

게일이 밖으로 나가고 나서 둘이 앉아 저녁을 먹었다. 그는 자기 딸이 이 커플의 주역 레즈비언이라고, 결정권자이자 상처의 치유자라고 생각했다. 깊은 인상을 받은 듯 보이려고 애를 썼다. 택시에서 내릴 때 사온 와인을 따랐다. 딸아이가 사는 거리 이름이 너무도 낯선데다 지갑 속에서 주소나 전화번호도 찾을 수가 없기에 주위에 낯익은 거리나 집들이 있는지 찾느라고 어슬렁거리다 사게 된 와인이었다. 딸이 사는 곳을 안다 할지라도 그 아파트에 도대체 어떻게 들어갈 수 있을지 몰라 고민하던 끝에 전화부스를 발견하고는 안내에게 전화로 물었더니 딸아이 이름이 안내 명부에 올라 있을 뿐 아니라 마침 딸이 집에 있었던 것이다.

"얘야, 한번 보자, 내가 지난번에 두고 갔을 법한 게 또 뭐가 더 있을지 생각해보자."

"게일이 아빠 외투를 입고 있어요."

"최면요법이라니. 무슨 문제건 이제 최면요법이 다 해결해주는 모양이구나."

"여행자수표와 여권이 들어 있는 지갑을 두고 가셨더군요. 아빠, 놀라시는 것 같네요."

"도대체 어디에 뒀는지 기억해내려고 했었지."

"어디 있는지 아신 거잖아요. 그래서 여기 오신 거 아니에요?"

"얘야, 널 보려고 온 거란다."

"저도 알아요."

"이런, 꼼짝을 못하겠구먼."

"괜찮아요. 아빠의 의도가 무엇인지 고민하느라 제 시간을 낭비하진 않으니까요."

"아비의 태만에만 신경을 쓰는구나."

"물론 그렇긴 하죠."

"사실은 네가 태어날 때도 나는 옆에 없었단다. 그 이야긴 들었니?"

"최근에야 들었어요."

"야도에 있었지."

"그게 뭔데요?"

"은둔처지. 작가들이 그 엿같은 평화와 평온을 찾기 위해 가는 곳 말이야. 실은 그 말이 그 공동체의 모토야. 입구 통로의 벽에 그 말이 새겨져 있어. 고전풍 선례를 따라 '엿 먹어라'의 표기를 '넌 머거라'로 표기해서 말이야."

그는 음식에서 눈을 떼고 딸아이가 웃고 있는지 보았다. 딸아이가 그것에 대해 생각하는 것 같았다. 딸아이가 설거지하는 것을 도와준 뒤 뉴욕의 찰스 에버슨에게 전화를 걸었다.

찰리가 말했다. "자네 친구 스콧이 자네가 떠나고 얼마 지나지 않아서 나타났더군. 나는 이사 회의실에서 오찬회의를 하고 있었어. 그 친구가 로비에서 소란을 좀 피운 모양이야. 우리 사무실로 올라오려고 말이야. 경비가 결국 전화를 걸어서 그 친구와 이야기를 해보라더군. 그 친구는 자네가 어디 있는지 알아야겠다고 하더라고. 물론 난 말할 수가 없었지, 알지도 못했으니까."

"자넨 지금도 모르잖나."

"그건 사실일세, 빌."

"런던 건에 대한 우리 이야기는 전혀 말하지 않았겠지."

"런던에 대해서는 그 누구에게도 절대 말하지 않아. 그런데 그 친구 참 다독거리기가 쉽지 않은 녀석이더라고. 결국엔 내가 내려가서 그 친구와 이야길 했지. 우선 경비실에 이야기해서 특별 손님을 수행하는 경비를 데려오게 했지. 그리고 그 경비가 스콧에게 설명을 했네, 자신이 자네를 데리고 올라왔다가 내려갔고 자네가 엘리베이터에서 죽어 너부러지지는 않았노라고 말일세. 영원히 엘리베이터를 타고 있지는 않았다고 말이야. 우리 모두에게 경고가 되니까."

그들은 런던 계획에 대해 서로 이야기를 나누었다.

그리고 빌이 말했다. "그 친구가 전화할 걸세. 계속 전화할 거야. 한마디도 해주지 말게."

"지난 25년 동안 나는 자네에 관한 이야기는 단 한 명에게도 발설한 적이 없네, 빌. 난 신뢰를 지킨다고."

게일이 돌아오자 모두가 한동안 카드 패뜨기 놀이를 했다. 두 여자가 잠을 자고 싶어했지만 빌은 카드 묘기를 보여주며 계속 놀게 하려고 애썼다. 와인이 다 떨어졌다. 한시간 책을 보다가 소파를 펼치며 참 협소하다는 생각을 했다. 그런 뒤에 메모장과 연필을 찾아서 소설의 수정할 내용을 적었다.

스콧이 칫솔에 치약을 묻혀 욕실에서 나왔다. 그는 침대 위에 앉아서 텔레비전을 보고 있는 캐런을 바라보았다. 뚫어지게 바라보며 그녀가 자신을 쳐다보길 기다렸다. 그녀는 희미한 불빛 속에 넋을 잃은 채 전국 뉴스 재난방송의 생존자를 바라보곤 했다. 들판에는 연기에 휩싸인 외로운 비행기 동체가 있었다. 캐런은 생존자의 얼굴과 그 얼굴의 그늘을 동시에 알아볼 수 있었다. 심지어 야릇하고 공허한 미소나 손짓하는 손의 의미를 0.5초 정도나 앞서서 알아보기도 했다. 그래서 그녀는 뉴스만이 아니라 연기 속에서 뿜어나오는 뉴스 속 테러에 푹 빠져 있는 사람처럼 보였다.

그녀가 고개를 돌려 그를 쳐다볼 때까지 그는 뚫어져라 그녀를 바라보았다.

"선생님은 어디 계시는데요?"

"곧 알아낼 거야. 아주 오랜만에 나보다 한수 앞서가시는 군, 이 양반이."

"갈 만한 데가 어디죠?"

"자기에게만 의미가 있는 어떤 곳이겠지. 그에게 의미가 있는 곳이라면 결국 내가 알아내고 말 거야."

"어디가 아프거나 사고를 당하지는 않았다고 어떻게 확신하죠?"

"내가 건물로 들어가서 사람들하고 이야기를 했지. 사실상 난투가 벌어졌었어. 들이받고 밀치고 말이야. 전쟁이 임박한 때만큼 경비를 삼엄하게 하고 있더라고. 어쨌건 선생님이 문을 걸어나갔다는 건 분명히 알 수 있어."

"글쎄, 그렇다면 브리타와 함께 계시겠군요."

스콧이 가슴 높이까지 칫솔을 든 채 서 있었다.

"브리타하고 있지는 않아. 왜 선생님이 브리타하고 같이 있겠어?"

"그렇지 않다면 선생님이 무엇 때문에 뉴욕에 머물겠어요?"

"우린 선생님이 뉴욕에 있는지 없는지 몰라. 도대체 뉴욕에 왜 갔는지조차 알 수가 없어. 내게는 찰스 에버슨을 만나러 갈 뿐이라고 했으니까. 에버슨 말로는 둘이 새 책에 관한 이야기를 했다는 거야. 아니야, 브리타와는 접촉하지 않았어. 그랬다면 내가 알았겠지. 전화비 청구서가 엊그제 왔었지. 통화기록을 살펴보면 되겠군."

"그 아줌마가 선생님께 전화를 했을 수도 있지요."

"아니야, 선생님에게 뭔가 심각한 일이 있는 거야. 어딘가 심각한 곳에 숨어 있다고."

"또다시 자기 책으로부터 도망을 치시는군요."

"책은 다 썼어."

"선생님이 보시기엔 그렇지 않지요."

"선생님은 내게 어디 간다고 이야기하지 않고 가신 적이 없어. 아니야, 이번에는 심각한 일이 있다고."

그는 들어가서 이를 닦았다. 다시 나온 그는 캐런이 알아챌 때까지 뚫어지게 바라보았다.

"리스트를 만들어야겠어." 그가 말했다.

"하지만 선생님이 계시지 않는데요."

"그러니까 더 만들어야지. 선생님의 작업실을 아주 철저히 조사해야겠어."

"우리가 작업실에 들어가는 걸 좋아하지 않으실 텐데요."

"내가 들어가는 걸 좋아하지 않겠지." 스콧이 말했다. "내가 생각하기에 선생님은 한밤중에 네가 그 방에 있는 건 분명히 동의하는 것 같던데. 한밤중이나 내가 수프를 끓일 양파를 사러 나가는 늦은 오후에나 말이야."

"샐러드 만들 오이를 사러 갈 때도 그렇죠."

"작업실을 청소하고 정돈할 필요가 있어. 선생님이 돌아오시면 변화가 될 만한 것을 찾도록 말이야."

"하루 이틀이면 전화를 할 텐데 그래도 되겠느냐고 여쭤보지그래요."

"전화하지 않을 거야."

"저는 전화하실 거라고 봐요."

"전화를 걸 만한 일이 있었다면 지금도 여기 우리와 함께 계실 거야."

그가 침대로 들어가며 파자마 윗도리의 옷깃을 세웠다.

"선생님께 전화 한번 할 수 있는 기회를 드려요." 그녀가 말했다. "제가 할 수 있는 말은 그뿐이에요."

"뭔가 심각하고 긴박한 계획을 가지고 우릴 따돌리려는 게 분명해."

"선생님은 우리를 사랑해요, 스콧."

그녀는 침대 발치에서 텔레비전을 보았다. 운동용 자전거를 탄 여자가 나왔다. 그녀는 몸에 찰싹 붙고 반짝이는 옷을 입고 카메라를 보고 말하면서 페달을 밟고 있었다. 화면 가장자리에 또 한 여자가 엄지손가락만한 크기로 끼워져서 그 여자의 독백을 수화로 전달하고 있었다. 두 눈으로 화면을 쓸면서 캐런은 그 둘을 모두 살펴보았다. 그녀는 주관이 약했다. 모든 것을 받아들이고 모든 것을 믿었다. 고통, 환희, 애완견 사료, 모든 거룩한 것들, 하늘에서 내려오는 아기 천사의 희열. 스콧은 그녀를 쳐다보면서 기다렸다. 그녀는 미래의 바이러스를 지니고 다닌다. 빌의 말을 인용하자면.

9

빌은 길을 건너기 전에 포장도로의 표지판을 읽어야 한다는 사실을 상기했다. 사람들은 사리가 분명한 나머지 살아남고 싶다면 어느 쪽을 보아야 하는지 말해주는 긴 글꼴의 단어를 하얀 페인트로 모든 도시에 써두도록 법으로 정하고 있었다.

런던을 구경하고 싶지는 않았다. 전에 본 적이 있으니까. 택시 안에서 트라팔가 광장을 한번 훑어보니 건설공사용 방벽과 플라스틱 차단막에도 불구하고 3초간의 평범한 기억, 아우라, 반복이 되살아나고 변한 건 크게 없었다. 꿈의 공간, 명소들이 어디나 가지고 있는 유사성, 멀게 느껴지고 사람을 반기지도 않는 듯하지만 그와 동시에 가깝고도 친밀한 느낌을 주는 명소들, 언제나 우리가 간직하고 다니는 그런 경험들. 포장도로의 표지판들이 그가 관심을 갖는 유일한 것들이었다. 좌측을 보시오. 우측을 보시오. 도로표지판들이 당혹스러운 존재의 문제 전체를 향해 말을 거는 것만 같았다.

그는 신고 있는 신발이 싫었다. 갈비뼈가 오늘은 부드러운 느낌이었다. 목구멍에 약간 옥죄는 느낌이 들었다.

그는 호텔로 돌아가 잠시 눈을 붙이고 싶었다. 그는 찰리가 말한 메이페어의 숙소에 머물지 않았다. 그는 평범한 회색 유적지역에 머무르며 이미 숙박비 부담에 대해 스스로에게 불평하기 시작했다.

방에 들어선 그는 셔츠를 벗어 목깃에 붙은 보푸라기와 머리카락을 입으로 불어서 털어내고 조금 축축한 땀도 말렸다. 그는 리즈의 단기여행용 가방과 그의 외투와 파자마를 가지고 왔으며 양말 몇켤레와 속옷, 그리고 보스턴에서 산 세면도구들도 가지고 왔다.

그는 자신이 이 일을 원해서 하는지 알 수가 없었다. 이 일이 올바르다는 느낌이 더이상 들지 않았다. 불길한 느낌이 들었다. 일을 할 때 스스로 잘 알고 있는 목구멍의 그 약간 달라붙는 듯한 답답함, 불안하거나 의심에 사로잡혔다는 사실을 스스로 알아챌 때 드는 그런 느낌, 마주치고 싶지 않은 그 무엇이나 사람 또는 통제할 수 없을 것 같은 어떤 삶이 목전에 다가왔음을 알고 있을 때 느끼는 그런 예감.

그는 찰리의 호텔로 전화를 걸었다.

"빌, 어디 있나?"

"내 창밖으로 병원이 하나 보인다네."

"거기 있으니 일이 잘 풀릴 것 같은 느낌이 드나?"

"난 호텔에 가면 하나만 본다네. 기본 써비스가 가까이 있는가 하는 것 말이야."

“자넨 체스터필드에 머물기로 되어 있었다네.”

“그 지명 자체가 내 주머니 사정과 맞지 않는다고. 화려한 벨벳 같은 냄새가 난단 말이야.”

“자네가 돈을 내는 건 아니잖아. 우리가 내지.”

“비행기 삯만 내주는 줄 알았는데.”

“호텔 숙박료도 내주지. 굳이 따로 말할 필요가 없었지. 자잘한 경비도 물론이고. 아직 방이 남아 있는지 알아봐줄까?”

“이미 여기 짐을 풀었다네.”

“그 숙소 이름이 뭔가?”

“곧 알게 되겠지. 그건 그렇고, 오늘 저녁에 준비가 되어 있는지 말해주게.”

“장소를 바꾸려 하고 있다네. 내 절친한 동료 덕분에 멋진 장소를 하나 준비해뒀네. 쎄인트 폴 성당의 도서관 말이야. 내가 찾고 싶었던 바로 그런 위엄있는 장소지. 오크 나무와 석조 조각이 있고 수천권의 장서가 있지. 오늘 정오부터 전화가 걸려오기 시작했다네. 익명으로.”

“협박전화였나?”

“폭파 협박들이었지. 그 사실은 철저하게 비밀에 부치려고 애쓰고 있다네. 그런데 우리가 다른 곳에서 행사를 할 생각이 없느냐고 사서가 물어보더라고. 우리 딴에는 안전한 장소를 구했다고 생각했는데 금세 알아내버리는 바람에 아주 삼엄한 경찰 배치를 계획하고 있다네. 하지만 너무 가슴이 아프군, 빌. 거기엔 전시장과 둥근 천장이 있었는데 말이야. 판목으로 된 바닥도 있었고."

"전화를 거는 작자들은 폭탄을 터뜨리진 않아. 진짜 테러리스트들은 손해를 입힌 다음에야 전화를 걸거든. 이왕 전화를 걸 바엔 말일세."

"나도 알아." 찰리가 말했다. "하지만 그래도 우리는 모든 가능한 예방조치를 취하려 한다네. 초청할 언론인들의 숫자도 줄이고 있고. 누구를 막론하고 가능한 한 최후의 순간까지 장소 공개를 미루는 건 물론이고. 사람들은 가짜 장소에 모였다가 전세버스로 진짜 장소로 이동하게 될 걸세."

"문학을 기억하나, 찰리? 그건 술에 취하고 또 드러눕는 것까지도 포함했지 않나."

"일곱시에 체스터필드로 오게. 자네가 읽게 될 시편들을 살펴볼 시간이 좀 있을 걸세. 그다음에 함께 출발하는 거지. 일이 모두 끝나면 우리 둘이서만 늦은 저녁을 먹자고. 자네 책에 관해 이야길 좀 하고 싶으니까."

누군가가 호텔 숙박비를 지불해줄 거라는 사실을 알고 나니 빌은 낭독을 앞두고 기분이 조금 좋아졌다. 커피 테이블에 메뉴 용지를 하나 얹어놓고는 재킷 주머니에서 주석제 알약 케이스를 꺼냈다. 자르지 않은 네 개의 알약을 메뉴 용지에다 부었다. 나머지 약들은 예쁜 호박색 플라스틱 처방 약병에 든 채 집의 침실 옷장 서랍 속에 그대로 있었다. 진정제, 항우울제, 수면제, 각성제, 이뇨제, 항생제, 암페타민, 근육이완제. 지금 빌 앞에는 세 가지 진정제와 만성 피부 가려움증에 쓰는 핑크색 피부용 스테로이드 한 알이 놓여 있었다. 애처로웠다. 하지만 빌은 보스턴과 런던 일이 있으리라고는 당연히 알지 못했던 것이다. 불충분한 쌤플 약이지만 쪼개고 나누는 외과적 쾌락, 색깔을 섞는 행복의 성례전(聖禮典)을 감소시키지는 않았다. 낮은 테이블 위로 몸을 구부리고 알약을 쪼갤 때 다가오는 그런 평온의 분위기에 빠져들었다. 늠름한 대비태세를 갖추었다는 느낌이 좋았다. 하고 있는 일이 무엇인지 알고 있다는 생각을 품도록 해주는 그런 신중함과 엄격함. 그것은 알약을 쪼개서 배합을 위해 조각들을 선별하는 가장 달콤한 손과 눈의 움직임이었다. 알약들은 바로 메뉴 용지 위에 멋있고 밝게 놓여 있었다. 혼란을 관리하는 방식, 존재의 상태를 알아내는 방식, 순간적인 패닉이나 신체적 불행을 극복하게 해주고 긴 저녁 시간 동안 하루의 서쪽 끝에서 자신을 향해 밀려드는 절망의 파도로부터 자신을 안전하게 지켜줄 어떤 변화의 힘을 창조해내기 위해 색깔들 사이를 실제로 찾아다니는 이 방식.

주의사항과 경고문구, 부작용과 복합작용이 표시되어 있고 사랑스러운 색깔의 도표가 그려져 있는 그림 설명서가 곁에 없는 것이 아쉬웠다. 하지만 대양을 가로질러오리라고는 생각하지 못했으니까.

그는 공항 세 곳의 심사대에서 발각되지 않은 낡고 긁힌 자국이 있는 수사슴 모양 손잡이의 폴딩 나이프로 심취한 채 알약들을 분류해나갔다.

택시가 싸우스워크 다리 위로 날아들어갔다. 빌은 시를

무릎 위에 둔 채 가끔 한 페이지씩 얼굴 가까이로 갖다대면서 싯구들을 중얼거렸다. 부드럽고 따뜻한 비가 강물 위에서 그림자 문양을 이루었다. 바람에 씻긴 미광의 주름들.

찰리가 말했다. "그 친구 말이야."

"누구?"

"이번 일 전체를 시작한 아테네의 그 친구 말이야. 자네가 보기엔 그 친구가 어떤 느낌이 드는지 말해주게."

"레바논 사람인가?"

"그렇지, 정치학자야. 자기 말로는 베이루트에 있는 그 조직에 대해 자기는 불완전한 정보만 가진 중개자에 불과하다는 거야. 그 조직은 이번에 인질을 석방하고 싶어서 안달이라고 하더라고."

"그 친구들은 새로운 근본주의 조직인가?"

"새로운 공산주의 조직이지."

"우리가 놀라야 할 일인가?" 빌이 말했다.

"레바논 공산당이라는 게 있지. 내가 알기로는 시리아와 연계된 좌파 조직들도 있고. 팔레스타인 해방기구는 언제나 맑스주의 요소를 가지고 있었는데 지금 레바논에서 다시 활동하고 있지."

"놀랄 일은 아니군."

"부당하게 놀랄 일은 아니지."

"내가 놀라야 할 부분이 있으면 자네만 믿겠네."

형사 두 명이 쎄인트 쎄이비어스 항구의 인적없는 거리에서 두 사람을 맞았다. 그 지역이 보수공사중이었지만 이

거리의 건물들은 아직 온전했다. 대부분이 승강기와 화물 하역용 교각들이 달린 붉은 벽돌 구조물이었다. 그들은 낡은 곡물창고로 갔다. 곡물창고에는 금세 문을 닫은 배관용 물자회사가 세들어 있었다. 경찰이 입구를 마련해두었고 아직도 통신이 가능한 전화기가 한대 있었다.

네 사람은 건물 안으로 들어갔다. 그들은 기자회견을 할 넓은 공간을 확인했다. 연단 하나, 접이식 의자들, 보조 조명. 그들은 그후 사무실로 들어갔고 찰리가 자기 동료들에게 전화를 걸어 버스를 타고 오라고 말했다. 빌은 두리번거리면서 화장실을 찾았다. 찰리가 전화를 끊은 지 몇초 후에 전화기가 울렸다. 형사 하나가 전화를 받았는데, 전화 건 사람이 "폭탄, 폭탄, 폭탄"이라고 소리치는 것을 모두 들을 수 있었고 그 사람의 억양이 마치 쾅, 쾅, 쾅 하는 듯했다. 빌에게 이 모습은 적잖이 우스꽝스러웠다. 그는 소변을 보려던 참이었지만 길 한복판에서 일을 볼 생각은 하지도 못했다.

그 전화가 형사들을 괴롭혔다. 어쨌든 그중 한명을. 다른 한명은 사무실을 가로질러 설계명세서로 가득 찬 서가에 눈길을 주고 있었다. 빌이 화장실을 찾은 뒤 마지막으로 나왔다. 형사 한명은 현관문 근처에 위치를 잡고 다른 형사는 차를 길 위쪽으로 40미터가량 옮기고 나서 본부에 전화를 걸었다.

찰리가 말했다. "핵심이 뭔지 알 수만 있다면 좋겠는데."

그와 빌은 길을 건너가서 폭발물 제거반이 건물을 조사하러 오기를 기다렸다.

"핵심은 컨트롤일세." 빌이 말했다. "그 친구들은 우리를 건물에서 거리로 내몰 수 있는 힘을 가졌다고 믿고 싶어하는 거라고. 그 친구들은 마음속으로 수백명의 사람들이 화재 대피용 계단을 무리지어 내려가는 모습을 그려보고 있단 말일세. 내가 말하지 않았나, 찰리. 폭탄을 만드는 친구들이 있고 전화를 거는 친구들은 따로 있다고."

금세 그들은 다른 것들에 관한 이야기를 하고 있었다. 비가 그쳤다. 찰리가 길을 건너가서 형사에게 뭔가를 이야기하더니 어깨를 으쓱하며 돌아왔다. 둘이서 찰리가 작업중인 책에 관해서 이야기했다. 그들은 6년 전 찰리의 이혼이 돌이킬 수 없게 된 시절에 관해 이야기를 나누었다. 그는 그날의 날씨를 기억했다. 거리가 느껴지지 않는 높고 청명한 하늘, 성조기들이 5번가에 펄럭이고 택시에서는 여배우 한명이 내리고 있었다. 빌은 손수건을 찾았다. 폭발이 그의 몸을 반 바퀴쯤 홱 움직이게 했지만 그는 두 발을 떼거나 벽 쪽으로 돌아가지는 않았다. 가슴과 두 팔에 폭발음을 느낄 수 있었다. 몸을 홱 움직이며 고개를 숙였다. 팔뚝으로 이마를 가렸다. 창문들이 깨져나갔다. 찰리가 제기랄 또는 저기로 가 하고 말했다. 폭발 바람에 등을 돌린 채 벽을 향해 팔꿈치로 몸을 감싸고 머리 뒤에 두 손을 얹어 깍지를 끼었다. 그러면서 빌은 충격을 받았다는 사실을 기억해야 한다는 걸 알았다. 그는 또 이제 끝이 났으며 더이상 나쁜 일은 벌어지지 않을 거라는 사실을 알고서 천천히 몸을 일으키며 건물 쪽을 바라보면서 찰리가 아직도 그곳에 있는지, 움직일 수 있는지 보려고 팔을 뻗어 찰리의 팔을 더듬었다. 도로 저편의 형사가 몸을 잔뜩 웅크린 채 허리띠에 매달린 무전기를 손으로 더듬고 있었다. 거리엔 유리 파편이 쌓여서 눈이 내린 벌판처럼 빛났다. 두번째 형사가 무전을 치며 잠시 차 안에 머물다가 자기 동료 쪽으로 다가왔다. 그들은 찰리와 빌을 넘겨다보았다. 창고건물의 2층쯤에 먼지가 걸려 있었다. 네 사람은 도로 한가운데에서 만났다. 유리가 그들의 발아래에서 부서졌다. 찰리가 옷깃을 털었다.

폭발물 전문가들이 도착했고, 그다음에 기자단 버스가 도착했고, 출판업자들이 왔고, 더 많은 형사들이 왔고, 찰리가 다른 사람들과 새로운 계획을 세우는 동안 빌은 표시가 안 된 경찰차 뒤에 걸터앉았다.

약 한시간 후에 둘은 체스터필드의 어느 식당 둥근 채광창 아래에 앉아 혀가자미 요리를 먹었다.

"하루가 늦춰진다는 이야기가 되는 거지. 아무리 늦춰져도 이틀 정도." 찰리가 말했다. "자네 반드시 호텔을 옮겨야 할 걸세. 일단 준비가 되면 즉시 이동할 수 있게 말이야."

"자네 참 침착하더군. 금세 그렇게 대피자세를 취하다니 말이야."

"그게 바로 비행기 추락시에 권장되는 자세일세. 아까는 서서 그 자세를 취했지만 말일세. 몸을 낮추고 두 손을 머리 뒤로 갖다대야 한다는 건 알고 있었어. 하지만 상황에 맞게 그런 대피자세를 취할 수가 없었을 뿐이야. 내가 탄 비행기가 추락하고 있다고 생각했거든."

"자네 쪽 사람들이 다른 장소를 물색하겠지."

"그래야지. 여기서 멈출 순 없으니까. 최소한의 형식이라도 갖추자면 말일세. 계획된 호수 같은 곳에서 다섯 척의 노로 젓는 배 위에서 쉰 명 정도로 행사를 하더라도 말이야."

"제대로 알고 있는 사람은 있나?"

"내일 내가 대테러 전문가하고 이야기해보겠네. 같이 가겠나?"

"아니."

"어디 있을 건가?"

"내가 연락하겠네, 찰리."

"노로 젓는 배가 답은 아닐 것 같아, 생각해보니까 말이야. 그 친구들이 마운트배튼을 공격한 곳도 바로 노 젓는 배 아니었나?"

"어선이었지."

"그게 그거지."

빌은 누군가 자신을 쳐다보고 있다는 걸 알았다. 식당 건너편 테이블에 혼자 앉아 있는 사내. 그 사내의 호기심 어린 표정이 얼마나 많은 정보를 담고 있는지 빌은 흥미로웠다. 그자가 자신을 알고 있다는 사실, 둘이 서로 만난 적은 없다는 사실, 자기 쪽으로 가까이 올지 말지 그 사내가 고민하고 있다는 사실 등. 심지어 빌은 그자가 누구인지도 알았다. 어떻게 아는지는 말할 수 없을지라도. 마치 그자가 예정된 장소에 미리 박혀 있으면서 무슨 일이 일어날지를 알고 있었기나 한 듯이. 빌은 그 사내를 똑바로 쳐다보지 않았다. 모든 것이 하나의 유형이고, 운명이고, 정보의 흐름이었다.

"자네 책에 관해 이야기해보세." 찰리가 말했다.

"아직 완성되지 않았네. 완성되면 이야기하세."

"자네가 이야기하지 않아도 좋아. 내가 이야기할 테니. 그리고 다 완성되면 둘이 함께 이야기하면 되니까."

"좀전에 우린 죽을 뻔하지 않았나. 그 이야기나 해보세."

"자네 책을 어떻게 출판해야 할지 나는 알고 있다네. 이 업계에서는 나보다 자네를 더 잘 아는 사람이 없잖나. 자네가 필요한 게 뭔지 나는 안다고."

"그게 뭔데."

"자네에겐 유서깊은 큰 출판사가 하나 필요하지. 그게 바로 그들이 나를 고용한 이유일세. 그들은 전통에 대해 자세히 알고 싶어하니까. 그들이 보기엔 내가 뭔가를 대변하는 거지. 내가 책을 대변한다는 말이지. 나는 견고하고 책임감 있고 사려깊은 도서목록을 하나 만들어서 거기다가 대중 시장의 능력에 맞는 출판의 힘을 부여하고 싶다네. 우리에게 정보 쏘스는 무한정 많아. 책 한권 쓰는 데 몇해가 걸리니 자네는 그 책이 대박나는 걸 보고 싶지 않은가?"

"자네 성생활은 어떤가, 찰리?"

"나는 자네 책을 대량으로 뿌려서 대중을 놀라게 만들 걸세."

"여자친구는 있나?"

"전립선에 문제가 좀 있어. 의사들이 내 정관을 우회시켜야 했어."

"어디로 우회시켰는데?"

"몰라. 어쨌건 정상적인 쪽으로 나오진 않아."

"그래도 섹스는 제대로 하나?"

"열렬히 하지."

"그런데 사정은 하지 않는다?"

"아무것도 나오는 게 없어."

"그런데도 자네는 자네 정자에 무슨 일이 일어나는지 모르고."

"무슨 일이 일어나는지 의사들에게 물어보지도 않았어. 안으로 다시 들어가겠지. 그 정도는 나도 아니까."

"그것 참 아름다운 이야기일세, 찰리. 너무 긴 말도 필요 없고."

두 사람은 후식 메뉴판을 들여다보았다.

"책은 언제 끝낼 건가?"

"구두점을 수정하는 중일세."

"구두점은 참 재미있어. 나는 작가가 쉼표를 어떻게 사용하는지 유심히 관찰하고 있다네."

"자네 말대로라면 아무리 길어야 이틀 후면 우리가 여길 뜰 수 있겠군." 빌이 말했다.

"그렇게 되길 희망하고 있다네. 시간 끌길 원하진 않으니까. 그 폭발물이 정점이었지. 그 친구들은 의사를 분명히 밝힌 셈이야, 우리가 그걸 정확히 모를지라도 말이야."

"난 셔츠를 하나 사야 할 것 같네."

"하나 사게. 그리고 내가 이곳에 자네 숙박계를 써주겠네. 내 생각에는 최대한 신속하게 서로 찾을 수 있어야 할 것 같아서 말이야."

"커피나 한잔 하면서 생각해보겠네."

"우리는 산화방지 종이를 쓴다네." 찰리가 말했다.

"나는 내가 책을 쓰는 즉시 내 책이 썩는 편이 낫다고 보네. 내 책들이 왜 나보다 오래 살아남아야 하는가? 내 책들이 바로 내가 내 명보다 일찍 죽어야 하는 이유란 말일세."

그 사내가 테이블 옆에 서서 두 사람의 대화가 끝나기를 기다렸다. 빌은 허공으로 눈을 돌리며 그 사내가 그곳에 서 있다는 사실을 찰리가 알아채기를 기다렸다. 테이블은 한 사람이 더 앉을 만큼 큼지막했고 찰리가 서로 인사를 시키는 동안 웨이터가 의자를 하나 가지고 왔다. 그 사내는 죠지 하다드였고 찰리가 그 사내를 베이루트에 있는 조직의 대변인이라고 부르자 그 사내는 아니라고 손사래를 치며 두 손을 들어올린 채 뒤로 물러섰다. 그는 그 직책을 아직 얻지 못한 듯 보였다.

"저는 선생을 아주 존경합니다." 그 사내가 말했다. "선생이 우리 기자회견에 합류할 것 같다는 이야기를 에버슨 씨가 했을 때 저는 정말 놀랐고, 참으로 기뻤습니다. 물론 선생이 대중 앞에 나서는 일을 얼마나 꺼리는지 알고 있기 때문이지요."

그는 말쑥하게 면도를 하고 이마 앞쪽 머리가 좀 빠진 키가 큰 사십대 사내였다. 촉촉한 두 눈을 가진 그는 슬퍼 보였고 단조로운 회색 정장에다 어린애에게 빌렸을 법한 플라스틱 시계를 차고 있었으며 덩치가 약간 커 보였다.

"어떤 관계에 있습니까?" 빌이 말했다.

"베이루트와 말입니까? 그들의 방법엔 동의하지 않지만 그들의 목표엔 동의한다고 말해두십시다. 그 시인을 인질로 잡고 있는 조직은 일종의 운동조직입니다. 사실 운동이라고 하기엔 좀 그렇지만요. 지금 단계에서는 그저 지하세력의 하나죠. 레바논의 모든 무기가 이슬람이나 기독교나 시온주의의 낙인을 가진 것은 아니라고 주장하고 있습니다."

"서로 편하게 이야기하기로 합시다." 찰리가 말했다.

커피가 나왔다. 빌은 콕 쑤시는 것 같은 따가움을 느꼈다. 왼손에 투명한 조각의 틀에 찍힌 듯한 통증.

찰리가 말했다. "이 행사가 중단되길 바라는 자가 누굽니까?"

"어쩌면 그저 구역 싸움이 번져나간 건지도 모르죠. 잘 모르겠습니다. 원칙적으로 모든 인질의 석방을 반대하는 조직이 있는지도 모르고요. 자신들이 직접 잡고 있는 인질이 아닌 경우에도 말입니다. 이 친구의 석방이 전적으로 언론 보도에 달려 있다는 사실은 그 조직도 명확히 이해하고 있는 것 같습니다. 석방 여부가 그의 석방에 대한 공개발표에 달려 있다는 사실 말입니다. 석방 발표 없이는 석방도 있을 수 없으니까요. 이건 베이루트가 서방세계로부터 배운 많은 것들 중 하나입니다. 베이루트는 비참하지만 여전히 숨은 쉬고 있어요. 런던이 진정한 의미의 혼란이죠. 저는 여기서 공부했고 여기서 가르쳤고 여기 올 때마다 파괴를 더 명확히 보게 됩니다."

찰리가 말했다. "당신이 판단하기에 이 행사를 안전하게 열기 위해 우리가 해야 할 일은 무엇이오?"

"여기서는 가능하지 않을 수도 있습니다. 경찰은 당신들에게 행사를 취소하라고 충고할 겁니다. 제 생각엔 다음번에는 전화도 없을 겁니다. 무슨 일이 벌어질지 제 생각을 이야기해보지요." 그런 다음 그는 테이블 쪽으로 몸을 숙였다. "사람들이 빼곡히 들어차 있는 방에서 엄청난 폭발이 있을 겁니다."

빌은 자기 손에서 유리 조각을 뽑아냈다. 다른 두 사람이 그걸 쳐다보았다. 그는 그 통증이 왜 친숙한 느낌이 드는지 알았다. 그것은 여름날의 상처, 반세기 전에 뛰어놀다 얻은 상처, 햇볕에 덴 따가움, 무릎의 긁힌 상처, 나무가시 같은 것이었다. 기슭에서 미끄러지다가 따먹은 산딸기. 싸움을 하다가 생긴 시퍼런 멍.

빌이 말했다. "지하실에 죄없는 남자가 갇혀 있소."

"당연히 그 친구는 죄가 없겠지요. 그래서 그 조직이 그 친구를 납치한 겁니다. 아주 간단한 생각 아니겠습니까. 죄가 없는 사람에게 테러를 가한다. 그들이 냉혹하게 하면 할수록 우리는 그들의 분노를 더 잘 알게 되는 겁니다. 그리고 그 어떤 사람들보다, 글을 쓰는 다른 어떤 부류보다 그런 분노를 더 잘 이해하는 사람이 바로 소설가 아닙니까, 그레이 선생님? 테러리스트들이 생각하고 느끼는 것을 영혼 깊숙이 알고 있는 사람 말입니다. 역사를 볼 때 어둠속에 살고 있는 폭력적인 자에게 친숙함을 느끼는 사람이 바로 소설가란 말입니다. 선생은 누구를 동정하십니까? 식민지 경찰, 정복자, 부유한 지주, 부패한 정부, 군부 국가입니까? 아니면 테러리스트들입니까? 테러리스트란 단어가 수백 가지 의미를 가지고 있겠지만 이 말을 쓰지 않을 수가 없군요. 그게 어쨌건 사용하기에 가장 정직한 단어이니까요."

빌의 냅킨이 빌 앞쪽 테이블 위에 구겨져 있었다. 그가 냅킨의 접힌 부분에 유리 조각을 올려놓는 모습을 다른 두 남자가 바라보았다. 그것은 모래처럼 반짝였다. 어린시절 초록빛 자갈밭의 모래, 타박상과 좌상, 잘못 부딪힌 손가락의 상처에 박힌 그런 모래. 그는 녹초가 된 느낌이었다. 그는 찰리가 이 사내와 나누는 이야기에 주목했다. 그는 여행의 중압감을 느꼈다. 아무것도 개의치 않는 장소에 있을 때 느끼는 무감각과 무의미함, 스스로에게도 잘 드러나지 않는 느낌, 바로 앞에 사진이 놓여 있어도 알아채지 못할 것 같은 그런 방에서 잠을 자는 느낌.

죠지가 말했다. "처음 사건은 별 의미가 없습니다. 그것은 그저 수차례의 협박전화뿐이니까요. 두번째 사건은 죽은 사람이 아무도 없으니 별 의미가 없고요. 당신과 빌 선생에게는 엄청난 트라우마였겠지만요. 그외에는 너무나 상투적인 일이지요. 몇년 전에 독일의 네오나치 조직 하나가 '심할수록 더 좋다'는 구호를 고안해냈지요. 그게 바로 서방 언론의 구호이기도 합니다. 현재 당신들은 무명인사들입니다. 청중이 없는 피해자들이란 말입니다. 죽어보세요. 그러면 아마 그들이 당신들을 주목할 겁니다."

아침에 빌은 호텔 근처의 술집에서 식사를 했다. 육류시장 야간 일꾼들이 식사를 하는 시간이었기 때문에 겨우 일곱시가 지났을 뿐인데도 빌은 햄과 달걀만이 아니라 맥주도 한잔 주문할 수 있었다. 극도로 진보적인 허용정책이었다. 쎄인트 바르톨로뮤 병원의 흰 가운을 입은 의사들이 바로 옆 테이블에 앉아 있었다. 빌은 찢어진 손의 상처를 쳐다보았다. 깔끔하게 아물고 있는 것 같았지만, 조언이나 도움이 필요할 때 주위에 의료진이 있다는 것이 좋았다. 베이거나 찰과상을 입었을 때는 성자의 이름을 딴 유서깊은 병원에 가고 싶어지는 법이다. 그들은 십자군들의 고전적인 상처를 치유하던 방법을 아직도 잊지 않고 있으니까.

그는 메모장을 하나 꺼내서 아침식사대와 지난밤 택시요금을 적어넣었다. 폭발음이 빌의 피부에 아직도 반향을 일으키고 있었다.

사전약속을 통해 빌은 느지막이 체스터필드 앞에서 찰리를 만났다. 따스한 햇살의 나른한 눈부심 속에 그들은 메이페어를 가로질러 걸었다. 찰리는 방한 재킷과 회색 플란넬 바지와 청백색 승마용 세로줄무늬 셔츠를 입고 있었다.

"내가 마틴손인가 마틴데일인가 하는 서장에게 이야기했네. 받아적더군. 명석함을 종교처럼 신봉하는 빈틈없는 전문관료 중 한명이야. 그 친구는 모든 이야기들을 다 알고 전문용어도 철저하게 꿰고 있더라고. 명석하기만 하면 감기도 걸리지 않고 주차딱지도 떼지 않고 아마 죽지도 않는 모양이야."

"제복을 입고 있던가?" 빌이 말했다.

"너무 현명해서 그렇게는 하지 않지. 오늘은 기자회견을 할 수가 없다고 하더군. 안전한 장소를 확보할 시간이 충분하지 않다는 거야. 우리 친구 죠지가 상당히 흥미로운 학자라고 말하더라고. 프랑스 경찰이 어떤 아파트를 급습했더니 그게 폭탄공장이었는데, 거기서 발견된 주소록에 그 친구 이름이 들어 있었다는 거야. 게다가 얼굴이 알려진 테러 주모자들과 함께 찍은 사진도 있었고."

"살인자들은 누구나 대변인이 있게 마련이지."

"자네 그 서장 못지않게 명석하군. 실은 그 양반이 자네 이야기도 하더라고. 자네는 비행기를 타고 집으로 돌아가야 한다고. 자기가 준비를 해주겠다면서."

"내가 여기 왔다는 걸 그 작자가 어떻게 알지, 내가 왜 왔는지, 내가 누구인지?"

"처음 협박전화들이 걸려온 뒤에 알았대." 찰리가 말했다.

"내가 회견에 참석한다는 사실이 공개되지 않은 걸로 아는데. 그런데 내가 여기 온다는 걸 자네가 죠지에게 이야기한 거로군. 그래서 이제 이 서장이라는 콧수염쟁이도 알고 있고."

"기자회견에 초청받아 오는 사람들의 명단을 보고해야만 했어. 협박전화 때문에. 경찰이 명단이 필요하다고 하더라고. 그리고 사실 도움이 될 것 같아서 죠지에게는 그 전날 말해주었어. 어떤 식이건 도움이 될 것 같아서 말이야."

"그 서장은 왜 내가 집으로 돌아가길 바라는데?"

"그 양반 말로는 자네가 위험할 수도 있다는 정보를 입수했다는 거야. 베이루트의 조직에게는 그들이 지금 잡고 있는 인질보다 자네가 훨씬 더 값어치가 있을 거라면서 말이야. 그 시인이라는 친구는 너무 알려져 있지 않다는 거지."

빌은 웃음을 터뜨렸다.

"이 모든 일이 너무도 믿기가 어려워서 나는 도대체 믿을 수가 없네."

"하지만 우리는 믿고 있지 않나. 믿어야만 하기도 하고. 논리나 자연법칙에 결코 위배되지는 않을 테니 말일세. 피상적인 의미에서만 믿을 수가 없을 뿐이지. 피상적인 사람들만 믿을 수 없다고 고집을 피우지. 자네와 나는 그 정도는 아니지. 우리는 현실이 어떻게 만들어지는지 이해하잖나. 한 인간이 방 안에 앉아서 하나의 생각을 하게 되면 그 생각이 세상 속으로 붉게 퍼져나가는 거지. 모든 생각이 다 허용되는 거니까. 게다가 사고와 행위 사이에 도덕적, 공간적 구분이 이젠 더이상 존재하지도 않으니까."

"불쌍한 친구, 자네 이제 나처럼 생각하기 시작했군."

둘은 말없이 걸었다. 그러다가 찰리가 날씨가 정말 멋지다고 말했다. 둘은 에두르는 실력을 능숙하게 보이면서 조심스레 대화거리를 선택했다. 두 사람은 화두를 식힐 공간이 필요했다.

그러다가 빌이 말했다. "그 작자들은 어떻게 나를 인질로 잡을 계획이라던가?"

"나야 모르지. 자네를 동쪽 어딘가로 유인하거나 하겠지. 서장도 그 문제에 대해서는 막연해하더라고."

"그 양반을 나무랄 수는 없지, 안 그래?"

"절대로 그럴 수는 없지. 그 양반 말로는 폭발물 이름이 셈텍스 H래. 계산된 양만큼만 터뜨렸던 거고. 원하기만 했다면 그 친구들이 건물 전체를 주저앉힐 수도 있었다는군."

"그 서장이라는 작자가 폭발물 이름을 알려주면서 좋아했겠군."

"원료는 체코슬로바키아에서 온다고 하더군."

"자네도 그걸 알고 있었나?"

"아니, 몰랐네."

"그것 봐, 우리가 얼마나 멍청한가."

"자네 어디에 머물고 있나, 빌? 우리가 그건 정말 알고 있어야 한다고."

"그 서장이라는 작자가 분명 알고 있을 걸세. 기자회견이나 그대로 준비하게나. 나는 시 몇편 읽으려고 여기 왔고 난 그 일만 할 걸세."

"누구도 위협받고 싶지는 않겠지. 하지만 실은." 찰리가 말했다.

"난 호텔로 돌아가겠네. 내일 정오에 전화하겠네. 새로운 장소를 물색해서 우리가 여기서 하려던 일을 하세나."

"저녁이나 먹어야 하지 않겠나, 우리 둘이서 말이야. 뭔가 전혀 다른 이야기를 하자고."

"그게 뭔지 모르겠군."

"자네 책을 내놓으라니깐, 이 친구야."

수도관과 살수장치와 트랙 조명들 아래 여러 층으로 굽이쳐 뻗어나간 하얀 공간 속에 은빛 칵테일 잔을 든 사람들이 담소하며 무리지어 서 있었다. 사방의 벽에는 현존 러시아 예술가들의 작품들이 걸려 있었다. 주로 과감한 색상의 대형 캔버스들, 야심차고 선언적인 초국가적 그림들이었다.

브리타는 술잔을 높이 들고 가장자리로 비켜서면서 사람들 무리 속으로 이동했다. 그리고 그녀는 교차하는 시선들을 느꼈다. 눈빛으로 음식을 먹고, 사람들의 얼굴과 엉덩이와 비단무늬 재킷과 원색 비단 셔츠를 훔쳐보는 방식, 육체들이 연회장 내의 유명인사들을 향해 무의식적으로 기울어지는 방식, 하나의 대화를 지속하면서도 다른 대화에 귀를 기울이는 사람들의 방식, 모든 에너지가 다른 어떤 곳, 근처의 밝은 어떤 곳으로 향하는 방식, 이 진실을 드러내는 새벽 시간의 그 모든 모습과 상태와 역사. 마치 어떤 주요 관심사의 상상의 촛점, 대화의 움직이는 중심 덩어리가 있는 듯했다. 비록 홀 안의 모든 사람들이 평면 창틀 너머의 거리에 대한 인식을 유지하고 있기는 했지만. 그들은 어떤 면에서 거리의 사람들을 위해 여기에 와 있는 것이었다. 그들은 거리를 걷거나 차를 타고 지나가거나 콩나물시루 같은 버스 안에 서 있는 사람들에게 자신들이 어떤 모습으로 보이는지 정확히 알았다. 그들은 바깥세상으로 둥둥 흘러가는 것 같았다. 그들은 예술품 구경꾼들이었지만, 특권을 가진 신성한 초월적 영혼들, 깊어가는 밤에 맞서는 빛을 가진 영혼들 같았다. 그들은 깊이 팬 에칭과도 같은 정적을 공유했다. 이런 면이 이 우연의 순간에 영속의 권리를 부여했다. 마치 오늘밤 이후 천일의 밤 동안 그들이 여기 있을 수 있으리라고 믿는 듯이, 무게도 없이 땀도 없이 지나가는 사람에게 야릇한 경외를 불러일으키면서.

그녀가 자신의 눈길을 끄는 그림까지 다가가는 데는 꽤 긴 시간이 걸렸다. 대략 가로 1.5미터 세로 1.8미터가량 되는 캔버스 위의 씰크스크린. 그것에는 '고르비 I'이라는 제목이 붙어 있었고, 소련 대통령의 머리와 사각 테두리 속의 두 어깨가 뒤엉킨 붓 자국으로 인해 인상적이고도 오래된 느낌을 주는 비잔틴식 금빛 배경에 새겨져 있었다. 그의 피부는 방송용 화장의 불그레한 홍조를 띠었고, 금색으로 덧칠된 머리와 붉은 립스틱과 청록색 아이섀도우를 하고 있었다. 그의 양복과 넥타이는 새까만색이었다. 브리타는 이 작품이 의도한 것보다도 훨씬 더 워홀의 작품 같아서 패러디와 오마주와 비평과 차용을 넘어서 있다는 생각을 했다. 이 화랑 주변 몇평방마일 이내에 6,000명의 워홀 전문가가 살고 있으니 온갖 측면이 이미 언급되었고 온갖 주장이 이미 제기되었을 것이다. 하지만 브리타는 바로 이 하나의 작품 속에서 최대의 선언을 발견할 수 있을 거라고 생각했다. 예술가의 해체 가능성에 관한 선언, 대중적 인물의 승화에 대한 선언, 미하일 고르바초프와 메릴린 먼로의 이미지 융합이 어떻게 가능한지에 대한 선언, 황금빛 메릴린과 죽은 백인 워홀의 아우라를 도용하고 그밖에 어쩌면 여섯 명의 이미지마저 더 도용하는 것이 어떻게 가능한지에 대한 선언. 어쨌거나 그게 유쾌하지는 않았다. 그녀는 힘들게 홀을 가로질러 와서 물감이 덧칠된 이 우스꽝스러운 그림 속의 사진발 받는 인물을 자세히 살펴보았지만 결코 유쾌하지가 않았다. 어쩌면 고르비가 입고 있는 장의사 복장 때문인지도 몰랐다. 게다가 죽음을 희롱하는 듯한 이 모든 화장품, 떡칠된 안면 파우더, 그리고 레몬색 머리. 앤디 워홀의 작품을 관통하는 바로 그 메릴린의 잔상과 그 모든 죽음의 광채. 브리타는 수년 전에 워홀의 사진을 찍은 적이 있는데 자신이 찍은 사진 하나가 메디슨 애비뉴 몇블록 아래의 어떤 전시장에 걸려 있었다. 캔버스 위의 워홀 이미지, 메이스나이트 섬유판, 우단, 종이와 인견, 금속용 페인트로 그린 워홀, 씰크스크린용 잉크, 연필, 폴리머, 금박, 목재, 금속, 비닐, 목화와 폴리에스터, 청동으로 그려진 워홀, 엽서와 종이백에 그려진 워홀, 포토모자이크와 복합노출, 다이트랜스퍼 방식, 폴라로이드 인쇄를 이용한 워홀 그림. 워홀의 총탄 상처, 워홀의 작업 공장, 뻬이징 천안문 광장 마오의 대형 초상화 앞에서 찍은 여행객 모습의 워홀 사진. 그는 브리타에게 말했었다. "내가 나일 수 있는 비밀은 내가 지금 여기 절반만 있다는 사실이오." 워홀은 그림으로 그려진 존재의 연쇄를 통해 재가공된 채 여기 온전하게 존재하고 있다. 번쩍이는 러시아제 두 눈으로 무리를 내려다보면서.

브리타는 누군가 자기 이름을 부르는 소리를 들었다. 고개를 돌리자 천천히 입을 움직여 안녕하세요라고 말하는 청재킷을 입은 젊은 여자가 보였다.

"자동응답기에서 선생님이 일곱시나 여덟시쯤 여기 계실 거라는 메씨지를 들었어요."

"그건 내 저녁식사 약속을 위해 녹음해둔 거였는데."

"저 기억나세요?"

"캐런이지, 맞지?"

"지금 제가 여기서 뭐 하고 있을 거 같아요?"

"어쩐지 물어보기가 겁나는데."

"전 빌 선생님을 찾으러 여기 왔어요." 캐런이 말했다.

그는 어둠속에서 두 눈을 뜬 채 침대에 누워 있었다. 가스가 U자 형으로 돌아나오는 왼쪽 배 비장 만곡부에서 내장의 신음소리들이 들려왔다. 담즙 덩어리가 목구멍에서 요동치는 것을 느꼈지만 그것을 뱉고자 침대에서 굳이 나가고 싶지는 않아서 그는 그 느끼하고 뭉클하고 더러운 덩어리 전체를 음식처럼 삼켰다. 이게 바로 그의 삶의 질감이었다. 만약 누군가 진정한 그의 전기를 쓴다면 그것은 가스로 인한 통증과 건너뛴 심장박동과 악다문 채 가는 이와 가끔씩 몰아치는 현기증과 질식된 숨결의 연대기가 될 것이다. 거기다 책상에서 일어나 화장실로 걸어가서 가래를 내뱉는 빌의 모습이 자세히 묘사될 것이다. 또 우리는 타원형 세포 덩어리, 물, 끈적거리는 신체분비물, 무기산염, 니코틴 얼룩으로 이루어진 사진들을 보게 될 것이다. 아니면 빌이 어디서 무엇을 삼키는가에 대한 마찬가지의 길고 자세한 묘사들. 이들이 그가 선택한 것들이고, 그의 낮과 밤들이었다. 고독한 인생은 거친 부딪침들 속으로 희미하게 사라져갈 뻔한 순간들을 모아서 기억하는 경향이 있다. 혼잡한 거리와 방들을 지나가는 육신의 흔들림 속으로 사라졌을 법한 순간들. 그는 그런 우주적 우연의 정지순간들 깊숙한 곳에 살고 있었다. 그 순간들이 그에게 달라붙었다. 그는 앉아 있는 방귀와 트림 공장이었다. 이게 바로 그가 살아가기 위해 하는 일이었다. 앉아서 기침하기, 가래와 내장가스. 빌은 타자기에 걸린 머리카락을 뚫어지게 바라보는 자신의 모습을 떠올려보았다. 타원형 알약을 향해 몸을 구부리면서 그는 칼날이 알약을 곡식 낟알처럼 쪼개는 소리를 들었다. 불면의 밤이면 그는 1938년 클리블랜드 인디언팀의 타순을 순서대로 외워보았다. 이게 바로 유령과 함께 깨어 있는 진정한 그 자신이었다. 그는 그들이 모두 낙관으로 가득 찬 헐렁하고 낡은 유니폼을 입은 채 햇빛에 탈색된 자그마한 글러브를 끼고 수비에 나서는 모습을 그려보았다. 그 야구선수들의 이름이 그의 철야기도, 영원히 변치 않는 단어들로 이루어진, 하느님에 대한 그의 경건한 기원이었다. 그는 오줌을 싸거나 침을 뱉기 위해 아래층으로 갔다. 꿈을 꾸며 그는 창문 옆에 서 있었다. 이게 바로 빌이 자기 자신이라고 여기는 인간이었다. 이런 것들을 검토하지 않을 전기작가라면 (그의 전기작가가 나타날 것 같지는 않지만) 그의 진정한 전 생애와 뜻밖의 심연들을 결코 알지 못할 것이다.

아기 침 같은 냄새가 희미하게 나는 그의 책이 바로 문밖에 놓여 있다. 그는 그 책이 내는 장엄한 신음소리, 그의 내장에서 솟아나는 것과 똑같은 엄숙한 소리를 들었다.

아침이 되자 문을 두드리는 소리가 들렸다. 빌은 옷은 입고 신발과 양말은 벗어둔 채 쎄피아색 발톱을 깎으며 의자에 앉아 있었다. 방문자는 죠지 하다드였다. 빌은 그저 약간 놀랐을 뿐이다. 그는 다시 의자로 가 앉아서 발톱 손질을 계속했다. 죠지는 카펫이 깔리지 않은 구석에 팔짱을 낀 채 서 있었다.

"둘이 이야기를 좀 나눠야 한다고 생각했습니다." 그가 말했다. "에버슨 씨가 옆에 있을 때는 약간 방해를 받는다는 느낌이 들어서요. 더구나 폭탄이 터지는 곳에서는 생산적인 대화를 하기가 힘들기도 하고요. 어쨌거나 런던에서는 대화를 할 수가 없긴 하지만요. 런던은 서구세계에서 가장 최근에 생긴 언어의 공백이지요."

"우리가 서로 무슨 이야기를 나눠야 한다는 말이오?"

"그 젊은이는 구해낼 수가 없습니다. 석방이라는 말조차 쓸 수가 없겠군요. 우리가 그를 구해낼 수는 없어요. 조직의 압력이나 지속적인 경찰 감시가 없는 곳에서 하지 않으면 그의 목숨이 위태로울 겁니다."

"그의 석방이 언론과 연관돼 있다고 당신 입으로 말하지 않았소. 언론을 따돌리고 일을 하잔 말이오?"

"런던 계획은 실패했습니다. 모든 사람이 제각각의 이야기를 하고 있습니다. 누구도 핵심문제에 대해서는 말하고 있지 않습니다. 내 생각에는 이 작전의 규모를 축소해야 한다고 봅니다."

"폭발물이 이미 그렇게 만들지 않았소."

"근본적으로 축소해야 한다는 말입니다. 우리 단둘이서 어딘가 다른 곳에서 새로 이 일을 시작하자면 선생과 저는 서로를 충분히 신뢰할 필요가 있습니다. 저는 현재 아테네에 살고 있습니다. 현재 헬레닉-아메리칸 연구소에서 쎄미나를 주관하고 있습니다. 가능합니다. 제가 약속 따위를 할 수는 없겠지만, 말 그대로 그 지하실 문을 열어주고 인질을 풀어줄 수 있는 사람을 선생이 만나도록 제가 주선하는 게 가능하다는 말입니다."

빌은 아무 말도 하지 않았다. 잠시 시간이 흘렀다. 죠지가 창가의 의자에 앉았다.

"그날 저녁식사 때 여쭤보고 싶었던 게 있습니다."

"그게 뭐요?"

"워드프로쎄써를 쓰시나요?"

빌은 오른발을 굽혀서 왼손으로 잡고는 엄지발가락의 두껍고 딱딱한 발톱 안쪽 구석 아래로 손톱깎기의 둥근 날을 집어넣고 잠시 멈칫하더니 입을 쭈뼛거리며 아니라고 고개를 흔들었다.

"왜 여쭤보느냐 하면 저는 워드프로쎄써 없이 작업하는 것을 상상할 수가 없어서 말입니다. 단어와 문단을 옮기고, 수백 페이지를 옮기고, 바로 고칠 수도 있으니까요. 제가 강연 자료를 준비할 때 이 기계는 제 생각을 조직하는 데 도움을 주는 것 같단 말이죠. 수정할 수 있는 텍스트를 만들어주니까요. 선생만큼 반드시 수정을 하고 문장을 많이 가다듬는 분을 생각해보면 워드프로세써는 엄청난 축복이지요."

빌은 아니라고 고개를 흔들었다.

"저도 물론 선생이 아테네까지 가서 얻을 게 뭐가 있을까 자문해보았습니다. 지금 같은 상황에서 말이지요. 그 뭐랄까, 그레이 선생, 이 상황을 우리가 뭐라고 불렀으면 좋겠습니까?"

"불확실하지요."

"저는 자문해보았습니다. 그 사람이 응하겠는가? 얻을 것이 뭐가 있을까?"

"당신이 생각한 답은 무엇이오?"

"선생이 얻을 건 아무것도 없지요. 최소한의 어떤 것은 성취할 수 있다는 보장도 없으니까요. 위험만 있을 뿐이죠. 누가 자문하더라도 신상의 위험만 강조할 겁니다."

"셔츠를 하나 사야 할 것 같소." 빌이 말했다.

"아테네에서는 이야기를 나누는 게 가능합니다. 광적인 속도 저 아래에 이성과 냉정에 도움이 되고, 입장 차 해소에 도움이 될 만한 그런 뭔가가 있다고 봅니다. 사상 측면에서 선생과 저 사이에 뚜렷한 입장 차가 있다는 뜻은 아닙니다. 그레이 선생님, 우린 대화를 할 수 있습니다. 아무 장애 없이 말입니다. 누구도 주변에 와서 가이드라인을 정하거나 최후통첩을 할 수 없을 테니까요. 제 베란다에 가면 탁 트인 경관을 볼 수도 있습니다."

빌은 의사들과 함께 아침식사를 했다. 정오 직전에 가방을 싼 그는 열린 문 옆에 잠시 멈추어서서 뭔가 남겨놓은 것이 없는지 살펴보려고 방 안을 되돌아보았다. 그는 로비로 내려가서 퇴실 절차를 밟은 뒤 두어 구역을 지나 택시승강장 쪽으로 걸어갔다. 왼쪽을 보고. 오른쪽을 보고. 그는 찰리가 거울 앞에 서서 화사한 넥타이를 매며 전화가 오기를 기다리는 모습을 상상해보았다. 택시 한대가 코너를 돌아 그에게 다가왔다. 어두운 표면이 정오의 햇볕에 잘 어울렸다. 그는 택시에 올라타 차창을 내린 뒤 뒤로 물러앉았다. 처음으로 그는 그 인질에 대해 생각했다.

10

스콧은 아직도 목록을 작성하고 있었다. 이제 5월 막바지에 접어들었다. 해야 할 일들의 목록을 만들고, 할일은 하고, 하나씩 하나씩 계획을 점검하고, 방을 하나씩 정리해나갔다. 물론 사물의 목록이 사물 자체이기도 했다. 목록에 있는 어느 항목에서 또 하나의 목록이 만들어질 수도 있었다. 조심하지 않으면 목록에만 얽매여 해야 할 일들을 놓칠 수도 있다는 사실을 그는 잘 알고 있었다. 목록들에는 팽팽하고 깔끔한 기쁨이 있었다. 목록을 만들고, 업무를 완성하면 그 항목을 가위표로 지웠다. 그것은 작지만 오붓한 만족, 새로운 실체를 향한 작업의 하나였다.

스콧은 캐런이 어디 있는지는 알았지만 이 지랄 같은 빌 선생으로부터는 소식 한마디 없었다.

그는 집 전체를 둘러보며 해야 할 일들을 메모하는 한편 당장 할 일들을 정했다. 고지서나 우편물, 정보의 사소한 틈새 메우기나 긁어모으기, 모든 서류의 재정리 등등. 이 목록들과 업무의 핵심은 하나의 업무를 수행하고 나서 목록의

해당 항목을 지우거나 끝마친 목록을 구겨서 버린 뒤 만족감을 느끼며 마침내 세상과의 접촉에서 차단되고 목록이 없는 환경 속에서 일어서면 혼자서도 헤쳐나갈 수 있음을 스스로 증명하는 것이나 마찬가지인 듯했다.

이제 스콧은 작업실 책상 앞에 앉아서 타자기를 청소했다. 글자판 위를 입으로 불고, 젖은 걸레로 운모판 위의 먼지와 머리카락을 꺼냈다. 그는 왼쪽 서랍을 열면서 목록에 적힌 주요 항목을 생각했다. 독자 편지를 다시 정돈하는 일이었다. 서랍에는 낡은 손목시계 두어 개와 스탬프 몇개, 고무밴드 몇개, 지우개와 외국 동전들이 들어 있었다.

빌은 목록을 만드는 소설가가 아니었다. 그는 문장을 너무 길게 늘어뜨릴 경우 그 문장의 무게와 날이 상실된다고 믿었으며 지명 열거나 목록 만들기, 사물이나 단어들의 연관성 꿰뚫어보기, 새로운 충만으로 요동치는, 그런 숨쉬는 문장들에 대해서는 털끝만큼의 기쁨도 느끼지 못하는 것 같았다.

스콧은 일어서서 빌의 장편소설 구상으로 벽에 붙어 있는 차트들을 바라보았다. 8년도 더 넘게 이곳에 머물면서 그는 지금처럼 자세히 그것들을 살펴본 적이 없었다. 신비스러운 낙서로 가득 찬 큼직하고 낡은 종이들. 벽에다 종이를 고정한 테이프마저 햇볕에 빛이 바랜 채 처져 있었다. 살펴볼 만한 흥미로운 것들도 있었다. 그 모든 화살표와 휘갈겨 쓴 글자들과 그림문자들, 모양이 다른 요소들을 연결해주는 선들. 여기에 뭔가 원시적이고 대담한 성격의 것이 있었다.

적어도 각각의 종이를 점검하고 있는 스콧에게는 그렇게 보였다. 꼬부라진 곡선들과 돌진하는 꼬리선들로 연결된 채 서로를 끌어당기려 애쓰는 주제들과 등장인물들, 서로 만나고 지지해주려는 강박적 욕구. 오랫동안 고통받고 있는 빌의 책. 그리고 몇해 전 어느날 정신이 맑은 반주정뱅이 상태가 되어 빌 자신이 목을 긁는 듯한 목소리로 했던 바로 그 말. "이야기가 우리의 공포를 흡수하지 못한다면 쓸모가 없지."

찰스 에버슨은 전화 응답을 주지 않고 있다. 빌이 어디 있는지 알지 못하거나 알더라도 스콧에게는 말해주려 들지 않는 것이다. 이게 바로 빌이 종적을 감춘 사건의 본질이라고 스콧은 생각했다. 스콧은 그것을 일종의 위장된 사망으로 이해했다.

그는 다시 책상 앞에 앉아 얼굴을 자판에 갖다대고 입김을 세게 불었다.

빌은 은신처에서 나오기를 원해서가 아니라 더 깊숙이 은신하고 싶었기 때문에 사진을 찍었던 것이다. 그는 자기 은거의 조건들을 수정하길 원했다. 그는 자신의 잠복을 굳건히 해줄 강력한 이유가 될 만한 노출이 필요했던 것이다. 여러 해 전에 빌이 죽었다거나, 빌이 매니토바에 있다거나, 빌이 가명으로 살아가고 있다거나, 빌이 단 한 자도 더 쓰지는 않을 거라는 등의 이야기들이 있었다. 그런 이야기들은 세상에서 가장 오래된 이야기들인데, 빌에 관한 것이라기보다는 신비로운 이야기나 전설에 대한 뭇사람들의 욕구에 관한 이야기들이다. 지금 빌은 스스로의 죽음과 부활이라는 순환을 고안해내고 있는 것이다. 이 사실은 스콧으로 하여금 시야에서 갑자기 사라졌다가 메시아처럼 다시 나타남으로써 권능을 재생시키는 위대한 지도자들을 연상하게 만들었다. 마오 쩌뚱도 물론 그렇다. 마오는 사망했다고 언론에서 여러 번 보도되었다. 죽었거나 노쇠했거나 병이 깊어서 혁명을 이끌 수가 없다고 보도되었다. 스콧은 최근 오랫동안 종적을 감추었다가 일흔둘의 나이에 14킬로미터나 헤엄쳤다는 그 유명한 일화 도중에 찍은 마오의 사진 한장을 본 적이 있다. 양쯔강 위로 솟구치는 피부만 남은 마오의 늙은 머리가 신과도 같았고 우스꽝스럽기도 했다.

그가 오른쪽 서랍을 열자 외국 동전 몇개가 더 나오고 바인더 클립이 몇개 나오고 시효가 지난 운전면허증들이 나왔다. 그는 캐런이 어디 있는지 알았다. 멍한 얼굴로 맨해튼에서 모든 감각기관을 작동시키고 있을 것이다. 다음으로 중요한 항목은 독자 편지였다. 시간순으로 정돈된 그것들을 끄집어내서 나라별, 주별로 정돈해야 하는 일.

그는 글자판에 얼굴을 대고 입김을 불었다.

그는 타자기 앞쪽 끝을 들어올린 뒤 젖은 천으로 운모판을 닦으며 먼지와 머리카락을 꺼냈다.

마오는 자신의 복귀를 알리고, 활력을 과시하고, 혁명을 고양시키기 위해 사진을 이용했다. 빌의 사진은 죽음에 대한 부고였다. 그의 모습이 아직 대중에게 공개되지도 않았는데 그는 사라졌다. 심지어 지난 여러 해 동안 자신이 사랑하고 믿었던 사람들 곁에서 완전히 사라지기 위해 빌에게는 결정적인 전환이 필요했다. 그는 자기만의 방식으로 돌아올 것이다. 더 멀리 떨어진 다른 어떤 곳에서 살아가거나 이런저런 위장을 한 채 살게 되거나. 스콧은 사진이 그를 더 늙어 보이게 할 거라고 생각했다. 사진 때문에 늙어 보인다는 의미가 아니라, 사진을 찍었다는 사실 때문에 그가 더 늙어 보일 거라는 의미에서. 그 사진이 변신의 수단이 될 것이다. 그것은 빌이 세상에 어떻게 보일지 그에게 알려주고 그가 떠나기 위한 확고한 출발점을 제공할 것이다. 우리의 모습을 닮은 사진들은 우리로 하여금 선택을 하게 만든다. 우리는 우리들 사진 속으로 여행하거나 우리들 사진에서 벗어나 여행을 한다.

스콧이 중간 서랍을 열자 작고 검은 붓이 하나, 스탬프 몇개, 고무밴드 몇개와 일전짜리 납 동전들과 타자기 수정액 한병이 나왔다.

빌은 책으로 다시 돌아올 것이다. 이게 바로 빌의 복귀의 본질이었다. 그는 새로운 에너지를 가지고 소설작업을 할 것이다. 다시 잘라 붙이고, 중심부분을 들어내고, 일요일까지는 여섯 가지 방식으로 분해해낼 것이다. 이제 그는 새로운 사람일 테니까. 빌은 재구성된 비밀의 힘을 소유하게 될 것이다. 스콧은 그가 책상에 웅크린 채 말들의 오래되고 메마른 영토를 여행하는 상상을 했다.

그는 타자기 덮개를 열고는 검은 붓으로 해머들을 닦았다.

그는 글자판에 얼굴을 대고 입김을 불었다.

빌이 나타나지 않으면 캐런의 생활에는 중심이 없다. 그녀는 완전히 표류한 채 헛돌 뿐이다. 스콧은 표현할 수 없는 여러 가지 이유로 캐런이 그리웠다. 그에겐 기억된 육체만 남아 있었다. 그 영원의 체형과 율동, 몸을 웅크리거나 비틀던 그녀의 모습, 곧 다가올 그 순간이 두려운 듯 멍해진 눈, 그리고는 마지막까지 참았던 그 동작 위로 쏟아지는 그 모든 소리들. 그것은 그의 뇌 속에서 성냥불처럼 폭발했다. 그는 그녀를 반쯤 미워하면서도 그녀가 돌아오기를 간절히 원했다. 그녀는 하나의 사랑, 일상적 경이, 누이가 되었으면 하고 꿈을 꾸다가도 깨어나보면 침대 위 그의 곁에서 발견되는, 부끄러움도 모순도 없는 그런 사람이었다. 마룻바닥이 삐걱거리는 소리를 들을 때마다 그녀는 그것이 무장괴한의 침입이라고 생각했다. 단 한 번도 이름지을 수 없었던 경계의 자세. 그녀는 스콧에게 말하곤 했다. 내가 무슨 생각을 하는지 사람들이 알면 나를 영원히 격리시킬 거예요. 아니, 우리 둘을 함께 격리시킬 거야, 그가 말했다. 그들이 우리 둘을 격리시켜놓은 거예요. 우리는 우리가 하는 이런저런 생각 때문에 격리된 거란 말이에요. 우리가 우리 스스로를 격리시킨 거야, 그가 말했다. 목록이 주는 쾌락. 낡고 검은 글자판들이 오랜 세월 동안의 열렬한 앞발질로 인해 얼룩져 있었다. 그는 젖은 천을 이용해서 한번에 글자판을 하나씩 닦았다. 이 조그마한 수리작업 속에 행복이 있었다, 지속의 위엄이.

에버슨은 고층의 요새에 앉은 채 입을 봉해버렸다. 강을 헤엄쳐 건너는 마오. 일전에 스콧은 텔레비전에서 중국 시골지역 여행객이 찍은 장면을 하나 보았는데, 이상한 것들이 나왔다. 그것은 강가에서 회합을 하고 있는 중국 기독교 종파를 보여주었는데, 그들은 승천중이었고 젊은 남녀가 두 팔을 높이 든 채 뒤뚱거리고 휘청거리며 강물 속으로 걸어 들어갔고 많은 사람들이 하류로 휩쓸려내려갔다. 그 영상은 화면이 흔들렸고 착란의 요소, 비정상적 주체성의 요소, 믿기 힘든 즉석 아마추어 같은 속도감이 느껴졌다. 방송사에서는 슬로우모션이나 정지화면을 이용하여 물에 떠 있는 사람 머리를 돌리면서 보여주더니 다시 처음부터 새로 보여주었다. 대체로 흰 옷을 입은 사람들이 둘씩 셋씩 짝을 지어 강으로 행진해들어가고 머리가 사라진 뒤에도 팔들은 허공을 날고 있었다. 캐런은 여기 없어서 그 장면을 보지 못했다. 캐런이 참으로 좋아했을 장면인데. 캐런은 표류한 채 헛돌 뿐이다. 스콧은 벽의 차트들을 바라보았다. 그는 독자 편지를 지역별로 정리하거나, 어쩌면 책 하나하나에 맞게 정돈할 수도 있을 것이라고 생각했다. 비록 많은 편지가 두 책 모두를 언급하거나 아예 책에 대한 언급이 없거나, 철학적 내용, 작가의 욕망에 관한 이야기, 진실성과 무효에 관한 것들이긴 했지만. 빌은 자신의 사진으로부터 은둔하고 있는 것이다. 그는 과거에 약물로 치료할 수 있는 질병들을 인상깊은 방식으로 앓던 것처럼 지랄 같은 방식으로 지금 이 모든 지랄 같은 일을 꾸미고 있는 것이다.

그는 글자판에 얼굴을 대고 입김을 불었다.

파일을 넣기 위해 깊게 만든 오른쪽 아래 서랍을 열자 옛

날 여권 몇개, 낡은 지폐 몇장, 빌의 딸 리즈에게서 온 엽서 몇장이 보였다.

물론 빌의 귀환은 스콧이 없으면 완벽해질 수가 없었다. 때가 되면 빌이 그에게 연락할 것이다. 전화를 걸고는 몇가지 간략한 지시를 하겠지. 그러면 스콧은 집과 가구들을 처분하고, 팔 것은 팔고 폐쇄할 계좌는 폐쇄하는 등 법률적인 조치를 모두 취한 뒤 여러 날에 걸쳐 원고와 책을 싸서 빌에게 부칠 테고, 은밀하게 마지막 약속을 하고 자잘한 일들을 최종적으로 정리한 뒤, 한밤중에 차를 몰고 나가 빌을 만나 다시 새롭게 시작하겠지.

빌의 누나에게서 온 편지가 한 꾸러미 있었다. 빌이 중서부와 대평원의 여러 지역에서 누나와 함께 자랐다는 사실은 스콧도 알고 있었지만, 가장 최근에 온 편지가 11년 전 것이니 아마 그의 누나는 이미 죽었을지도 몰랐다. 그는 빌의 육군 제대 서류와 보험약관 몇가지와 출생신고필증이라고 쓰인 서류 하나를 발견했다. 신고필증 서류에는 주요 통계자료 기록을 위해 그의 출생기록이 아이오와 디모인 시의 주청에 보관되어 있다는 안내문이 있었다. 그 서류 하단부에는 상공부라고 표시된 직인이 찍혀 있었다. 서류에 기록된 날짜는 스콧이 서류나 양식에서 수도 없이 보아온 빌의 출생일과 일치했고 아기의 이름은 윌러드 스캔지 2세였다.

그는 글자판에 얼굴을 대고 입김을 불었다.

스콧은 난방장치 덮개 쪽으로 타자기와 다른 몇가지 물건을 옮긴 뒤 젖은 천으로 책상 표면을 닦았다.

그는 육군 제대증을 자세히 살펴보며 출생신고서에 있는 것과 동일한 이름을 확인했다.

빌은 자기 이야기를 쓰는 소설가가 아니었다. 그의 작품을 뒤지더라도 그의 인생 형성요소들에 대한 실마리들을 찾아낼 수는 없을 것이다. 그의 수액과 골수, 그의 영혼의 날카로운 주장이 우연히 어느 문장에 그대로 나타날 수도 있겠지만, 그의 기원이나 살았던 지역이나 아버지의 성격에 대해서는 어디서건 단 한 단어도 찾을 수 없을 것이다.

그는 타자기를 다시 책상 위로 되돌려놓았다.

어떤 은행 강도의 이름. 또는 머리 한가운데 가마가 있는 1930년대의 거친 웰터급 권투선수. 때를 기다리며 이 직장 저 직장을 떠돌던 은행 강도.

그는 편지 몇통을 읽어보았다. 리즈에게서 온 엽서도 읽었다. 그는 말소된 여권 속 사진을 살펴보고 낡은 페이지에 진하게 거미줄 모양으로 찍힌 장소 이름들을 읽어보았다. 그는 황혼이 짙어오자 의자를 점점 더 창가 쪽으로 옮기면서 빌의 누나 클레어에게서 온 나머지 편지들을 읽었다. 평범한 날씨 이야기와 아이들 이야기와 위막성 후두염, 줄이 쳐진 편지지 위의 창백한 푸른 잉크.

이 집에는 서류가 그토록 많았다.

그후 스콧은 전등을 켜고 저녁식사 시간이 될 때까지 목록작업을 계속했다.

그녀는 브리타의 집 건물에서 반구역쯤 떨어진 곳의 비

닐봉지 속에서 살고 있는 한 여자에게 말을 걸었다. 이 여자는 싸고 묶는 데는 일가견이 있었다. 생존이란 적대적인 관심을 야기할 위험을 피하기 위해 우리가 차지하는 공간을 줄여나가는 법을 배우는 것이다. 그것은 또한 우리가 소유한 것들을 다른 것 속에 감추어서 우리가 마치 하잘것없는 것을 소유한 듯 보이게 하는 것이기도 하다. 정말로 많은 것들이 감싸이고 묶여서 하나가 다른 하나 속에 감추어져 있고, 속삭임으로도 발설할 수 없는 사물의 은밀한 우주가 감춰져 있을 때, 비닐봉지 속에 또 비닐봉지가 있을 때, 게다가 그 여자 자신마저 자신의 소지품들과 함께 봉지 속 그 어딘가에 숨어 있을 때는 특히 그렇다. 캐런은 그 여자에게 말을 걸어 그 여자가 무엇을 먹었는지, 따뜻한 음식을 먹어본 적이 있는지, 그 여자가 필요한 것 중에서 캐런이 구해줄 수 있는 게 무엇인지 등을 물었다. 일상적인 대화. 그 여자가 그녀 쪽으로 내다보았다. 어두운 눈에 거무스름하게, 거의 반응을 보이지 않고, 얼굴 속으로 깊이 파고들어가서 이 여자의 질감이 되어버린 검버섯을 드러내 보였다.

불행한 사람들에게 건넬 만한 언어를 찾기란 힘든 일이다. 한 단어만 잘못되어도 그들의 눈은 허공을 불러들인다.

캐런은 지하철을 헤집고 다니면서 “내 옆구리엔 구멍이 여러 개 나 있소”라고 말하는 사내를 보았다. 돈을 구걸하거나 플라스틱 컵을 흔들거나 하지도 않았다. 불구의 몸일지라도 지하철 속에서 배우게 되는 그런 뻣뻣한 걸음걸이로 그는 그저 이칸 저칸을 옮겨다닐 뿐이었다. 그녀는 비상시에 무엇을 해야 하는지 스페인어로 된 안내문을 읽어보려 애썼다. "내 옆구리엔 구멍이 여러 개 나 있소." 지하터널과 도시의 토굴에는 사람들로 하여금 스스로가 예수라고 믿게 만드는 그 무엇이 틀림없이 있는 모양이었다.

업타운에는 넥타이를 헤드밴드처럼 맨 학생들이 있었다. 그들은 타이의 목 부분을 벌려서 이마 둘레에 맞춘 다음 매듭 부분은 오른쪽 귀 쪽으로 돌리고 중심부분이 어깨 위로 늘어지게 하고 다녔다. 가방으로 총을 쏘아대고 있었다. 다시 말해 이스라엘제 우지 단기관총 모양으로 가방을 허벅지에 올려놓고서는 입술을 쑥 내민 채 가상의 총탄을 갈겨대고 있었다. 캐런 고향에서는 천주교 계통의 남학교 애들만 교복을 입었다. 그녀는 스테이션왜건을 타고 다니는 수녀들이 기억났고, 풋볼경기장에서 수녀들 사이로 걸어다닌 일이 기억났다. 수녀들은 검은색과 흰색 옷을 입고 있었고 그녀는 색깔있는 옷을 입고 있었다.

대형 급수관이 터졌고, 난방용 파이프가 폭발했고, 석면이 도처에서 날아다녔고, 함몰된 포장도로에서 진흙이 뿜어져나왔으며, 사람들이 주변에 서서 말했다. "딱 베이루트 같군, 베이루트처럼 보여."

버스를 탈 때 정지신호를 누르려면 가느다란 줄 스위치를 눌러야 한다. 버스에는 영어가 쓰여 있고, 지하철에는 스페인어가 쓰여 있다. 모든 사람에게 그분이 임할 시간을 속히 예비하게 하라.

흰 운동화를 신은 색소폰 연주자가 한껏 웅크린 채 연주를 하고 있었다. 발끝 쪽으로 몸을 숙이고 무릎은 높이 꺾은 채, 낮게 걸린 금속 부분이 포장도로를 거의 긁을 지경이었고, 버스에, 자동차에, 트럭에, 인도 위에 판매용 잡지들이 널려 있었다. 『라이프』지나 『룩』지의 오래된 과월호들, 그 낡은 표지들의 관대함, 그것들이 하나의 동정과 위안으로 보이는 모습, 여러 해를 가로질러 우리를 용서하는 모습, 그리고 쌕소폰 연주자는 두 눈을 감고 소리에 맞춰 고개를 끄덕이고.

작업실에서 캐런은 수용소의 난민 사진을 보고 있었는데, 모서리 부분까지 사진 전체에 온통 뒤엉킨 소년들 모습뿐이었다. 그들은 대부분 핏기없는 손바닥을 드러내 보이며 절박하게 손짓하고 있었다. 모두가 똑같은 방향을 바라보고서, 모자를 쓰지 않은 소년들, 검은 얼굴들, 조명을 거머쥐려는 손바닥들, 그리고 사진 가장자리 밖에 수천명의 아이들이 더 있다는 사실을 우리는 알 수 있다. 하지만 빽빽하게 들어찬 채 서로 떠밀리면서도 손짓하는 사진 속 수백명의 아이들, 숨막힐 정도로 빼곡한 이 아이들의 사진 속에서 그녀는 근심에 찬 딱 한 명의 어른을 발견했다. 한 사내의 머리가 오른쪽 상단에 보였는데 그는 털실로 짠 모자를 쓰고, 아마도 조명으로부터 눈을 가리려는 듯 이마 근처에 손을 갖다 대고 있었다. 모든 아이들이 카메라를 보고 있었지만 이 사내는 비스듬히 서서 아이들 머리 너머로 프레임을 지나 사진 바깥을 내다보고 있었다. 그 사내는 관리나 지도자처럼 보이지는 않았다. 그는 그 무리의 일부이긴 했지만 어딘가 생뚱맞게 그곳에 끼어 있는 듯했다. 손짓하는 소년들로 가득 찬 이 사진 위쪽에 고정된 채. 사진 속 어디에도 땅이나 하늘이나 지평선의 모습은 보이지 않았다. 수없이 많은 머리와 손들만 있을 뿐. 그녀는 그 손짓이 먹을 것을 달라는 것일까, 먹을 것을 던져주세요라고 말하는 것일까 궁금했다. 카메라를 쳐다보며 찡그리고 있는 그 모든 소년들. 카메라 뒤쪽에 먹을 것이 가득 실린 트럭들이 있을까, 아니면 그저 카메라를 향해 손짓을 하고 있을까, 그들에게 먹을 것을 향한 통로를 보여주는 그런 카메라를 향해서? 한 사람이 카메라를 가지고 나타나면 그들은 그것이 먹을 것을 의미한다고 생각한다. 먹을 것이나 카메라가 아니라 군중 자체에 마음이 가 있는 것처럼 보이는, 길을 잃은 듯한 그 사내는 군중이 그를 짓밟아 뭉개기 전에 그곳을 빠져나올 수 있을까?

브리타가 말했다. "한동안 머물러도 괜찮아. 하지만 내가 너를 여기서 쫓아내야 한다는 것, 그것도 머지않아 그렇게 할 거라는 사실은 우리 둘 다 알고 있어. 그리고 말해두건대 빌은 이 근처에 절대로 없어."

"저는 길거리에서 우리 선생님 얼굴을 직접 대면하리라는 기대는 하지 않아요. 전 그저 한동안 스콧에게서 벗어나 있을 시간이 필요할 뿐이에요. 저는 빌 선생님을 마음속으로 찾고 있을 뿐이고, 선생님이 계실 만한 곳이 어딜까 생각만 하는 거죠."

"그렇다면 너와 스콧은."

"저는 거의 모든 면에서 스콧을 정말 사랑해요. 이런, 이

건 끔찍하게 들리는군요. 제가 한 말은 잊어버리세요. 우리는 전과 같은 방식으로 이야기하지 않게 되었을 뿐이에요. 우리는 사실 서로 이야기를 할 만한 힘도 잃어버렸어요. 우리는 상황이 나빠질 만큼 나빠지도록 내버려둔 뒤 일이 어떻게 되는지 보자고 암묵적으로 동의했어요. 곪아터질 때까지 그저 내버려두는 거죠. 빌 선생님의 집에서 우리끼리만 말이죠. 게다가 이 두 분은 매일같이 해야 할 일들을 계획하던 분들이에요. 끝없이 이야기를 나누는 거죠."

브리타는 작가들 사진을 찍기 위해 집을 떠나며 열쇠와 약간의 돈을 주었다. 그녀는 캐런에게 고양이 밥 주는 일과 문 잠그는 법과 경보씨스템에 대해 말과 글로 설명을 남겼다. 그리고 전화번호와 날짜도 남겨두었다. 쌘프란시스코, 토오꾜오, 서울.

캐런은 거리에서 경고의 분위기를 느꼈다. 몸이 불타오르는 느낌, 차량들과 사람들이 불타오르는 느낌, 팔 아래의 전율, 그리고 완전한 진실의 고통, 사방을 완전히 둘러싸고 신경 끝자락에서 타올라오는 고통, 뇌에 맺힌 흔적이 너무나 깊어서 피부를 뚫고 나올 지경이었다. 몇초 동안, 아니 어쩌면 30초 동안 그녀는 앞을 볼 수가 없었다. 아니면 그저 광채만, 강렬한 백색 그림자만 볼 수 있었는지 모른다. 그녀는 어지러움 때문에 한곳에 서서 다시 거리가 나타나 자신이 광채를 벗어나 사물을 접하게 되고 우리가 사물에 부여하는 단어들을 접할 수 있기만 기다렸다.

캐런은 택시를 잡아타고 건물로 돌아왔다. 그녀는 이곳

저곳에서 택시를 타기 시작했다. 아이티나 이란이나 스리랑카나 예멘에서 온 환상적인 이름의 사내들이 모는 노란 택시들. 그들의 이름은 너무 이상해서 그녀는 그들이 성을 맨 앞에 쓰는지 다른 순서를 따르는지 알 길이 없었다. 캐런은 그들에게 말을 걸었다. 넘쳐나는 얼굴들로 가득 찬 이 도시에 자유로이 던져진 그녀는 그 얼굴들을 분간할 방법이 필요했다. 한 사내가 예멘에서 왔다고 했을 때 그녀는 거기가 어떤 곳일지 애써 상상해보았다. 그녀는 시크교도들이나 이집트인들과도 말을 해보았다. 칸막이를 통해 소리를 치거나 현금 지불 구멍에 입을 대고 가족문제나 종교를 믿는 방식에 대해서 물어보았다. 그들이 동쪽을 향해 기도를 하는지도 물어보았다.

그녀는 쇼핑백이나 우유통이나 건물 벽에 붙은 포스터에 찍힌 실종 아동들의 사진을 보았다. 그러고는 영아를 유기하고 쓰레기통에 버리는 여자들 이야기를 들었다. 그녀는 이 공원을 택시 안에서 내다보았다. 이 행성의 표준적인 생활, 고층 유리건물 아래서 길을 건너는 회사원들, 우리를 논리적으로 목적지까지 데려다주는 버스에 앉아 있는 생활, 그럴싸하게 굴러가는 무기력한 표면을 바라보았다. 터널과 진입로에서 잠을 자는 육신들, 머리는 감추고 더러운 두 발은 밖으로 내놓고 무릎 근처에는 꾸러미들을 꼭 붙들고 있는 웅크린 육신들.

소니, 미타, 기린, 매그노, 미도리.

캐런은 꾸러미가 가득 실린 쇼핑카트를 밀고 가는 거무

스레한 얼굴의 사람들을 보면서 이들이 마치 성지 순례자들처럼 끝없이 걸어가고 있다는 생각도 들었지만, 어쩌면 다음 10분을 어떻게 견뎌낼지를 더 크게 고민하고 있을 것 같았다. 이제 우선순위가 계시되었으니 예루살렘은 잊어버리라고 생각하는 것처럼 보였다.

그녀는 거리로 내몰리는 사람들의 모습을 상상해보았다. 그녀가 마냥 걷고 있는 사람을 바라보면 그의 머리가 잘리거나 하는 모습이 보여 멍하니 정신이 들곤 했다. 또는 연석 밖으로 발을 헛디딘 사람을 보면 속력을 줄이는 자동차 모습이 그려지고 곧이어 그 사람이 온통 피에 젖어 도로에 누워 있는 모습이 보였다.

캐런은 이 공원에 왔다. 이 공원은 일단 들어서면 발걸음을 멈추게 되는 그런 곳이었다. 텐트로 이루어진 도시. 오두막과 판잣집들, 그녀는 그 단어를 생각하고 있었다. 달개지붕, 푸른색 비닐 덮개로 덮인 달개지붕, 상자와 화물용 컨테이너로 이루어진 그물망과 그 속에서 살아가는 사람들. 난민촌이나 먼지로 뒤덮인 어느 소도시의 구질구질한 외곽. 야외음악당 무대 위에는 깔개가 깔려 있고 몇개의 육신이 번잡하게 움직였다. 둔한 깔개 한 덩어리가 갑자기 위로 몸을 비틀더니 그 속에서 한 사내가 나와 무릎을 꿇고 기침을 하며 피를 토해냈다. 그녀는 두 다리를 곧추세우고 마치 스스로의 수줍은 호기심을 비웃거나 놀라움을 감추려는 것처럼 깡충거리듯 걸었다. 그 사내의 입에서 끈적끈적한 피가 고리처럼 이어져나왔다. 벤치에는 둘둘 말린 육신들이 있었고 어린이용 풀장 담에는 마르기를 기다리는 깔개들이 걸려 있었다. 그리고 임시로 피난처가 푸른색으로 늘어져 있고 상자로 지은 오두막과 목탄용 스토브와 면도용 거울이 있었으며, 오일 드럼통 안에 지펴진 불길에서는 연기가 솟아올랐다. 그것은 동떨어진 세상이면서도 바로 여기에 굳건히 있었다. 숨결과 살덩이로 이루어진 대량생산된 듯한 일련의 이미지들, 도처에는 다국적 영어처럼 들리는 언어, 낚아채고 덤벼들듯 부서지고 날조된 영어. 누더기옷을 막 걸치고 있는 사람들, 좀 덜 나쁘게 갖춰입은 사람들, 우유상자나 쇼핑카트에 소지품 꾸러미를 가지고 다니는 사람들. 그녀는 배달용 상자 바깥의 푹 꺼진 안락의자에 앉아 있는 사내를 보았는데, 그는 그늘진 어느 거리의 평범한 집주인 모습을 스케치만 한 뒤 채색은 완성하기 직전의 모습과도 흡사했다. 그는 평범한 목소리로 혼잣말을 하고 있었다. 교육을 좀 받고 한때는 재산도 있고 일가붙이도 있던 과거를 가진 사람 같았다. 이것은 그녀가 분명히 알 수 있었다. 혼자 지적이고 의미가 통하는 말을 중얼거리던 이 사내는 캐런이 서 있는 것을 보자 마치 두 사람이 늘 대화를 나누던 사이라도 되는 양 곧장 그녀에게 말을 붙였다. 그녀는 현재 자신이 서 있는 곳, 야외음악당에서 떨어진 이곳에서 더 많은 수의 육신들이 바삐 움직이는 것을 볼 수 있었고 기침소리도 들을 수 있었다. 그녀는 무대 저 안쪽 깊숙이 깔개가 널려 있고 도처에서 사람들이 천천히 퍼져가는 물결처럼 신음소리를 내며 움직인다는 것을 알 수 있었다. 아니면 움직이지 않은 채 꼼짝 않고 누워 있는 반쪽의 형상들, 뛰는 심장과 얼굴과 이름들.

그녀는 스스로의 놀라움에 적응하기 위해 천천히 걸어야만 했다. 그녀는 고양이 밥을 주기 위해 집으로 갔지만 자메이카 사람이 모는 택시를 타고 톰킨스 스퀘어라고 말하며 곧장 다시 돌아왔다. 10에이커 남짓 되는 이 공원에는 비둘기들이 도처에 걸어다니고 있었지만 단 한 마리도 날지는 않았다. 심지어 그녀가 발길질로 몇마리를 쫓아버리려 해도 종종걸음이나 칠 뿐 놀란 날갯짓도 하지 않았다. 옹기종기 모여앉은 사람들과 크게 무리지은 사람들이 있었고 저녁이 다가오고 있었다. 누군가가 꼬챙이에 고기를 끼워서 요리를 했고, 멀지 않은 곳에서는 싸움이 벌어지고 있었다. 남자 하나와 여자 하나가 한 노인을 뒤로 밀치자 그 노인은 그들의 손을 맞받아치다가 몸이 뒤틀리더니 쿵 하고 땅에 세게 내리꽂혔다. 이 모든 일이 배경 속으로 흡수돼버렸다. 세상사란 언제나 덧없고 오래 지속되기가 어려운 법이다. 소형 경찰차가 마치 일간지 만화처럼 근처를 지나가버렸다.

밤이 되자 캐런은 전면에 코카콜라 병이 겹겹이 그려진 운동복을 입은 키가 큰 어떤 아이와 이야기를 나누었다. 그 아이는 공원 언저리에서 마리화나를 팔면서 연초요 연초, 연초요 연초, 외치고 있었다. 되뇌는 동안 그 아이의 목소리는 점차 낮아져서 마지막에는 고양이 새끼처럼 쉿 소리를 냈다. 지나가는 사람들이 그애를 오마르라고 불렀다. 그 아이는 얼굴이 길고 이마가 경사졌으며 얇은 턱을 하고 있었는데 거미줄처럼 뒤엉킨 머리는 두피에 찰싹 붙인 채 너무나 가지런하고 넓게 가르마를 타서 마치 지도처럼 뚜렷한 대조와 정밀함을 보여주었다.

넘어진 늙은이는 아직도 너부러진 채 뒷주머니에서 무언가를 꺼내려고 애를 쓰고 있었다. 누더기 외투를 걸치고 야구모자를 쓰고 굽이 높은 운동화를 신은 나이든 백인 하나가 그 옆을 지나가자 두 사람 사이에 대화가 오갔다.

오마르가 말했다. "어떤 경우에는 정서장애자도 있는데, 그러면 경찰이 와서 스턴 건이나 눈을 멀게 하는 총을 쏘곤 해요."

"모든 장비를 다 갖추었군."

"그들은 5만 볼트의 전기충격을 가하는 총도 가지고 있어요. 그런데 놀랍게도 어떤 때는 그 총마저도 사람을 천천히 주저앉히기만 해요. 총을 또 쏘면 다시 일어나죠. 아드레날린 덕분이죠."

"정서장애자가 무슨 뜻이니?"

"정서적으로 장애가 있는 사람 말입니다. 각성제나 코카인을 하면 사람들이 그렇게 되는 거죠? 아드레날린과 체온에 모두 작용하는 겁니다. 둥실 떠오른다는 말이 정말 딱 들어맞아요."

야외음악당 무대 위에서는 사람들이 여전히 일어나 앉거나 잠자리에 들거나 멍한 눈으로 앉아 있거나 침낭 지퍼를 열거나 담배를 피우거나 끝없이 드르렁거리며 코를 골거나 하고 있었다. 또한 고백과 응답이 있어서 캐런은 마치 정식

기도를 하는 것인가 하고 생각했다. 반쪽 단어와 꿈속의 울부짖음과 너털웃음과 중얼거림. 하나의 목소리에 다른 목소리가 응답하고, 숨이 차서 내뱉는 험담엔 욕설이 뒤따랐다. 꺼져가는 푸른 플라스틱 달개지붕 위에 성조기 조각이 붙어 있었다. 남자 하나와 여자 하나가 비치 파라솔 아래 앉아 있었다. 어떤 여자가 오렌지 껍질을 깠다. 머리카락 색깔과 어깨와 등짝 모습이 빌과 똑같이 생긴 남자 하나가 윗옷을 벗은 채 벤치에 얼굴을 파묻고 자고 있었다.

그녀는 오마르가 중얼거리는 소리를 들었다. 한 봉지 10전, 봉지에 10전, 봉지에 10전.

어떤 사람이 상자에서 기어나와 몸을 떨며 일어서더니 입에 저속한 욕을 달고 그녀 뒤를 따라오면서 끈질기게 뭔가를 요구했다. 이곳에 온 이래로 그녀는 처음으로 그 사람들이 자기를 주목할 수도 있다는 사실을 깨달았다. 이곳의 절망도 그녀를 숨겨주지는 못한다는 사실을 깨달은 것이다. 이곳은 일반 공원이 아니라 모든 것이 가치에 의해 가늠되는 사느냐 죽느냐 하는 영역이었다. 그녀는 그 사람들이 그녀를 주목했다는 사실을 알아챘다. 그건 하나의 충격이었다. 그녀가 그 사내에게 1달러를 주니 그는 서서 그걸 살펴보다가 화가 치민 채 그것을 뚫어지게 쳐다보며 그늘 속에서 혼자 중얼거렸다.

그녀는 담장 너머에서 들려오는 소리, 뚜렷한 여자의 목소리를 들었다. "참 좋은 봄날 밤이구나." 그 말이 캐런을 놀라게 했다. 말하는 그 여자의 생기와 기쁨이, 흩어진 단순한 단어 몇개가 통과한 그 먼 거리가 그녀를 놀라게 했다.

그녀는 자기가 1달러를 주었을 때 그 사내가 따라붙기를 그만두지 않았더라면 어떤 일이 벌어졌을지 생각해보았다. 그 사내를 따돌릴 만한 돈이 자기에게 없었더라면 무슨 일이 벌어졌을지 생각해보았다.

오마르가 그녀에게 말했다. "일단 길거리에서 한번 노숙을 하면 길거리만 남게 되지요. 제 말 아시겠어요. 이 사람들은 이야길 하거나 생각을 할 게 하나밖에 없는데 그건 바로 그들이 살고 있는 코딱지만한 개구멍이에요. 그 개구멍이 작으면 작을수록 삶에 더 크게 얽매인다는 말씀입니다. 제 말 아시겠어요. 개지랄같이 큰 단독저택에서 살면 한달에 두어 번, 모두 합해봐야 10초 정도만 그 집에 대해 생각하면 되지요. 개구멍 속에서 살면 하루 온종일 신경을 써야 해요. 사람들이 개구멍을 반토막 낼 수도 있으니까 그걸 살 만하게 유지하려면 두 배는 더 힘을 들여야 한다는 겁니다. 제가 본 것을 이야기하는 겁니다."

캐런은 달개지붕과 텐트 속에 쭈그러져 있는 육신들을 생각해보았다. 남자인지 여자인지도 알아보기 힘든 형상으로 눅눅한 옷을 입은 채 골판지나 세월의 쓰레기로 더럽혀진 주워온 매트리스 행렬 위에 잠들어 있는 그 육신들.

그녀가 오마르를 찾으려고 주위를 둘러보았지만 그는 이미 가고 없었다.

싸매고 묶인 채로 꾸러미처럼 한구석에 놓여 있는 온갖 물건들, 하나의 물건인 양 감추어진 여러 가지 물건들, 하나의 물건 안에 또다른 물건들, 하나의 삶을 살아가는 무한의 접이식 체계. 그녀는 꿈꾸는 영혼들의 부스럭거리는 소리와 중얼거리는 소리를 들으며 동쪽에서 서쪽으로 공원을 가로질러 걸었다.

아침이 되자 그녀는 돈으로 바꿀 수 있는 병과 깡통, 그밖에 어떤 것이건 찾기 위해 쓰레기통과 도로 연석, 식당 뒷골목에 쌓인 쓰레기봉지를 뒤지고 다녔다. 병, 성냥갑, 바닥이 휜 신발, 그밖에도 재활용할 수 있는 여러 가지 문화 퇴적물들이 어둠속에 묻혀 있을 수 있으니까. 그녀는 이런 것들을 공원으로 가지고 가서 달개지붕 입구에 두거나 아무도 없는 게 확실한 경우에는 안쪽에다 밀어넣어두었다. 그녀는 냄새나는 뒷골목으로 숨어들어 쓰레기봉지의 매듭을 풀고 쓰레기는 쏟아버린 뒤 봉지만 가지고 왔다. 그건 메리어트 호텔 로비에서 패랭이꽃을 팔던 일과 완전히 다르지 않았다. 그녀는 쓰레기통 위에 서서 쓰레기 분쇄소의 대형 수납기를 통과하며 석고판과 못, 합판 조각들을 주워모았다. 돈으로 바꿀 수 있는 병과 깡통이 그녀의 주된 사명이었다.

한 남자가 그녀에게 잘린 팔을 보여주며 잔돈을 구걸했다. 그녀는 부서진 우산이나, 씻으면 먹을 수 있는 멍든 과일을 찾았다. 그녀는 그 과일을 씻어서 공원으로 가지고 갔다. 그녀는 모든 것을 공원으로 가져갔다. 그녀는 물건들을 오두막 안에 두었다. 그녀는 사람들이 공원 벤치에 벽을 만들고 비스듬히 지붕을 만들어서 집으로 삼는 것을 보았다. 어떤 이가 관리실 건물 담벼락에다 큰 소리로 구토를 하는데도 카키색 복장의 공원관리청 직원이 눈길 한번 주지 않고 지나가는 것을 보았다. 담을 타고 미끄러져내리는 일상화된 위황병 찌꺼기. 그녀는 야외음악당에서 깔개에서 벗어나려고 애쓰며 헐떡거리는 사람들의 모습을 보았다. 푸른 야영지 위에 널찍이 걸려 있는 햇빛과 하늘을 멍하니 올려다보고 있는 사람들.

오로지 메시아의 봉인을 받은 자들만 살아남을 수 있다.

11

빌은 종교용 상품을 파는 가게 바깥에 서 있었다. 머리 뒤로 밝은 후광이 비치는 성자들의 이미지를 새겨넣은 여러 가지 대형 메달들. 이들이 성물을 여기다 모아놓았구나, 빌은 생각했다. 많은 성자들의 이름을 외우고, 그 이름들을 창문에 새기고, 후광이나 십자가나 방패나 창을 사는 데 드는 돈을 아까워하지 말지어다. 성직자들 또한 저주스러우리만치 인상적이었다. 둥근 모자를 쓰고, 강렬한 턱수염을 기르고, 너풀거리는 성복을 입은 성직자들을 빌은 도처에서 보았다. 하나같이 건강해 보였다. 심지어 나이든 이들마저 건강해 보였다. 그들은 신앙과 미신의 거대한 검은 선박이며, 민족의 기억에 고정된 채 어떤 면에서는 죽음을 넘어서 있다고 빌은 생각했다.

방에서 빌은 인질에 대해 생각해보았다. 스스로를 그의 위치에, 열기와 고통 속에, 문명화된 불안의 느낌 바깥에 두어보려고 애를 썼다. 빌은 극단의 고립을 안다는 게 어떤 것인지 상상해보고 싶었다. 총에 의한 고독. 그는 장 끌로드의 시편들을 여러 번 읽었다. 그 친구는 결코 파악이 되지 않는 스위스인이었다. 빌은 그의 얼굴, 머리, 눈 색깔을 생각해보려고 애썼다. 그 방의 색깔, 벽에 칠해진 희미한 페인트를 보는 듯했다. 빌은 정확한 사물들을 그려보려고 애썼다. 잠시나마 그것들이 내재적으로 빛이 나게 했다. 음식 그릇 하나, 사유와 인식과 기억과 느낌과 의지와 상상력으로 빚어진 숟가락 하나.

그는 죠지 하다드를 만나러 갔다.

"무엇을 드시겠습니까, 그레이 선생님?"

"작은 잔에 부드럽게 따른 이 지역의 브랜디 조금만 주시오."

"오늘은 무슨 이야길 하고 싶으신지요?"

"쎔텍스 H."

"저는 그 건물에 설치되었던 폭발물과는 아무 상관이 없다는 걸 말씀드려야겠군요."

"하지만 누가 그랬는지는 알지 않소."

"저는 한 개인에 불과합니다. 저는 착상단계에서 관여할 뿐입니다. 인질사업은 복잡한 당파적 문제 때문에 유행하게 된 거예요. 제가 중요한 것들을 알 거라고 생각하지는 마십시오. 사실 극히 조금밖에 모르고요."

"하지만 당신은 많은 걸 아는 사람들과 관계를 맺고 있지 않소."

"특별 분과나 그렇게 말하겠지요."

"그리고 누군가는 물망에 오를 만한 작가들을 유심히 관찰하면 흥미가 있을 거라고 생각했겠지."

죠지가 고개를 들고 쳐다보았다. 그는 주름진 흰색 셔츠를 입고 옷깃을 열어둔 채 소매를 걷어붙이고 있었으며 얇은 천으로 속옷이 비쳐 보였다. 빌은 그가 방을 한바퀴 걸어서 자신의 스카치위스키 잔으로 돌아오는 것을 바라보았다.

"이제 막 대화하기 시작한 단계입니다." 그가 마침내 말했다. "베이루트에서 한사람이 석방되면 런던에서 한사람이 인질이 되는 겁니다. 그러면 즉각 전세계적인 관심이 쏠리겠지요. 그런데 선생이 어디에 잡혀 있는지 알게 되면 영국 친구들이 즉시 행동에 나설 거라는 판단이 섰습니다. 순순히 받아들이기 힘든 위험한 상황이지요. 인질로 잡는 사람들이나 선생에게나 모두 말입니다."

"그리 슬픈 척하지 마시오." 빌이 말했다.

"선생의 안전을 가장 염두에 두었습니다. 선생의 석방은 며칠 안으로 이루어졌을 테고. 이런 것들이 어느 선에서 급히 논의된 적이 있습니다. 그것까지는 인정하겠습니다."

"그런데 폭탄이 터진 거로군. 그 문제를 생각하면 할수록 점점 더 이해가 가오. 나는 폭발은 예상하지 못했소. 하지만 두번째 폭발이 일어났을 때 나는 폭발 한가운데 있었고 그건 전적으로 논리에 맞는 거였소. 그건 타당하고 또 충분히 논증되었소. 애초부터 이 일에는 내게 직접 말을 걸어오는 그 무엇인가가 있었던 거요. 동료 작가에게 도움을 주기 위한 시 낭독보다 더 큰 그 무엇 말이오. 찰리가 설명을 마저 해주었을 때 나는 뭔가를 감지했소. 그리고 런던에서도 그랬소. 나는 우리가 소개를 받기도 전에 당신이 누군지 알아봤소. 내 손의 유리 조각을 빼내면서 나는 그것이 내 일생 동안 그곳에 박혀 있었다는 사실을 느꼈소."

"선생이 그 건물 가까이에 있으리란 건 아무도 몰랐습니다."

"그리 슬픈 척하지 말라니까."

"저는 아주 민감한 처지에 놓여 있습니다." 죠지가 말했다. "보세요, 저는 일이 이쯤에서 끝나길 바랍니다. 우리가 몇명의 언론인들을 모아놓으면, 선생이 우리 운동을 지지하는 선언을 한번 하고 인질도 풀려나고 우리 모두가 악수를 할 수 있습니다. 제가 선생에게 우리가 하는 운동이 지지할 만한 가치가 있다는 사실을 설득시킬 수 있다는 가정 아래서 말입니다."

"하지만 그게 당신의 가장 큰 문제는 아니지, 그렇지 않소?"

"사실은 아닙니다."

"당신 베이루트로부터 압력을 받고 있지. 그 친구들은 이 선에서 일이 끝나는 것을 원하지 않을 테니까."

"그 사람들은 제가 생각하는 걸 아직 이해도 못했을지 모릅니다. 그분이 아테네로 와서 선생을 만나고 언론에다 말하는 것 말입니다. 그게 소통에 대한 제 생각, 말하자면 두 분 사이에 영혼의 친밀성이 있을 거라는 제 생각에 잘 어울리는 겁니다. 지하세계의 두 거물들 사이에 말입니다. 어떤 면에서 두 분의 비중이 비슷하시니까."

문이 덜컥거리더니 죠지의 아내와 십대 딸아이가 들어왔다. 빌은 소개를 받기 위해 중간쯤에 가서 섰다. 고개가 약간 끄덕여지고 부끄러운 미소가 한순간 흘렀다. 그리고 그들이 아래층 홀로 내려갔다.

“그분은 스스로를 아부 라시드라고 부르십니다. 솔직히 말씀드리면 선생은 그분께 매료되실 겁니다.”

“항상 그런 식 아니오?”

“저는 아직도 그분이 이곳에 오시길 희망합니다.”

“하지만 그전에는.”

“우리 둘이 여기서 대화를 하는 거지요.”

“대화를 한다.”

“그렇죠.” 죠지가 말했다.

“지금껏 나는 소설가들과 테러리스트들이 일종의 제로썸 게임을 하고 있다고 생각해왔소.”

“흥미롭군요. 어떻게 그렇지요?”

“테러리스트가 얻는 걸 소설가들은 잃으니까. 대중의 의식에 그들이 영향을 미치는 크기는 감성과 사상의 형성자로서 우리가 쇠락하는 정도와 같으니까. 그들이 대변하는 위협은 우리가 행사하지 못하게 되는 위협의 크기와 일치한다는 말이오.”

“우리가 테러를 명확히 꿰뚫어보게 될수록 예술로부터 받는 영향은 더 적어진다는 말씀이군요.”

“내 생각엔, 그걸 측정만 할 수 있다면 이 관계는 긴밀하고 정확하다고 보오.”

"참 훌륭한 생각이십니다."

"그렇게 생각하시오?"

"정말 굉장한 생각이십니다."

"우리가 사물을 생각하고 바라보는 방식을 구현한 마지막 작가는 베케트라오. 그후의 주요 작품은 공중폭파와 무너진 건물들을 포함하고 있소. 이게 바로 새로운 비극적 서사란 말이오."

"선생이 그들을 우리 시대의 유일한 영웅들로 이제 솔직하게 인정하시니까 그들이 사람을 죽이고 불구로 만들기도 힘들게 되겠군요."

"그렇지 않소." 빌이 말했다.

"그들이 음지에서 살며 기꺼이 죽음과 함께하는 그런 태도 말입니다. 선생이 싫어하는 그 많은 것들을 그들도 싫어하는 그런 태도. 그들의 절제와 명석함. 그들 삶의 일관성. 그들이 자극하는 방식, 그들이 존경을 자극해내는 방식 말입니다. 불명료하고 과포화된 사회에서는 테러가 유일하게 의미있는 행위입니다. 모든 게 너무 많아졌고, 우리가 천번의 생애를 되살면서 음미해도 남을 만큼 메씨지와 의미들이 도처에 널려 있지요. 무기력-히스테리아. 역사가 가능한가요? 진지한 사람은 어디 있지요? 우리가 누굴 진지하게 여기는가요? 신앙을 위해 죽이고 죽는 죽음의 신도밖에 없지 않습니까. 다른 모든 것들은 흡수돼버리지요. 예술가도 흡수돼버리고, 길거리의 광인도 흡수돼서 관리되고 편입돼버리지요. 돈 몇푼 집어주고 텔레비전 광고에 내보내니까 말입니다. 테러리스트만이 체제 바깥에 서 있지요. 문화는 아직도 테러리스트를 동화시키는 방법을 찾아내지 못한 겁니다. 그들이 선량한 시민을 죽이면 혼란이 일어나지요. 하지만 그것이 바로 그들이 주목을 받기 위한 언어, 서구세계가 이해하는 유일한 언어가 아닌가요. 우리가 그들을 어떻게 보는가는 그들의 방식으로 결정하지요. 끝없이 쇄도하는 이미지의 물결을 지배하는 그들의 방식을 보십시오. 런던에서 제가 말하지 않았습니까, 그레이 선생님. 은밀한 삶, 모든 불인정과 무시 근저에 깔려 있는 분노를 이해하는 사람이 바로 소설가란 말입니다. 당신들은 절반의 살인자들인 셈입니다, 당신들 대부분이 말입니다."

죠지는 그와 같은 생각이 만족스럽고 매력적으로 느껴졌다. 그는 빌의 손사래와 부정의 뜻으로 흔드는 머리 사이로 미소를 지었다.

"그렇지 않소. 그건 순전히 신화란 말이오, 고독한 추방자로서의 테러리스트 말이오. 이 조직들은 억압적인 정권들의 지원을 받고 있소. 그들은 완벽한 소형 전체주의 국가들인 셈이지. 그들은 낡은 분노의 시선으로 파괴를 일삼고 전체주의 질서를 만들고 있소."

"테러는 골방에 있는 소수의 사람들로부터 시작합니다. 그들이 절제를 강조합니까? 그들의 의지를 누그러뜨릴 수 없습니까? 물론 그렇지요. 저는 선생이 한가지 입장을 취해야 한다고 생각합니다. 안전한 논리로 선생 자신을 위로하지는 마세요. 짓밟히고 무시당한 사람들을 한번 보세요. 그 사람들이 질서를 갈망합니까? 누가 그들에게 질서를 주지요? 마오 주석을 생각해보세요. 질서란 영구 혁명과 일치하는 겁니다."

"5천만 홍위병들을 생각해보시오."

"사실은 애들이었지요, 그레이 선생. 그건 신념에 관한 문제였습니다. 총명하고, 때로는 멍청하고, 때로는 잔혹했지요. 오늘날은 어떤가요. 어린 남자아이들이 도처에서 공격용 소총을 들고 있지요. 그 젊은이들은 완전히 성숙한 잔혹성과 단호함을 가지고 있습니다. 제가 런던에서 이야기했잖아요. 냉혹하면 할수록 더 잘 드러난다고요."

"그리고 한가지를 옹호하기가 힘들어질수록 당신들은 당신들 입장을 즐기게 되겠지. 또 하나의 단호함일세그려."

두 사람은 웅크리고 앉아 얼굴을 마주한 채 한잔씩 더 마셨다. 놋쇠 빛깔의 거리엔 오토바이들이 지나가고 있었다.

"당신이 대변하는 집단은 대체로 마오이즘을 따르는 조직이오, 죠지?"

"그것은 하나의 사상이지요. 시리아인들과 팔레스타인인들과 이스라엘인들이 없는 레바논, 이란 의용군과 종교전쟁이 없는 레바논을 그려보는 겁니다. 우리에겐 그 모든 쓰라린 역사를 초월한 모델이 하나 필요한 겁니다. 뭔가 거대하고 당당한 것 말이지요. 절대적 존재의 형상 같은 것 말입니다. 이 점이 중요합니다, 그레이 선생. 스스로를 재창조하려는 사회에서는 총체적인 정치, 총체적인 권위, 총체적인 존재가 필요하니까요."

"절대적인 권위가 필요하다는 사실을 내가 설혹 인정한다 할지라도, 내 작품은 나를 그것에서 멀어지게 한다오. 나 자신의 의식적 경험을 보면 전체주의가 왜 멸망하는지, 전체주의적 통제가 정신을 얼마나 황폐화시키는지, 내 소설의 등장인물들이 나의 철저한 통제 노력을 어떻게 거부하는지, 내게 내 속의 반대와 자발적 주장이 얼마나 절실한지, 내가 세상을 제압했다고 믿는 순간 세계가 나를 어떻게 짓뭉개버리는지를 잘 설명해주고 있소."

빌이 성냥 한개비에 불을 붙여 위로 들었다.

"내가 왜 소설의 가치를 믿는지 아시오? 그건 소설이 민주적 함성이기 때문이지. 누구나 위대한 소설, 하나 정도의 위대한 소설은 쓸 수가 있소. 길거리의 아마추어라도 말이오. 난 이걸 믿소, 죠지. 이름없는 막노동꾼이나 꿈도 하나 키우지 못한 무법자라도 앉아서 자기 목소리를 찾을 수가 있고 운이 좋으면 소설을 쓸 수도 있는 거지. 천사 같은 그 뭔가가 우리 입을 벌어지게 한단 말이오. 재능의 물보라, 생각의 물보라. 모호함, 모순, 속삭임, 암시. 이게 바로 당신들이 파괴하려는 것들이란 말이오."

그는 자신이 화가 났다는 사실을 알았다. 예상을 벗어난 일이었다.

"그리고 소설가가 재능을 상실하면 민주적인 죽음을 맞이하게 되지. 누구나 볼 수가 있으니까, 세상에 백일하에 드러난 희망이 없는 쓰레기 산문을 말이오."

더이상 약이 없었다. 섭취되고 흡수되었다. 그는 그게 무슨 문제냐고, 더이상 약은 필요하지도 않다고 생각하기로 했다. 호텔 근처의 약국에서 살 수 있는 약이 어떤 게 있는지 알아보고 싶지도 않았다. 그는 관계를 단절하긴 했지만 찰리네 대기업에 호텔비와 식대를 떠넘길 수 있을지 생각해보았다. 어쨌거나 인류 복지를 위한 일이니까.

술을 사려면 고개를 몇개 넘어야만 한다.

그는 성직자가 오는지 바깥을 살피면서 유서깊은 어느 교회 안에서 30초 동안 머물렀다. 그 교회는 너무 작아서 현대식 고층건물 기둥들 사이에 끼어 있었다. 시간의 덜컹거림으로부터 한사람쯤 겨우 대피할 만한 그곳엔 서늘한 어둠 속에 촛불이 타고 있었다.

그는 길을 자주 잃었다. 방을 나서서 엘리베이터를 타려고 왼쪽으로 돌아설 때마다 호텔 내부에서 길을 잃었는데, 엘리베이터는 항상 오른쪽에 있었다. 한번은 자신이 머무는 도시가 어딘지 망각하고 있다가 경계 임무를 마치고 막사로 돌아가는 네 명의 명예 근위병들이 인도에 서 있는 자신을 향해 행진해오는 것을 보았는데, 그들이 대검을 장착한 소총을 메고 장식이 달린 제복 상의와 주름치마 하의와 의장대용 덧신을 신고 있음을 보고서야 자신이 밀워키에 머물고 있는 게 아니라는 사실을 알아챘다.

그는 언덕 하나를 넘어 어느 식당에 당도한 뒤 다른 테이블 세 곳의 접시들을 손가락으로 가리키며 주문을 했다. 아무도 영어를 못한 것은 아니었다. 그들도 영어를 할 줄 안다는 사실을 그가 망각했거나 그 자신이 영어로 말하기를 원치 않았거나 둘 중 하나였다. 어쩌면 손가락으로 가리킨다는 생각이 마음에 들었는지도 모를 일이었다. 도덕적 엄격성을 고양시키는 데 도움이 될 만한 일로 생각하여 스스로 강제한 고독의 일종으로 점차 손가락질에 의존하게 될 수도 있었다. 게다가 그는 그때 더이상 중요하지 않은 것들이건 아직도 중요한 것들이건, 모든 과잉과 모든 필수적인 것들마저 제거해버리고 단어를 가지고 새로 시작해보는 건 어떨까 싶은 지경에 이르렀다.

하지만 그는 그 인질에 관해서는 뭔가를 쓰려고 노력했다. 그가 아는 한 글쓰기는 그에게 있어 하나의 주제에 관해 심도있게 생각해볼 수 있는 유일한 방식이었다. 그는 집을 떠나온 뒤 처음으로 그의 타자기가 그리워졌다. 그것은 기억과 참을성있는 사고를 위한 손도구였고 그의 삶의 경험을 담아내는 표기도구였다. 그는 타이핑된 글자를 더 잘 읽을 수 있었고 자신의 꾸불꾸불한 필기체에서 벗어나자마자 등장인물의 세계로 뛰어들어가는 문장들을 구성할 수가 있었다. 그는 오전 내내 호텔방에 앉아서 연필과 메모장에 익숙해지고 나서야 생각의 끈들을 천천히 이어나가서 말들이 그를 그 지하실로 인도하게 만들 수 있었다.

그와 하나가 되는 곳들을 찾아보자.

그의 시편들을 다시 읽어보자.

말로써 그의 얼굴과 두 손을 보자.

그가 평생을 사용한 스티로폼 매트는 하나의 깊은 얼룩

이었고 평생 지워지지 않을 고린내이다. 공기는 정지한 채 작은 입자들로 가득 차 있으며, 포격이 심해질 때면 벽에서 석회 먼지가 떨어져나온다. 그는 공기를 맛보며 공기가 두 눈과 두 귀에 내려앉는 것을 느낀다. 그들이 잊어버리고 수도관에서 그의 손을 풀어주지 않아서 소변을 보러 화장실에 갈 수가 없다. 신장의 통증은 시간이 되면 그를 괴롭히고 시간과 함께 장단을 맞추며 시간이 점차 느리게 흐르는 방식에 대해서도 이야기한다. 그들이 그에게 먹을 것을 주라고 보낸 사람은 말하는 것을 금지당하고 있다.

그들은 누구를 보낼까? 그는 어떤 옷을 입고 있을까?

인질은 세상에 찍힌 자신의 희미한 이미지를 감지하고, 자신의 고통이 만인을 수치스럽게 만드는 소박한 성자의 지위를 자신에게 부여했음을 알고 있다.

단순하게 생각하자, 빌.

죠지는 크랭크 손잡이를 이용하여 목제 셔터를 열었다. 빛과 소음이 방 안을 가득 채웠고 빌은 또 한잔을 더 따랐다. 그는 알약 삼키기를 그만둔 뒤로 증상이 말끔해졌음을 알았다.

"저는 선생님이 책을 한권 내야 한다고 믿습니다. 즉석에서 고쳐서 말입니다." 죠지가 말했다. "텍스트는 무게가 가볍고 다루기가 쉽습니다. 그건 제한하거나 방해하거나 하지 않지요. 지금 작업하고 있는 책에 문제라도 있다면 워드프로쎄써가 큰 도움이 될 겁니다."

"당신 지도자는 여기 오는 거요, 안 오는 거요?"

"저도 나름 최선을 다하고 있습니다."

"내가 여기서가 아니라 그쪽으로 가서 그자와 이야기할 수도 있으니 하는 말이오. 난 그래도 상관없소."

"절 믿으십시오. 상관이 있습니다."

"당신들은 방 안에 사람을 처넣고는 문을 잠그지. 여기엔 뭔가 침착하고 순수한 면이 있소. 단어와 문장을 생성해내는 정신을 파괴해버리자는 거겠지."

"한가지만 알려드리지요. 말이 신성하게 되는 데에는 상이한 방식들이 있습니다. 고귀한 시 한구절은 그것을 둘러싸고 있는 상황에 대해서는 무지하지요. 가난한 사람들, 젊은 사람들, 그들에 관해서는 무엇이건 쓸 수가 있지요. 마오가 한 말입니다. 그래서 그분도 쓰고 또 쓴 거지요. 마오는 대중들에게 새겨진 중국의 역사가 되었습니다. 그래서 그의 말이 영생을 얻은 거고요. 한 나라 전체에 의해서 연구되고 반복되고 기억되니까요."

"주문일 뿐이지. 정해진 말투와 구호를 합창하는 인민들."

"마오 시절의 중국에서 책 한권을 손에 들고 걸어가는 사람은 쾌락이나 유흥을 추구하지 않았어요. 그는 자신을 모든 중국인들과 하나가 되게 한 거라고요. 무슨 책이냐고요? 마오의 책 말이죠. 『마오 쩌뚱 어록』. 그 책은 인민들이 어디를 가건 지니고 다니던 바로 그 신념이지요. 그들은 그 책을 암송하고, 머리 위로 흔들고, 끊임없이 전시했습니다."

"저질 쎅스처럼. 복창, 복창, 또 복창."

"물론 그렇지요. 선생님이 그런 판에 박힌 반응을 보이시니 참 놀랍군요. 우리는 투쟁을 하는 데 지침이 되는 저작들은 잘 기억합니다. 하나의 저작을 기억함으로써 우리는 그것을 부패로부터 보호하는 겁니다. 그러면 손상되지 않고 보존되니까요. 아이들은 부모가 해준 이야기들을 기억하지요. 아이들은 똑같은 이야기를 원하고 또 원합니다. 한 단어라도 바꾸면 아이들은 엄청나게 당황하지요. 이게 바로 살아남기 위해서 모든 문화가 필요로 하는 불변의 서사입니다. 중국에서 그 서사는 마오의 것이었지요. 사람들은 혁명의 숙명성을 강조하기 위해 그것을 기억하고 암송했습니다. 그래서 마오의 경험은 외부세력에 의해 타락하지 않을 수 있었습니다. 그것은 수천만 수억 사람들의 살아 있는 기억이 되었고요. 마오에 대한 숭배는 그의 어록에 대한 숭배입니다. 그것은 단결에의 요청이자 모두가 똑같은 복장으로 함께 사고하는 대중에 대한 소환입니다. 여기에 아름다움이 보이지 않습니까? 특정 단어와 구절의 반복 속에 아름다움과 힘이 있지 않은가요? 당신들은 책을 읽으러 방으로 들어갑니다. 이 사람들은 자기들의 방에서 나왔고요. 그들은 책을 흔드는 군중이 되었습니다. 마오는 이렇게 말했지요. '우리의 신은 그 누구도 아닌 바로 중국 인민대중이다.' 그리고 이게 바로 당신들이 두려워하는 것, 역사가 군중의 손으로 넘어간다는 사실이겠지요."

"나는 그리 위대한 몽상가가 아니오, 죠지. 나는 도넛 만드는 사람처럼, 다만 좀 느리게 문장을 만드는 사람이오. 내게 역사 이야기는 하지 마시오."

"마오는 시인이었습니다. 중요한 측면에서 대중에게 의존한 무계급의 인간이면서 동시에 절대적인 존재이기도 했고요. 문장 만드시는 그레이 선생이시라. 저는 선생이 실제로 그렇게 사시는 게 훤히 들여다보입니다. 통이 넓은 면바지와 면셔츠를 입고 자전거를 타면서 골방에서 살아가는 모습 말입니다. 당신도 마오이스트가 될 수 있었습니다. 그레이 선생. 그랬다면 저보다 더 훌륭한 마오이스트가 되었겠지요. 저는 선생 책을 꼼꼼히 읽었습니다. 우리들끼리 여러 시간 토론도 했고요. 저는 선생이 푸른색과 흰색의 거대한 목화 덩어리 속으로 섞여들어가는 것을 쉽게 알아볼 수 있었습니다. 선생은 하나의 문화가 스스로를 바라보기 위해 필요로 하는 것들에 관해 글을 쓸 수도 있었겠지요. 그러면서 절대적 존재의 필요성을 보셨을 겁니다. 나약함과 혼란을 벗어나는 방법 말입니다. 이게 바로 쥐가 득실거리는 베이루트의 과밀지역에서 부활하기를 제가 바라는 겁니다."

죠지의 아내가 쟁반에다 커피와 사탕을 들고 들어왔다.

"당신이 제기해야 할 질문은 바로 이거요, 얼마나 많은 사람이 죽었는가? 문화혁명 기간에 얼마나 많은 사람이 죽었는가? 대약진운동 후에는 얼마나 많은 사람이 죽었는가? 그리고 죽은 사람들을 그가 얼마나 잘 감추었는가? 이건 좀 다른 질문이군. 그 사람들은 그들이 죽인 수백만의 사람들을 가지고 무엇을 하지?"

"죽음이란 어디건 있게 마련이지요. 집단 사망은 언제나 저절로 일어나니까요. 큰 죽음, 헤아릴 수 없는 죽음, 이건 그 어느 때보다 바로 오늘에 와서야 시간과 장소의 문제가 되었단 말입니다. 지도자는 그 힘을 해석할 뿐이지요."

"현재 모든 폐쇄국가의 핵심은 당신도 알듯이 죽은 자들을 어떻게 감추느냐 하는 문제요. 이건 확고한 거요. 진리에 대한 당신의 입장이 실현되지 못한다면 당신들은 많은 죽음이 뒤따르리란 걸 예상할 수 있소. 그러면 죽이겠지. 그러고는 죽였다는 사실과 시체들을 감출 것이고. 이게 바로 폐쇄국가가 만들어진 이유요. 그리고 그건 인질 한명에서 출발하는 거지, 그렇지 않소? 인질은 그 축소판인 셈이라고. 집단적 공포를 위한 최초의 예행연습이란 말이오."

"커피 좀 드시지요." 죠지가 말했다.

아내에게 감사의 말을 하려고 고개를 들었지만 그녀는 가고 없었다. 멀리서 한차례 소음이 들렸다. 바람결에 얹혀 오는 희미한 소리들. 죠지가 일어서서 진지하게 귀를 기울였다. 쿵 하는 네 번의 작은 소리가 더 들려왔다. 죠지가 잠시 발코니로 나갔다가 돌아오더니 그 지역의 좌익조직이 외교관들과 외국상사 주재원들의 차량에 부착해둔 소형폭탄이 터지는 소리라고 말했다. 그들은 한번에 열 대에서 열두 대 정도의 차량을 폭파시키곤 했다. 그것은 주차된 차량들이 만들어내는 음악이었다.

그는 앉아서 빌을 유심히 쳐다보았다.

"뭘 좀 드십시다."

“나중에 먹읍시다. 경치가 좋군.”

“왜 아직도 이곳에 머무시는 겁니까? 집에 돌아가서 일을 하셔야 하지 않습니까? 선생님 소설이 그립지 않습니까?”

“그 이야긴 하지 맙시다.”

“커피 드세요. 파나소닉 사에서 제작하는 새 모델이 하나 있는데, 저는 전적으로 맹세할 수 있습니다. 그건 우리에게 완전한 자유를 줄 겁니다. 무거운 장치가 달린 제품을 다룰 필요가 없어요. 단어를 앞뒤로 재빨리 움직이면서 자유자재로 바꿀 수도 있습니다.”

빌은 어쩐지 웃음이 터져나왔다.

“들어보시오. 내가 만약 베이루트로 가서 당신이 관심있게 생각하는 이른바 영혼의 결합을 완성한다면 어떤 일이 벌어질 것 같소. 라시드에게 내가 말을 한다면 말이오. 그 자가 인질을 석방하리라는 기대를 내가 가져도 좋을 것 같소? 그 사람은 그 댓가로 무엇을 원할 것 같소?”

“그분은 선생님이 그 친구를 대신하길 원할 겁니다.”

“최대한 관심을 끌겠다는 거로군. 그다음엔 가장 유리한 시점에 나를 석방해줄 테지.”

“최대한 관심을 끌겠지요. 그러고는 필경 10분 후에는 선생님을 죽일 겁니다. 그러고는 선생 시신을 사진으로 찍어 가장 효과적으로 활용할 수 있을 때까지 잘 보관하겠지요.”

“그 작자가 내 사진보다는 내가 더 가치있다고 생각하지 않겠소?”

“시리아 사람들이 인질을 찾으러 남쪽 교외를 휩쓸고 다니고 있습니다. 인질은 항상 데리고 함께 움직여야 하지요. 솔직히 라시드는 그런 일에 신경을 쓰고 싶어하지 않을 겁니다."

"내가 지금 당장 비행기를 타고 집으로 돌아가버린다면 무슨 일이 벌어질 것 같소?"

"인질을 죽이겠지요."

"그러고는 그 친구 시체 사진을 찍고."

"없는 것보다는 나을 테니까요." 죠지가 말했다.

브리타는 기내 영화를 감상하며 이어폰에서 흘러나오는 시끌벅적한 재즈음악을 들었다. 영화는 주관적이고 약간 산만했다. 화면은 가끔씩 난류로 인해 까맣게 정지되거나 얼룩과 반점이 나타났고, 싸운드트랙은 전적으로 선택사항이었다. 그녀는 비행기 기내 영화가 사람들에게 제각각 다른 의미이며 하늘을 떠다니는 지상의 작은 기억들이라는 생각을 했다. 그녀는 식사 받침대에 잡지와 음료수와 땅콩을 올려놓고 잡지를 무심히 휙휙 넘겼다. 통로 저쪽의 한 사내가 전화를 하고 있었는데, 저음 장단과 드럼 소리와 함께 그의 목소리가 그녀의 뇌 속으로 스며들어왔다. 비행기 아래는 미국 전체가 펼쳐져 있었다.

캐런을 자기 아파트에 묵게 하고 고양이 밥을 주게 했지만 그녀는 그 여자의 성(姓)도 모른다는 생각이 들었다.

그녀는 최근 자기 마음속에 떠오르거나 인식으로 발전하는 그 모든 것들이 동시에 문화 속으로 들어가서 그림이나 사진이나 헤어스타일이나 구호가 된다는 생각을 하고 있었다. 그녀는 가장 멍청하고 사소한 개인적 생각들마저 엽서나 간판에서 보게 될 때가 있었다. 그녀는 자신이 사진 찍기로 약속되어 있는 작가들의 이름을 신문과 잡지에서 보았다. 그녀가 마치 전염성 광채를 보유하기나 한 듯 인쇄 속으로 기어오르는 사람들의 모습. 토오꾜오에서 그녀는 예술잡지에 인쇄된 그림을 하나 보았는데, 그것에는 '마천루 III'이라는 제목이 붙어 있었으며, 그녀가 자기 집 창문에서 바라볼 때와 정확히 똑같은 각도와 똑같이 어두운 심정으로 세계무역쎈터를 보여주는 사진이었다. 그것은 쌍둥이 건물, 창문도 없이 최대한 공간을 점하고 서 있는 라텍스 같은 두 개의 검은 대리석이었다.

전화를 하는 그 사내가 이렇게 말하고 있었다. "그쪽 시간으로 내일 열시요."

흥미로웠다. 브리타는 만나달라고 졸라대는 어떤 잡지 편집자와 다음날 한시 약속이 있었는데 그녀는 그가 몇가지 특정 사진에 관한 이야기를 들었을 것이라고 생각했다. 그녀는 그 필름들을 현상해야겠다고 생각했다. 하지만 그게 마음에 걸렸다. 그날 아침 마지막 순간의 빌의 얼굴에 대한 기억. 그 눈에는 섬뜩한 광채가 있었다. 그녀는 최초의 고통 속으로 그렇게 철저히 빨려들어가는 사람을 본 적이 없었다. 끊임없이 내면으로 추락하는, 최초의 지식으로 돌아가는, 당혹으로 돌아가는 인생들이 있다는 생각을 그녀는 그때 했는데, 이것은 문지방을 가로지르는 모든 쓸쓸함의 근원이었다.

승무원이 그녀의 빈 컵을 치워갔다.

그녀는 자신이 스콧에게 죄책감을 느낀다고 생각했다. 그것은 방향이 잘못된 섹스의 경우였다. 그렇지 않은가. 둘이 함께 있을 때면 그녀는 욕조에서 알몸으로 나오면서 바깥에서 장작을 패고 있는 작가를 내려다보는 그런 여인이었다. 신기하게도 육체적 자아 사이로 끼어드는 이미지들. 그게 그녀로 하여금 스콧에 대해 측은한 마음을 갖게 했다. 그녀는 업스테이트 지도를 보면서 도로표지판을 기억하려고 애쓰며 결국엔 여러 카운티의 전화안내원에게 물어서라도 그에게 전화를 한번 걸어보려고 했다. 하지만 전화번호부에 나와 있건 아니건 스콧 마르티노라는 이름은 없었고 빌 그레이도 존재하지 않았다. 캐런의 성은 그녀가 알지 못했다.

그녀와 같은 건물에 사는 배우의 얼굴이 화면에 나타났다. 그 배우는 그녀에게 150달러와 와인 세 병을 빚지고 있었는데 그녀는 그것들을 아직 돌려받지 못했다는 사실을 처음 깨달았다. 어슴푸레한 어둠속에 나타난 그의 얼굴을 보는 동안, 뇌 속에는 재즈가 질주하고 있었다.

그녀는 서울에서 사진 찍으려는 작가 한 명이 정부 전복과 방화와 공산주의 활동 죄목으로 형기를 7년 남겨두고 있다는 생각을 했다. 그들은 그녀가 그를 만나는 것을 허용하지 않았고 그녀는 화가 나서 그 자식들에게 욕을 했다. 부끄러움을 모르는 예술적 자아, 모든 것이 잘못되었다. 하지만 그녀는 필름 한줄에 그의 얼굴을 새겨 그의 모습이 그의 감방에서 7천 마일 떨어진 인화실의 진홍색 불빛 속에서 솟아 오르는 것을 보는 것이 중요하다고 생각했다.

그녀는 자기 집과 작품과 와인과 고양이를 유령 처녀에게 맡겨두었다.

같은 열 끝에 앉은 아이가 차광막을 올렸다. 그녀는 앞에 놓인 잡지를 들여다보고 싶지 않다는 생각을 하고 있었다. 왜냐하면 거기서 자기 인생의 일부분을 보게 될지도 몰랐기 때문이다. 그녀는 몸이 묶인 채 갇혀서 8킬로미터 공중에 있었지만 세상이 너무도 가까이 있어서 마치 세상 속 모든 곳에 있는 것 같았다.

도로 연석을 벗어나 일곱 걸음쯤 갔을 때 그는 자동차 브레이크 소리를 들었고 한걸음 뒤로 물러서며 고개를 돌릴 시간이 있었다. 맞은편에서 오는 자동차 백미러에 걸려 있는 묵주에 눈길이 간 순간 앞의 자동차가 그를 들이받았다. 그는 익살극의 퀵스텝처럼 옆걸음을 치며 팔을 허우적대다가 왼쪽 어깨와 옆얼굴을 바닥에 세게 부딪히며 넘어졌다. 그는 즉시 일어서려고 했다. 사람들이 그를 도우려고 왔다, 몇사람의 무리가. 경적들이 요란하게 울렸다. 그는 무릎으로 일어서며 스스로 바보 같다는 생각에 한손을 들어 주위 사람들을 안심시켰다. 누군가 그를 어깨로 부축했고 그는 고개를 끄덕이며 일어섰다. 그는 옷에 묻은 먼지를 털면서 왼손이 따갑다고 느꼈지만 손을 들여다보지는 않았다. 그는 사람들이 물러서는 것을 보며 그들의 얼굴을 향해 굳은 미소를 지었다. 그리고 몸을 돌려 인도로 돌아가 앉을 만한 곳을 찾았다. 사람들이 그가 앉은 곳을 비켜 지나갔고 햇볕이 내리쬐었다. 그는 눈을 감고 햇볕 쪽으로 얼굴을 들었다. 다시 차량이 움직이고 있었지만 멀리서는 사람들이 아직도 경적을 울리며 고래고래 소리치고 있었다. 아직도 남아 있는 한낮의 두려움. 그의 얼굴에 자비로운 태양이 비쳤다.

그가 지하실에 관해 써놓은 문장들에는 위태로운 부분이 있었다. 그 문장들에는 끊김, 그가 인식하기 시작한 불안한 공간들이 들어 있었다. 하나의 문장에는 그것이 그대로 드러날 경우 모종의 위험, 뿔뿔이 흩어져 있는 단어들로는 종이 위에 드러낼 수 없던 모종의 어떤 느낌이 있다. 그는 면도하는 것을 잊어버렸으며 여직원이 가져갈 수 있게 세탁 주머니에 옷을 넣어두는 것을 잊어버렸다. 옷을 넣어두더라도 꼬리표 작성을 잊어버렸다. 그는 방으로 돌아와 비닐 주머니 속의 자기 옷을 보면서 그것들이 세탁된 옷일까 더러운 옷일까 생각했다. 그는 옷을 꺼내들고 불빛에 비춰보며 이곳저곳 핏자국을 발견하고는 다시 주머니에 넣어 여직원의 처분을 기다리게 두었다. 그 일에는 간담이 서늘한 부분, 일종의 창백함이 있었다. 그는 긁힌 손에 살균연고를 바른 후 구석구석의 통증을 완화시키기 위해 더운물로 목욕을 했다. 그가 면도해야 한다는 것을 기억했다 하더라도 얼굴 반쪽만 하고 말았을 것이다. 초승달 모양의 흉터가 그의 왼쪽 눈에서 턱 아래까지 길게 나 있었는데 그것은 하얗게 곪아서 살아 있다는 인상을 주었다. 그는 담배를 피우고 글을 쓰면서도 제대로 할 수는 없을 거라는 생각이 들었지만 그래도 뭔가 친근한 느낌이 들었다. 뭔가 위험에 빠진 듯한 느낌, 언어와 자연의 법칙, 그는 그것을 한줄씩 한줄씩 추적할 수 있다고 생각했다. 파편화된 긴장, 자신의 끝나지 않는 소설의 백사장에서 잃어버린 그 무엇.

그는 메탁사라는 단어를 발음할 때는 강세를 마지막 음절에 두어야 한다는 것을 알게 되었다. 그러자 이 브랜디의 강한 맛이 이해되기 시작했다.

런던에서는 아침식사를 할 때 의사들이 근처에 있었다. 이곳에는 시장에서 사과를 사는 성직자들이 있었다. 그는 플라카에 있는 어느 교회에 들어갔는데 거기서 갑옷을 입은 성인상 아래 매달린 묘하게 생긴 금속 상징물들을 보았다. 그것들은 주로 신체 부분들을 묘사하고 있었지만 일부 휘장에는 돋을새김된 병사와 선원들도 있고 알몸과 폭스바겐, 집과 암소, 나귀 등도 있었다. 빌은 이것들이 봉헌물이라고 생각했다. 중이염이나 심장병이 있으면 심장이나 귀나 젖가슴 모양이 새겨진 상징물 하나를 사서 초자연적인 도움을 요청하는 것이었다. 젖가슴 상징물들도 있군, 빌은 생각했다. 암이 있거나 하면 그저 그것을 적절한 성인 근처에 두면 되었다. 이런 생각은 사랑하는 사람에게나 소유한 재산에 덮칠 수 있는 수천 가지 상황이나 재난에까지 확대되었는데 원칙적으로는 의미가 있었다. 그런 상징물이 우리의 애원을 구체화하고 힘을 주고 성상의 민주주의를 부여했으니까. 그는 가게로 들어가 온전한 인간 형상을 한 상징물을 하나 사서 적절한 성인 근처에 매달 수도 있다고 생각했다. 거기엔 천연두에서부터 짐승의 공격까지 모든 것을 관장하는 성인들이 있었지만, 한 인간 전체, 육체와 영혼과 자아를 위한 보호자가 있으리라고는 생각하지 않았다. 그리고 그는 오른쪽 허리 깊숙이 특이한 통증을 느꼈다. 그는 격통이라고 부를 만한 그것에 적절한 성인이나 그것에 걸맞은 메달을 가게에서 살 수는 없을 것이라고 생각했다.

죠지가 말했다. "의사를 찾아가봐야 하지 않겠습니까?"

"괜찮소."

"하지만 선생님 얼굴은 어떡하고요. 의사를 찾아가봐야겠지요? 제가 전화를 걸게요."

"정상적으로 낫고 있소. 하루하루 나아지고 있으니까."

"그 운전자 이름은 적어두었습니까?"

"그 친구 이름을 적어두고 싶지 않았소."

"선생을 친 사람입니다, 그레이 선생님."

"그 사람 잘못이 아니오."

"누구에겐가 전화를 걸겠습니다. 신고해야 해요. 이런 일이 생기면 누군가에게 말을 해야 하는 거 아닙니까?"

"술이나 한잔 주시오, 죠지."

두 사람은 저녁때까지 이야기를 나누었다. 그런 뒤에 그들은 발코니에 앉아서 가로등이 켜지는 것을 보았다. 길고 빨간 불빛 띠를 이루며 1분에 수천대씩 만을 향해 달려가는 차들을 바라보았다. 평범한 하룻저녁 황혼의 유한한 슬픔. 죠지의 딸이 나와서 난간에 몸을 기대었다. 청바지를 입은 불행한 여자아이.

"당신이 걱정됩니다, 그레이 선생님."

"부탁이오. 그러지 마시오."

"왜 이 일에 끼어드셨습니까?"

"당신 생각이었잖소."

"하지만 너무도 기꺼이 건너오시더군요."

"그건 사실이오."

"선생님 얼굴을 치료하게 누군가에게 전화를 걸겠습니다. 재스민, 전화번호가 적힌 작은 책자를 가져오렴."

"시간이 늦었소. 내일 의사에게 가보겠소."

"약속하시는 겁니다." 죠지가 말했다.

"알았소."

"베이루트에서는 안되겠습니다. 치열한 교전 때문에 공항이 다시 폐쇄되었습니다. 라시드와 연락을 하고 있었습니다. 배를 타고 나와서 키프로스에서 이곳으로 비행기를 타고 올 수도 있었겠지만 바다를 통해 빠져나오는 것도 너무 위험하고 또 그분은 어쨌건 여기 올 생각이 없는 것 같습니다. 상당히 실망스럽지만요. 저는 선생님과 이 일을 하기를 고대했습니다."

"그런데 장 끌로드는?"

"그게 누굽니까?"

"그 인질 말이오, 죠지."

"제게 그 친구 이름은 말하지 마세요."

"당신도 그 사람 이름을 알고 있잖소."

"제 마음에서 지워져버렸습니다. 잊어버렸지요. 영원히 잊어버렸습니다."

딸아이는 자기 아버지 뒤에 서서 두 손으로 그의 어깨를 부드럽고 처량하게 주물렀다.

"그자들이 그 친구를 어떻게 죽일 것 같소?"

"집으로 돌아가 당신 일이나 하세요, 그레이 선생님. 선생과 대화를 나누니 즐겁긴 하지만 선생이 여기 머물 이유는 더이상 없습니다. 그리고 제가 한 이야기는 한번 생각해 보세요. 워드프로쎄써 말입니다. 자판 두드리기도 거저먹기입니다. 장담합니다. 선생님에게 진정으로 필요한 겁니다."

그는 호텔방으로 가서 잠을 청했다. 그가 마음속으로 되뇌는 구절이 하나 있었다. 그것은 서로 사랑하는 사람들, 너무나 가까이 살아서 서로의 사마귀와 가르마와 불안정한 숨결마저 기억할 만큼 과거를 함께한 사람들이 아니면 다른 어디서도 느낄 수 없는 그런 신비로움과 힘을 가지고 있었다. 그래서 그 구절은 하나의 목소리가 아니라 다소 무의미한 말을 하는 여러 개의 목소리였으며 어떤 경우에나 들어맞거나 아예 어디에도 맞지 않는 그런 구절, 대개 재미로 하는 말이지만, 인생은 덧없이 흘러가도 말은 남아 있다는 사실을 알려주어 음산한 시절에도 유용한 그런 구절이었다.

모자를 주문하기 전에 머리 크기부터 재시오.

그것은 모든 것을 함축하는 말이었다. 외부인들은 이해할 수 없기 때문에 그것은 더욱 적절하고 재미있는 말이었으며 결국 어떤 것도 이해할 필요가 없는 말이었기에 더욱 더 좋은 말이었다.

아침 여섯시에 그는 도로를 산책하고 호텔 퇴실 수속을 밟고 몸을 비틀거리며 걸었다. 열 걸음마다 그는 택시가 오는지 뒤를 돌아보았다. 그에게는 뉴욕을 떠날 때부터 입고 있던 단 한 벌의 바지밖에 없었는데 손이 긁혔을 때 흐른 피가 묻어서 무릎 부분이 더러워져 있었고, 꽉 끼는 찰리의 낡은 트위드 재킷과 리지의 1박2일용 여행가방과 사용한 적은 없지만 보스턴에서 산 면도기가 하나 있었으며 면도기 사기 전날에 샀던, 이제는 길이 든 신발이 한켤레 있었다.

거주지역으로 들어선 뒤 그는 완전히 길을 잃었다. 길 건너편에 내의만 입은 채 쓰레기봉지 세 개를 끌고 가는 사내가 있었다. 거친 유칼립투스 나무 껍데기 속으로 밝은 빛줄기 하나가 젖어들어갔는데 그 모습이 강렬하고 보기 좋았다. 나무 전체가 밝았으며 자극적이고 강렬했다. 잔가지들은 은은하게 불이 붙어서 계시를 보여주는 듯했다. 그 사내는 모퉁이에 쓰레기봉지를 버린 뒤 길을 건너왔고 빌은 그에게 목례를 한 뒤 계속 걸어가며 쓰레기차가 언덕을 올라가며 용을 쓰는 소리를 들었다.

그는 택시가 오는지 거듭 뒤돌아보았다.

12

그녀는 뉴욕을 돌아다니며 여러 가지 말씀을 전했다. 공원에서 사람들에게 말을 붙이며 멀리서 온 어떤 분이 역사를 바꿀 힘을 가지고 계시다는 말을 전했다. 사람들이 들어가 사는 상자 무더기들은 정교했다. 밤에도 따뜻해서 도처에서 온 사람들이 공원으로 몰려들었다. 그들은 검댕으로 얼룩져 있었다. 어떤 여자가 한 꾸러미의 비닐봉지에 물건들을 담아가지고 있었는데 하나의 봉지 주둥이가 다른 봉지 주둥이에 묶여 있었고 그녀는 단단히 길게 묶인 봉지들을 끌며 기진맥진한 채 터벅터벅 걷고 있었다. 캐런은 비둘기와 다람쥐들이 생쥐 같은 속성을 띠는 모습을 보았다. 그것들이 음식물을 찾아 텐트 속으로 곧장 들어가는 게 보였다. 비둘기들은 영원히 땅에 발을 대고 있었으며 다람쥐들은 움츠린 채 기다리다가 벤치에 앉아 있는 사람들의 발치에 놓인 종이봉지 속으로 대담하게 뛰어들었다. 진짜 생쥐들은 밤이 되면 은밀히 미끄러지듯 나타났다.

사람들이 거처에서 나와 먼지 낀 광장에 모여 함께 이동했다. 어떤 단어나 이름을 소리쳐 부르며 물결처럼 중앙으로 함께 행진해가서는 합창하고 있는 다른 사람들과 어울리는 사람들의 모습.

한쪽에 오마르가 쭈그리고 앉아 약을 팔고 있었다. 그는 그녀가 돈으로 바꾸기 위해 빈 병을 가게로 옮기는 일을 두어 번 도와주었다. 한번은 둘이 어떤 미술관에 가서 벽을 따라 굽이치는 대형 설치미술을 보았다. 그녀는 금속, 올이 굵은 삼베, 유리를 가늠해보았는데 유리 위에는 페인트 덩어리가 있었고 삭은 나무가 튀어나와 있었고 손전등용 건전지와 그리스 엽서가 있었다. 캐런은 삼베 천에 묶여 있는, 음식 찌꺼기가 말라붙은 숟가락을 바라보았다. 그녀는 그것을 만져보고 싶다는, 그 사물에 손만 대보기 위해 그것을 그저 손으로 한번 만져보고 싶다는 생각이 들었다. 그녀는 손을 뻗어 그것을 만졌다. 그러고는 혹시 곁눈질로 흘겨보는 사람이 있을까 주위를 둘러보았다. 내친 김에 그녀는 그것을 살짝 들어보았다. 벨크로 찍찍이가 찌지직 떨어지며 숟가락이 삼베 천에서 떨어져나왔다. 그녀는 그것이 분리된다는 사실을 알고는 깜짝 놀랐다. 그녀는 입을 약간 내민 상태로 오마르를 바라보며 두 눈을 휘둥그레 뜨고 심각한 표정을 지었다. 오마르가 앞뒤로 움직이며 과장되게 놀란 표정을 지었다. 다시 말해 뒤뚱거리는 모습으로 입을 딱 벌린 상태의 익살스러운 일련의 표정들을 지었다. 캐런은 숟가락을 손에 들고 완전히 얼어붙은 채 그 자리에 서 있었다. 그녀는 자신이 그토록 놀란 적이 있는지 알 수가 없었다. 그게 그림에서 곧장 떨어져나오다니. 진짜 음식 흔적이 묻어 있는 진짜 숟가락이. 그녀는 숟가락을 너무 빨리 움직이면 더 끔찍한 것이 떨어져나올까봐 조심스럽게 움직이면서 그 음식 냄새를 맡았다. 오마르가 장례식에서 트롬본을 부는 사람처럼 실제로 몸을 움직이며 뒤뚱뒤뚱 문을 향해 걸어갔다. 캐런은 숟가락이 삼베 천에 다시 붙을 수 있으리란 생각이 들지는 않았지만 그것을 내려놓을 곳도 주변에 딱히 없었다. 완전히 휑뎅그렁한 그 화실엔 벽과 바닥과 작품들만 있었다. 그녀는 숟가락을 눈에 잘 띄게 들고 오마르를 따라서 나가다가 누군가 자신을 발견하게 되면 대충 사과를 하며 돌려주어야지 생각하고는 자신이 숟가락을 출입문 근처에 조심스레 놓는 모습까지 완전히 그려보았다. 그러나 아무도 어떤 말도 하지 않아서 그녀가 길거리로 나올 때까지 숟가락은 음식 찌꺼기가 고스란히 묻은 채로 여전히 그녀의 손에 들려 있어서 그녀는 훨씬 더 충격을 받았다. 그녀는 예술작품 하나의 일부를 소지한 채 그 건물을 떠난 것이다. 오마르가 뒤뚱거리는 모습이 멀리 보였다. 그녀는 검은 기모노를 입은 채 팔꿈치를 내민 마네킹들 옆을 지나서 오마르가 휘청거리며 멀어져가는 모습을 바라보았다.

유명 식당들 밖에 가스관이 터져서 불덩어리들이 솟아 있었고 사람들이 말했다. "베이루트, 베이루트, 여긴 꼭 베이루트 같아."

공원 근처에서 그녀가 어느 거지 옆을 지나칠 때 그 거지가 말했다. "잔돈 좀 적선하십쇼, 아직도 사랑하십니다." 그녀가 지나갈 때마다 그 거지는 온종일 똑같은 후렴을 외우고 있었다. 사람들이 지나갔다. 아직도 사랑하십니다. 그들이 지나갔다. 아직도 사랑하십니다. 잔돈 좀 적선하십쇼. 그들이 지나갔다. 아직도 사랑하십니다. 그녀는 빈 병과 음료수 깡통을 달개지붕 입구에 두고 남은 병들은 가지고 가서 돈으로 바꿔 공원의 노숙자들에게 줄 음식을 사고 그들에게 멀리서 그분이 오셨다고 이야기해주었다. 오마르는 빈민가 셋집으로 그녀를 데리고 들어갔는데, 그곳에서 그는 그녀가 결코 이해할 수 없는 비유법을 사용하며 발빠른 사업을 하고 있었다. 복도는 타일 바닥이었고 문짝에는 자물쇠를 붙이고 떼는 부분에 구멍들이 나 있었다. 방향을 가리키는 손가락 모양이 통로 벽에 하나 그려져 있었지만 어디를 가리키는지 알 수가 없었다.

작업실에서 그녀는 사진에 관한 책들을 여러 권 뒤적여 보면서 사진에서 발견되는 고통의 모습을 보고 놀랐다. 굶주림, 화재, 폭동, 전쟁. 이런 것들은 끝나지 않는 사진, 그녀가 눈을 결코 뗄 수 없는 사진들이었다. 그녀는 사진을 보고 캡션을 읽고 다시 사진을 보았다. 두건을 쓴 반군들, 처형된 사람들, 머리 위에 감자 자루를 뒤집어쓴 인질들. 그녀는 굶어죽어가는 아프리카 사람들의 사지를 보았다. 도처에 굶주린 자들, 발가벗은 아이들의 손을 잡고 있는 여인들, 그들의 긴 옷이 펄럭이는 모습. 그녀는 캡션을 읽은 뒤 다시 사진을 보았다. 설명이 없다면 그 사진은 휑뎅그렁하게 열린 공간일 뿐이었다. 어떤 날 밤에는 작업실에 들어서자마자 곧장 사진들을 보기도 했다. 성직자의 대형사진들 아래로 소용돌이치는 광란에 빠진 군중들. 그녀는 똑같은 사진을 일곱 밤에 일곱 번 살펴볼 수도 있었다. 불붙은 셋집에서 추락하는 아이들, 그리고 매번 캡션을 읽을 수도 있었다. 그것은 처절하고 처절한 고통이었다. 그것은 누가 열대 피부병 속에 죽어가는가 하는 것이었다. 설명을 읽으면 그녀는 그곳이 어딘지 알 수 있었다. 그녀는 그 공간을 채우기 위한 캡션이 필요했다. 그 사진들은 작은 활자들 없이도 그녀를 압도할 수 있었다.

그녀는 이스라엘 사람들이나 방글라데시 사람들과 이야기를 나눴다. 두 눈에 불꽃이 이글거리는 어떤 사내가 다운타운으로 위험하게 차를 몰면서 좌석에서 반쯤 몸을 돌렸고 그녀는 화염의 정지사진을 찍으며 가파르게 기울어진 택시 모습을 그려보았다. 그녀는 모든 기사들에게 말을 건네며 현금 구멍을 통해 질문했다.

그들이 지나갔다. 아직도 사랑하십니다. 지나갔다. 아직도 사랑하십니다.

눈길에도 방언이 있었다. 그녀는 공원 근처의 표지판과 지시문들을 읽었다. 폴란드 술집, 터키식 목욕탕, 창문의 히브리어, 러시아어로 된 헤드라인, 페인트로 그려진 이름들과 해골 그림들. 그녀가 바라보는 그 모든 것들은 일종의 방언이었다. 부엌의 욕조와 맑은 워터맨 스토브, 마치 술병들의 투명 박물관인 양 방탄 플라스틱으로 감싸진 술집 진열대들. 그녀는 반쯤 부서지고 판자를 덧댄 가게 정문 위에 적힌 쎈데로 루미노쏘라는 단어를 보았다. 사람이 살지 않는 셋집들의 속 빈 콘크리트 블록 창문 위에 쓰인 쎈데로 루미노쏘. 아름다운 모양의 단어들이었다. 이 동네의 벗겨져나가는 벽돌 담벼락에는 극장 포스터와 간판에 이 단어가 페인트로 적혀 있었다.

"난 별로 그럴 기분이 아니에요." 오마르가 말했다.

"그냥 물어보는 것뿐이야."

"내게 오물을 퍼붓지 마시라고요. 그 말밖엔 할말이 없어요, 아시겠어요."

"간단한 질문일 뿐이야. 네가 아는지 모르는지."

"난 쎅스할 나이도 안됐다고요, 아시겠어요, 그런데 당신이 나타났고, 난 당신 이름도 모른다고요."

"난 네가 몇살인지 알아냈어. 공원 사람들이 말해주더군."

"이봐요, 난 내 식대로 벌어서 살아요. 어쨌건 나는 내 자리는 지킨다고요. 아시겠어요. 여섯살이건 예순살이건 관계없어요."

"그래, 옳구나, 넌 다 자랐고 산전수전 다 겪었구나. 하지만 내 생각엔 그렇단 말이야."

"빛나는 길. 쎈데로 루미노쏘. 스페인 말로 빛나는 길이란 뜻이에요."

"종교적인 거니?"

"게릴라 비슷한 거예요. 자신들의 존재를 알리는 거지요."

"어디에다가?"

"어디건간에 말이에요." 오마르가 말했다.

야외음악당 안에서 꿈틀거리는 육신들, 우유상자 위에 버려진 아이들. 그녀는 농아라는 표지판을 기억하고는 일요일 시골길의 고요함을 마음에 떠올렸다. 여긴 꼭 베이루트 같아. 그녀는 공원의 낯익은 몇사람들에게 말을 걸며 권능을 가진 그분의 말씀에 따르면 어떻게 삶을 통일시킬 수 있는지 말해주었다. 지하철에서 그녀는 옆에 영어로도 쓰여 있음에도 스페인어로 된 비상 안내문을 읽었다. 실제 비상시에 필요하면 영어로 된 것을 읽으면 된다고 생각하며 그녀는 머릿속으로 말씀들을 기억하려고 애를 썼다.

지하철이나, 대부분의 거리에서나, 한밤에 공원 후미진 곳에서 접촉하는 것은 위험할 수 있었다. 접촉이란, 말을 하거나 만지는 것을 의미하는 것이 아니라 낯선 사람들 사이의 공기의 반짝임이었다. 그녀는 걷거나 앉는 자세를 바꾸는 법을 배우고 있었으며 시선을 숨기거나 아예 제거해버리는 방법을 배웠다. 그녀는 자아의 저 깊숙한 곳에만 머물렀다. 그녀는 자신 속에서만 걸을 뿐 시선의 황무지, 인식의 스쳐가는 빛 속으로 넘어들어가지는 않았다. 내가 하나의 인간이듯이 너도 하나의 인간이다. 그 사실이 네가 나를 죽일 수 있는 권리를 준다. 길거리를 내달리는 사람들의 모습을 떠올려보았다.

그녀는 작업실이 온통 어두울 때 소형 텔레비전을 손에 들고 브리타의 침대로 사다리를 타고 올라가 희미한 천장

가까이에 앉아서는 소리를 끈 채 텔레비전을 보는 것을 좋아했다.

화면에 나타난 한낮의 장면에서는 거대한 광장에 백만의 인파가 몰려 있고 한자가 적힌 많은 깃발들이 하늘 높이 펄럭였다. 그녀는 무릎 위에 두 손을 포갠 채 조용히 앉아 있는 사람들을 본다. 저 멀리 깊숙이에는 마오 쩌뚱의 초상화가 보인다.

그런데 비가 온다. 그들은 빗속에 행진하고 있다, 백만의 중국인들이.

그다음에 불타버린 차량들 옆으로 자전거를 타고 가는 사람들. 비옷을 입고 우산을 받쳐들고 자전거를 타는 사람들. 그을린 군용트럭들을 자세히 살펴보는 사람들이 너무나 가까이 보여서 놀랐고 멀리로는 가로등 기둥들이 나무 위로 곡선을 그리며 서 있다.

마오식 복장을 한 한무리의 나이든 사람들이 빳빳한 자세로 화면에 나타난다.

그녀는 어둠속에 구보로 도로를 달려오는 병사들을 본다. 그녀는 달려오는 병사들의 행렬과 그들이 들고 있는 폭동진압용 소총에 매료되어 있다.

그러다가 어둠속에서 패주하는 사람들, 찢기고 분리된 엄청난 군중 무리, 아수라장을 뒤로한 채 겹겹이 밀려나는 군중.

화면에 마오 복장을 한 정부 관료들이 나타난다.

거리를 구보하여 밤인데도 한낮처럼 밝은 광활한 광장

안으로 들어오는 병사들. 거리와 골목을 벗어나 광대한 열린 공간 속으로 들어오는 군대에게는 뭔가 특별한 것이 있다. 그들은 작은 소총을 앞에총 자세로 한 채 게으르리만치 질질 끌듯이 구보하고 있고 군중은 흩어져나간다.

그리고 다시 한낮처럼 밝은 광장에는 머리에 페인트가 뿌려진 마오의 초상화.

이 병사들은 그 느린 보폭으로 총체적 보조 속에 구보를 하며 들어온다, 한줄씩 한줄씩. 그리고 그녀는 그것이 끝없이 지속되기를, 구식 철모와 장난감 모양 소총을 들고 구보하는 군대 행렬을 계속 보여주기를 바란다.

화면이 도로 위의 연기나는 시체 하나를 보여준다.

시체들이 넘어진 자전거에 붙어 있고 어둠속에 불꽃이 하늘을 향해 솟아오른다. 시체는 아직도 자전거에 달라붙어 있고 자전거를 탄 다른 사람들이 그 시체들을 쳐다보고 있다. 어떤 이는 위생마스크를 낀 채로. 실제로 한더미라고 불러도 좋을 만큼 시체들이 쌓여 있고 많은 자들은 자전거에 앉은 채 죽어 있다.

뭐라고 말해야 할까, 흩어졌다? 큰 광장으로 구보해들어오는 군대에 의해 군중이 흩어졌다.

하나의 군중이 다른 군중에 의해 대체되었다.

그게 역사의 교훈이다. 광장을 차지하고 그것을 가장 오래 지키는 자가 누구인가. 모두가 똑같은 복장을 한 군중에 맞서는 잡색의 군중.

화면에서 마오의 초상화를 정면으로 가까이 보여준다.

깨끗한 새 사진, 그리고 그 사진에는 마오의 머리 위로 튀어 나온 조그만 머리카락 덩어리들이 보이고 입 아래 언저리에는 큰 사마귀가 있다. 그녀는 자기 집 침실 벽에 있는, 워홀이 그린 마오의 연필 초상화에 그 사마귀가 있는지 기억하려고 애를 쓴다. 마오 쩌뚱. 그녀는 그 이름을 매우 좋아한다. 하지만 흥미롭다, 어떻게 사진이. 사진이 어떻게 뭘?

그녀는 길에서 나는 자동차 경적 소리를 듣는다.

그녀가 채널을 바꾸자 백만의 중국인들이 백주의 광장에 나타난다. 그녀는 구보하는 군대 장면을 좀더 보기를 원한다. 화면에 자전거를 탄 채 죽은 사람들이 보이고 들것에 매달린 병사 하나의 죽음이 보이고 마오 복장의 늙은 관료들의 행렬이 보인다.

이 모든 늙은이들은 마오 복장을 입고 있고 광장 사람들은 와이셔츠 바람이라는 게 무슨 의미일까?

흩어지는 잡색의 군중.

화면 저 멀리 국가가 내건 대형 초상화가 보이고 그녀는 워홀의 그림에는 사마귀가 없다고 확신한다.

천천히 구보하며 끝없이 열을 맞춰 광장으로 들어서는 군대에는 뭔가 특별한 것이 있다. 그녀는 군대를 보기 위해 계속 채널을 돌린다.

자전거를 탄 채 죽은 사람들을 보여준다.

백주의 광장이 다시 나타난다. 비록 불완전할지라도 사진 한장이 진정한 인간을 어떻게 보여주는가 하는 것이 흥미롭다.

그리고 그녀가 나중에 바닥으로 내려와서 보니 택시 한 대가 주차된 자동차 하나에 충돌해 있었고 세번째 자동차에서 경보음이 울리고 있다. 사람들이 주위에 서서 뭔가를 먹으며 쳐다본다. 나트륨 가로등이 눈부신 장면 위로 굽이치고 현기증이 날 듯 뒤엉킨 장소들, 베이징의 대광장과 바람에 그을린 다운타운 거리와 텔레비전이 놓여 있는 앉은뱅이 건물 속의 공간, 그녀는 찌그러진 자동차를 바라보며 서 있다, 뒤집혀 있는 시체들과 사방으로 튄 피를 보기 위해서.

그들이 지나갔다. 잔돈 좀 적선하십쇼. 지나갔다. 아직도 사랑하십니다. 잔돈 좀 적선하십쇼. 지나갔다. 아직도 사랑하십니다.

그녀는 빌처럼 생긴 어떤 사내를 따라갔지만 더 자세히 살펴보니 작가 타입이 전혀 아니었다.

그녀는 미술관 화랑에서 가져온 음식 딱지가 붙어 있는 숟가락을 조심스레 다루었다. 그녀는 숟가락이 방해받지 않고 눈에 잘 띄면서도 직사광선은 피할 수 있게 책을 몇권 치운 뒤 숟가락을 책장 위에 두었다. 음식물이 걱정되었다. 음식물이 자칫 다른 물건에 닿거나 문질러지거나 따뜻한 공기 때문에 녹으면 숟가락에서 떨어져나올 텐데, 그러면 그것은 그녀가 참을 수 없는 수치가 될 것 같았다. 숟가락과 음식물은 하나였다.

그녀는 검댕으로 얼룩진 공원의 어느 남녀 커플에게 진지하게 말을 걸었다. 그들은 상자 집 속 매트리스에 앉아 있었다. 캐런은 입구에 앉아서 손가락 끝으로 땅바닥을 긁고 있었는데 그녀의 어깨 위로는 마치 출입구 커튼처럼 비닐봉지가 드리워져 있었다.

우리의 사명은 재림에 대비하는 것입니다.

세계가 하나의 통일가족이 될 것입니다.

우리는 제가 말한 멀리서 오신 그분의 영적 자녀들입니다.

우리는 우리 진정한 아버지의 통일된 권능에 의해 보호받고 있습니다.

우리는 통일된 자녀들입니다.

통일된 통제의 품안에서 모든 의심은 사라질 것입니다.

오마르 닐리는 열네살이었다. 그녀는 그와 함께 교회 정면의 우크라이나 예수상을 지나갔다. 그녀는 에이즈 환자 수용소를 지나갔다. 그녀는 그가 어디 살았는지도 부모와 형제자매가 있는지도 모른다는 사실을 깨달았다. 그녀는 형제자매라는 말이 그 말의 어떤 속성상 전적으로 백인 중산층을 말한다고 생각했다. 그들은 하나의 꼭짓점 위에 균형을 잡고 서 있는 어떤 검은 정육면체 조각품을 지나갔다. 그 아래에는 쇼핑백과 쇼핑카트를 옆에 두고 잠들어 있는 열 명의 사내가 있었다. 어떤 사람들 옆에는 목발이 놓여 있고, 어떤 사람들은 팔다리에 깁스를 하고 있었다. 오마르는 그녀가 어떤 철거지역에 남아 있는 석고판을 옮기는 것을 도와주기로 되어 있었다. 그것을 공원으로 가져가기 위해서였다. 하지만 다운타운 공장지대 거리에서 작은 모자를 쓴 두 남자가 나타났다. 펠트 소재 중절모를 쓰고 운동용 티셔츠를 입은 사내들이. 그녀는 접촉의 기운을 느꼈다. 우리 얼굴에서 핏기를 앗아가는 의미의 흐름. 하지만 그들은 말만 주고받았다. 그들은 그녀가 이해할 수 없는 비유어로 오마르에게 말했다. 그러더니 그들은 오마르를 데리고 가버렸는데 오마르는 뒤도 돌아보지 않았고 그들은 계속 걸었고 오마르도 그들과 함께 가버렸다. 내 석고판은 어떡하나. 그중 한 사내가 오마르의 팔을 붙잡고 이야기했고 오마르는 나이에 비해 너무 큰 어지러운 걸음걸이로 그들을 따라갔다.

슈퍼마켓 전용 카트를 끌고 다니는 사람들. 언제 이것들이 가게에서 거리로 나왔지? 그녀는 이것들을 사방에서 보았다. 밀고, 끌고, 들어가서 살고, 뺏으려고 서로 싸우고, 바퀴가 빠지고, 휘어지고, 헝클어지고, 하찮은 살림살이가 가득 실린 모든 것들의 전체적인 잔해들, 그 말이 정확하다고 말할 수만 있다면. 그녀는 비닐봉지 속의 그 여자에게 말을 붙여 쇼핑카트를 하나 구해줄까 물었다. 내가 어떻게 해볼 수 있을 것 같은데요. 그 여자는 비닐봉지 속에서 그녀를 향해 갈까마귀가 노래하듯 바깥으로 소리를 질렀는데, 그녀는 목이 비틀린 듯한 그 여자의 꽥꽥거림을 이해하려고 애썼다. 그런데 그녀는 이곳에서는 거의 어떤 것도 이해할 수가 없다는 사실을 알았다. 그녀가 전에 들어본 방식으로 말하는 사람은 아무도 없었다. 지금까지는 그녀의 생애 전체가 한가지 방식으로만 남의 말을 듣는 것이었는데, 이제 다른 하나를 더 배워야 하다니. 그것은 문자로 표기할 수 없는 전혀 다른 내면의 언어, 쇼핑카트와 비닐봉지가 내는 누더기말, 숯검댕의 언어였다. 캐런은 마치 서로 묶인 채 연결된 손수건을 목구멍에서 끄집어내듯 그 여자가 목구멍에서 한줄의 단어들을 질질 끄집어내는 모습에 자세히 귀를 기울인 다음 처음으로 되돌아가서 그것들을 재구성해야 했다.

그 여자는 이렇게 말하고 있는 것 같았다. "이 도시에는 휠체어를 위해 높이를 낮추어주는 버스가 있다지. 길거리에서 사는 사람들을 위한 이동트랩도 달란 말이야. 버스가 우리한테도 높이를 낮추어주면 좋겠다고."

그녀는 이렇게 말하는 것 같았다. "내 눈먼 개도 극장에 들어가게 해달라고."

하지만 어쩌면 그건 완전히 다른 뜻일 수도 있었다.

진흙 집과 양철지붕 판잣집과 늘어선 캠프에서 나와 사방에서 무리를 이룬 채 먼지 낀 광장 중앙을 향해 이름을 부르고 중도에서 더 많은 사람을 모으며 함께 행진해가는 사람들 무리가 있었다. 어떤 이들은 달리고, 어떤 이들은 피범벅이 된 셔츠를 입고 있으며, 넓게 열린 공간에 도착하여 몸을 밀착한 채 공간을 가득 채우면 그들은 새하얀 하늘 아래 수백만이 하나의 이름을 외쳐 부르며 기도를 했다.

그 여자는 "나도 전율을 느끼고 싶어" 또는 "나를 소멸시켜달라"고 말하고는, 캐런이 파이 쟁반에 따뜻한 음식을 가지고 오자 비닐봉지에 그걸 담아서 사라져버렸다.

브리타가 집에 돌아왔고, 둘은 앉아서 캐런이 정성들여 준비한 음식을 먹었다. 그녀는 언제라도 말만 하면 떠날 준비가 되어 있다는 걸 보여주기 위해 집을 미리 청소하고 조그마한 자기 소지품들은 따로 챙겨 토트백에 넣어서 문 옆에 두고 있었다.

브리타는 인상적이었다. 그녀는 굉장히 피곤해하면서도 말을 많이 했고, 혼이 빠진 듯 강한 에너지로 충만해 있었으며 모든 신경이 들떠 있었다. 그녀는 뼛속이 빈 듯했으며 눈부신 적도지역의 고독에서 돌아온 사람처럼 아름다웠다.

"목욕하실래요, 샤워하실래요?" 캐런이 말했다.

"시간이 충분할 땐 목욕을 하지. 완전히 목욕에 빠져드는 거야. 그게 지금 같은 순간에 내가 행복을 느끼는 유일한 장소니까."

"목욕물을 받아놓을게요."

"보통 나는 나중에 할 일을 생각하는 것만으로도 행복을 느껴. 예컨대 약 5년 뒤에 할 일. 목욕과 작가들에 관한 것은 제외하고 말이야. 나는 작가들 사진 찍는 게 행복해."

"저는 이렇게 말해본 적이 없는 것 같아요. '목욕물을 받아놓을게요'라는 말 말이에요. 그렇게 말하니 좀 이상하네요."

"빌은 어떻게 되었니, 어디에 있니, 누구 아는 사람은 있어, 그 바보 같은 사람 말이야."

"아무 소식이 없어요. 있었다면 스콧이 전화를 했겠지요."

"남자들은 사라지는 경향이 있지. 네 생각은 어떠니? 물론 너 자신도 사라진 적이 있지만 말이야. 나 같으면 감쪽같이 사라질 수는 없을 것 같아. 난 어떻게든 미리 예고를 할 것 같아. 내가 왜 떠나는지 그들에게 알려주고 어디 가면 찾을 수 있는지도 알려줘서 내가 가버린 뒤 얼마나 가슴아팠는지 그들이 내게 말해줄 기회를 줄 거야."

"남편도 사라졌나요?"

"출장을 갔지."

"그게 언젠데요?"

"18년 전이야."

"신화에서나 들어볼 법한 이야기군요."

"바로 그거야. 게다가 그 사람은 일련의 뚱딴지 같은 일을 하고 전설 같은 업적을 세운 뒤 수없이 많은 부품계약서를 들고 돌아오는 거야."

"목욕물을 언제 받아주면 좋을지 말씀하세요."

"네 남편도 사라졌니?" 브리타가 말했다.

"그분들이 선교를 위해 영국으로 보냈어요. 지금은 어디 있는지 몰라요."

"그런데 넌 그 교회에서 결혼했고."

"짝짓기 의식이라는 게 있어요. 그건 결혼식 이전에 있어요. 배우자를 선발하는 거지요."

"그런 이야기를 내가 꼭 들어야 하니?"

"어떤 신도는 '불임'이나 '동성애자일 수도 있음' 같은 꼬리표를 실제로 달아요. 당혹스런 상황들을 막기 위한 거지요."

"이봐, 당혹스러운 일들은 언제나 있게 마련이야. 내가 만약 내 신상을 자세히 알려줘야 한다면 나는 문신한 여자라고 써야 할 거야."

"강력 신경안정제를 맞기도 하고요."

"그런데 누가 네 배우자를 선발했니?"

"문선명 총재님이요."

"너는 그걸 어떻게 생각했는데?"

"저는 그게 참으로 훌륭하다고 생각했어요. 제 이름이 호명될 때 일어섰지요. 저는 무도회장처럼 생긴 그 식장 정면으로 나갔어요. 총재께서는 멀리 무대 저쪽 끝에 서 계셨고 우리 사이에는 많은 사람들이 서 있었지요. 고위 성직자들과 축복위원회 위원 같은 분들 말이에요. 그리고 총재께서 단하의 무리 속에 있는 남자 한명을 직접 손가락으로 가리키셨어요."

"그리고 넌 그 사람을 쳐다보고 그가 바로 너를 위한 남자라는 걸 알았고."

"저는 그이가 채 일어서기도 전에 이미 그이를 진정 사랑한다고 생각했어요. 많은 한국 사람들이 오랫동안 신도였기 때문에 저는 그이가 한국 사람이란 게 참으로 멋지다고 생각했어요. 그 사실이 우리가 함께 발을 디딜 반석이 된다고 생각했으니까요. 게다가 저는 그이의 새까맣고 윤기 흐르는 머리카락이 좋았어요."

"내 남편은 엄청난 대머리였지."

"하지만 제가 나중에 알게 된 사실이 무엇인지 짐작해보세요. 짝짓기 의식 전날 총재께서 신도들의 사진을 살펴보시고는 실제로 사진으로 우리를 맺어주셨대요. 저는 그게 참 멋지다고 생각했어요, 코닥 사진 같은 남편을 얻었으니까요."

"넌 네가 그곳을 빠져나온 게 얼마나 행운인지 아니?"

"저는 그런 말은 절대로 듣고 싶지 않아요."

"넌 엄청난 행운아란다."

"감자 더 있어요." 캐런이 말했다.

"감자는 언제나 충분히 있어. 난 말이 좀 많은 성격이야. 괜찮지? 난 많이 지껄이고, 사람들을 만나고, 남자들을 만나고, 남자들과 이야기하는 것도 좋아하고, 연애도 하지만 최소한 5년도 행복을 느껴본 적이 없어. 스콧 생각을 해봐."

"저도 그 사람 생각해요. 하지만 전 김조박도 생각해요. 그이는 제 영원의 남편이었으니까요. 그이는 감색 양복에 진갈색 넥타이를 매고 있었지요. 그 사람들 모두 다 그랬어요. 그리고 모든 신부들은 단순문양 8392호에 목선이 5센티미터 높은 옷을 입었어요."

"스콧에게 돌아가서 곁에 있어라. 너희는 모두 같은 유형의 사람들이야, 세 사람 모두. 나는 그게 여러 가지 면에서 이상하고도 슬픈 삶의 방식이라고 생각하지만 내가 뭔가를 두고 이상하다고 말할 자격이나 있겠니. 게다가 너희는 서로를 필사적으로 필요로 하고 있어. 나는 빌이 멀리 혼자 떨어져 있는 건 생각하기 싫어."

"그분이 혼자 있다는 건 어떻게 아시죠?"

"당연히 혼자 있겠지. 그는 어떻게 살아야 하는지도 망각할 만큼 철저히 혼자 있고 싶어하니까. 그는 더이상 원하는 게 없어. 그 모든 걸 돌려주고 싶어하는 거지. 나는 그가 혼자 있다는 걸 전적으로 확신해. 난 그 사람을 백년 동안은 알아왔다고."

"이제 목욕물 받아드릴게요." 캐런이 말했다.

스콧은 독자 편지를 정리하고 있었다. 그것들은 모두 다락방에 있었는데 책상과 테이블 위에, 파일 캐비닛과 서가에 비스듬히 정렬되어 있었다. 그는 나라별로 편지를 정리했다. 그 작업이 끝나면 각 나라별로 날짜순으로 정리할 예정이었다. 그래서 예컨대 벨기에에서 1972년에 보내온 편지도 쉽게 찾을 수 있도록 말이다. 그 편지나 다른 독자 편지를 특별히 찾아야 할 실질적인 이유는 없었다. 중요한 사실은 그가 그것들을 모두 정리한다는 것이었다. 그렇게 정돈하면 이 집이 훨씬 더 이해하기 쉬워질 것이다. 그는 일단 다른 모든 나라들을 정리하고 나서 미국을 정리할 생각이었다. 각 주별로 하나씩, 10년 단위로 편지뭉치들을 정리할 생각이었다. 대부분의 편지는 빌을 불편하게 했다. 그것은 그의 고독을 방해하고 편지를 보낸 독자의 영혼에 대해 그가 책임이 있다는 느낌이 들게 만들었다. 물론 스콧은 그런 생각에 콧방귀를 뀌었다. 빌이 읽어보는 편지라곤 시골 읍이나 교통 인접지역, 도로가 넓은 지역에서 보내온 것들뿐이었다. 그는 우체국 소인과 발신인 주소를 찬찬히 살펴보았다. 그는 유령 같은 음악을 연상시키는 먼 곳의 지명들, 늦여름 더위 속에 윙윙거리며 내려앉은 작은 마을의 이름들을 되뇌기를 좋아했다. 그는 이름없는 동네의 일부 고등학생들, 군대 신병들, 또는 피아노 선생들만이 자기 작품에서 무엇이 중요한지 진정으로 알 것이라고 믿고 싶었다.

그날 저녁 스콧은 빌의 누나에게서 온 편지들을 다시 읽어보았다. 그러고 나서 빌이 어디 있는지, 언제 전화를 걸지, 전화를 걸기나 할지 알려줄 만한 것이 있을까 침실을 뒤져보았다. 옷장의 위쪽 서랍 두 개에 약이 흩어져 있었다. 그가 알고 있던 것보다 훨씬 많은 약이어서 그는 상표들을 살펴보았다. 그것들은 마치 공상과학소설에 나오는 신들 이름 같았다. 그리고 그는 사용설명서와 의학사전과 대중용 약물 안내서를 훑어보았다. 그는 사적인 편지와 서류를 찾고 있었다. 벽장 위에는 속이 빈 서류가방 하나가 달랑 있었고 아래쪽 신발들 사이의 접은 종이봉투 위에는 낡은 소형 전기 선풍기가 앉아 있었다. 그는 밀봉된 지시사항을 찾고 있었다. 자신이 그런 생각을 하고 그런 용어를 떠올린 것에 대해 스스로를 조롱하면서도 스콧은 결국 뭔가를 찾아내고 말 것이라고 생각했다.

윌러드 스캔지. 찌는 듯한 휴일 날씨에 야외에서 밀짚모자를 쓴 군중 앞에서 싸우고 있는 웰터급 권투선수.

스콧은 어느 누구에게도 빌이 이름을 바꾼 사실에 대해 발설하지 않을 생각이었다. 그는 철저히 침묵을 지킬 것이었다. 그는 버림받았다는 느낌이 들기 시작하는 지금까지도 침묵을 지킨다는 사실이 행복했다. 오랜 세월 동안 빌은 이 문제에 대해 사람들이 침묵할 것이라고 믿어왔으니까. 그 사실이 스콧을 지탱시키고 힘을 키워줄 것이고, 빌의 이름에 대한 비밀을 지키는 것이 빌에게 그가 어느 때보다 더 가깝게 느껴지도록 만들어줄 것이다.

그는 작업실로 가서 벽의 차트를 다시 살펴보았다. 그는 리즈에게서 온 엽서를 읽었다. 그다음 그는 편지정리를 끝내고 해야 할 일의 목록을 만들었다.

캐런은 택시를 탔다. 그녀는 깡마른 에티오피아 사람들이 운전하는 덜컹거리는 이런 노란 택시가 마음에 들었다. 운전대에는 패드가 씌워져 있고 운전대용 모피 덮개가 있고 계기판에는 종교적 그림이 붙어 있었다. 그녀는 타임스퀘어에서 쐐기 모양의 건물을 보았는데 그 건물에는 빙빙 돌아가는 반짝이는 글씨테가 둘러져 있었다. 다시 말해 움직이는 소식판이 지나가면 오늘의 주요 뉴스가 나타났다. 유명인사의 장례식에 관한 내용이 쓰여 있었지만 그녀는 택시 차창에서 그것을 정확히 볼 수가 없었고 단어들은 모퉁이를 돌아가 옆쪽에서 계속 움직이고 있었고 그녀는 뉴스에 뭔가 놀랄 만한 내용이 있을 때 드는 그런 정지된 듯한 느낌이 들었다. 온몸이 정지되는 듯한 그런 느낌, 우리로 하여금 뭔가 엄청난 것에 대비하게 해주는 그런 차갑게 정지된 흥분. 그녀는 주요 뉴스가 다시 나타나기를 기다렸지만 택시가 다시 출발해버렸다. 그녀는 광장에 몰려 있는 사람들의 모습을 떠올렸다.

도시 전체에 미친 듯이 폭우가 내렸다. 상자로 만든 집들이 내리치는 우박에 맞고 또 두들겨맞았다. 그녀는 생각했다. 우박만한 크기의 우박. 다행히도 상자가 사람들 머리 위로 녹아내리지 않게 막아준 것은 건설용 판자들뿐이었다.

쓰레기나 물건들을 담기 위해 사람들은 우체국에서 가져온 천으로 만든 대형카트를 이용했다.

그들은 혼자서 말을 하고 중얼거렸다. 그들은 고개를 끄덕이며 이야기를 나누었다. 깊은 독백 속에 빠져 있는 외로운 형상들, 그들은 혼자서 손짓을 하고 믿음직스럽게 고개를 끄덕였다.

메시아가 이 땅에 오셨으니 그분은 대한민국에서 오셨으며 양복 차림의 땅딸막한 분이시다.

그녀는 가끔씩 그저 숟가락만 바라보며 서 있었다. 그녀는 자신이 떠날 때는 그 숟가락을 가져가고 싶지 않다고 브리타에게 말했다. 그것은 삼베 천에서 분리되어 이제 새로운 자리를 잡았는데 자신이 그 숟가락을 다시 옮겨버리면 어떤 신비롭고 내적인 방식으로 손상을 입을 것이 두려웠기 때문이다.

그녀는 오마르를 찾아 사방을 수소문하고 다녔지만 그는 보이지 않았다. 딱 한 번을 제외하고는. 그때 그는 어떤 스페인계 여자와 소방 대피용 사다리에 앉아 있었는데 그를 불러내려 이야기를 나누기까지 한참이 걸렸다. 그가 한 말이라곤 이제 갓 뒷골목을 벗어났다는 것뿐이었다. 그는 계획중인 다른 일들을 끝내야 한다고 말했다. 그는 코니아일랜드에 사는 누군가를 임신시켜서 그 일을 처리해야 한다고 말했고 캐런은 가슴 깊은 곳에서 생각이 멎는 것을 느꼈다. 질투와 상실로 이어지는 가슴속의 그 무엇. 게다가 어떤 남자가 접근하여 오마르가 자기 총을 훔쳤다고 억지주장을 늘어놓고 있었다. 손잡이에 테이프를 감은 꺾인 금속 물체. 그녀는 그 사내의 말을 들으면서 여자들이 신문지 헤드라인 페이지에 영아들을 말아서 두고 가는 그런 경사진 복도와 구멍난 문짝과 금간 복도의 무게를 느꼈다. 오마르는 그녀에게 뒷골목이 그립지 않다고 말했다. 그는 굵직한 계획을 많이 가지고 있었다. 그가 현금화할 수 있는 계획들도 있었다. 그녀는 그의 말에 귀를 기울이며 그를 그리워했다. 그의 눈빛이 왔다갔다했으며 그녀는 그가 자신을 바라보고 있는 게 아니라는 사실을 알았다. 그것이 그녀에게 이상한 느낌을 주었다. 자신이 시야와 마음과 기억 속에서 영원히 사라지려 하고 있으며 자신이 자주 생각하게 될 그 누군가가 있으며 그 사람은 그녀가 누구인지 잊어버릴 거라는 사실, 심지어 그녀가 바로 그곳에 서 있어도 그는 곧 그녀를 잊어버리고 말 거라는 사실을 알게 된 그 야릇한 느낌. 하지만 그것이 바로 오마르의 삶의 무게였고 그것들이 그녀가 결코 이해할 수 없을 뒤틀린 말투였다.

지하철의 가장 시끄러운 구역에서 음악이 연주되고 있었다. 계단 아래로 악사들이 통로에 흩어져 있는 것이 보였는데 그들은 키보드와 앰프와 바이올린과 솟아오르는 씸벌즈와 꼬리를 흔드는 쌕소폰을 가지고 있었다. 회전문에는 강력한 증언으로 복음을 전파하는 사람들이 있었다. 사람들이 모래통을 옆에 두고 동전이 떨어지기를 기다리며 앉아 있었다. 악사들은 잡동사니를 쇼핑카트에 담아두고 있었고 날카로운 소리를 내며 들어오는 지하철과 희미한 파열음을 내는 역내 안내방송 속에서 음악을 연주하고 있었다.

경고의 전조는 그녀가 작업실에 혼자 있을 때 나타났다. 은빛 광채 하나가 저 멀리 쌍둥이 건물 몸통을 타고 올라갔다. 그녀는 한쪽 팔에 전류가 흐르는 듯한 느낌이 들어서 창문에서 벗어났다. 지그재그 모양의 은색 빛을 보고 그녀는 즉시 타임스퀘어의 건물을 휘감던 문자 뉴스 생각을 했다. 그녀는 번개를 맞은 것 같은 단어의 흐름을 보았고 택시 안에 앉아 있을 당시에는 놓쳤던 이름을 보았고 울부짖으며 기도하는 수백만의 애도 인파에 관한 문장을 보았다. 그녀는 손을 더듬어 소파 쪽으로 가서는 15분 동안 꼼짝도 않고 앉아서 단어들이 건물을 가로질러 모퉁이를 지나 다른 쪽으로 계속 달려가는 것을 보았다. 그녀는 이제 다른 쪽을 볼 수 있었다. 그러자 고통과 욕지기가 밀려왔다. 그녀는 시간감각이 없었다. 그 빛은 금속성이었고 강렬했다. 쎈데로 루미노쏘. 그것은 그녀의 몸 안에 있었으며 고통 덩어리에서 빛을 내뿜고 있었다. 아름답게 들리는 그 빛나는 길.

그녀는 브리타가 지금 자신과 함께 방 안에 있다는 사실을 깨달았다. 이제 오케이였다. 그녀는 계속 오케이라고 말했다. 오케이라는 말은 수많은 나라에서 쓰이고 있었다.

그날밤 두 사람은 소파에 앉아 텔레비전을 보면서 동시에 대화도 나누었다. 그들은 말을 하면서 텔레비전을 시청했다. 그러다가 화면을 바라보고, 이미지들 뒤에서 말하는 목소리를 들었다.

그것은 호메이니의 죽음이었다.

그것은 수백 마일까지 이어지는 군중들의 머리 위로 높이 솟은 제단 위의 유리관 속에 누워 있는 아야툴라 루홀라 호메이니의 시신이었다. 카메라는 군중의 호흡을 미처 다 흡수하지 못했다. 카메라가 파노라마를 찍듯 아래위로 움직였지만 그 번뇌에 찬 무리의 가장자리까지는 닿을 수가 없었다. 화면에 나타난 군중은 가장자리도 경계도 없이 계속 퍼져나갔다.

목소리가 말했다. 군중은 대략. 그러면 화면은 애도하는 군중들을 보여주었고 캐런은 그들의 삶 속으로 들어가서 그들이 집과 오두막에서 나오는 것을 볼 수가 있었다. 사람들의 물결, 그러고는 훨씬 더 과거로 돌아가 침대에서 자고 있다가 기도를 위한 기상나팔 소리를 듣고는 집에서 나와 먼지 낀 광장에 모여 함께 행진하며 빈민촌을 벗어나는 모습이 떠올랐다.

목소리가 말했다. 추모객들이 울부짖으며 기도합니다.

도로에는 애도 만장들이 있었다. 호메이니의 대형사진들이 건물 벽에 걸려 있었고 군중 속의 많은 사람들이 머리와 가슴을 쳤다.

목소리가 말했다. 강물처럼 밀려드는 인파. 그리고 캐런은 이제 다음날의 모습을 보고 있음을 깨달았다. 장례식, 군중은 3백만으로 추산되었고 하나같이 검은 옷을 입고 있었으며, 모든 도로와 고속도로가 검은 옷을 입은 추모객들로 가득 찼으며 묘지까지 40킬로미터를 달리는 사람들도 있었다. 슬픔과 애도 속에 달리다가 주저앉고 실려나가고 끌려나가고, 시신을 보려고 애쓰는 사람들 때문에 버스 한대의 지붕이 꺼졌다.

목소리가 말했다. 광적인 애도. 슬픔을 이기지 못해 손으로 자기 머리를 치는.

시신은 흰색 수의에 덮인 채 도로를 통과하지 못하는 냉동승합차 속에 누워 있었다. 군중을 해산시키려고 경찰이 하늘에 대고 총을 쏘아 시신이 나아갈 길을 열었고 팽팽한 원호를 그리며 물을 뿜어대는 소방호스가 보였다.

군중이 불어나서 아우성을 치자 승합차는 뒤로 돌아갔고 시신은 묘지까지 헬리콥터로 수송되어야 했다.

군중에 둘러싸인 매장지를 찍은 항공사진들이 있었다. 캐런은 그것들이 천년 전 시끄러운 소리를 내며 포위당해 무너지는 어떤 거대도시의 사진 같다는 생각이 들었다.

나중에 헬리콥터가 착륙하자 군중들이 울타리를 부수고 들어갔다. 산 자들이 죽은 자를 자신들 속으로 되살려오려고 애를 쓰고 있었다.

캐런의 두 손이 입을 막고 있었다.

산 자들은 억지로 매장지로 뚫고 들어가 머리를 피로 물들이고 머리카락을 쥐어뜯으며 자욱한 먼지 속에서 숨을 헐떡였다. 그리고 호메이니의 시신은 밑이 얕은 들것처럼 생긴 자그마한 상자 속에 안치되었다. 캐런은 자신이 테헤란 남부의 빈민가로 들어갈 수도 있고, 사람들의 삶 속으로 들어갈 수도 있고, 어버이를 잃어버렸다고 탄식하는 그들의 말도 들을 수 있다는 걸 알았다. 기상나팔에 잠을 깨는 모든 빼앗긴 자들. 슬픔, 슬픔이 오늘이다.

산 자들은 시신 위로 엎어져 시신을 땅에다 내동댕이쳤다.

산 자들은 자기들의 어버이가 죽었다는 사실을 받아들이지 않는다. 그들은 자기들 속으로 그분이 되돌아오길 바란다. 그분은 자기들 중에서 결코 죽어서는 안되는 사람이다. 자기들이 죽는 게 낫지 그분이 죽어서는 안된다.

목소리가 말했다. 미친 듯이 기도하는 추모객들.

산 자들은 스스로를 치며 피를 흘렸다. 그들은 수의를 찢고 죽은 자를 그들의 물결 속으로 끌어오려고 애를 썼다. 살아 있는 자들의 파도 속으로 끌어와 시간의 흐름을 되돌리고 그분이 살 수 있도록.

캐런의 두 손이 얼굴을 눌렀다.

산 자들은 호메이니의 시신에 손을 대고 그의 육신을 주무르며 온기를 유지하려고 애를 썼다. 그들은 피 묻은 셔츠를 입고 있었으며 많은 이들의 머리에는 피에 흠뻑 젖은 수건이 둘러져 있었다.

캐런은 자신이 그들 속에 있다고 느꼈다. 그녀는 턱수염을 기른 남자들, 검은 옷을 입은 추모객들과 혁명수비대원들에 둘러싸인 채 수의를 걸치고 들것 위에 놓인 시신을 보았다. 그들은 지도자의 시신에 손을 대고 수의를 찢으려고 싸우고 있었다.

그녀는 그의 가늘고 흰 두 다리가 빛에 노출된 것을 본다. 그들은 시신을 사이에 두고 싸우고 있었고 자신들의 얼굴을 치고 있었다.

그녀는 죽은 자에 대한 세심한 배려란 무엇일까를 생각하며 이 광란의 장면을 지켜보는 동안 기절할 것만 같은 기분이 들었다. 그것은 죽은 자는 보호되어야 한다는 생각을 손상시키는 일이었다. 그의 섬세한 두 손과 다리는 너무도 부당하게 노출되어 있었다. 산 자들이 시신을 들고 구내를 줄지어 돌아다녔으며 병사들은 총을 쏘아댔고 피에 젖은 사람들의 머리가 보였다.

하지만 그들은 그저 그분을 자기들 속으로 되살려오고자 하는 것뿐이었다.

목소리가 말했다. 여덟 명이 발에 밟혀 죽었으며 수천명이 부상을 입었습니다.

하지만 이것은 이제 한 육신의 이야기일 뿐이었다. 그것은 산 자들이 땅에 넘겨주기를 거부하는 하나의 육신 이야기가 되어가고 있었다. 그들은 더위와 슬픔으로 기절하고 있었다. 무덤 속으로 뛰어드는 사람들도 있었다. 그녀는 너덜너덜해진 육신을 무덤 입구로 내던지는 사람들을 보았다. 그들 자신의 육신은 이제 더이상 중요하지 않았으며 슬픔으로 절룩거리고 휘었다. 그들은 지도자가 들어가지 못하도록 스스로가 무덤을 차지하려 했다.

캐런은 그들의 삶 속으로, 헛간과 비포장도로 속으로 되돌아가보았다. 그러고는 화면을 바라보았다.

물대포가 켜지고 병사들이 총을 쏘아 마침내 시신을 회수했다. 그들은 그것을 헬리콥터에 실었고 날개가 돌아가며 헬리콥터가 떠오르기 시작할 때 캐런은 헬리콥터의 열린 문으로 들것이 삐어져나오고 시신이 들것 위에 노출되어 있는 것을 볼 수 있었다.

하지만 산 자들이 헬리콥터 위로 떼지어 몰려들어 다시 지상으로 끌어내렸다.

그녀만 유일하게 이 장면을 보고 있을 뿐 이 채널을 보는 다른 사람들은 모두 화장을 하고 은폐 마이크를 단 세 명의 남자가 스튜디오 안에서 전해주는 침착한 뉴스 분석을 듣고 있을지도 몰랐다. 그녀의 두 손이 양쪽 광대뼈를 눌렀다. 그녀는 시신이 헬기 문 밖으로 삐어져나오고 먼지가 위로 솟아오르고 검은 옷을 입은 추모객 무리가 활주부에 매달린 채 헬기를 땅으로 끌어내리는 것을 보았다.

그들이 잊고 있는 것은 죽은 자에 대한 세심한 보호였다.

군대가 군중을 다시 몰아내자 헬리콥터가 다시 한번 솟아올랐다. 이번에는 헬기가 산 자들을 쓸어버렸다. 그들은 헬기 날개의 돌풍에 밀려나서 머리와 가슴을 찧었다.

목소리가 말했다. 여섯 시간 후. 그리고 캐런은 그 장소 주위에 완전히 새로운 울타리가 쳐진 것을 보았다. 화물 컨테이너와 이층버스들. 텔레비전 음향이 있었고 매장지 너머까지 펼쳐진 벌판 위로 증폭되어 퍼져나가는 경고가 있었고 지평선에는 군중들, 망원렌즈 가장자리까지 들어찬 군중들.

시신이 든 금속제 관을 싣고 헬리콥터가 착륙하자 무덤까지의 짧은 거리를 혁명수비대가 어깨에 메고 운구했다.

그런데 그때 군중이 다시 밀려들었다. 피에 젖은 머리띠를 두르고 울부짖는 사내들, 그들은 장벽을 올라가 매장지를 덮어버렸다.

목소리가 말했다. 울부짖으며 기도하는 추모객들. 목소리가 말했다. 구멍 속으로 몸을 던지는군요.

캐런은 자기 말고 또 누가 이것을 보고 있을지 상상할 수가 없었다. 다른 사람들도 보고 있다면 그것은 진실일 수가 없다. 다른 사람이 보고 있다면, 만약 수백만명이 보고 있다면, 그 수백만명이 이란 평원 위의 숫자와 일치한다면, 그것은 우리가 그 추모객들과 뭔가를 공유하며 고통을 알고 우리들 사이에 뭔가가 통하고 또 우리가 뭔가 역사적인 슬픔의 한숨소리를 듣는다는 의미가 아니겠는가? 그녀는 고개를 돌려 소파 팔걸이에 몸을 기댄 채 말없이 담배를 피우고 있는 브리타를 보았다. 이 여자가 바로 자신을 위해 믿음을 가져줄 사람이 필요하다고 말한 그 여자, 사람들이 신념을 위해 피를 흘리는 것을 본 그 여자이다. 이 여자는 그런데 한 나라 한 인종의 광란을 보고도 이렇게 조용히 앉아 있다. 다른 사람들도 이 영상을 본다면 왜 아무런 변화가 일어나지 않는가. 이 지역 군중은 어디 있는가, 왜 우리는 아직도 이름과 주소와 자동차 열쇠를 소유하고 있는가?

여기 그들이 보인다. 검은 옷을 입고 무덤으로 돌진하는 사람들. 헬리콥터들이 벌판 위로 낮게 날아든다. 헬기들은 산 자들 머리 위로 위험한 각도로 내려와서 그들을 먼지와 소음으로 감싸버렸다. 스스로를 때려 의식을 잃은 사람들이 비틀거리며 군중들의 머리 위로 손에 손으로 넘겨져 근처의 회복지역으로 보내진다.

슬픔, 슬픔이 오늘이다.

무덤까지 겨우 10미터였지만 수비대가 그 지점에 이르러 관을 내려놓는 데는 적어도 광란에 찬 10분은 걸렸다. 이것은 산 자들이 내주기를 꺼리는 하나의 육신에 관한 이야기이다.

시신이 일단 묻히자 그들은 그 위에 콘크리트 블록을 쌓았다. 헬리콥터가 먼지를 차올렸으며 많은 추모객들이 울며 쓰러졌다. 저녁이 되자 수비대는 검은 화물 컨테이너 하나를 평상형 트럭에 실어서 옮기더니 무덤 위에 놓아두었다. 산 자들이 컨테이너 벽을 타고 올라가 그 위에 꽃을 뿌렸으며 금속 표면에는 아야툴라 루홀라 호메이니의 사진들이 붙어 있었다.

목소리가 말했다. 그 검은 터번, 흰 수염, 깊고 친근한 두 눈.

검은 베일을 쓴 여자들, 온몸을 베일로 가린 여자들, 캐런은 그 단어를 기억하려고 애썼다. 차도르, 차도르를 쓴 여자들이 화면에 가까이 잡혔고 컨테이너에 갖다댄 많은 손들이 있었고 사진을 만지는 손과 금속에 갖다댄 손들이 있었다.

캐런은 그 여자들의 삶 속으로 되돌아갔다. 그녀는 그들이 좁은 거리에서 카메라를 향해 다가오는 것을 보았다. 그리고 더욱 멀리 그들이 자라나던 시절까지 돌아가보았다. 그녀들이 머리에 쓴 검은 베일 속에서 세상을 바라보던 그

시절, 불타는 하늘 아래 하나의 이름을 부르며 난생처음으로 머리에서 발끝까지 검은 옷을 입을 때의 느낌까지 되돌아가보았다.

산 자들이 표지판을 들고서 기도를 했다. 우상 타파자이신 호메이니가 오늘 알라와 함께 계신다. 밤이 깊어가자 산 자들이 슬픔에 잠겨 두 손으로 가슴을 쳤다.

아침 일찍 공원에서 무엇보다 먼저 그녀는 깨어 있는 사람들에게 말을 걸었다. 몇몇 사람들이 종이컵에 커피를 들고 벤치에 웅크리고 앉아 있었고 어떤 여자는 수영장 담장에 담요를 널고 있었다.

캐런이 말했다. "우리는 곧 한가족이 될 겁니다. 그날이 가까이 왔으니까요. 완전한 비전이 보이고 있으니까요."

그런 뒤에 그녀는 야외음악당 무대로 기어올라가 침낭 속의 육신들과 삼베와 비닐 사이를 돌아다녔다. 그녀는 단호한 자세로 쪼그리고 앉아 바닥에서 1인치 높이로 손깍지를 낀 채 한사람 한사람에게 말을 걸었다.

그녀가 말했다. "그날을 대비하세요. 마음과 가슴으로 준비하세요. 인류 전체를 위한 계획이 있습니다."

그녀는 눈을 뜬 육신을 찾으며 무대를 가로질러갔다.

그녀는 말했다. "하느님의 가슴만이 유일한 가정입니다. 빨리빨리. 온전한 세상의 자녀들이여."

괴롭게 잠을 자는 소리들, 말로 다할 수 없는 꿈에서 새어나오는 신음소리들. 그녀는 잠이 깬 채 누워 있는 사람들에게 말을 걸었다. 그들이 말했다. 그녀 주위엔 온통 거친 기침소리, 콧속을 긁는 소리, 숨쉬는 육신의 노래들이었다. 그것은 참으로 근사한 작품 같았다. 코를 후비는 메케한 공기, 이불과 땀과 오줌과 입은 채로 잠을 잔 옷에서 나는 오래된 죽은 냄새. 그녀는 친숙한 최초의 빛 속에서 잠을 자고 있는 주위의 온갖 사람들에게 이야기를 건넸다.

그녀는 말했다. "이제는 단 하나의 비전만 있으니까요. 그분이 먼 곳에서 우리에게 오셨어요. 매일 매순간 하느님이요. 서둘러야 하는 시간이 곧 옵니다."

푸른 널빤지 속에 뒤엉킨 박스 집들을 지나서, 모자 달린 운동복을 입고 담배 한개비를 나눠 피우는 두 사내도 지나서, 소형 경찰차 한대가 잽싸게 달려갔다. 부서진 접이식 의자 속에 몸을 기울이고 앉은 채 잠든 여자도 지나서. 먹이를 찾아 돌아다니는 비둘기가 머리와 옷을 쪼아도 땅바닥에 잠들어 있는 사내도 지나서. 유목인 야영지의 법칙을 아는 모든 사람들, 그들이 동여맨 꾸러미, 봉투 속의 봉투, 쪼그라든 채 자신의 삶에 정해진 공간을 읽고 있는 사람들도 지나서.

캐런은 무대에서 내려와 자기 말을 주의깊게 들어줄 사람을 찾았다. 그녀는 머릿속으로 총재님의 완전한 말씀을 준비해두고 있었다.

13

그 연락선에 대해서는 두 가지 이야기가 있었다. 그것은 레바논 해안에서 약 50킬로미터 떨어진 곳에서 포함의 포격을 맞고는 방향을 되돌려서 라르나카로 돌아왔다. 사망 2명, 실종 1명, 부상 15명. 그게 아니면 그 연락선은 레바논 항구 주니에 아주 가까이 다가갔다가 육상기지 포대의 포격이나 로켓 발사체에 맞고서 방향을 돌려 라르나카로 돌아왔다. 사망 1명, 실종 1명, 부상 9명.

빌은 항구에 내려가 연락선이 들어오는 것을 보았다. 그가 세어보니 흰색 선체에는 열여덟 개의 구멍이 나 있었다. 그 연락선의 이름은 '스토아학파의 제논'이었고 천명의 승객을 태웠지만 55명만 무사히 여행을 마쳤다는 이야기도 있었다.

또다른 이야기에 따르면 그 포함이 레바논 해역에서 작전중이었다고 했다. 그들이 시리아 사람일 수도, 이스라엘 사람일 수도, 레바논 사람일 수도 있겠지만, 만약 그들이 레바논 사람들이었다면 그들은 어떤 기독교 장군이 통제하는 임시 기지에서 작전중이었을 것이고 그 장군은 이 연락선을 적대세력에게 무기를 싣고 가는 이라크 화물선이라고 생각했을 수도 있다는 말이 있었다.

그러나 만약 그 연락선이 육상기지 포대의 포격을 받았다면 시리아에 충성하는 시아파나 이란에 충성하는 시아파가 포격을 가했거나 이스라엘에 충성하는 기독교도가 그랬을 수도 있다는 이야기가 있었다. 또다른 이야기는 시리아 사람들의 책임이라고 했다.

빌은 승객들이 뱃머리의 출입구를 나와 부두에서 기다리는 사람들을 향해 천천히 걸어오는 것을 보았다. 한낮이었고 날씨는 더웠으며, 그는 하루 이틀 일찍 도착했더라면 자신도 지금 그 사람들 틈에 끼어 축 늘어져 터덜터덜 걷거나 어딘가에 죽어 있거나 실종이라고 언급되었을 거라고 생각했다. 소문에 따르면 사상자들은 해상에서 영국 공군 헬리콥터에 의해 구출되어 그 섬의 어느 영국 기지로 수송되었다고 했다. 키프로스에는 요즘 레바논 사람들이 수천명 살고 있는데, 만약 그 숫자가 정확하다면 이제 죽은 사람과 실종자를 제외한 55명이 집으로 돌아갈 생각을 하다가 예상치 못하게 되돌아왔다.

그는 까페와 가게를 지나 야자수가 늘어선 해안 산책로를 따라 걸었다. 옆구리 통증이 심해졌고 또 이제 상복부 바로 앞부분에서 오래 지속되었다. 그는 이제 그 통증을 잘 알았다. 때로는 통증이 처음 느껴지는 순간부터 친숙하게 느껴지기도 하는 법이다. 어떤 증상들은 어떤 집단적 통증의 역사를 통해 말을 하는 것 같았다. 우리는 그 통증을 느꼈던 사람들의 경험을 알고 있다. 빌은 자신이 과거에 합류한 느낌, 어떤 친밀하게 되살아나는 고통의 혈통에 합류한 듯한 느낌이 들었다.

그는 테이블 하나에 자리를 잡고 브랜디를 주문했다. 산책로를 가로질러 가로등이 늘어서 있었고 그는 황혼이 질 때까지 온종일 이곳에 앉아서 기다릴 수도 있다는 생각을 했다. 바닷바람이 시원하게 불고 전등이 켜질 때까지. 야자수나무 사이로 길게 고리를 이루며 이어져 있는 전선에 매달린 형형색색의 전구들. 여기 좀더 앉아서 이른 새벽까지 메탁사를 마시는 것이다. 고결하게도 19세기까지 거슬러올라가는 이 약술. 그러고는 정오쯤에 다시 와서 좀더 오래 앉아 있는 것이다. 그 연락선이 다시 운항한다는 이야기가 나돌기를 기다리며.

그는 자신이 죽거나 부상당하거나 실종될 수도 있다고는 정말 생각하지 않았다. 죽음에 관해서라면, 그는 총구나 다른 어떤 치명적 무기에서 죽음이 자기에게 다가오는 것을 보게 되리라는 생각을 더이상 하지 않았다. 지금까지 그는 그렇게 생각해왔다. 누군가의 총에 맞고 죽는다. 도둑이나 사슴 사냥꾼이나 고속도로의 저격수가 아니라 어느 열렬한 독자의 총에. 그는 가끔씩 그렇게 될 것 같은 낌새를 느끼며 그 음산한 일이 벌어지는 것을 생각해보았다. 그는 스스로를 철저히 격리시켰지만 어느 강력한 논리로 인해 어느 고독한 젊은이가 이 일에서 사명을 발견할 수도 있었다. 카메라를 메고 다니는 사람들과 총을 휘두르는 사람들이 있었지 만 빌은 그 둘 사이에 미미한 차이도 발견할 수 없었다. 자아 창조를 하고 있는 충혈된 두 눈의 자그마한 아이, 빌의 상상 속에 떠오르기 시작한 그 아이는 전신거울 속에서 살다가 어떤 소설을 발견하는데 그 소설이 위험하고도 광채나는 방식으로 자신에게 무언가 말해주고 있다고 느끼는 그런 어린 아이에 불과했다. 스콧은 이런 부류가 아니었다. 그는 어두운 마음을 떨쳐버릴 만한 야심과 지능을 가지고 있었다. 그럼에도 그는 책을 읽고 소문들을 긁어모은 뒤에도 추구할 것이 더 남아 있음을 보여주기 위해 상자 속에서 숨을 헐떡이며 솟아나온 듯한 아이이기도 했다. 빌이 우편으로 받았던 손가락이 하나 있었다. 그는 그것을 한동안 보관하고 있었다. 결혼반지를 끼는 손가락일 거라고 추측하며. 미라처럼 갈색으로 변한 손가락, 그는 그것을 바라보며 도대체 그게 무슨 의미일까 생각하곤 했다. 하지만 그것은 아주 오래전의 일일 뿐 이제 그는 우체국에서 걸어나오면 깡마른 소년이 대각선으로 다가오며 여러 주에 걸쳐 그가 예상하고 있던 악당 같은 미소를 지어 보일 거라는 생각은 더이상 하지 않게 되었다.

그는 그녀의 얼굴이 어떻게 생겼는지 떠올려보고 싶었다. 그 사진작가의 얼굴, 그리고 그녀의 자동응답기에 대고 말하고 싶었다.

그는 머물던 호텔로 돌아가기 시작했다. 다리는 별로 아프지 않았고 자동차에 치일 때 아스팔트에 부딪혔던 어깨도 괜찮았다. 지금은 다른 쪽 어깨에 통증이 있었다. 어떤 대형 호텔 로비에 들러 그는 『빠리 헤럴드』지를 한부 집어들면서 영국에서 오는 일군의 수의사들을 환영하는 안내판을 보았다. 다시 의사들 사이에 있게 되는군. 신문에는 전투를 피해 수천명이 베이루트를 떠난다고 쓰여 있었다. 죽은 자들을 묻을 공간이 더이상 없어서 공동묘지들 입구에는 관들이 쌓여 있다. 시 외곽에서는 사람들을 무더기로, 묘지 하나에 두세 구씩 묻고 있었다. 폐허가 된 건물 외벽에는 두개골들이 페인트로 그려져 있었으며 물은 어디에도 없었고 쥐들만 살쪄가고 전기는 단절되었다.

빌은 자신이 그곳에 가더라도 어떤 위험에 직면하지는 않을 것이라고 믿었다. 고립뿐이겠지, 가차없고 냉혹한, 진실로 자신이 이 모든 세월 동안 예행연습해온 근본적인 바로 그것. 그리고 연락선이 운항하지 않으면 수중선이라도 운항할 테지. 바다 수면으로 삼각파도를 밀어올리며 집중포격 사이를 운항하겠지. 어쩌면 그것마저 운항하지 않을 수도 있겠지. 하지만 공항이 다시 개방될 수도 있지. 사방에서 테러에 맞닥뜨리며 고향으로 되돌아가는 예닐곱 명의 베이루트 난민들과 함께 유령 같은 비행기를 탈 수도 있겠지.

거리에서 그는 그가 묵고 있는 호텔 이름을 기억하려고 애를 썼다. 어느 쪽으로 가야 하는지 누군가에게 물어보기 위해서였다. 그 호텔은 작고 숙박료가 쌌으며 계류장에 펄럭이는 돛대에서 적당히 떨어진 거리에 있었다. 자신도 그렇게 살 수 있었을 것이다. 자동응답기와 명품 침대시트와 내달리는 범선과 사랑하는 여인과 아궁이 속에서 지글거리는 숭어 요리. 그는 숨을 깊이 쉴 때마다 고통이 느껴진다는 사실을 알았다.

방에 돌아와 그는 메모지에 비용을 적었다. 그리고 자신이 지난번에 쓴 페이지들을 읽어보고는 더이상 쓸 수가 없다고 생각했다. 너무 힘이 들었다. 대수술보다 힘이 더 들었지만 그렇다고 생명이 연장되는 것도 아니었다. 벽에 걸린 사진을 보니 그가 앉아 있는 방 바깥에 존재하는 모든 것들이 다 보였는데 그게 바로 그가 쓰고자 하는 것이었다. 그것은 천 광주리에 담긴 고기잡이 그물 사진이었다. 그 속엔 섹스와 기억과 열망과 옛 친구 이름과 세계의 주요 하천들이 있었다. 글쓰기란 곧장 뛰어들면 영혼에 해가 되는 것이었다. 그것은 최악의 버릇들을 보호해주었다. 모든 것을 실패와 실패의 잔해로 좁혀나갔다. 지혜에 배신의 위기를 부여했고 나약한 가슴에는 침묵 속으로 빠져들 근거를 부여했다. 그는 왜 자신이 그 인질에 대해 쓰고 싶었는지 기억할 수가 없었다. 반쯤 마음에 드는 몇페이지를 쓰기는 했지만 진짜 핵심이 무엇이었던가?

그는 위를 올려다보며 큰 소리로 말했다. "켈트너가 야구공에 살짝 눈길을 주며 시간을 끌고 있습니다. 아, 던지는군요. 전차선처럼 휘는군요, 여러분."

그는 신발과 양말을 벗었다. 그는 두 발을 침대에 걸친 채 의자에 구부정하게 앉아 허벅지 위에 메모장을 반듯이 놓았다. 그는 의사를 만나야 했고 술을 마셔야 했다. 우선 마시

자. 하지만 일어서자면 아플 테고, 까페까지 걸어가 앉아서 숨을 쉬자면 아플 테고, 들이켜는 것마저 아플 테니 여기에 고전적 딜레마가 있는 것이다. 찰리에게 술을 어떻게 끊었는지 물어보았어야 했다. 그는 이 오랜 친구를 사랑했다. 최근 뉴욕과 런던에서 함께 보낸 시간들이 끝없이 사랑스러웠으며, 이곳을 떠나 찾아가서 작별 악수를 하고 싶은 끝없는 욕망을 느꼈다. 찰리는 파크 애비뉴에서 나이를 먹는 게 어떤 것인지 말하곤 했는데, 빌은 자신이 노쇠한 늙은이가 되어 소리나지 않는 운동화를 신은 말없는 흑인 간호사의 보살핌을 받고 있는 모습을 상상해보았다. 그 간호사는 언제나 한결같이 그를 밀어주며 햇볕을 쬐게 했다. 그는 너무 늙고 나약해서 숨도 겨우 내쉴 지경이었지만, 그들은 그에게 파티에 가는 꼬마아이에게 하듯 옷을 입혔다. 그에게 너무 큰 재킷을 입혔고 셔츠 깃을 목에서 느슨하게 하여 무기력하리만치 화사해 보이게 했다. 그는 하루 중 가장 따뜻한 시간에 자신이 담요를 뒤집어쓰고 가장 볕이 잘 드는 거리에 나가 앉아 있는 모습을 보았다. 보도에 그늘이 지면 그 간호사가 햇살 쪽으로 그를 밀고 갔으며, 천천히 햇볕이 드는 곳으로 이동하여 마침내 전쟁 전에 지은 건물 모퉁이에서 그가 꼼짝도 않고 햇볕만 쬐게 했다. 그곳이 바로 앞으로 15분간 빛이 더 드는 곳이었기 때문에. 찰리는 이런 노쇠한 말년을 그려보면서 치욕과 기쁨으로 얼굴이 붉어지곤 했다.

그게 바로 빌이 맞이할 수도 있는 죽음이었다. 아몬드 비누와 개조한 부엌과 자동응답기를 가진 과부. 그는 자신의 옛 친구들을 사랑했지만 그들에겐 뭔가 부러운 구석이 있었다. 그게 무엇이건간에 그들이 그것을 포기하길 바랐다. 그래야 다시 한번 서로 똑같아질 수 있을 테니까.

폭죽은 딱총이라 불렀다.

그것은 주로 머리카락으로 이루어진 삶이었다. 타자기 속으로 굴러들어가는 머리카락, 한올 한올 길게 먼지에 쌓여 해머들 사이와 연결부품들 사이로 보풀처럼 올라가는 머리카락, 거머리처럼 섬유질이 비누에 꾸불꾸불하게 달라붙듯이 운모판에 달라붙어 있는 머리카락. 그래서 그는 엄지 손톱으로 그것을 긁어내야 했다. 빌의 모든 세포와 비늘과 입자들, 빌의 희미한 색소, 다발처럼 덩어리져서 둥글게 뭉친 머리카락의 끝없는 곰팡이.

연락선을 기다리는 동안 경치 구경이나 좀 해야겠다. 그가 소리내어 이렇게 말했던가? 터키식 항구, 영국식 공동묘지. 그는 천천히 자세를 바꾸며 여러 방향으로 동작과 무게 변화를 시험해보았고, 쉽게 일어설 수 있다는 걸 알게 될 때까지 그의 얼굴은 찌푸린 모습을 보였다. 그는 화장실에 가서 오줌을 누었는데 핏빛은 보이지 않았다. 그가 셔츠를 올리고 복부에 난 처음의 상처를 살펴보니 더 커지거나 변색되지는 않았다. 중년의 똥배, 뜨개질하고 있는 두툼한 동네. 거울을 보며 그는 며칠간 면도를 하지 않았다는 걸 알았다. 얼굴의 긁힌 상처는 더 좋아지지도 나빠지지도 않았다. 좋아지면 좋아졌지 더 나빠진 건 명백히 아니었다. 그는 양말과 신발을 신고 그저 입을 벌리고 있는 종이에서 벗어나기 위해 주위를 한번 둘러볼 생각이었다.

오른쪽 어깨가 심하게 쑤셨다.

그는 인질을 구해오기 위해 그 인질에 관한 글을 자신이 쓰고 있노라고 죠지에게 말해줄 수도 있었다. 그자들이 그를 지하실에 가두는 순간 세상에서 사라져버린 그 하나의 의미를 되돌리기 위해 자신이 글을 쓰노라고. 어쩌면 그게 그거였다. 당신들이 누군가 죄없는 사람에게 처벌을 가하고, 죄없는 희생자들로 지하실을 채운다면 당신들은 의미의 세계를 텅 비게 만들고 별도의 정신의 국가를 하나 건설하는 셈이며, 그러면 마음이 마음 바깥의 것들을 소진하여 실재하는 것들을 플롯과 허구가 대체하게 되는 것이라고. 어떤 허구는 자신 속에 세계를 축소시켜넣고, 또 어떤 허구는 사회질서 위에 펼쳐지기 위해 사회질서를 향하여 밀고 나아간다고. 그는 죠지에게 작가란 의식을 드러내고 의미의 흐름을 증가시키기 위한 하나의 방편으로 인물을 창조한다고 말해줄 수도 있었다. 이게 바로 우리가 권력에 대응하는 방식이며 우리가 공포를 물리치는 방식이라고. 의식의 한계와 인간의 가능성을 확장함으로써. 당신들이 낚아채간 시인. 그 시인을 억류하는 건 이 세계로부터 의미의 재봉사를 하나 더 제거해버리는 것이라고. 빌은 비록 죠지를 좋아했지만, 그 개자식에게 이런 것들을 말해주고 싶었다. 하지만 전에는 이 문제를 이런 식으로 생각하지 않았을 뿐 아니라 죠지도 테러리스트들이 힘을 가지고 있지 않다고 말했을 터였다. 어쨌거나 빌은 시간이 얼마 지나지 않아서 죠지가 이 모든 일을 잊어버릴 거라는 사실을 알았다.

그는 중요한 것들을 기억했다. 그의 아버지가 리츠라는 모자를 쓰고 있었으며 그 모자는 검은 테에 회색이었으며 가장자리는 원색이고 가두리에 똑딱이가 달려 있었다는 사실, 그리고 누군가 언제나 "모자를 주문하기 전에 머리 크기부터 재시오"라는 말을 했는데 그건 씨어스 리벅 카탈로그의 광고문구였다는 사실, 그리고 폭죽이 딱총이라 불렸다는 사실 등을.

그는 입을 벌리고 있는 종이에서 벗어나 햇살 속으로 나가 앉고 싶다고 생각했다. 택시를 잡아타고 해안 산책로로 내려가 고기잡이 그물과 천 광주리 무더기가 쌓여 있는 근처의 벤치로 가고 싶었다. 신발끈을 다 맨 그는 그러나 침대 시트를 끌어내린 뒤 그 위에 드러누웠다. 잠시만, 현기증이 멎을 때까지만, 자신이 희미하게 멀리 사라져가는 그런 무기력한 그 느낌이 멎을 때까지만.

머리카락이 코바늘 뜨개질한 깔개 가장자리에 붙어 있었다. 욕조의 배수구 거름망 주위에 소용돌이처럼 걸려서 악취 방지 장치에 엉켜 있는 머리카락, 씽크대 바닥 주위에 더럽게 걸려 있는 머리카락, 변기통 가두리에 꼬불꼬불하게 붙어 있는 음모, 옷깃 안쪽에 찰싹 붙어 있는 뒷덜미의 곱슬머리, 베개와 입 속과 저녁식사 쟁반에 붙어 있는 머리카락. 그러나 그가 가장 주목하는 곳은 타자기에 쌓인 머리카락이었다. 기계 속에 자리잡은 그의 머리카락들, 희끗한 몰락, 힘없는 혼란, 깔끔하거나 날카롭거나 밝지도 않은 그 모든 것들.

언제나 햇살 속으로 자신을 밀고 나가줄 사람을 찾았으면.

우리가 보지 말아야 할 것이 언제나 있는 법이지만 우리가 결국 보게 된다는 게 바로 성장의 조건이다.

소년이 두건을 벗겼을 때 인질은 벽에 붙어 있는 도마뱀을 찾았다. 그것들은 작고 창백하고 은은한 녹색이었으며 너무나 창백하고 꼼짝도 하지 않아서 그는 집중을 해야만 찾을 수 있었다.

그 지하실은 그의 열망을 모두 소진시켜버렸다. 이미지들만이 그와 함께 있었다.

시간이 움직인다고 행여 우리가 말할 수 있다면, 우리가 그걸 시간이라고 부를 수 있다면, 시간이란 건 모든 것을 아는 벌레들에 의해 고통스럽게 천천히 움직였다. 시간이 그에게 말을 걸 지경이었다. 시간도 나름의 좌절을 간직한 채 음식과 음식의 효과 속에 들어 있어서 열병과 전염과 끝없는 묽은 배설의 형식으로 그의 몸에 서서히 스며들었다.

하지만 이미지들은 작고 밀폐되어 있었으며 시간에 따라 희미해져갔다. 그는 불타는 도시와 발사대에서 날아가는 로켓을 생각하고 싶었다. 하지만 그가 생각할 수 있는 유일한 이미지는 모든 일이 반쯤만 희미하게 복도 저쪽 끝 어딘가에서 일어나고 있는 건물 안의 빽빽하고 은밀하고 작게 밀폐되어 있는 순간들뿐이었다.

인질을 불안하게 만드는 것이 바로 이것이었다. 몽당연필도 종이 쪼가리 하나도 없다는 사실. 그의 생각은 머리에서 쏟아져나오는 순간 사라져버렸다. 생각이 계속 떠오르게 하자면 그는 자기 생각들을 볼 수 있어야만 했다.

그는 도마뱀을 빛의 파편이라고 생각했다. 길게 가늘어져가는 옥 모양의 햇빛 줄기. 그는 벽에 붙은 도마뱀들의 자세를 기억하여 그것들을 두건의 세계 속으로 가져오려고 애를 썼다.

소년은 누군가의 조깅복 윗도리 안에 어두운 색깔의 티셔츠를 입고 있었으며 거의 언제나 군용 작업복 바지와 초라한 줄무늬 운동화를 신고 있었다.

이제는 계획된 전쟁이 더이상 없었다. 어느 때고 전쟁은 일어날 수 있었고, 어디선가 항상 전쟁이 벌어지고 있었다. 이스라엘 전투기가 사정없이 도시를 강타하며 작렬하는 하늘 위에 태곳적의 우주적 굉음소리를 냈다.

인질은 자신이 소년의 것이라고 생각했다. 그는 소년이 건드려서 자기 내키는 대로 아무렇게나 만들 수 있는 간편한 대상이었다. 그는 소년의 어린시절, 밝게 반짝이는 소년기에 대한 관념이었다. 어린 남자는 어떤 것을 발견하면 그것을 곧장 자기 존재의 중심으로 가지고 간다. 그것은 자신이 누구인가 하는 비밀을 간직하고 있다. 인질은 이에 대해 생각했다. 그는 소년이 자신을 명확히 들여다볼 수 있게 해주는 운이 좋은 발견물이었다.

그러나 그는 그때 도마뱀에 대한 기억을 중단했다. 그것은 그가 정확히 이해할 수 없는 혐오스러운 어떤 규칙을 위반했다.

그의 육체가 부풀어오르기 시작했다. 그는 자신의 두 다리가 공기처럼 희게 떠오르는 것을 바라보며 그것들이 자기 자신의 다리라는 사실을 받아들이지 않았다. 그의 육체가 그의 다양한 목소리들과 함께 스쳐지나갔다.

아무도 그를 심문하러 오지 않았다.

제대로 서 있거나 매트리스 위에서 자세를 바꾸기마저 쉽지가 않아서 그는 자신이 영원의 상태를 모아놓은 존재가 될 시기가 가까워졌음을 알았다. 그들이 그를 발견하고 들어올 것이다. 피부조직에서는 심각한 분비물이 나오고, 가슴에는 경련이 일고, 모든 고질병과 지병들.

그는 공책과 연필을 원했다. 글로 적지 않고서는 형성할 수 없는 생각들이 있었다.

그는 셔츠를 벗은 채 철조망에 걸려 있던 사내를 생각했다.

의미있는 사물의 부재에 적응하기란 쉽지 않았다. 규칙들이 바뀌었는지 약간 정교해졌는지 완전히 항구적으로 폐기되었는지, 또는 애초에 규칙들이 존재하기나 했는지 그는 확실히 알 수가 없었다. 우리가 그것들을 규칙이라고 부를 수 있거나 규칙이라 불리는 것의 찌그러진 기억을 신뢰할 수 있다고 한다면.

그는 자신을 소년과 동일시했다. 그는 돌이켜 생각하는 부질없는 마음의 척도를 통해 자신이 소년이 될 수 있는 그 누구라고 생각했다. 가끔 그는 소년을 기억한다고 생각했다. 어느 흐릿한 여름날 그 소년이 우연한 시간의 수축 속에 나타나 문 옆에 서 있는 순간이 있었다.

인질은 두건 아래로 두번째 어둠을 감지하고는 전기가 또 나갔다는 사실을 알았다. 그는 그저 평범한 또 한명의 베이루트 사람이었다. 전기도 없고, 수도도 없고, 언제나 그렇듯이 휘파람 소리를 내며 날아가는 포탄 소리에 귀를 기울이는 사람.

인질의 기억이 생생히 살아 있을 때 소년이 자신의 발바닥을 때리는 도구로 사용했던 구부러진 강철 막대기에는 아직도 긴 콘크리트 조각들이 붙어 있었다.

전투 소리는 들렸지만 차량 소리는 들리지 않았다. 자동소총과 박격포 위로 굴러가던 일상적인 경적 소리만 들렸다. 텅 비어가는 도시. 그는 파괴된 긴 골목들을 따라 뚜렷한 풍경들을 떠올려보려 애썼다. 슬픈 마지막 유희, 그러나 그것마저 이제 더이상 되지 않았다.

그의 뒤에는 움켜쥘 듯 강렬한 긴장 외에는 아무것도 없었다. 모든 에너지, 물질과 중력이 앞에 있었고 미래가 도처에 있었으며 사람들이 말하는 모든 것들이 참을 수 없이 늘어져 있었다.

두건도 이해할 수가 없었다. 왜 두 사람 모두 두건을 쓰고 있어야 했을까? 소년은 미래의 어떤 예기치 못한 시점에 신원이 밝혀지는 것으로부터 자신을 보호하기 위해 두건이 필요했다. 그런데 인질이 두건 쓰는 것을 소년이 원했다면, 눈구멍 없는 두건을 처벌 삼아 원했다면, 공중의 구멍을 원했다면, 소년에겐 자신을 위한 두건은 필요가 없었다. 인질의 누더기 두건 입구멍을 통해 음식을 먹일 수 있었으니까.

희미하게 떠오르는 두 가지 이미지. 의자에 묶여 있어야 했던 할머니. 아버지는 취해서 변기에 앉아 있고 내려진 바지 사이로 튀던 구토물.

글쓰기만이 그의 외로움과 고통을 흡수할 수 있었다. 글로 쓰인 단어들만이 자신이 누구인지 말해줄 수 있었다.

그는 소년이 지하실을 떠나는 척하지만 사실은 그냥 남아서 그를 관찰할 때가 있다는 사실을 알았다. 그는 소년의 발견물이었다. 그 소년이 땅에서 긁어 파낸 광채. 그는 집중하고 있는 존재가 있음을 알았으며 소년이 정확히 어디 서 있는지 알고서 매트 위에서 꼼짝도 하지 않고 소년이 관찰하는 내내 죽음 같은 적막을 살폈다.

두건 아래의 작고 밀폐된 이미지들.

세상 속으로 나갈 수 있는 유일한 길은 여기서 글을 쓰는 것이었다. 그의 생각과 단어들이 죽어가고 있었다. 그로 하여금 열 개의 단어만 쓰게 해도 그는 다시 존재하게 될 것이다.

그들은 문 한짝이 떨어져나간 자동차로 그를 여기로 데려왔다.

젖은 종잇조각 하나와 개가 물어뜯은 연필이라도 하나 있다면. 자신의 공포를 써서 없앨 수 있을 텐데, 종이 위에 적어서 몸과 마음에서 벗어던질 수 있을 텐데.

마지막에 생각할 시간은 있을까?

그는 소년이 문 옆에 서 있다는 걸 알고서 그 소년의 얼굴을 단어를 통해서 보려고 애썼다. 소년이 어떻게 생겼는지 상상하려고 애썼다. 피부와 두 눈과 윤곽선, 얼굴이라 불리는 것의 모든 측면들, 이 소년도 얼굴이 있다고 말할 수 있다면, 실제로 두건 아래 뭔가가 있다고 믿을 수만 있다면.

빌은 옆 테이블의 목소리에 귀를 기울이며 자신이 영국 수의사들 사이에 있음을 알았다. 남자 두 명 여자 한 명. 그는 여자 앞에 놓인 음식을 보며 손가락으로 가리켰다. 웨이터가 주문서에 휘갈겨쓰더니 사라졌다. 빌은 브랜디를 죽 들이켰다.

그는 빈 잔을 들고 일어서며 수의사들 쪽으로 몸을 기울였다.

"실례합니다." 그가 말했다. "글쓰는 사람의 질문 한두 가지에 대답해주실 수 있는지요? 실은 제가 전문 의학지식이 필요한 책 한 문단을 쓰는 중이라 가르침이 좀 필요한데 30초 동안만 귀찮게 해드려도 될지 모르겠습니다."

그들은 괜찮다는 표정을 지었다. 그들은 상당히 친절했고 당황하거나 크게 방해받진 않는 듯 보였다.

"작가라는데." 여자가 다른 사람들에게 말했다.

턱수염을 한 육중한 남자는 빌을 자세히 살폈지만 다른 두 사람은 재미있는 일이 벌어질지, 귀찮은 일이 벌어질지 서로를 쳐다보고 있었다.

"우리가 들어본 이름일까요?" 턱수염의 수의사가 목소리에 의심의 흔적을 섞어서 말했다.

"아니, 아닙니다. 전 그런 작가는 아닙니다."

자기가 무슨 말을 하는지 빌 자신도 몰랐지만 아무도 그 말에 혼란을 느끼지 않았다. 그 말이 나름대로 그들을 만족시켜서 낯선 여행자들 사이에 조용하고 편안한 대화의 조건을 만들어주었다.

빌이 텅 빈 자기 잔을 바라보고는 어딘가 있을 웨이터를 찾느라 눈길을 돌렸는데 그의 눈길은 산책로 저 아래 다른 식당에까지 이르렀다.

"당신이 쓴 걸 우리가 읽어봤을 수도 있지 않을까요?" 그 여자가 말했다. "이를테면 공항 같은 데서라도 말이죠. 그런 곳에서 읽는 책의 저자는 잊어버리기 십상이잖아요."

다른 두 사람이 동의의 표정을 지으며 그녀를 쳐다보았다.

"아니, 그럴 것 같지 않습니다. 결코 그렇진 않을 거예요."

그녀는 체구가 자그마하고 얼굴이 넓었다. 그는 그 모습이 예쁘다고 생각했다. 갈색 단발머리와 말을 할 때 앞으로 약간 나오는 입과 잘 어울렸다.

"어떤 종류의 글을 쓰시는데요?"

"소설입니다."

턱수염 사내가 신중하게 고개를 끄덕였다.

"제가 말이죠, 어떤 문단을 하나 쓰고 있는데, 책을 아무리 많이 파도 전문가 한분과 1분 이야기하는 것만도 못할 그런 내용이라서 말이죠."

"영화화된 것도 있나요?" 그 여자가 말했다.

"그렇지, 선생 책 중에 영화로 만들어진 것도 있나요?" 두 번째 수의사가 말했다.

"죄송하지만 그냥 책뿐입니다."

다른 남자가 빌을 바라보며 텁수룩한 턱수염 사이로 엷은 미소를 지었다.

"하지만 작가라면 당연히 모습은 드러내시겠지요?" 그 여자가 말했다.

"텔레비전 같은 데 말이야?" 두번째 수의사가 말했다.

"다른 것들도 있을 수 있지요."

빌이 지나가는 웨이터에게 손짓을 하며 잔을 높이 들었지만 웨이터가 그를 봤는지, 또 그가 마시는 술이 뭔지 알고 있는지 확실하지 않았다. 색전등들이 켜졌고 멀리 줄지어 선 야자나무 바로 뒤의 흰색 건물 꼭대기층 발코니에 몇사람이 서 있었다.

빌은 테이블 옆에 쭈그리고 앉은 채 말을 하면서 수의사들에게 번갈아 눈길을 주었다.

"좋아요. 제 주인공이 시내 도로에서 차에 치였습니다. 부축을 받지 않고 걸을 수는 있고요. 몸에는 타박상을 입었습니다. 격통과 동통은 느끼고요. 하지만 그는 대체로 정상입니다."

"알고 계시긴 한 거죠?" 그 여자가 말했다. "우리는 동물의 질병과 상처를 진단하고 치료하는 의사들입니다, 동물만 말이죠."

"그건 압니다."

"사람이 아닙니다." 두번째 수의사가 말했다.

"그래도 한번 여쭤보겠습니다."

빌은 갑자기 일어서서 웨이터를 따라가 이미 비어 있는

잔을 다시 비우고 그에게 건네며 천천히 브랜디 이름을 발음했다. 그러고는 다시 돌아와 테이블 옆에 쭈그리고 앉았다.

"그래서 제 주인공이 며칠 뒤에 심한 증상을 경험하게 되는데요, 주로 복부 옆구리에 강하고 지속적인 통증을 느끼는 겁니다."

다른 웨이터 한명이 수의사들에게 와인을 더 가지고 왔다.

"그리고 그는 체내에 상처가 생겼을까, 어느 기관일까, 얼마나 심각할까, 얼마나 고장이 났을까 생각하는 겁니다. 왜냐하면 그는 여행을 할 계획이기 때문이죠."

"그렇다면 그의 소변에 피가 섞여 나옵니까?" 턱수염 사내가 말했다.

"소변에 피는 섞여 있지 않습니다."

"그 친구 소변에 피가 섞여 있다면 선생이 신장에 관해 좀더 재미있게 쓸 수 있을 텐데요. 그러면 우리가 도와줄 수 있을 텐데요."

"그의 소변에 피가 섞여 나오게 하고 싶지는 않습니다."

"독자들이 그렇게 까다로울까요?" 여자가 말했다.

"아닙니다, 통증이 앞쪽에 있다니까요."

"비장은 어떻습니까?" 두번째 사내가 말했다.

빌은 잠시 생각하다가 물어보지 않을 수 없었다. "개도 비장이 있습니까?"

이게 그 사람들에게는 아주 우스운 질문이었다.

"개가 비장이 없는데도 내가 작은 털짐승들 비장 절제술을 해주며 멋진 경력을 쌓을 수가 있었겠소." 턱수염의 수의사가 말했다.

그의 크고 호탕한 웃음이 빌은 마음에 들었다. 빌의 첫 마누라는 빌이 의사들을 너무 좋아한다고 경멸했는데 그것은 그가 그녀보다 더 오래 살려고 꾀를 부린다고 생각했기 때문이다.

"한가지만 더 말씀드릴게요." 빌이 말했다. "제 주인공은 음주 습관이 있습니다."

"그렇다면 그 친구 비장이 정말 비대해졌겠군요." 두번째 수의사가 말했다. "비대해진 비장은 손상을 입기 쉬워서 출혈이 있을 수 있는데 그러면 통증이 상당히 심할 겁니다."

"하지만 비장은 왼쪽에 있잖습니까." 빌이 말했다. "제 주인공은 오른쪽에 통증을 느끼는데요."

"그 말은 하지 않으셨잖아요?" 여자가 말했다.

"제가 깜빡했나 보군요."

"통증을 왼쪽으로 옮겨서 비장이라고 쓰시지그래요?" 턱수염의 수의사가 말했다. "제가 보기에는 실제로 비장 출혈이 멋지 않았을 수도 있습니다. 그걸 쓰시면 꽤 괜찮을 것 같습니다만."

웨이터가 브랜디를 가지고 오자 빌은 그것을 다 마실 동안 손을 치켜들며 정식 휴식을 요청했다.

"하지만 보십시오, 저는 오른쪽으로 해야 하거든요. 그게 제 주제를 위해 필수적입니다."

그들이 잠시 멈칫하며 이 말을 염두에 두는 것이 느껴졌다.

"오른쪽 위로 할 수는 있습니까?" 두번째 남자가 말했다.

"그렇게는 할 수 있습니다."

"숨을 깊이 들이쉴 때 그 친구가 통증을 좀 느낀다고 할 수는 있습니까?"

"숨을 쉴 때 통증이라. 그렇게 하죠."

"그 친구 오른쪽 어깨가 쑤신다고 할 수 있나요?"

"예, 할 수 있을 것 같습니다."

"그러면 완전히 해결됐습니다." 여자가 말했다.

"간장 파열입니다."

"혈종이군요."

"팽창 부위에 피가 고였습니다."

"바깥으로는 드러나지 않습니다."

웨이터 한명이 빌의 저녁식사를 가지고 와서 옆 테이블에 놓았다. 모두 잠시 그 모습을 바라보았다. 그러자 빌은 그 테이블로 가서 접시와 나이프와 포크를 가져와 수의사들의 테이블 옆에 쪼그리고 앉아 고기를 썰었다.

"그러면 이 불행을 퍼뜨리는 게 바로 간이군요. 이 친구도 그럴 거라고 짐작했습니다. 그다음에는 어떻게 써야 할까요? 이 친구가 어떻게 생각하고 느낄까요?"

여자 수의사가 두번째 수의사를 쳐다봤다.

"어질어질할까?"

"그렇겠지."

"머리로 피가 돌지 않으니까요." 그녀가 빌에게 말했다.

"또 어떤 게 있나요?"

"혈압이 떨어지고 복강 내에 곧 급성 염증이 생기겠지

요."

"하지만 이 친구는 여행을 하려고 하는데요." 빌이 말했다.

"절대로 불가능합니다." 두번째 수의사가 말했다.

"어떤 여행인데요?" 여자가 말했다.

"배를 타려고 합니다. 순항선이나 여객선 말이죠. 그리 멀리 가거나 힘들지는 않을 겁니다."

빌은 와인을 조금 따르며 그들의 얼굴을 하나씩 살펴보았다.

"절대로 그럴 수는 없습니다." 턱수염 수의사가 말했다.

"그렇지, 그렇게는 안되지요." 여자가 말했다. "여행하게 해서는 안됩니다. 한계를 넘어서는 거니까요. 절대 안됩니다."

빌은 와인을 마시며 우스운 느낌이 들었다.

"하지만 어지럼증만 있다면요? 머리에 피가 돌지 않는 것 말이죠? 사람들이 그래서 순항선을 타는 거잖습니까."

"미안하지만, 안됩니다." 여자가 말했다.

턱수염 수의사가 말했다. "그 친구에게 우리가 동의하는 그런 증상을 부여하신다면 유일하게 믿을 만한 것은 의사뿐입니다."

"아니면 간단히 그 친구를 혼수상태에 빠지게 하거나."

빌은 고기를 모두 자른 뒤에 한입을 물었다. 그는 일어서서 웨이터를 찾았다. 공기가 상쾌하고 유쾌하게 느껴졌다.

"기분나쁘게 생각하진 마십시오, 여러분, 하지만 우리가 잉꼬 한마리를 두고 이야기하는 건 아니잖아요. 이 인물은 그것 말고는 건강한 인간입니다."

"그것 말고는 건강하다. 근사한 표현이군요."

"그것 말고건 아니건, 건강한 인간들의 문제는 의사들이 배운 대로 처방하게 놔두질 않는다는 겁니다."

"동물이 처음이자 마지막이자 언제나이죠." 여자가 테이블 끝을 잡고 의자를 당기며 말했다.

빌이 웨이터의 주의를 끌어 빈 잔을 흔들며 다른 손으로 따르는 시늉을 했다. 턱수염 수의사가 와인을 따랐다.

"좋습니다." 빌이 말했다. "제 주인공이 전문가의 충고와 지혜를 따르도록 할 생각입니다. 이런 상태의 환자가 개인병원에 나타나면 의사는 정확히 어떻게 할까요?"

"당장 앰뷸런스를 부르겠지요, 그렇지 않겠어요?" 턱수염 수의사가 말했다.

그들은 좋은 시간을 보내고 있었다. 두번째 수의사가 빌의 테이블에서 의자를 하나 끌고 왔고 빌은 의자에 앉아 고기 한점을 더 먹었다. 웨이터가 브랜디를 가져왔고 그들은 와인을 더 시켰다.

그들은 해변의 나이트클럽에 가기로 했다. 엄청나게 많은 레바논 사람들이 피난을 가거나 동경하는 장소. 빌은 택시 구석에 끼어앉아서 정신이 멍하고 눈이 침침해지는 것을 느꼈다. 멍하다. 그것은 그가 여러 해 동안 들어보거나 생각해본 적이 없는 단어였다. 수의사들은 대홍수를 기리는 주요 지역축제인 카타클리스모스를 위해 기사에게 즉흥시를 하나 지어보라고 권하고 있었다.

나이트클럽은 크고 붐볐다. 핸드마이크를 잡은 한 중년 여자가 테이블 사이를 오가며 아랍어와 프랑스어로 만가를 불렀다. 빌은 함께 온 수의사 세 명이 밖에서 어슬렁거리다 발견한 다른 두 명의 수의사와 함께 빼곡히 들어찬 좌석 끝머리에 앉아서 술을 마셨다. 약 40초마다 한번 샴페인 병에서 코르크 마개가 열렸다. 빌은 홀 저쪽에 자기 책이 보인다고 생각했다. 두껍고 알칼리 잉크로 얼룩지고, 입은 굳게 다문 채 탈색되고 산화된 얼룩덜룩한 표지, 부러진 이가 펄프 밖으로 빛을 내는 듯한 책. 그 모습이 너무도 진짜 같고 현실 같아서 잠시나마 그의 멍한 정신을 맑게 해주었다. 춤추는 무대에는 엉겨붙은 커플들. 그러다가 어떤 사람의 얼굴에 대고 터진 샴페인 병. 그 사내는 크림처럼 빛나는 피와 거품 속에 서서 얼룩진 양복을 내려다보고 있었다. 여기저기서 복장에 관한 말들이 오갔다. 두개골 모양 보석류를 달고 있는 여자들과 위장용 썬글라스를 끼고 민병대 복장을 이것저것 걸친 몇명의 젊은 괴한들이 있었다. 논쟁이 전체 홀로 퍼져나갔고, 샴페인이 펑 소리를 내며 흘러넘쳤으며, 빌은 클럽 내의 분위기가 두 가지 상반된 마음을 가지고 있다고 생각했다. 소음과 지껄임 중심에는 반성적인 분위기, 집을 향한 열망과 그 속에 감추어진 비밀이 있었고, 전쟁을 벗어나고 싶지 않다는 공유된 인식, 전쟁이 그들을 끌어들이고 있으며 약탈당한 호텔과 뒤집힌 석조물들을 지나 그들이 여기 온 것은 기꺼이 손을 맞잡고 죽음의 춤을 추기 위해서라는 인식도 있었다. 그리고 그는 흰 얼굴에다 기묘하게 생긴 키

작은 한 사내가 조그만 무대로 올라가 루이 암스트롱의 목소리로 「칼잡이 맥」을 노래하는 것을 보았는데, 그는 오카리나처럼 우르르 울리는 그 유명한 목소리를 완벽하고 섬뜩하게 모방하고 있었다. 빌은 가방 속에 살아도 될 만한 반토막짜리 육체에서 흘러나오는 그 소리가 듣기 싫었다. 그것은 섬뜩하고 지독하게 무서웠지만 수의사들은 도취된 채 속삭이지도 눈을 깜빡이지도 않았다. 그것은 그들이 밤새워 기다리던 상어의 노래, 대격변의 노래였다.

숨을 쉬면 아팠다. 그는 손으로 여자 수의사의 허벅지를 쓸어내렸다. 이마를 가로질러 직선으로 자른 그 여자의 머리는 새 학용품이 가득 찬 창고 속에서 선생님을 더듬어 올라가는 것 같은 느낌을 갖게 만드는 그 무엇이 있었다. 오 하느님, 그녀가 허락하게 하소서. 나중에 남자화장실에서 빌과 턱수염의 수의사는 말 한마디 눈짓 하나 없이 서로를 지나쳤다. 먼 도시의 이방인들 속에서 보내는 긴 밤의 우연들 속에서 그것은 충분히 자연스러워 보였다. 빌에게는 바닷바람과 색칠한 전구들이 달려 있는 산책로의 그 장면 이후 하나의 일생이 왔다간 듯한 느낌이 들었다.

호텔 침대에서 잠이 깼을 때 그는 팬티 차림에 아직 양말 두 짝과 신발 한짝을 신고 있었다. 자신이 있는 곳이 어디인지 알아채는 데에도 한참이 걸렸다. 그 문제가 해결되자 그는 어떻게 돌아왔는지를 기억해내려고 애썼다. 나이트클럽을 떠난 순간이 기억나지 않았다. 그는 그 사실이 무서워졌다. 술에 취해 비틀거리며 어딘가 어두운 곳에서 벽을 들이 받는 자신의 모습이 떠올랐다. 세상의 위험은 엄청나다. 그는 이제야 그걸 알게 되었다. 위험에 몸을 내맡기다니 자신이 얼마나 바보스러웠고 또 운이 좋았는지. 담뱃갑에는 담배가 한개비 있었다. 그는 신발 한짝은 벗고 담배를 피웠다. 잃어버린 시간 속에서 자신이 용케도 여러 가지 미묘한 모험을 하며 평생의 혼란을 질질 끌고 왔다는 생각을 하니 이상했다. 그런 생각은 그를 무섭게 하고 왜소하게 만들었지만 또한 음험하게 그를 매혹시키기도 했다.

그는 중요한 것들을 기억했다. 메뚜기를 먹은 아이가 입을 벌리면 메뚜기 날개 조각과 눈과 어적어적 씹힌 몸통의 육즙이 이 사이로 새어나오던 모습.

그는 화장실에 가서 침을 뱉었다. 가래를 끌어올려 밖으로 뱉었다. 그는 소변을 보았다. 그는 물건에서 마지막 오줌 방울을 털어냈다. 이게 그의 인생이었다. 그는 담배를 유리 선반 위에 두고 얼굴을 씻었다. 얼굴을 말린 뒤 그는 침대 끝에 가 앉아서 담배를 깊이 빨았다. 손에 든 담배를 자세히 살폈다. 이 얼마나 멋진 아이디어인가, 머릿속에 쾌락이 솟아나게 하기 위해 담배를 잘게 잘라넣고 얇은 종이껍질로 싼 이 조그마한 롤. 전에는 이것을 발견하지 못했다는 사실이 재미있었다.

그가 바지를 내렸었다. 아니면 다른 누군가가 내렸다. 왼쪽 신발은 벗기지도 않고서. 밤을 가로질러 기록된 기이함의 고요한 흔적들. 그는 이 담배가 네 모금 정도 더 남아 있기를 기대했지만 두 모금만 남았다는 사실을 알았을 때 영혼을 잃어버린 듯한 분위기가 덮쳐오는 것을 느꼈다.

그는 몇시간을 잤다. 깨어보니 초저녁 같았다. 아래층에 전화를 거니 찾아가볼 만한 의사의 이름과 주소를 하나 주었다. 옷을 입고는 자신이 아주 정상이라는 생각에 의사 문제는 잊어버릴 태세가 되었다가 다시 생각을 가다듬었다가 또다시 잊어버리려 했다가 마침내 배가 고파졌다, 그것은 의심의 여지 없는 회복의 표시였다.

그는 의사를 찾아가리라 결심했다. 문밖으로 걸어나가기 전에 그는 연락선 사무실에 충동적으로 전화를 걸었다. 연락선이 다시 운행한다고 했다.

그는 몸을 어루만져 숙이며 여권과 지갑과 여행자수표를 찾았다. 소지품을 가방에 던져넣고 퇴실 수속을 했다. 연락선 사무실에 도착한 그는 자신을 포함해서 딱 세 명으로 이루어진 줄에 섰다. 그는 일몰과 황갈색 해안이 등장하는 포스터들을 바라보았다. 어떤 남자가 전선 버팀대에 매단 둥근 금속 쟁반에다 커피와 냉수가 담긴 잔들을 얹어가지고 들어왔다. 그것은 역사가 깃들인 순간처럼 느껴졌다. 매표원이 손짓을 했고 사람들은 잔을 하나씩 들고 둘러서서 이야기를 나누었다.

"그런데 주니에 항구까지는 얼마나 먼가요?"

매표원이 말했다. "킬로미터로 따져서 대략 240쯤 됩니다."

"그러면 주니에에서 베이루트까지는 어떻게 갑니까?"

"택시 탈 만한 거립니다. 택시 타세요."

"할증요금을 물릴까요?"

"당연하지요."

"배에 난 구멍은 어떻게 되었나요? 다 수리됐나요?" 여기서 한바탕 재미있는 일이 벌어졌다. 다른 사람들이 말이나 눈짓 없이 농담을 주고받았다.

"구멍은 걱정 마세요."

"다 수리됐나요?" 빌이 말했다.

"구멍은 모두 수면 한참 위에 났습니다."

"우리는 구멍 이야기는 안합니다." 다른 손님이 말했다.

"구멍은 아주 사소한 겁니다." 매표원이 말했다.

빌은 컵 바닥의 가루 냄새를 코로 킁킁 맡으며 통증이 아무렇지도 않다는 듯 잊어버리려 애를 썼다.

"그럼 휴전협정은 어떻게 되었나요? 이번에는 진지한 것 같습니까?"

"그들은 모두 진지합니다. 휴전을 보며 이건 지속되고 저건 기회가 없다고 말할 수는 없으니까. 그들은 모두 진지하기 때문에 휴전이 지속되지 않는 겁니다."

"하지만 휴전협정이 연락선의 안전에 영향을 미칠까요? 휴전 조건에 해상 포함도 들어 있나요?"

"해상은 아무 문제가 안됩니다." 매표원이 말했다.

"우리는 해상 문제는 이야기하지 않습니다." 또다른 손님이 말했다.

"육지에 비하면 해상은 사소한 문제니까요."

그가 여행자수표로 배표를 지불하자 매표원은 비자가 있

는지 물었다. 빌은 비자가 없었다. 매표원이 국무성에서 발급하는 포기 증서가 있는지 물었지만 빌은 그런 걸 들어본 적도 없었다.

"신경쓰지 마세요. 언제나 방법이 있으니까요."

"무슨 방법이 있습니까?" 빌이 말했다.

"주니에에 도착해서 여권관리소에 가시면 레바논 국군에서 나온 사람이 하나 있을 겁니다. 항상 한명은 있으니까요. 제복을 입은 그 사람이 고무 스탬프와 인주를 가지고 있지요. 그 사람에게 당신이 작가라고 말하세요."

"그럴게요. 나는 진짜 작가니까요."

"그자에게 보도용 출입증을 원한다고 말하세요. 돈이 좀 있으면 주인이 바뀔 수 있다고 그가 말할 겁니다. 그자가 종이 쪼가리에 스탬프를 찍으면 당신은 바로 주요 기독교 민병대의 보호 아래 놓이게 됩니다."

"그러면 그 나라에 입국하기 위한 비자가 필요없게 되는군요."

"전적으로 입국이 자유로워집니다."

"그런데 주인을 바꾸자면 돈이 얼마나 듭니까?"

"베이루트 같은 도시에 들어가기 위해 당신이 돈을 지불할 용의가 있다면 액수 따위는 신경쓰지 않으실 것 같은데요."

갑판 위에 서서 그는 족히 백명은 되는 사람들이 승선하는 모습을 보고 놀랐다. 어떤 사람은 아이들을 데리고 있었고, 가슴이나 어깨에 잠든 아기를 들고 멘 사람들도 있었다.

갈매기들이 이글거리는 햇볕 아래 하늘 높이 솟아올랐다. 그는 그 모습이 감동적이고 대담하다고 생각했다. 그 사람들은 그에게 소중했다. 가족들과 종이상자들과 쇼핑백들과 아기들, 한 문화의 음악 같은 흐름.

그는 계획을 짜야 한다고 생각했다. 아마 다음과 같은 계획이 되겠지.

주니에에서 베이루트까지 택시를 탄다. 기사와 흥정을 한다. 그 지역과 가장 빠른 길과 표준요금을 잘 아는 척한다. 베이루트에 호텔을 잡고 매니저에게 차 한대를 빌리고 기사 한명을 고용해달라고 부탁한다. 그 기사하고 흥정을 한다. 그 도시의 지리를 잘 아는 척하며 이런 여행을 여러 번 했다는 인상을 주려고 애쓴다. 지도를 보여준다. 그는 배표를 사고 나서 지도를 하나 샀는데, 이상한 것은 그가 베이루트 지도를 사기 위해 가게를 세 곳이나 전전해야 했다는 사실이었다. 마치 베이루트가 더이상 자격이 없거나 스스로의 모습을 모두 소진해버렸다는 듯이. 기사에게 지도를 보여준다. 남쪽 빈민가로 간다. 여기서부터 빌의 계획이 부실하고 희미해지지만 그는 결국 아부 라시드의 본부로 걸어들어가서 자신이 누구인지 말하게 될 것이라는 사실을 알았다.

빌은 어딘가 걸어들어가서 자신이 누구라고 말해본 적이 없다.

아직도 사람들이 승선하고 있었다. 햇빛이 하늘을 쪼개는 듯했다. 밤 속으로 희미하게 사라져가는, 높이 솟은 유황빛 창처럼. 빌은 자기 객실을 찾아갔는데 거기엔 철사 옷걸이

세 개와 침상 하나가 있었다. 그는 다시 어지러워져서 드러누우며 햇빛을 막으려고 팔을 얼굴에 댔다. 뱃고동이 울리자 그는 고통 속에서도 배가 아직 노래를 부르는 듯한 고동을 가지고 있다는 게 멋있다고 생각했다. 그는 잘 쉬고 있다고, 참 좋은 휴식을 취하고 있다고 생각했다. 그는 자기가 쓴 페이지들에 모순적 요소가 있다고, 잘못된 종류의 노력과 대립, 두 가지 방향에 대한 강조가 있다고 생각하며 결국에는 자신이 진정으로 인질에 관해 생각하고 있지 않다는 사실을 인식했다. 그 친구가 누구였지, 그는 생각했다.

그 글은 자신의 삶이 사라지게 하는 글이었다.

머리에 피가 돌지 않는다.

그는 그때를 생각했다, 언제였더라.

조금만 더 기다려주세요.

그는 고통에서 벗어나 다시 돌아오지 않으려고 애를 썼다.

그는 그때를 생각했다, 언제였더라. 그는 아이들와일드로 불렀던 공항으로, 그때는 그렇게 불렀지, 아이들와일드로 가는 택시 안에 앉아 있었는데 기사가 "나는 태어났습니다"라고 말했다. 그렇군요, 중요한 건 우리가 비행기 출발 두 시간 반 전에 그곳에 도착했어야 하는데 개인적인 일이 좀 꼬여서, 그러자 기사가 말했다. "저는 서두르면 서두를수록 좋다는 옛 교훈이 살아 있던 시대에 태어났습니다." 그는 그때 명심하자, 이 말을 반드시 암송해서 친구에게 써먹거나 책을 쓸 때 이용하자고 스스로 다짐했다. 왜냐하면 그 말에 중요한 것들이 담겨 있었으니까. 교훈이 살아 있던 시절에 태어난 것이다. 이 말을 길거리나 버스나 잡화점에서 들을 때면 가슴이 떨렸다. 사람들이 하는 말에 담겨 있는 창조할 수 없는 싯구, 고통 속에서.

그는 진정으로 잊혀지기를 희망했다.

그는 다시 멀어졌다. 이번에는 가파르게, 그리고 고통으로 되돌아가는 것에 대한 생각을 바꿨다. 그러나 그는 그 말을 잊어버린 뒤 결코 그 말을 하지 않았다. 한번도 사용하지 않았다. 아마도 35년 전에 케네디 공항의 이름이 아이들와일드였을 때. 시간은 돈이었다. 농부가 깊은 골짜기 속에 있었는데, 그곳이 너무나 가팔라서 그는 무서웠다. 돌아오려고 애썼다.

그의 아버지. 조금만 기다려주세요.

그의 아버지. 제발, 제발, 제발, 말씀드리잖아요.

그의 어머니. 나는 소매를 내리는 게 더 좋아요.

그는 자신의 숨소리가 바뀌는 것을 들을 수 있었다. 느리게 덮쳐오는 것을 느꼈다. 익숙하지만 전에는 결코 느낀 적 없는, 얕은 숨결의 역사에서 새어나오는 오래되고 느린 단조로움, 너무도 깊이 너무도 잘 알려진.

모자를 주문하기 전에 머리 크기부터 재시오.

그의 아버지. 이야기 좀 하자, 얘야.

그는 그것이 무엇인지 잘 알았다. 빛과 영혼들. 그리고 그것은 바다의 출렁임으로 바뀌었다. 아침을 향해 태양을 향해 항해하는 그 배.

주니에 너머로 깊이 팬 언덕 위에는 여명 속에 붉은 살점을 드러내듯 발코니가 달린 건물들이 몰려 있었다. 그 아래의 해안 산책로 옆 선착장 주변에는 음식과 음료수를 가득 실은 옆이 트인 트럭들이 몇대 주차해 있었다. 승객들이 모두 해안에 내리자 청소부들이 배에 올라갔고 다리를 저는 늙은이가 위층 우현에 있는 선실을 모두 맡았다. 그 늙은이는 침상에 누워 있는 남자를 발견하자 타박상을 입고 면도를 하지 않은 그의 얼굴과 더러운 옷을 쳐다보더니 창백한 목줄기에 부드럽게 손을 갖다대며 가녀린 맥박을 짚어보았다. 그는 기도를 내뱉으며 그 남자의 소지품을 훑었다. 보잘것없는 현금과 가방 속 물건과 가방은 그대로 두고 죽은 자에게 죄를 짓는 건 아니라고 생각하며 베이루트의 민병대에게 팔 만한 것들, 그 사내의 여권과 여타 신분증, 이름과 숫자가 적힌 것들을 가져갔다.

14

자갈길에서 차 문이 쾅 닫히는 소리가 나고 차가 떠나는 소리를 들으며 잠시 생각한 뒤에야 그는 고개를 돌려 부엌 식탁 너머의 창을 내다보았다. 걸어서 내려올 사람이 대체 누구였는가? 드문 방문객은 차를 타고 들어오게 마련이다. 그는 씽크대에서 프라이팬을 문질러 닦느라 이 각도에서는 누구도 볼 수 없었지만 일부러 자세를 바꾸지는 않았다. 왜냐하면 그게 누구건간에, 복음을 파는 사람이건 황야를 팔아먹는 사람이건, 지상의 멸종 생명을 팔아먹는 사람이건, 또는 그렇지 않건, 그는 곧 창문에 나타날 것이기 때문이었다. 드문 방문객은 뭔가를 배달하거나 수리하러 진흙 바퀴 자국을 따라 승합차나 픽업트럭을 덜컹거리며 내려오는데 보통 그런 사람은 낯익은 얼굴에 닳아빠진 신발을 신고 있다.

스콧은 수세미를 서너 번 더 문지른 뒤에야 눈길을 돌렸는데 물론 거기엔 캐런이 와 있었다. 그가 처음 그녀를 본 순간과 크게 다르지 않은 모습으로, 여름날 구름 같은 몽상가, 빌의 머리에서나 튀어나올 법한 그런 모습으로 토트백을 땅에 질질 끌면서.

그는 씽크대에 그대로 서 있었다. 프라이팬을 물로 닦은 뒤 몇번 더 문지르고 다시 물을 틀고 다시 문지르고 다시 물을 틀었다. 그는 캐런이 계단을 올라와 문을 여는 소리를 들었다. 그녀가 복도로 걸어들어왔고 그는 등을 보인 채로 물을 틀었다.

캐런이 말했다. "전화를 거는 대신 버스정류장에서 택시를 탔어요. 택시 타고 팁을 주기에 딱 맞는 돈이 있었고 완전 빈털터리가 돼서 돌아오고 싶었거든요."

"문지방에 바람이 불더니 바로 네가 걸어들어오는구나."

"사실은 2달러 남았어요."

그는 고개를 돌리지 않았다. 상황에 적응해야 했기 때문이다. 그는 이제 몇년째 자연스럽게 자기 역할에 맞춰가고 있었다. 버림받은 친구나 버림받은 연인의 역할. 우리는 우리가 은밀히 두려워하는 것이 실은 결코 은밀한 게 아니라 언제고 다시 발생할 공공연하고 영속적인 어떤 것일 뿐이라는 사실을 잘 알고 있다. 그는 물을 잠그고 프라이팬을 건조대에 넣고는 기다렸다.

"돌아오게 돼서 제 기분이 어떤지 아세요. 보고 싶었어요. 잘 지냈어요?"

"빌을 만났어?" 그가 말했다.

"계속 선생님과 함께 있는 느낌이었어요, 아세요? 하지만 실제론 그렇지 않았어요. 소식 좀 들었어요?"

"누구도 말을 안해."

"당신이 어떻게 될까봐 걱정이 돼서 돌아왔어요. 보고 싶기도 했고요."

"난 계속 바쁘게 지냈어. 일을 좀 했지, 정리하는 일."

"항상 정리하는 걸 중시하니까요."

"그게 바로 스콧이지." 그가 말했다.

그는 자신의 목소리가 낯설게 들렸다. 그는 자신이 한동안 소리내어 말하지 않았기 때문이라고 생각했다. 하지만 그건 상황 때문일 수도 있었다. 하나의 문장이 어디로 튈지, 한쪽으로 갈지 아니면 논리적인 반대방향으로 갈지 알 수가 없어서 말을 내뱉기가 위험했다. 그는 어느 쪽이건 갈 수가 있었다. 한쪽 반응이 다른 쪽 반응만큼 쉬웠으니까. 그는 자신이 하는 말과 완전한 연관을 맺고 있지 않아서 그가 하는 말에는 야릇하고 아슬아슬한 침묵이 배어 있었다.

"물론 당신은 혼자 있고 싶겠지요." 그녀가 말했다. "저도 그건 알아요. 분명 당신이 힘든 시기에 제가 떠났다는 것 말이에요. 하지만 솔직히 생각은 했어요."

"나도 알아."

"우리가 서로 오래 의존한 관계는 아니잖아요."

"괜찮아." 그가 말했다.

"저는 이런 식의 이야기를 잘 못해요."

"나도 알아. 괜찮아. 우리 둘 다 난처하니까."

"뉴욕에서도 전화하지 않았고 버스정류장에서도 전화하지 않았어요."

"그건 정류장이 아니야. 너는 항상 정류장이라 그러는구

나. 그건 잡화상 안에 있는 작은 매표소일 뿐이야."

"저는 전화는 믿지 않거든요."

그가 고개를 돌려 캐런을 보니 몰골이 말이 아니었다. 그는 다가가서 두 팔로 그녀를 껴안았다. 그녀가 몸을 떨기 시작했고 그는 그녀를 더 힘껏 껴안은 뒤 물러서서 그녀를 바라보았다. 그녀는 울고 있었다. 몸을 떨며 우는 모습을 보였지만 눈물을 흘리지는 않았다. 입을 삐죽 늘이고 있었고 두 눈에는 생기가 없었다. 그는 한손을 그녀 머리 뒤에 대고 부드럽게 자기 쪽으로 끌어당겼다.

두 사람은 도로 너머 숲속으로 멀리 산책을 갔다. 좁은 길에 앞뒤로 서서 걷다가 참새발 고사리밭으로 들어갔다. 그녀는 스콧에게 사진을 가져왔다고 말했다. 브리타가 찍은 빌의 사진 밀착 인화지. 그는 말은 하지 않았지만 평온과 보상, 자신이 입은 손상에 대한 부분적 댓가라고 느꼈다. 그녀는 브리타가 빌 또는 스콧의 동의 없이는 사진을 출판하지 않을 거라고 말했다.

두 사람은 그날밤 서로 오랫동안 껴안았다. 아니 축축한 손길 속에 누워 있었다. 아무렇게나, 하나는 엎드리고 하나는 반듯이 누운 채, 두 다리가 뒤엉긴 채, 말을 하다가 말다가, 아니면 서로 떨어져서 닦고는 이따금씩 잠들었다가, 파도처럼 격렬하게 사랑을 나누고, 신음소리를 내고, 내면의 절벽 속에서 서로 만났다가, 또는 캐런이 말하면 스콧이 웃음을 터뜨리고, 그녀가 흉내내는 깍쟁이 뉴욕 말투에 신이 나서, 그 사람들은 지절거리고 주절거리고 우적거리며 쨍그

랑거린다니까요, 또는 스콧이 말하기를 자기 마음속에는 캐런의 얼굴 윤곽선이 인쇄되어 있어서 식사를 하는 중에도 캐런 얼굴이 보였다, 보티첼리의 현대화된 레이저 이미지처럼 스스로의 머릿결 속에 붕 떠 있는 얼굴.

다음날 아침 두 사람은 차를 타고 35킬로미터를 가서 라이트박스와 돋보기를 산 뒤 다시 35킬로미터를 돌아왔다.

오후에 그들은 다락방 책상을 닦고 밀착 인화지를 그 위에 펼쳤다. 모두 열두 장이었는데 한 장에 서른여섯 개의 흑백사진이 들어 있었다. 다시 말해 여섯 줄에 각각 여섯 개씩의 프레임. 한 장의 크기는 가로 8.5인치 세로 11인치였으며 하나의 프레임은 길이 1.5인치 높이 1인치였다.

스콧과 캐런은 책상 양쪽 끝에 섰다. 그들은 몸을 숙인 채 손가락을 조심스레 옮기며 인화된 것들을 보았지만 철저히 분석하며 보지는 않았다. 그러기에는 아직 일렀다.

캐런은 두 손을 깍지 낀 채 등짐을 지고 있었고 한참 뒤에 스콧이 두 손을 주머니에 넣었다. 이런 자세로 두 사람은 책상을 향해 몸을 깊이 숙인 채 사진을 살피며 서로 자리를 바꾸었다.

저녁이 되자 일찌감치 저녁식사를 마친 뒤 스콧이 전화기 테이블을 다락방으로 옮겼다. 그는 그것을 책상 한쪽 끝에 이어붙인 뒤 그 위에다 라이트박스를 올렸다.

그들은 번갈아가며 인화지를 검토했다. 각각의 프레임들이 원래의 사진 촬영 순서대로 되어 있어서 그들은 브리타가 분위기를 감지하고 빌의 얼굴에 나타난 미세한 움직임을 추적하면서 그것을 확대하거나 설명해내고 진실로 만들고 빌답게 만들면서 어떻게 리듬과 주제를 잡아나갔는지 알 수 있었다. 빌의 사진들은 브리타의 생각의 편린들, 그녀의 마음과 눈을 보여주는 작은 해부도였다. 스콧은 브리타가 뭔가 계획되지 않은 것, 자연스럽게 생기는 것, 익숙한 일상 대화 속의 빌을 원했다고 생각했다. 그는 돋보기로 프레임을 하나씩 하나씩 살펴보면서 빌이 택한 삶의 언저리를 떠도는 모든 신비로부터 빌이라는 피사체를 구출해내는 사진작가 브리타를 보았다. 그녀는 그의 은둔을 지워주는 사진들을 찍고자 했고, 은둔이 다시는 일어나지 않도록 했으며, 그를 변화시켜 그에게 우리가 알고 있는 하나의 얼굴을 부여했다.

하지만 그렇지 않을 수도 있었다. 스콧은 하나의 사진이 얼마나 많은 의미를 담을 수 있는지 섣부른 이론 속으로 뛰어들길 꺼렸다.

처음 해야 할 큰일은 사진을 분류하는 일이었다. 카메라 앵글이나 피사체의 표정이나 방의 배경이나 음영의 정도에 따라, 얼굴 사진, 상반신 사진, 손이 있는 사진과 없는 사진, 배경이 뚜렷한 사진 등으로 목록을 만드는 것. 우리 앞에 놓인 것은 한가지를 나타낸다. 우리가 그것을 어떻게 분석하고 묘사하고 약호화하는가 하는 것은 별개의 이야기이다.

비록 어떤 면에서는, 언뜻 보기에는, 각 프레임들 사이의 차이가 너무도 미약해서 마치 한순간에 스쳐가는 가시적인 쓰레기 덩어리처럼 인화지 열두 장 모두가 손쉽게 반복되는 하나의 사진으로 보일 수도 있겠지만.

그러니 더욱더 분석이 필요했다. 왜냐하면 말할 것도 없이 그것들은 진짜 차이가 있었으니까. 두 손의 자세, 담배의 위치 등등. 철저한 조사를 하자면 시간이 필요할 것이었다.

아침을 먹으며 스콧이 말했다. "내가 생각하기 싫은 게 한가지 있어."

"무슨 말을 하려는지 알겠어요."

"우리는 빌이 돌아오지 않을 가능성, 우리가 다시는 그의 소식을 듣지 못할 경우에 대해서도 대비를 해야 해. 하지만 나는 당황하거나 화를 내지는 않을 거야."

"나도 그래요."

"우리 감정으로 그의 행동을 정의해서는 안돼."

"통상적인 기준을 적용해서도 안되죠."

"그가 무슨 일을 하더라도 우리는 그것이 그가 준비한 거라는 사실을 이해해야 해. 그가 지난 여러 해 동안 생각해온 것 말이야."

"선생님은 그래야만 했을 테니까요."

"그리고 세상 어느 누구보다 우리는 그에게 설명을 하라고 절대 요구해서는 안돼."

"우리가 여기 계속 살 수 있을까요?" 캐런이 말했다.

"집값은 지불했어. 그리고 빌도 우리가 여기서 살기를 바랄 거야. 게다가 내겐 빌이 준 월급에서 절약해둔 돈이 있으니까. 자동적으로 빌 통장에서 내 통장으로 그 돈이 들어오는데 그가 그걸 원치 않았다면 떠날 때 은행에다 말을 해두었겠지."

“내가 웨이트리스로 일할 수도 있고요.”

“우린 문제가 없을 거야. 우리가 사는 곳이 빌의 집이니까. 그의 책과 서류들이 주변에 온통 널려 있잖아. 그건 그의 가족에 달렸겠지. 그들이 사정을 알게 되면 우리 몰래 이 집을 팔려고 할 수도 있겠지. 최악의 시나리오까지 생각해두었어. 게다가 앞선 책 두 권의 인세 문제도 있잖아.”

“우리가 지금 걱정할 필요는 없죠.” 그녀가 말했다.

“권리가 누구에게 있는가 하는 복잡한 문제가 있지.”

“선생님은 우리하고 살았지, 그 사람들하고 산 건 아니잖아요.”

“그가 아무 지침을 남겨두지 않았으니까.”

“선생님이 글쓰기에 전념하도록 도와준 게 바로 우리잖아요.”

“우리가 모든 장애물을 제거해주었지. 그건 사실이야.”

“그러니 모든 걸 있는 그대로 유지하고 선생님이 하던 일을 우리가 한다면 그 사람들도 우리가 여기 살도록 놔둬야 하지 않겠어요?”

스콧이 웃음을 터뜨렸다.

“변호사들의 밤이 다가오고 있군. 긴 칼날들이 모습을 드러내고 있단 말이야. 벽에 온통 핏자국 구호들이 생기겠지.”

“그 사람들이 이 집을 소유할 수는 있겠지요.” 캐런이 말했다. “하지만 우리를 여기 살게는 해야 할 거예요. 그러면 우리가 원고를 가지고 사진도 우리가 가지면 되죠.”

스콧이 그녀를 향해 몸을 기대며 오래된 비틀즈 노래 한 소절을 불렀다. 마오 주석의 사진을 소지하는 데 관한 노래 한줄.

그후 그는 비가 내리는 오전 내내 다락방에 혼자 앉아 있었다. 라이트박스 위에 몸을 구부린 채 메모를 하면서.

그는 빌의 진짜 이름에 대한 비밀을 가지고 있었다.

그는 사진도 가지고 있었다. 설명하고 분류하는 그 훌륭한 작업.

그는 빌의 새 소설 원고를 가지고 있었고, 글쓴 종이로 가득 찬 집 하나를 통째로 가지고 있었다. 집 뒤쪽 헛간에 쏟아부어진 글쓴 종이들, 종이로 가득 찬 지하실 전체.

원고는 고스란히 잘 있겠지. 그가 찰스 에버슨에게 말을 할 수도 있다. 완성되었다는 말 딱 한마디를. 원고는 고스란히 잘 있겠지. 그리고 소문이 퍼지겠지. 그래도 원고는 어디에도 가지 않을 테지. 한참 지난 뒤 그가 사진을 가지고 뉴욕으로 가서 브리타를 만나 세상에 선보일 것들을 고를 수도 있다. 그래도 원고는 고스란히 잘 있겠지. 소문이 널리 퍼지고 사진이 발표되겠지. 몇가지만 능숙하게 선별한 것들, 딱 한 번만. 그러면 소문이 커지고 바람을 타겠지. 그럼에도 그 소설은 여기 그대로 있을 테고, 아우라와 힘을 얻으면서, 깊어가는 늙은 빌의 전설, 결코 죽지 않는.

인생이 아름다운 이유는 그것이 새로운 기회로 가득 차 있다는 거지.

빌의 말을 인용하자면.

베이루트에서

그녀가 탄 자동차의 기사가 그녀에게 세 가지 이야기를 한다.

첫째 이야기는 말이죠, 사람들이 타이어를 태우고 있다는 겁니다. 차량폭탄과 거리의 교전과 장거리 야포의 포격과 주저앉은 건물들이 있고 지역 전체가 화염에 휩싸여 사라지는 와중에도 사람들이 모기와 파리를 쫓으려고 타이어를 태우고 있다니까요.

둘째는 말이죠, 이 지역의 두 민병대가 서로의 지도자 초상화에 총을 쏘아대고 있다는 겁니다. 벽에 붙어 있거나 야채시장의 천막 기둥에 걸린 대형 초상화들이 총에 맞아 찢어져 있어요. 어떤 사진은 도로 위에 쳐진 철조망에 걸려서 펄럭일 만큼 크기가 큰데, 이것들이 총을 맞으면 신속히 교체되고, 그러면 또다시 찢어지고 하는 거죠. 바로 이 거리에 이런 최신의 전투 양상으로 인해 새로운 풍요가 모습을 드러낸다는 겁니다.

마지막으로 말이죠, 그들은 건축에 쓰이는 바닥용 못과

지붕용 못을 넣어서 폭탄을 만들고 있다는 겁니다. 경찰이 엄청난 양의 보통 못을 발견한다니까요. 흩뿌려지고 달려드는 못과 무차별 폭발에 희생된 시체들에 들이꽂힌 못들 말이죠.

브리타는 세번째 이야기의 요점을 기다린다. 여기엔 하나의 아이러니, 일종의 소름끼치는 유머, 엄청난 광기 너머로 작고 뒤틀린 실제 일들을 보고자 하는 인간의 독특한 고집에 대한 어떤 감각이 있는 것 아닌가요. 실낱같은 희망이라도 건질 만한 엉뚱한 순간들을 보고자 하는 인간의 고집에 대한 아이러니 말이죠. 못 이야기는 그녀에겐 별 의미가 없다. 다른 두 가지 이야기에도 그리 큰 흥미를 느끼지 않는다. 그녀는 이미 이런 이야기에 지친 상태로 여기에 왔다. 한번도 들어본 적 없는 이야기들도 많았다. 그런 이야기는 한결같고 모든 게 진실이며 그런 이야기가 필요하다는 사실이 슬프다. 게다가 이런 이야기는 거의 언제나 그녀를 격앙하게 만드는데, 보도용 출입증을 발급하는 테러집단 이야기가 특히 그랬다.

그들은 경마장 건물의 아치형 정면 잔해를 지나서 자동차를 달리고 있다. 그다음 그들은 일방통행로로 길을 잘못 들어 내려가고 있었지만 그건 큰 문제가 되지는 않았다. 모든 길이 맞기도 하고 틀리기도 하니까. 그녀는 불에 타서 페인트가 벗겨진 차량들과 터져서 물이 엄청나게 날아오르는 수도관들을 본다. 길거리의 삶도 마찬가지여서 노점상들과 목재 수레들이 있었고 어떤 남자는 자동차 후드 위에 라디오와 신발을 얹어놓고 팔고 있다. 폭격을 맞은 건물에 수직으로 걸린 발코니들도 있다. 곧이어 그들은 난민촌 인근의 빈민가로 들어선다. 호메이니 포스터로 뒤덮인 자동차들, 앞유리 부분의 운전석 쪽을 제외하고는 완전히 포스터로 덮인 차량들. 모래주머니로 지어진 가게들과 수거되지 않은 쓰레깃더미들. 그녀는 한 노점상이 팔고 있는 말보로 담배 상자로 만들어진 소형 도시모형을 본다. 담배를 깔끔하게 쌓아서 만든 질서와 구획의 탐스러운 도시의 모습.

브리타는 어떤 독일 잡지의 외주를 받고 아부 라시드라는 이 지역 지도자를 촬영하기 위해 여기 와 있다. 그는 총탄을 맞은 이 거리 어딘가 깊숙이 숨어 있다. 잡초와 야생 히비스커스가 골목에서 무리지어 비어져나온 거리, 여인들이 머리에 스카프를 쓰고 줄을 서 있는 이곳, 음식과 식수와 이불과 옷가지를 얻기 위해 길게 늘어선 여러 개의 줄.

예순살쯤 된 그녀의 기사는 폭탄(bomb)이라는 단어의 마지막 'b'를 발음하는 남자이다. 그는 지금까지 폭탄이라는 단어를 열한 번쯤 언급했으며 그녀는 그의 발음을 부드럽게 따라하며 그가 이 단어를 한번 더 말하기를 기다린다. 폭탄. 폭탄 터뜨리기. 레바논 사람들은 레바논에 대해서만 이야기해야 했고 베이루트에서는 분명 베이루트에 대해서만 이야기해야 했다.

거지가 기도를 외우며 자동차로 접근한다. 한쪽 눈은 감은 채 셔츠에는 닭깃을 매단 채. 악어가죽 칼집에 대검을 차고 있는 어떤 사내를 보고 기사가 경적을 울렸는데 경적에서는 「내가 찾은 캘리포니아」 첫 소절이 흘러나왔다.

도로가 이미지들을 싣고 달린다. 이미지들이 담벼락과 옷을 장식한다, 순교자와 성직자와 전사들과 타히티에서의 휴가 사진들. 벽토 담벼락에 사람의 두개골 하나가 못박혀 있고, 주변에는 해골 사진들이 있고, 해골 문자들이 있고, 해골 삽화가 그려진 티셔츠를 입은 아이들도 있다. 푸른 해골의 연쇄 격자무늬들. 기사가 벽에 쓰인 글을 번역해주는데, 그것은 '해골의 아버지'와 '미국 할리우드의 피 묻은 해골들'과 '아라파트는 꺼져라' 그리고 '해골 제작자가 여기 왔노라' 등이다. 급하게 스프레이 페인트로 쓴 것이라도 아랍어 글자는 화려해 보인다. 그것은 '차량폭탄 자살특공대 쌤'에 관한 것이다. 그것은 '알리 21'이라고 말하고 있다. 그것은 또 '나 여기 다시 왔노라, 알리 21'이라고 말하고 있다. 자동차가 좁은 도로를 천천히 지나 진흙 골목길로 접어들자 브리타는 이곳이 천년왕국의 이미지 공장이라고 생각한다. 여기엔 도처에 영화포스터가 있지만 영화관을 닮은 표시는 어디에도 없다. 불타는 도시를 배경으로 대형무기를 든 채 허리춤에 수류탄을 달고 있는 가슴이 드러난 사내들의 포스터들. 그녀는 어떤 건물 벽의 포탄 구멍 속으로 드러난 또다른 파괴된 건물을 본다. 그 속에는 새 소파 위에서 돌에 맞아 죽은 세 사내가 앉아 있는 방이 보인다. 해골 문양 문신을 하고 검문소를 지키는 소년들이 시리아, 미국, 레바논, 프랑스, 이스라엘제 군복 쪼가리를 걸친 채 태엽탄창이 달린 자동소총을 메고 있다.

기사가 브리타의 기자 신분증을 보여주자 소년들이 자동차 안을 들여다본다. 그들 중 하나가 뭔가를 독일말로 지껄이고, 그녀는 그 소년이 쓰고 있는 모자를 돈 주고 사고 싶다는 너무나 바보 같은 충동이 생겼지만 참아야 한다. 그 소년은 푸른색 앞창이 굽은 멋진 모자를 쓰고 있었는데 브리타는 그것을 뉴욕의 친구에게 사다주고 싶은 생각이 들었다.

자동차가 움직인다.

브리타는 작가들 사진을 더이상 찍지 않는다. 아무 의미가 없어져버렸기 때문이다. 요즘 그녀는 외주를 할당받아서 일을 하는데 흥미로운 일들을 주로 한다, 전쟁은 거의 본 적이 없다, 먼지 속에서 뛰어다니는 아이들. 어느날 작가 일을 그만두었다. 왜 그렇게 되었는지는 그녀도 모르지만 그것은 조용히 끝났다. 작가들은 이제 그녀가 계속 사진을 찍고 싶은 기획이 더이상 아니었다.

이제 '코크 II'라는 새 음료수 광고들이 보인다. 씨멘트 블록 벽에 풀 범벅으로 붙어 있는 광고들. 그녀는 이 벽보들이 마오주의 조직의 존재를 알려준다는 얼빠진 생각을 한다. 글자가 너무나 새빨갰기 때문이다. 자동차가 비좁은 곳으로 들어서자 벽보들이 더 커진다. 온갖 역겨운 냄새들, 뚜껑이 없는 하수구, 불타는 고무, 진딧물 속에 번쩍이는 갈비뼈와 혀만 남은 개 한마리, 벽 전체를 거의 다 덮은 채 이제 광고가 무더기로 붙어 있다. 무슨 뜻인지 이해하기 힘든 낙서가 그 위에 그려져 있다. 크레용과 페인트로 그려진 맹렬하게 뒤섞인 소용돌이 낙서들, 그리고 브리타는 또 한가지 얼빠진 생각을 한다. 이 낙서들은 경고와 협박, 자아비판 요구와 같은 중국 문화대혁명 시기의 대자보 같다고. 왜냐하면 둘 사이에 외견상 명백히 닮은 점이 있었으므로. 어떤 곳에는 벽보들이 너무나 높이, 2층보다 더 높이 연이어 붙어 있는데, 그것들은 서로 겹쳐진 채 다닥다닥 붙어서 아우성을 지른다. '코크 II'라는 상표의 글자와 로마숫자 사이에 수천개의 아랍어 단어들이 교직되어 있다.

폐허가 된 광장에 한 사내가 서 있다. 자동차가 멈추고 브리타는 촬영장비 가방을 어깨에 걸쳐메고 내린다. 기사가 그녀에게 보도 신분증을 건네준다. 이제 서 있는 그 사내를 따라가야 한다는 게 명백하다. 그는 기사보다 나이가 많고 오른쪽 귀 반쪽이 날아가버렸다는 걸 그녀는 발견한다. 그는 슬리퍼를 신었으며 플라스틱 물병을 들고 있다. 깨진 석고 덩어리의 먼지나는 잔해 속에 사는 사람들이 있다. 행여 자동차가 있는 경우에는 벽에 아늑하게 주차해 있지만 번호판이 아예 없거나 페인트가 완전히 벗겨져서 햇볕에 마른 과일껍질처럼 누렇게 변색되고 있다. 그녀는 바퀴는 없이 먼지 속에 굴대가 처박힌 승용차와 픽업트럭 사이에 끼어 있는 차량 속에서 생활하는 가족을 본다. 그녀의 안내자가 겨드랑이 근처에 물병을 낀 채 말 한마디 없이 그녀를 곧바로 무너진 건물 속으로 안내한다. 그녀는 어둠속으로 머리를 숙이고 무너진 벽들 위로 따라간다. 도처에 전선이 걸려 있고 먼지는 시큼한 냄새가 난다. 그들은 무너진 정육점을 지나고 복도를 건너 한때는 조그만 공장이었을 것 같은 옆

건물로 간다. 십자 지주가 온전히 달려 있는 대형 철제대문을 통해 그들은 포격 흔적과 깨진 유리들 말고는 대체로 온전해 보이는 그 건물로 들어간다.

두건을 쓴 소년 둘이 계단에서 경비를 서고 있고 그들의 셔츠에는 머리가 희끗한 남자의 사진이 핀으로 달려 있다. 2층으로 올라가자 안내인이 문앞에 서서 브리타가 들어가기를 기다린다. 안에 들어가니 남자 둘이 스파게티와 피타 빵을 먹으며 다이어트 콜라를 마시고 있다. 안내인이 빠져나가고 식사를 하던 남자 하나가 일어서며 자신이 통역사라고 말한다. 브리타가 또다른 남자를 살펴보니 그는 족히 육십대는 되어 보였으며 소매를 팔꿈치까지 깔끔하게 접어올린 깨끗한 카키색 군복을 입고 있다. 그는 머리가 희끗했으며 약간 어두운 구레나룻을 하고 있었고 피부는 불그레한 모랫빛 청동색이었다. 손에는 뼈가 앙상했으며 건강이 약간 좋지 않아 보였고 금테안경을 끼고 두어 군데 금으로 이를 때웠다.

브리타는 장비를 설치하기 시작한다. 그녀는 이런저런 이야기로 분위기를 누그러뜨릴 필요는 없다고 생각한다. 통역사가 가구를 몇가지 옮기고 나서 식사를 마치기 위해 자리에 앉는다. 마당 바닥에는 무릎 위로 팔짱을 낀 채 4,50명의 소년들이 앉아 있고 카키색 군복을 입은 남자 하나가 그들에게 말하고 있다.

라시드가 통역사에게 뭔가 말을 한다.

"당신을 전적으로 환영한다고 하십니다."

"참으로 감사합니다만 불편하게 해드리거나 시간을 잡아먹진 않겠습니다. 당연히 바쁘실 테니까요."

그녀는 카메라를 창밖으로 향하게 하여 마당에 있는 소년들에게 맞춘다.

라시드가 뭔가 말을 한다.

"그건 허용되지 않습니다." 통역사가 반쯤 일어서며 말한다. "이 방 내부 외에는 찍을 수 없습니다."

그녀는 어깨를 으쓱하며 말한다. "제약이 있다는 건 몰랐습니다." 그녀는 앉으며 가방에서 뭔가를 찾는다. "제가 알기로는 기자가 기사를 쓰고 저는 사진만 찍으면 된다고 들었는데요. 찍지 말아야 할 것들이 있다는 이야기는 아무도 해주지 않았습니다."

라시드는 쟁반에서 고개를 들지 않는다. 그가 그녀에게 말한다. "당신의 문제를 베이루트로 가지고 오지 마시오."

"지금 말씀하시는 건, 우리에겐 우리가 해결해야 할 문제가 많기 때문에 뮌헨에서건 프랑크푸르트에서건 당신에게 소통의 문제가 있더라도 우리는 듣고 싶지 않다는 뜻입니다."

브리타가 담배에 불을 붙인다.

라시드가 이번에는 아랍어로 뭔가를 말했는데 이 말은 통역해주지 않는다.

브리타는 담배를 피우며 기다린다.

통역사가 납작한 빵으로 쏘스를 긁어 바른다.

브리타가 말한다. "예, 레바논에는 누구나 기쁜 마음으로 오길 원하지만 결국엔 당황하고 치욕을 느끼고 상처입게 된다는 걸 저도 알아요, 그래서 저는 그냥 사진 몇장만 찍고 떠나길 원해요, 감사합니다."

라시드가 말했다. "당신은 역사학도가 되어야 합니다."

그의 머리는 아직도 쟁반 근처를 내려다보고 있다.

"지금 하시는 말씀은, 이게 바로 천년의 유혈사태에 관한 진술이라는 겁니다."

브리타가 두 사람으로부터 4.5미터 정도 떨어진 거리에 앉아서 카메라를 든다.

"저분께 하나만 여쭤볼게요. 그다음엔 입을 봉하고 제 일만 하겠습니다."

그녀는 라시드를 파인더에 맞춘다.

"밖에 있는 저 아이들이 당신 사진이 새겨진 셔츠를 입고 있던데요. 왜 그러죠? 그렇게 해서 이루는 게 뭐죠?"

라시드가 음료수를 마시고 나서 입가를 훔친다. 그러나 입을 여는 건 통역사이다.

"이루는 게 뭐냐고요? 이 아이들에게 비전을 주고 아이들은 그것을 받아들이고 복종할 겁니다. 이 아이들에게는 자신들이 누구이며 어디서 왔는가 하는 협소한 기능을 넘어서는 하나의 정체성이 필요합니다. 무기력하게 잊혀진 그들 부모와 조부모들의 삶을 완전히 넘어서는 그 무엇 말입니다."

그녀가 라시드의 사진을 찍는다.

"학교 마당에 있는 아이들 말이에요." 그녀가 말한다. "그 아이들은 무엇을 배우는 거죠?"

"우리는 그들에게 정체성과 목적의식을 가르칩니다. 그 아이들은 모두 아부 라시드의 아이들입니다. 모든 사람은 한사람이죠. 베이루트의 민병대는 모두 약을 하고 술을 마시고 도둑질을 하는 희망없는 아이들로 가득 차 있습니다. 자동차 도둑도 있지요. 포격이 멎으면 아이들이 자동차 부품을 훔치러 나갑니다. 우리는 우리 자녀들에게 뭔가 강력하고 자주적인 것에 속하라고 가르칩니다. 이 아이들은 유럽의 발명품이 아니에요. 이 아이들은 신을 향해 달려가고 있는 게 아니에요. 우리는 이 아이들을 천국에 가도록 훈련시키지 않습니다. 여기엔 순교자는 없어요. 라시드의 이미지가 그들의 정체성이죠."

그녀가 담뱃불을 끄고 의자를 앞으로 움직이며 좀더 빨리 찍기 시작한다.

라시드는 복숭아를 먹고 있다.

그는 카메라를 보면서 말한다. "이야기해보시오, 당신 생각엔 내가 이 지옥 같은 빈민가에 살면서 이들에게 세계혁명을 이야기하는 미친 사람으로 보이오?"

"이런 일을 처음 시작한 게 당신은 아니시겠지요?"

"바로 그렇소, 바로 그렇단 말이오."

그는 자신이 하는 일에 진정으로 만족하고 확신하는 것 같다.

소년 하나가 우편물과 신문을 가지고 들어온다. 우편물을 보고 브리타는 놀란다. 도시 경계에서 모든 우편배달이 중단되었다고 생각했기 때문이다. 이 소년은 긴 두건을 쓰고 있다. 눈구멍이 있고 위쪽 끝이 펄럭이는 창백한 천조각. 이 소년은 브리타가 하는 일을 보며 문 근처에 서 있다. 그녀는 우편물이라는 개념이 여기서는 하나의 기억일 뿐이라고 생각했었다.

"좋아요, 하나만 더 여쭤볼게요." 그녀가 말했다. "왜 두건을 쓰는 거지요?"

그녀는 의자를 돌려놓고 걸터앉아 등반이에 두 팔을 올린 자세로 두 사람을 보며 사진을 찍는다.

통역사가 말한다. "아부 라시드 가까이에서 일하는 아이들은 얼굴을 드러내거나 말을 하지 않지요. 그들의 모습은 모두 똑같아요. 그들의 모습이 바로 그분의 모습이죠. 이 아이들은 자신의 모습이나 목소리는 필요가 없습니다. 그것들을 뭔가 강력하고 위대한 것에 바치고 있는 겁니다."

"제 입장에서 말씀드리자면, 보세요, 당신들은 당신들 원하는 대로 하시면 됩니다. 하지만 저 아이들은 군사교육을 받고 있잖아요. 제가 알기로는 저 아이들도 민병대로 활동하고 있어요. 외교관들 살해 혐의가 이 조직과 연관되어 있다고 들었단 말입니다."

라시드가 말했다. "여자는 아기를 안고 다니고 남자는 무기를 들고 다니지요. 무기가 남자들을 아름답게 하는 겁니다."

"얼굴과 목소리를 빼앗아버린 뒤 그들에게 총과 폭탄을 주는군요. 말씀해보세요, 그게 될 것 같아요?"

라시드가 손을 내젓는다. "당신들 문제는 베이루트에 가지고 오지 마시라니까."

그녀가 재빨리 필름을 다시 끼운다.

"지금 하시는 말씀은 잔혹행위가 이미 우리에게 주어져 있다는 이야깁니다. 자연의 힘이 방해받지 않고 베이루트를 관통하고 있다는 거지요. 잔혹행위가 저기 곳곳에 보이잖아요. 지금 말씀은 그게 이미 뚜껑이 열렸으니 스스로 끝이 날 때까지 내버려두라는 겁니다. 대항할 수 없으면 가속되어야 한다는 거지요."

그녀는 통역사의 말을 들으며 사진을 찍는다.

"턱이 좀 내려갔습니다." 그녀가 말한다.

그가 다시 음료수를 마시고는 냅킨으로 입을 문질러 닦는다.

그가 말한다. "저기 서 있는 아이는 내 아들입니다. 라시드죠. 이 나이에도 뭔가 배울 수 있는 어린 아들이 있으니 나는 운이 좋은 거라오. 나는 나 스스로를 라시드의 아버지라고 부릅니다. 나이가 더 든 두 아들은 죽었습니다. 내 사랑하는 아내는 레바논 카타에브 당에 의해 죽음을 당했고요. 나는 저애를 보면 일어나서는 안될 일들이 모두 보입니다. 그런데 그게 바로 여기에서 일어나고 있소. 이 국가가 여기서 시작되는 거요. 내가 미쳤는지 말해보시오. 아주 솔직히 말이오."

그녀는 의자를 저녁식사 테이블 쪽으로 끌어서 약간 기울인 뒤 테이블에 팔꿈치를 대고 앞으로 몸을 숙인 채 스냅사진을 찍는다.

"인질은 어떻게 되었습니까?" 그녀가 말한다. "약 일년 전 일이군요. 인질로 잡힌 남자 이야기가 있지 않았습니까?"

라시드가 카메라를 본다. 그가 말한다. "우리가 왜 서구 사람들을 잠겨 있는 방 안에 가두어두는지 말해주겠소. 우리가 그들을 보지 않아도 되니까 그런 거요. 그들은 우리가 서구를 흉내내려고 애쓰던 걸 상기시킨단 말이오. 우리가 위선적인 태도를 취한 것 말이오. 그 끔찍한 겉치레 말입니다. 지금 당신은 그게 사방에서 폭파되는 것을 보고 있어요."

"지금 말씀은 서구가 있는 한 우리 자존심과 정체성에 위협이 된다는 겁니다."

"그래서 당신들은 테러로 대답하는군요."

"이분이 하시는 말씀은 우리 인민들에게 세계 속에서 그들의 자리를 찾아주는 게 바로 테러라는 뜻입니다. 일을 통해 성취되던 것들을 우리는 테러를 통해 획득하는 것이지요. 테러는 새로운 미래를 가능하게 만들어줍니다. 모든 사람이 한사람이 되게 해주지요. 과거 어느 때와 달리 지금 인간은 역사 속에 살고 있습니다. 이분 말씀은 우리는 매순간 역사를 만들고 바꾼다는 뜻이지요. 역사는 책도 아니고 인간의 기억도 아닙니다. 우리는 아침에 역사를 만들고 점심식사 후에 그것을 바꾸는 거예요."

그녀는 다시 필름을 끼우고 사진을 찍는다.

"인질은 어떻게 되었나요?"

그녀는 셔터에 엄지손가락을 얹은 채 기다린다. 그녀는

카메라를 내리고 통역사를 바라본다.

그가 말한다. "우리에겐 외국 지원세력도 없습니다. 때때로 우리는 옛날 방식으로 일을 하지요. 당신네들은 이걸 팔고 저걸 거래하고 그러지 않습니까. 언제나 일에는 거래가 따르지요. 인질도 마찬가지입니다. 마약도 그렇고, 보석도 그렇고, 롤렉스나 비엠더블유가 그렇듯이. 그 친구를 우리는 근본주의자들에게 팔아버렸소."

브리타는 이 말에 대해 생각한다.

"그 사람들이 그 친구를 데리고 있습니다." 그가 말한다.

"그들은 무슨 일이건 그들 식으로 하지요."

라시드가 잔을 들어 마신다. 그녀는 그의 손이 떨리는 것을 본다. 그녀는 카메라를 다시 고정하고 사진을 찍는다.

그가 잔을 내려놓고 카메라를 본다.

그가 말한다. "마오는 사상개조에 믿음을 가졌습니다. 한 인민의 기본 성격을 바꿈으로써 역사를 만들 수 있다고 말이지요. 그 사람이 이걸 언제 알았을까요? 권력의 정점에 있을 때였나요? 아니면 그가 게릴라 지도자일 때였나요.처음엔 뜨내기 부랑아들로 이뤄진 조그마한 군대를 이끌고 산악지역에 숨어 있었지요? 내가 완전히 미쳤다고 생각하시면 말씀하시오."

그녀는 테이블 위로 몸을 구부리며 그의 사진을 찍는다.

그가 말한다. "마오는 무장투쟁을 인간의 최종적이고 가장 위대한 의식적 활동이라고 봤지요. 그게 마지막 드라마이자 마지막 시험이라는 거요. 그런데 만약 수천명이 그 투쟁 속에서 죽는다면? 마오는 죽음이란 깃털처럼 가벼울 수도 있고 태산처럼 무거울 수도 있다고 말했소. 인민과 민족을 위해서 죽으면 그 죽음은 거대하고 강렬하지요. 압제자들을 위해 죽거나, 착취자들과 사기꾼들을 위해 죽거나, 이기적으로 헛되이 죽으면 그건 가장 작은 새의 깃털 하나처럼 날아가버릴 뿐이고."

그녀는 필름 한통을 다 써가고 있었다.

그가 카메라를 보면서 말한다. "진정으로 솔직해보시오. 나는 당신이 진심을 말하는 걸 듣고 싶소. 그러면 내가 마침내 알 수 있을 테니까. 여기 오물과 악취 속에 사는 것. 이 아이들에게 매일 이야기하는 것, 항상, 거듭하고 또 거듭하며. 하지만 나는 모든 단어를 믿고 있소, 아시겠소. 이 방이 바로 새로운 국가의 출발지점이오. 어떻게 생각하는지 말해보시오."

통역사가 음료수를 마시고 나서 냅킨으로 입을 문질러 닦는다.

"아주 간명하게 말씀하시는 겁니다. 마오에 대한 열망이 세상을 휩쓸 거라는 말입니다."

말 잘하는 마초 허풍쟁이. 하지만 그녀는 그 말을 하지 않는다. 대체 무슨 말을 하겠는가. 그녀가 필름 한통을 거의 다 찍고 단 한 컷만 남았다. 그녀는 갑자기 문에 서 있는 소년에게로 걸어가 그의 두건을 벗긴다. 그의 머리에서 두건을 벗겨 바닥에 떨어뜨린다. 부드럽게 벗기지도 않는다. 그녀는 계속 미소를 짓고 있다. 그러고는 두 발자국 뒤로 물러

서서 소년의 스냅사진을 찍는다.

그녀는 중요하다고 생각하기 때문에 이렇게 한다.

소년이 반응하는 데 한순간이 걸린다. 그는 그녀에게 천천히 예리한 경멸의 눈길을 보낸다. 소년은 그녀가 자기 얼굴 근육을 하나하나 보기를 원한다. 그는 얼굴이 아주 검고 자기 아버지의 사진을 셔츠에 옷핀으로 끼워가지고 있으며 두 눈에 약간의 살기를 띠고 있다. 이게 유일한 단어다. 하지만 그의 눈은 또 차분하고 완전히 깨어 있기도 하다. 그는 그녀를 알아본다. 그녀가 바로 자기가 생각했던 그런 사람이자 미워하기로 결심한 사람이라는 걸 그녀가 알아주기를 소년은 바란다. 그의 머리는 엉켜 있고 두건으로 인해 땀에 차 있다. 소년이 그녀를 미워하는 건 자기에게 모욕을 주었기 때문이 아니라 그녀가 누구인지 잘 알기 때문이다. 소년은 사실을 안다는 게 뿌듯하다. 미움과 분노가 영혼을 치유해준다는 사실을 보여주는 그 눈동자의 폭력을.

그녀는 소년의 눈빛에서 결심을 본다. 순간적인 방심, 그리고 이내 소년이 그녀를 공격한다. 브리타는 한쪽 어깨를 소년 쪽으로 돌려 카메라를 보호한다. 곧 통역사가 끼어들어 둘을 떼어놓아줄 것이라고 생각한다. 소년은 그녀의 팔을 세게 치며 카메라를 향해 손을 뻗는다. 그녀가 팔꿈치로 치지만 빗나가자 다시 소년의 얼굴을 후려친다.

모두가 무슨 일이 벌어진 것인지 생각하는 동안 짧은 시간이 흐른다. 모두가 다시 두 사람을 바라본다. 브리타는 그 장면이 가슴을 치는 듯한 느낌과 그 일이 다시 벌어지는 듯한 느낌을 갖는다.

그녀는 소년이 해명을 요구하는 눈빛으로 아버지를 쳐다보는 것을 본다. 그러나 소년은 경멸에 찬 눈초리로, 증오에 심취한 눈초리로 다시 그녀를 쏘아보고 그녀는 그가 한번 더 자기를 공격하리라는 걸 안다.

아부 라시드가 무슨 말인가 한다. 또 한번 침묵이 흐른다. 통역사가 그의 말을 반복하자 소년이 두건을 들고 방을 나간다.

브리타는 천천히 장비를 가방에 넣는다. 그녀는 마당에서 소년들이 배운 것을 복창하는 소리를 듣는다. 몸에서 마음이 분리된 것 같은 느낌으로 넋이 나간 그녀는 라시드에게 다가가 악수를 하고 정식으로 인사하며 천천히 이름을 말한다.

아래층에는 반쪽 귀를 가진 안내자가 가슴에 물병을 껴안고 서 있다.

브리타는 동베이루트에 있는 친구의 친구 아파트에 머물고 있다. 호텔들은 파괴되거나 수색당하거나 부랑아들이 차지하고 있고 이 아파트는 일년 넘게 비어 있다. 그녀는 지금 이곳으로 와 다시 발코니에 서 있다. 늦은 시간이었고 저녁도 먹었고 목욕도 했고 베이루트에 관한 잡지도 하나 봤다. 이런 곳에서 달리 읽고 생각하고 말할 게 특별히 있겠는가. 그녀는 딱히 잠을 자고 싶지도 않다. 어쨌건 잠을 자기도 마땅치 않다. 밤새 자동소총 쏘아대는 소리와 산이 우는 듯한 어둡고 쿵쾅거리는 소리가 바로 동쪽에서 간헐적으로 들려온다. 게다가 이따금 산발적인 총격 소리가 난다. 어떤 좌절한 사람 때문이거나 약간 잘못되어버린 마약거래 때문이겠지. 그녀는 사람들이 주변에서 총을 쏘아대는 상황에서 침대에 누워 있고 싶지 않다. 간간이 고요가 찾아와도 그녀는 고요에 대해 사색하며 불안한 마음으로 자동소총 난사가 시작되기를 기다린다. 그래서 그녀는 옷을 반쯤 걸친 채 다시 발코니로 나가 서서 피부로 도시의 무연화약 냄새를 느끼고자 한다.

그녀는 해안에서 번개처럼 솟아올라 건물 지붕들 위로 형체없는 긴 곡선을 그리며 날아가 낮은 하늘에서 굴러다니는 검은 연기 돌풍 속으로 내리꽂히는 빛줄기들을 바라본다. 검은 승합차 한대가 바로 밑으로 지나가고, 무지갯빛 보온 운동복을 입은 곱슬머리 사내 하나가 2미터쯤 되는 로켓형 유탄발사기를 어깨에 멘 채 개폐식 지붕 위로 고개를 내밀고 있다. 적어도 이 순간 그는 레반트 제국의 남근 대왕님이시다. 무전기 한대에서 여러 개의 목소리가 흘러나오고, 여러 개의 발코니에 무전기들이 설치되어 있다. 사람들이 베이루트에 관한 이야기를 하고 있는 것이다. 어차피 다른 대화 주제가 없으니까.

그녀는 그 속에 서 있고 싶다. 그것은 마치 컴퓨터로 그린 고화질의 벽처럼 그녀 주위를 완전히 감싸고 있다.

그녀는 안으로 들어가서 멜론 맛 미도리 술 한병을 발견한다. 이곳에 이런 게 있다니 믿어지지가 않는다. 그녀는 공항과 컨벤션센터, 그리고 걸어서 지나가야 하는 세상의 모든 장소에서 이 술 광고들을 수도 없이 보았지만, 그것들이 선전 그 이상의 어떤 것, 빛줄기가 흘러가는 지평선 위로 솟아오른 광고판 이상의 그 무엇일 거라고는 생각해본 적이 없었다. 그런데 누군가의 버려진 아파트에서 지금 이 술 한 병을 발견하다니. 여기 아니면 다른 어디에 있겠는가? 모든 사람이 제자리를 잃었는데. 그녀는 술을 잔에 따라 발코니로 가지고 나간다. 멀리서 싸이렌이 울린다. 길 건너편 벽에는 덕지덕지 낙서가 쓰여 있다. 이름과 날짜와 구호의 흔적들, 그리고 그녀는 희미한 불빛 속에 알리 21이 기독교 지역까지 들어온 적이 있다는 걸 안다. 최근에 스프레이로 조악하게 쓴 그의 이름이 프랑스어와 영어로 되어 있다.

전세계에 맞서는 알리 21.

은색 조명탄 불빛이 거리 위를 잠깐 날아간다. 멀리로 사라지는 백열 조각들. 주위에 온통 무전기에서 흘러나오는 목소리들. 베이루트, 베이루트. 목소리들이 그녀를 향해 몰려온다, 슬픔을 자아내는 힘으로 압박하면서. 지하 방공호에서 나는 사람들 소리, 그림자 속에서 나타나는 얼굴들, 땀에 흠뻑 절어서 거무튀튀해진 옷가지, 전쟁 장난감을 꼭 껴안고 잠이 든 아이들. 모든 인질들, 골방과 화장실에 갇혀 있는 그 사람들을 위해 기도하라. 모든 아기들, 누더기 해먹에 누워 있는 그들을 위해 기도하라. 모든 난민들, 그들의 죽은 가족을 위해 기도하며 포격이 멎기를 기다리라. 전쟁은 이렇게 간단한 것이다. 그것은 버려진 땅에 대해 꿈을 꾸는 우리들의 달 비슷한 부분이다. 그녀는 초토화된 도시를 가로지르는 사람들의 목소리를 듣는다. 우리의 유일한 언어는 베이루트이다.

그녀는 거품이 있는 초록빛 술을 마시고 잠을 청하러 안으로 들어간다. 일곱시 전에 일어나 이곳을 빠져나가야 한다.

약 한시간쯤 후에 무엇인가가 그녀를 깨운다. 그녀는 조심해야겠다고 다짐하며 다시 발코니로 나온다. 새벽 네시가 거의 다 되었고 그녀는 뭔가 묵직한 것이 대지를 으스러뜨리며 다가오고 있음을 느낀다. 그녀가 난간 너머로 고개를 내밀자 탱크 한대가 두두두두 엔진 소리를 내며 모퉁이를 돌아 바닥이 움푹 팬 이쪽 거리로 오고 있다. 위에 장착된 대포가 올라갔다 내려갔다 한다. 그녀는 가슴이 뛰는 것을 느끼지만 그대로 서서 기다린다. 그녀는 이 탱크가 구소련제 T-34라고 생각한다. 열두 번은 팔려나가 도난당해서 진영과 체제와 종교를 넘나들었을 것 같은 자국이 나 있고 철저히 낡아버린 탱크. 유일한 표시는 오랜 세월 분사 페인트로 쓰인 낙서들뿐이다. 탱크가 거리로 들어서자 그녀는 사람들 목소리를 듣고 탱크 뒤에서 걸어오는 사람들을 본다. 말을 지껄이고 웃음을 터뜨리는 잘 차려입은 민간인들, 어른이 스무 명, 그 반쯤 되는 아이들, 아이들은 대부분 예쁜 치마를 입고 무릎 높이의 스타킹을 신고 에나멜구두를 신고 있다. 지금 이곳에 그녀가 순간적으로 이해하기 힘든 놀라운 일이 벌어지고 있다. 이것은 결혼식 행렬이다. 신부와 신랑은 샴페인 잔을 들고 있고 여자아이 몇명은 소나기처럼 밝은 빛을 내뿜는 불꽃 기둥들을 들고 있다. 파스텔 톤의 턱시도를 입은 하객 한명은 기다란 씨가를 물고 포탄 구멍 주위를 돌며 춤을 추며 아이들을 즐겁게 해주고 있다. 몸통 부분에 아플리케 장식을 한 신부의 드레스는 매우 아름답고, 신부는 넘칠 만큼 활력이 있으며, 모든 사람들이 초탈한 듯 제약을 벗어나 여기 있으며 놀라지도 않는다. 무상 대여한 탱크의 에스코트를 받으면 결혼식이 더욱 빛난다는 생각이 그들에게는 참으로 자연스러워 보인다. 불꽃 기둥들이 지나간다. 어떤 아이들은 초록 화초로 감싼 장미다발을 들고 있다. 브리타는 난간을 움켜쥐고 있다. 그녀도 춤을 추거나 웃음을 터뜨리거나 발코니에서 뛰어내리고 싶다. 그녀는 전혀 아무런 문제 없이 이 사람들 사이에 사뿐히 내려앉아 파자마 셔츠와 팬티만 입은 채로 천국까지 함께 걸어갈 수 있을 것만 같다. 탱크가 그녀 바로 밑을 지나간다. 포탑에는 서툰 솜씨로 그림이 그려져 있다. 그녀는 서둘러 안으로 들어가 멜론 맛이 나는 술을 한잔 더 따라가지고 나와서 이 신혼부부를 위해 축배를 든다, "본느샹" "봉외르" "굿럭" "쌀람" "스칼" 이라고 아래를 향해 소리친다. 그러자 포탑이 돌아가기 시작하고 외설적인 신혼여행 농담처럼 대포가 부드럽게 돌아가고 모두가 웃음을 터뜨린다. 신랑이 옷을 반쯤 걸친 꼭대기층 발코니의 이 이방인에게 잔을 들어 보인다. 그리고 모두 밤 속으로 사라진다. 무반동 소총을 장착한 지프 한대가 그 뒤를 따른다.

그것은 너무 빨리 끝났다. 그녀는 바깥에 머물며 부스럭

거리듯 조그맣게 사라져가는 사람들의 마지막 목소리를 듣는다. 아직 어둡고 연기가 섞인 공기가 쌀쌀하다고 그녀는 느낀다. 그녀가 도착한 후 처음으로 도시가 고요하다. 그녀는 이 고요에 대해 사색한다. 그녀는 옥상 너머로 서쪽을 바라본다. 주요 검문소 근처 어둠속에 불빛이 번쩍인다. 그리고 똑같은 곳에서 또 한차례 더, 몇번 더, 강렬하고 새하얗게 불이 번쩍인다. 그녀는 보복 불빛, 대응사격을 기다리지만 불빛은 한곳에서만 번쩍이고 소리는 들리지 않는다. 오늘 쏘아댈 자동화기 교환 발사가 시작된 것이 아니라면 이것은 도대체 무엇일까? 당연히 한가지뿐이다. 저쪽에 누군가 카메라와 조명장치를 가지고 있는 것이다. 브리타는 한참 더 발코니에 서서 필름통에 이미지를 새기고 있는 마그네슘 파장을 바라본다. 그녀는 추워서 두 팔로 몸을 감싸며 그 불굴의 불빛이 터지는 숫자를 센다. 죽은 도시가 다시 한번 사진에 찍히고 있다.

| 옮긴이의 말 |

돈 드릴로, 테러 시대의 작가

후기자본주의가 안고 있는 여러 문제의 다양한 측면들을 독특한 문체와 예리한 비유로 재현해내는 미국 작가 돈 드릴로(Don DeLillo, 1936~)는 최근 들어 국내에도 꽤 알려지기 시작했다. 그의 소설은 더러 난해하지만, 소재나 주제, 기법이나 플롯 등은 매우 독특하고 매력적이어서 미국에서 이미 그는 상당히 컬트적인 인물로 자리잡았다. 이메일을 사용하지 않고 수동식 타자기로만 글을 쓰며 "혼자 있을 때만 미소를 짓"는 드릴로는 자신의 소설 『마오 II』의 주인공 빌 그레이처럼 젊은시절 '사라진 작가들' 중 한명이었다.[1] 그러나 그는 최근 대중 앞에 자주 모습을 드러낼 뿐 아니라 노벨평화상 수상자인 류 샤오뽀(劉曉波) 석방 촉구 시위에도

1) 현대 미국문화계에서 언급되는 '사라진 작가들'(missing writers)에는 두 가지 부류가 있다. 대중이나 매스미디어와 거리를 두고 철저히 숨어서 지내는 토머스 핀천이나 제롬 데이비드 샐린저와 같은 은둔형 작가가 그 하나이고, 국가권력이나 독재정권 또는 테러리스트 집단에 의해 감금, 투옥, 납치, 살해되는 비운의 (저항)작가가 다른 하나이다. 이 작품에는 두 가지 부류 모두의 의미가 중첩되어 있다.

참가하는 등 활발한 지식인 활동을 보여주고 있다. 요컨대 그는 일종의 앙가주망(engagement) 계열 작가이자 정치의 소설화 또는 소설의 정치학을 글과 행동으로 실천하는 작가이다. 국내외의 많은 평자들은 드릴로를 20세기 후반 이래 미국 최고 소설가로 거론하기를 주저하지 않는다. 한국에서보다 유럽에 더 많이 알려진 그는 특히 최근 노벨문학상 후보로까지 매년 거론되고 있다.

드릴로의 작품들은 현대 미국의 소비자본주의 분석에서부터 미디어와 이미지의 인간의식 지배에 대한 비판, 문학과 예술의 현대적 위상에 대한 철학적 고민, 존재와 실존 문제에 대한 전통적 논의들의 반성적 고찰, 그리고 현대사회의 테러·폭력·불안·공포와 그것을 볼모로 한 미국사회의 파시즘화 경향에 대한 경고에 이르는 광범한 주제의식을 포함하고 있다. 이런 주제의식으로 인해 그는 비평가와 동료 소설가들로부터 '미국문화의 등대' 또는 '우리 시대의 칼라일'[2)]이라 불리기도 한다. 반면 보수적인 언론에 의해 그는 '불온한 시민'이라는 딱지가 붙기도 했다. 드릴로는 또 다양한 주제의식뿐 아니라 독특한 포스트모던 서사기법과 9·11 사태를 예언한 듯한 플롯으로도 유명하다. 진지한 주제의식, 영화를 닮은 포스트모던 서사기법, 테러 사건의 예견과 9·11의 소설화 등으로 그의 소설은 문학사·문화사적으

2) 빅토리아조 영국의 문인인 토머스 칼라일(Thomas Carlyle)은 자유방임주의와 속물적 민주주의의 과잉을 문화적 타락으로 간주하고 이를 타개할 구원책으로 영웅주의를 제창한 것으로 유명하다.

로도 독보적인 위치를 차지하리라 예상한다.

드릴로의 서사는 예술영화에서처럼 문맥이 완전히 배제된 표현들, 헤밍웨이의 글처럼 간결하고 함축적인 문장들, 숨막힐 듯 쉬지 않고 이어지는 구절과 문장들, 그리고 지식인·예술가들이나 내뱉을 만한 평범하면서도 역설적인 비유와 농담을 특징으로 한다. 이와 같은 그의 문체는 국내에 이미 상당한 독자를 확보하고 있는 또다른 미국 현대작가 폴 오스터와 그를 확연히 대비시켜주는 근거가 된다. 서로 친구이기도 한 이 두 작가를 미국 학계에서는 대체로 포스트모더니즘 계열로 분류하는 경향이 있다. 그러나 이 두 작가는 대중·군중에 대한 태도에서 극단적일 만큼 현격한 차이를 보인다. 오스터가 대중의 취향과 지적 호기심 또는 허영심을 잘 파악하여 쉽고 재미있게 글을 쓰는 타고난 대중적 포스트모더니스트 또는 상업적 포스트모더니스트라면, 드릴로는 대중과 일정한 거리를 둔 채 포스트모던시대의 문화 지형을 끊임없이 분석하고 고민하고 비판하는 철학적 소설가 또는 정치적 예술가이다. 또는 드릴로는 모더니스트에 더 가깝다고 말할 수도 있겠다. 평자에 따라 낭만주의자, 사실주의자, 모더니스트, 포스트모더니스트 등 상이한 여러 호칭들이 그에게 붙는 이유도 여기에 있다.

드릴로는 또 9·11 사태 전후로 중요한 문학적 주제가 된 테러 문제를 정면으로 다루고 심지어 9·11을 예언까지 한 작가로 간주되고 있다. 『플레이어스』(*Players*, 1977), 『이름들』(*The Names*, 1982), 『마오 II』(1991) 등의 작품들에서 그는 이미 테러를 주요 소재로 다루고 있다. 특히 『플레이어스』는 월가에서 일하는 젊은 남녀가 자본의 세계적 흐름에 대항하는 세계무역센터(쌍둥이 빌딩) 테러사건에 휘말리는 내용을 담고 있어서 2001년의 9·11을 직접 예언한 듯한 인상을 준다. 세계무역센터와 관련된 또 하나의 이야기는 대안적 역사소설이자 미국의 집단심리 묘사로까지 볼 수 있는 1997년의 대작 『언더월드』(*Underworld*)의 출판과 관련된 것이다. 이 일화에 따르면 드릴로가 처음 제시한 『언더월드』의 표지 사진이 종교적 색채가 너무 강해서 출판사가 전문가를 고용하여 새로 사진을 구해오게 했더니 놀랍게도 드릴로가 처음 제시한 것과 동일한 사진을 구해왔다고 한다. 이 사진에는 시꺼먼 교회의 종탑 너머로 유령처럼 서 있는 희미한 쌍둥이 빌딩이 보이고 그것을 향해 거대한 검은 새 한마리가 마치 비행기처럼 날아들고 있다. 9·11을 연상시키는 '섬뜩하고도 종교적인' 이 사진에 관한 일화는 테러에 대한 드릴로의 예지력을 보여주는 징표로 흔히 언급되고 있다. 요컨대 드릴로는 테러 시대의 작가라는 것이다.

『마오 II』는 두 가지 사진에 착안하고 있다. 그 하나는 『뉴욕타임스』에 실린 제롬 데이비드 샐린저(1919~2010)의 사진이고 다른 하나는 서울에서 열린 통일교의 집단결혼식 사진이다. 드릴로에게 상당히 충격적인 이 두 장면은 서로 뚜렷이 대비되는 두 사건을 보여준다.[3] 『호밀밭의 파수꾼』의 작가로 국내에도 잘 알려진 샐린저는 『마오 II』의 주인공 빌 그레이의 모델이 되는 인물이다. 그의 사진 이미지는 이른바 '사라진 작가들' 중 한명인 자신을 찾아서 뉴욕 주 업스테이트까지 온 사진기자를 황급히 물리치며 손사래를 치는 뒷모습이다. 통일교의 집단결혼식은 이 소설에서 시공간을 가로질러 뉴욕의 양키 스타디움에서 벌어지는 행사처럼 묘사되어 있다. 쌜린저의 사진이 대중/군중/집단주의를 거부하는 원초적 개인주의의 상징이라면 통일교의 집단결혼식은 개인과 주체와 자아가 억압 또는 해소된 대중/군중/집단주의의 원형으로 읽힐 수 있다. 『마오 II』에서 이 같은 대비는 문학·문화의 상업화, 이미지의 과잉과 매체의 횡포, 대중의 우민화와 정치의 파시즘화 등에 실망하여 뉴욕 업스테이트에서 세번째 소설을 끝없이 수정만 하며 살아가는 빌 그레이와 그를 상징적으로 억압하는 미디어 산업, 소비자본주의, 그리고 마오 쩌뚱이나 호메이니나 문선명 총재와 그들의 조종을 받는 집단적 무리들, 곧 건강한 개인적 자아를 상실한 군중 일반으로 대비된다.

드릴로는 이 두 가지에다 국제적 사건 하나를 덧붙인다. 그것은 바로 이란의 당시 지도자 호메이니가 인도계 작가 쌜먼 루슈디에게 내린 '파트와'(율법에 따른 판결)이다. 『악

---

3) 뒤에 언급하겠지만, 이처럼 서로 대비되는 두 가지 사건을 병치시켜서 독자로 하여금 낯설게 만들기 또는 프로이트적 '언캐니'(uncanny)를 경험하게 하고 현실에 대한 새로운 미학적 인식을 촉구하는 것이 드릴로의 전형적 기법 중 하나이다. 이것은 드릴로 문학의 또 하나의 포스트모던적 주제가 되는 "모든 것은 연결되어 있다"는 화두와도 연관된 기법이다.

마의 시』가 모하메드를 모독했다는 이유로 처형명령이 내려지자 그는 10여년 이상을 숨어살고 그의 작품은 불태워지고 그의 작품 번역자들이 살해당하는 사태가 벌어진다. 이슬람 문화권에서 볼 때 이 파트와는 나름의 정당성이 있겠지만, 드릴로가 보기에 소설을 문제삼아 처형명령을 내리는 것은 작가와 문학과 지식인에 대한 전형적인 탄압이다. 말하자면 『마오 II』의 주제는 오늘 지식인이 설 자리는 어디인가 하는 질문이기도 한 셈이다. 게다가 오늘의 문화지형은 전통적 소설서사의 권능을 비웃고 있다. 주인공 빌 그레이가 고민하는 부분도 바로 이 같은 것이다. 그의 출판업자 친구 찰리 에버슨이 묘사하듯이 그는 문학의 숭고한 사명을 굳게 믿으며 특히 서구 근대사회의 등장과 함께 나타난 소설장르가 개인의 구체적 경험을 담지하고 인간의 문화와 의식에 영향을 미칠 수 있는 고귀한 '민주적 함성'임을 믿어 의심치 않는다. 그가 더이상의 출판을 거부하고 숨어서 지내며 대중과의 소통을 철저히 단절하는 이유도 매스미디어와 과잉된 이미지와 소비주의와 집단주의의 노예가 되어버린 현대의 '군중'과 거리를 두고 소설가로서의 가치와 지위를 지키기 위한 것이다.

미국식 자유주의의 근간이 되는 (건강한) 개인주의와 (부정적) 집단주의를 이렇게 대비시켜 전자와 연관이 있는 소설장르가 위기에 처했음을 보여주려는 것이 이 소설의 정치적 함의이다. 여기서 소설서사를 대체하는 새로운 서사는 바로 테러이자 테러에 관한 뉴스이다. 주인공의 말을 빌리면 테러가 곧 우리 시대의 서사이자 우리 시대의 비극이다. 드릴로의 메씨지는 결국 건강한 소설서사가 테러(뉴스)로 대체되는 상황 또는 인문학이 폭력과 이미지와 미디어로 대체되는 오늘의 현실에 대한 한탄 또는 경고이다. 이 소설의 줄거리 또한 이 주제와 밀접하게 조직되어 있다. 대중과 매체를 피해 은둔하고 있는 작가 빌 그레이는 테러리스트 집단에 의해 납치·감금되어 있는 유럽의 젊은 시인을 구출하기 위한 시 낭송회에 참가하지만 낭송회는 무산되고 결국 자신의 몸을 그 시인의 몸과 맞바꾸기 위한 바이런적 실천을 위해 베이루트로 향한다. 그러나 그는 사고후유증으로 선상에서 허무하게 사망하고 그의 신분증은 도둑맞는다. 그의 이름없는 죽음을 통해 드릴로가 암시하는 것은 과잉된 이미지와 테러의 충격만이 우리의 의식을 지배하는 오늘의 문화지형 속에서 소설서사 또는 인문학의 위치는 위협받고 있다는 사실이다.

그렇다면 우리 시대에 가능한 예술은 있는가? 혹은, 발터 벤야민의 구절을 빌리자면 '미학의 정치화'를 가능하게 하는 우리 시대의 예술장르는 과연 무엇인가? 이 문제 또한 드릴로 문학의 주요 주제 중 하나인데, 드릴로는 이 질문에 대한 대답으로 행위예술이나 사진예술을 꼽는다. 그가 자신의 소설에서 이같이 다른 예술장르의 기법을 끊임없이 도입하고 종종 직접적 주제로 삼기도 하는 이유가 바로 여기에 있다. 말하자면 오늘 그리고 미래에 역사를 재현할 예술양식은 공식역사나 이데올로기가 감추고 억압하는 역사적 특이

성과 찰나적 순간들의 구체성을 복원해내는 것이어야 하며, 행위예술이나 사진예술은 그런 기능을 가진 실천적 예술장르의 하나이며, 낡은 소설서사 또한 유사한 방향의 변신을 하지 않으면 안된다는 것이 드릴로의 소설가로서의 고뇌에 찬 반성이다.

그런데 우리의 시각으로 보면 미국의 지배이데올로기와 자본주의를 비판하는 드릴로에게 이른바 '포스트모던 오리엔탈리즘'이라고 불릴 만한 요소가 있는 것도 사실이다. 통일교와 한국인에 대한 부정적인 묘사(『마오 II』), 6·15 남북정상회담에 대한 희화화(『코스모폴리스』(*Cosmopolis*, 2003)), 이란인과 일제 자동차에 대한 부정적 묘사(『화이트 노이즈』(*White Noise*, 1985)), 그리고 '빨리빨리' '만세' '화병' '김치' 같은 단어들의 부정적 활용 등은 비록 소설적 재구성을 위한 것이라 할지라도 드릴로의 문화적 아비투스의 한계를 보여주는 것이 사실이다. 우리가 한국의 독자로서 죠지 하다드라는 아랍계 인물에 주목해야 하는 이유도 바로 여기에 있다. 이 소설의 제목 『마오 II』는 앤디 워홀의 팝아트 작품에서 따온 것이지만, 그 의미가 흔히 회자되는 포스트모더니즘의 주제, 곧 원본·기원의 부재나 씨뮬라끄라의 지배에 한정될 필요는 없다. 다양하고 다층적이며 심지어 모순적인 의미와 해석의 층위들이 드릴로 소설에는 존재하기 때문이다.

결국 드릴로가 이 소설에서 자신의 얼터 에고(alter ego)와도 같은 빌 그레이의 손을 들어주고 모든 집단적인 것에 불쾌감을 표출하는 것 같지만, 사실은 전혀 그렇지 않은 측

면도 있다는 말이다. 죠지 하다드를 유럽의 역사와 문화를 신랄하게 비판하는 전형적 탈식민주의 지식인으로 내세움으로써 드릴로는 유럽식 소설서사의 한계를 직시하면서도 다른 한편으로는 소외된 모든 종류의 군중 또는 무리에게 손을 내미는 듯하다. 천안문 사태에서 죽어간 군중, 셰필드 축구장에서 압사한 군중, 호메이니의 죽음 앞에 울부짖는 군중, 자아를 버리고 짝짓기에 동원되는 통일교도(무니)들은 오늘의 세계문명이 만들어낸 유령 같은 존재들이다. 이들은 또 영혼을 상실한 전형적인 백인 처녀 캐런의 눈을 통해 관찰되는 뉴욕 톰킨스 스퀘어의 노숙자 군중과도 연결되어 있다. 톰킨스 스퀘어는 노숙자들의 피난처이자 신자유주의가 시작되던 레이건 정권 시절 철거민 투쟁이 전개되던 곳이다. 맨해튼 다운타운에 있는 이 톰킨스 스퀘어는 캐런의 텅 빈 영혼을 보여주는 어둡고 슬픈 풍경화이기도 하고 미국 자본주의의 냄새나는 뒷모습이기도 하며 테러리스트 아지트가 있는 피폐하고 초토화된 베이루트의 동영상과도 같은 것이다.

『마오 II』는 병렬, 병치, 또는 대비의 기법을 많이 활용하고 있는 전형적인 드릴로적 작품이다. 프롤로그인 「양키 스타디움에서」와 에필로그인 「베이루트에서」는 결혼이라는 인간의 가장 오래된 제도를 다루고 있다. 프롤로그에는 양키 스타디움에서 벌어지는 통일교의 집단결혼식이 묘사되어 있고, 그 마지막 문장은 "미래는 군중의 것이다"이다. 한마디로 개인이 죽었다는 말이다. 이 작품의 군중에 대한 묘사는 프랑크푸르트학파의 상업화된 대중문화 비판과 호세 오르떼가 이 가쎄뜨(José Ortege y Gasset)의 '대중의 반란'에 대한 부정적 시각 또는 나치즘과 집단심리학을 연결시켜 설명하는 프로이트를 연상시킨다. 이와 같은 화두는 적어도 미국 민주주의의 타락에 대해서는 중요한 하나의 경종이 될 수 있다. 에필로그에 등장하는 결혼식은 이와 정반대의 이미지이다. 제1부에서 '사라진 작가' 빌 그레이의 사진을 찍던 브리타는 테러리스트 지도자의 사진을 찍고 나서 베이루트의 한 아파트 베란다에서 한밤중에 지나가는 결혼식 행렬을 내려다본다. 낡은 탱크를 개조한 꽃가마에 신랑신부를 태운 채 일군의 하객들이 카메라 플래시를 터뜨리고 왁자지껄 유쾌하게 떠들면서 어두운 베이루트의 밤거리를 통과하고 있다. 어둠의 포화 속에서도 희망의 새싹이 튼다는 암시일 것이다. 동일한 제도에 대한 이 같은 상반된 두 이미지는 암울한 문명적 현실과 어두운 인류의 미래에 대한 드릴로의 분석적 경고를 정확히 보여줄 뿐 아니라, 그럼에도 불구하고 인간에 대한 희망의 끈을 결코 놓치지 않으려는 드릴로 특유의 낙관주의 또는 낭만주의적 면모를 보여준다.

드릴로의 문체는 영화서사적 기법이나 추상표현주의적 기법으로 인해 영어 원문으로도 읽기가 쉽지 않고 의미가 불분명한 부분이 많다. 역자의 공부와 노력에도 불구하고 오역이 없지는 않겠지만 그럼에도 현대 미국소설의 한 예를 국내에 소개한다는 점에서 부끄러움을 잠시 잊고자 한다.

마지막으로, 그 많은 식언과 변명과 지체와 은둔과 도피의 연쇄 속에서도 이 번역이 무사히 나올 수 있게 평정과 인내의 끝없는 심연을 보여주신 창비 편집부께 언어로 표현하기 힘든 감사와 사죄를 동시에 드린다.

2010~11년 겨울,
고황산 자락에서
유정완

마오 Ⅱ

초판 1쇄 발행/2011년 1월 6일

지은이/돈 드릴로
옮긴이/유정완
펴낸이/고세현
책임편집/황혜숙
펴낸곳/(주)창비
등록/1986년 8월 5일 제85호
주소/413-756 경기도 파주시 교하읍 문발리 513-11
전화/031-955-3333
팩시밀리/영업 031-955-3399 · 편집 031-955-3400
홈페이지/www.changbi.com
전자우편/literat@changbi.com
인쇄/영신사

ISBN 978-89-364-7199-6 03840